KB114647

공유하실래요?

공유하실래요? 2

초판 1쇄 찍은 날 | 2016년 1월 20일
초판 1쇄 펴낸 날 | 2016년 1월 28일

지은이 | 이현이
펴낸이 | 서경석

편 집 책 임 | 조윤희
편   집 | 이은주
           주은영
디 자 인 | 신현아

펴 낸 곳 | 도서출판 청어람
등록번호 | 제387-1999-000006호
등록일자 | 1999. 5. 31
어람번호 | 제5-437호

주소 | 경기도 부천시 원미구 부일로 483번길 40 서경B/D 3F
       (우) 14640
전화 | 032-656-4452 팩스 | 032-656-4453
http://www.chungeoram.com
E-mail | chungeorambook@daum.net

ⓒ 이현이, 2016

ISBN 979-11-04-90602-2 04810
ISBN 979-11-04-90600-8 (SET)

이현이 장편소설

Chungeoram romance novel

공유하실래요?

2

도서출판
청어람

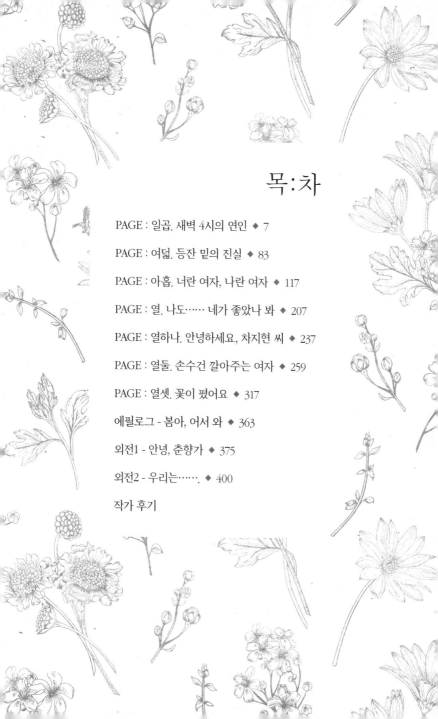

목:차

PAGE : 일곱.
새벽 4시의 연인

"언니!"

"누나, 왔어요……."

"어, 늦었지? 미안! 차가 좀 막혔어. 아직 시작 안 했지?"

화리는 얼른 아련에게서 앞치마를 받아 들었다. 오늘은 카페 다빈치에서 신제품 시음회 행사가 있는 날이었다. 화리는 흔쾌히 일손을 보태기로 했다.

행사 준비로 바쁘게 왔다 갔다 하던 화리의 시선을 붙잡은 것은 테이블을 닦고 있는 민한이었다. 그의 몸짓은 물에 젖은 솜처럼 늘적거리고 있었다. 그는 평소와 달리 장난기 하나 없이 조금 어두운 낯빛이었다. 이를 유심히 바라보던 화리는 옆에 있는 아련의 팔을 툭 치면서 소곤거렸다.

"너희 싸웠어?"

"에이! 언니. 우리가 무슨 파이터예요? 시도 때도 없이 싸우게? 뭐, 시간차로 싸우는 건 인정하지만! 아무튼, 일하는 데서는 안 싸워요. 여기가 어떤 곳인데, 우리 화훈 오빠 카페예요! 신성한 일터."

"하하. 그것도 그러네. 그럼 무슨 일이야? 아무래도 평소 같지 않은데?"

"저 인간, 그 여자 때문에 내내 저 상태예요. 넘사벽 여신이 결혼했잖아요."

아련이 눈을 가늘게 뜨면서 민한을 손가락질했다.

"아…… 그래서……."

말뜻을 알아들은 화리가 빙긋이 웃으며 고개를 끄덕였다.

이 카페의 단골이자 민한이 남몰래 감상했던 그 여자 오세령은 결혼 이후 아담한 전원주택이 있는 마을로 이사를 한 터였다. 때문에 그녀가 이 카페를 찾지 않은 지 벌써 한 달이었다. 민한은 이따금 창가 자리를 멍하니 바라봤다. 그 모습이 흡사 마지막 잎사귀가 떨어지는 모습을 바라보는 듯 애잔했다.

"누가 보면 자기 여자친구를 시집보낸 줄 알겠어요."

아련은 민한이 청승을 떨고 있는 모든 이유를 특별한 '그녀'의 탓으로 돌리면서 저 혼자 단정 짓고 있었다. 꼭 그것 때문만은 아니었는데도.

사실, 민한이 평소와 달리 유독 그늘진 얼굴을 보이는 이유는 따로 있었다. 오늘은 그의 아버지 생신이었다. 부모와 의절을 했다 하여도 어찌 그립고 보고 싶은 마음이 없을까. 하지만 민한은 그 흔한 안부 전화조차 하지 못하는 처지였다. 집에서 내놓은 자식이라는 이름표를 가슴에 붙인 채 가족을 잃어버린 남자 송민한, 그는 쉽게 채워지지 않는 정신적인 결핍 속에서 쓸쓸함을 달래고 있었다. 그게 무척이나 아련하고 애수에 찬 모습으로 비치고 있었다. 덕분에 창밖 너머를 지나치는 여학생들이 얼굴을 붉히며 사진을 찍고 이를 지켜보는 아련의 볼이 툭 불거지는 것은 결코 의도한 일이 아니었다.

"하여간에 웃겨. 썸은 저 혼자 타고서 유난이야."

"에이, 아련아. 너무 그러지 마. 저러고 있으니까 또…… 불쌍하네."

"그러니까 그게 꼴 보기 싫어요! 차라리 발정 난 개처럼 돌아다니는 게 더 어울린다고요."

'괜히 사람 신경 쓰이게 한다니까.'

아련은 입을 삐죽이면서 컵을 닦았다. 민한의 곁에 다가선 화리는 말없이 그의 어깨를 두드렸다. 요즘 들어 안타까운 사랑을 하는 남자들이 많았다.

"어! 10시다. 야, 송민한. 너 이제 멍 때리지 마! 샷에 침만 흘려라! 진짜 입을 확 뜯어버릴 테니까. 언니도 이쪽으로 와요. 얼른!"

아련의 살벌한 경고와 함께 곧이어 시음회가 시작되었고 금세 카페가 북적였다. 민한은 사람들이 자신의 커피를 좋아하는 모습을 보면서 그런대로 제 기분을 찾아가는 것 같았다. 약 다섯 시간 가량 진행된 시음 행사에는 생각보다 꽤 많은 사람이 모여들어서 정신이 없었다. 물론 그들 중의 절반은 민한의 팬을 자청하는 젊은 여대생들이었다. 사실 민한은 카페에 다녀간 학생들이 몰래 사진을 찍어서 SNS에 올리는 탓에 온라인상에서 제법 알려진 인물이었다. 하필이면 그를 알아보는 대학 동기가 '화랑 대 의대 중퇴'라는 댓글을 떡하니 올리는 바람에 송민한은 뇌까지 섹시한 바리스타로 유명세를 치르고 있었다. 정작 민한은 그게 무척이나 거추장스럽고 불편하다. 오직 '커피 맛'이면 충분한데 왜 싫어서 때려치운 의대 이력이 주목을 받아야 한단 말인가. 서류에 적기 좋은 한 줄 이력 따위는 그 사람의 역사를 전혀 보여 주지 못하는데도 말이다.

아무튼, 뜻하지 않게 유명세를 치르는 민한 덕분에 시음회는 대흥행이었다. 민한은 정말 연예인이라도 되는 듯 팔에 매달리는 아가씨들과 사진을 찍고 사인도 했다. 이를 아니꼽다는 듯 흘겨 보면서 눈을 찢는 아련은 정작 자신을 보러 온 수많은 직장인 남성들이 호감을 표하는 시선을 눈치채지 못하고 있었다. 사람이 이렇게 한곳에 집중을 하면 모른다. 등잔 밑이 어둡다는 것을 말이다.

"드디어 끝났네. 와, 난 오늘 내가 떠든 말이 하나도 기억이 안 나요. 아까는 말이 꼬여서 '어서오시쇼!'라고 했다니까요. 엄마 따라온 꼬맹이가 어찌나 웃어대던지. 한 대 쥐어박고 싶었는데 겨우 참았네."

소파 위에 털썩 앉은 아련이 오늘 행사에 대한 소감을 전했다. 살면서 처음으로 한 공간에서 가장 많은 사람을 상대했던 화리도 지친 기색이 역력했다. 아련의 옆자리에 앉아서 그녀의 어깨에 기댄 화리의 입에서는 계속 지친 숨이 토해졌다.

"와. 그러게…… 장사 아무나 하는 게 아니네.

말이 좋아서 스승님이지 실상은 종일 서서 말하는 것이 직업이 었던 탓에 사람 상대하는 것은 어느 정도 인이 박였다고 생각했 다. 그래서 시음회는 우습게 생각했는데 이게 웬일, 장사는 시공 을 뛰어넘고 상상을 초월하는 기분을 느끼게 했다. 간, 쓸개는 가볍게 집에 두고 나온다는 말이 절로 실감 나는 순간이 한두 번 이 아니었다.

"괜히 감정노동이 아니었어. 딱 십여 초 상대하는 사람들한테 상처 받는 게 뭐 이리 쉬워. 너희 그동안 어떻게 이 일을 버텼니? 대단하다."

"그래도 오늘은 시음회니까 그나마 양호한 거예요. 평상시에 는 진짜 온갖 사람들이 다 모여. 자기가 주문 잘못 넣고서 부득 부득 우기면서 정신 나갔다고 소리 지르고, 손바닥에 동전 올려 주는 게 뭐 그리 어렵다고 거지한테 적선하듯이 내던지는 거…… 되게 흔해요. 그래서 상처도 안 받아, 이제는……. 아무튼, 언니 가 다 알아주니까 뭔가 위로받는 느낌이라서 좋다."

아련은 다 식은 커피를 홀짝이면서 민한을 곁눈질했다.

"송민한, 그렇지?"

"그러네."

팔짱을 낀 채 간결하게 대답하는 민한은 여전히 가라앉아 있 었다. 온종일 원두를 갈아내느라고 힘이 들어간 손목이 시큰거리 는 듯 팔목을 휘휘 돌리면서도 그에 대한 응석은 한마디도 없었 다. 노란 머리 총각이 바리스타라는 이름을 앞에 달게 되면 그는 좀 더 겸손하고 신실해진다는 사실을 잘 알고 있기에 화리는 민 한을 향해 작은 미소를 지었다. 정말 대견해서.

"밖이 어두워졌어요. 오늘도 다 끝났네……."

민한은 말끝을 흐리면서 길게 숨을 뱉어냈다. 결국, 아버지에게 전화하기를 포기한 민한이다. 사실 통화 버튼을 누르는 것쯤이야 일도 아니다. 하지만 몸이 다 큰 청년은 덩치에 맞지 않게 겁이 난다. 아버지의 힐난과 분노가 섞인 호통 소리가 귀로 흘러드는 순간이 말이다. 그러고 보니 사는 동안 칭찬이라는 것을 받아본 적이 없다는 사실에 새삼 또 서러워진다. 어둑해진 창밖을 바라보던 그는 계속 손에 쥐고 있던 핸드폰을 앞치마 주머니에 쑤셔 넣었다. 그러곤 마치 어떤 허전함을 이겨내겠다는 듯 주먹을 꽉 움켜쥐었다. 한참동안 민한의 옆얼굴을 몰래 바라보던 아련은 뭔가 생각난다는 듯 발을 구르면서 크게 손뼉을 쳤다.

"맞다! 나도 화훈 오빠한테 전화해야겠다."

민한이 만든 샤케라토의 인기가 좋아서 신메뉴 추가가 결정되었다는 소식을 전하기 위함이었다. 잔뜩 상기된 표정으로 전화기를 붙들고 있던 아련은 힘없이 수화기를 내려놨다.

"안 받아요. 무슨 일 있는 건 아니겠죠?"

"그러게. 온다고 하더니…… 별일 아닐 거야. 원래 바람돌이잖아. 또 어딘가 바람 따라 떠난 모양이지."

원래 시음 행사에 들러서 메뉴 추가를 결정하기로 했던 화훈은 감감무소식이었다. 오랜만에 화훈을 볼 수 있으리라 생각하면서 잔뜩 들떴던 아련의 표정이 금세 새초롬해졌다. 일부러 화훈이 예쁘다고 했던 '무민' 후드티까지 골라 입은 보람이 없었다. 입을 샐쭉하던 아련은 툭툭 신발을 벗어 던지더니 반가좌를 틀듯이 다리를 척 꼬아 올렸다. 치마를 입었음에도 그 몸짓이 거침이 없었다. 벽 한쪽에 기대어 서 있던 민한의 시선이 아련의 다리로 향했다. 하얗고 긴 다리가 매끄러웠다. 그녀가 발목을 주무르기 위해 움직일 때마다 치마가 펄럭이면서 하얀 속살이 드러났다. 이를 지켜보던 민한은 잠시 인상을 찌푸리더니 피곤한 두 눈을 문질렀다. 그가 찬장에 넣어둔 담요를 꺼내기 위해 손을 뻗던 그 때였다.

"저기요."

풍경 소리가 짤랑이면서 누군가 가게 안으로 들어섰다.

"아, 영업 끝났는데요."

"저기…… 그게 아니고……."

용기 있는 처자가 머리를 귀 뒤로 넘기면서 얼굴을 붉혔다. 그러곤 민한에게 초콜릿과 함께 작은 쪽지를 건넸다. 아담한 사이즈에 앳돼 보이는 여자는 귀여운 외모의 소유자였다. 민한은 불만스러운 표정으로 혀를 차는 아련을 한 번 쳐다보더니 입꼬리를 살짝 끌어 올렸다. 지금까지의 어두운 기운이 사라진 상냥한 얼굴로 여자가 건넨 초콜릿을 받아드는 모습에 아련은 정말 어이없다는 듯 입을 벌렸다.

"고마워요. 그런데 나는 초콜릿 안 먹는데."

"네? 아, 그…… 그럼 어떡하지."

"이것만 받을게요."

여자의 연락처가 적힌 쪽지만을 챙긴 민한은 초콜릿을 다시 그녀에게 건네면서 씨 웃었다. 보조개가 패는 특유의 웃음에 여자의 얼굴이 발그레해졌다. 이를 멀찍이서 지켜보던 아련은 팔짱을 끼면서 혀를 찼다.

"제 버릇 개 못 주지."

"왜. 아까는 차라리 발정 난 개…… 같은 모습이 더 어울린다고 하더니."

아련의 얼굴은 마치 바람 피우는 남자친구를 노려보는 여자친구의 그것처럼 험상궂었다. 툭 불거져서 씰룩여지는 입술이 귀여워서 화리가 큭큭거렸지만 아련은 제대로 듣지도 못했다. 무언가에 꽂히면 주변이 전부 지워지는 놀랄 만큼의 집중력을 가진 아련이다. 그리고 지금 그녀가 온 마음을 다하여 집중하고 욕을 하는 대상은 바로 민한이었다. 그의 손에 들린 연락처 쪽지를 뚫어져라 바라보던 아련은 이제야 뭔가 생각난 듯 눈을 반짝이면서 입술을 휘었다.

"언니, 며칠 거실래요? 난 3일."

송민한이 저 여자와 며칠이나 갈까에 대한 내기였다.

"에이, 아무리 그래도…… 한 달은 가겠지."

"두고 봐요. 내가 저 인간 연애사를 본의 아니게 많이 지켜봤는데…… 딱 봐도 느낌이 쎄해."

그로부터 일주일 뒤의 금요일이었다. 오늘은 십만 원이 걸려 있던 내기의 승부가 결정 나는 날이었다. 금요일이면 온갖 약속으로 공사가 다망한 민한이다. 그런데도 평소와 달리 일찍 집에 들어온 민한이 가방을 내려놓자마자 주방으로 향했다. 냉장고를 열고 맥주캔을 집어 드는 평범한 움직임이었지만 마치 범죄 현장을 추적하는 듯 화리와 아련의 눈빛은 조급하고 불안했다. 아련은 내심 긴장했지만, 일부러 표정을 더욱 편하게 푼 뒤 민한의 어깨를 붙잡아 돌렸다.

"초콜릿녀는 아직 만나는 중?"

빙빙 돌 필요가 없었기에 아련은 직설적으로 물었다. 그러자 민한은 피식 웃으면서 맥주 한 모금을 삼켰다. 그의 입술이 열리는 순간을 기다리는 그녀들의 표정이 무척이나 초조했다.

"민한아. 계속 보는 거지? 그렇지?"

참다못한 화리는 그의 팔을 흔들면서 대답을 재촉했다.

"아니요."

민한은 평소보다 보조개가 깊숙이 파인 얼굴로 화리의 기대를 박살냈다.

"예스!"

아련은 아주 큰 게임에라도 이긴 듯 크게 소리치며 주먹을 불끈 쥐었다.

"아흑! 민한아. 도대체 왜! 왜 그랬어!"

"미성년자더라고. 난 애들은 상대 안 해요."

무심하게 내뱉은 민한은 어쩐 일인지 거실이 아니라 자기 방으로 곧장 향했다. 그의 방문이 탁 닫히는 순간, 화리의 지갑에서 5만 원 두 장이 빠져나갔다. 머리를 싸매면서 절규하는 화리의 모습에 도욱이 진호를 향해 눈짓했다.

'뭐 아는 거 있어?'

'전혀.'

도욱의 물음에 진호도 어깨를 으쓱할 뿐이었다. 무언의 대화 속에서 얻은 것은 없었다.

"가만, 미성년자? 이상하네. 그 여자…… 모란 여대 잠바 입고 있었는데? 언니 옷을 빌려 입었나?”

궁금증이 돋은 아련은 고개를 갸웃거렸다. 하지만 이내 시들해졌다. 뭐, 아무려면 어때. 내기에서 이겼으면 됐지. 그녀는 상쾌한 기분으로 손바닥을 탈탈 털면서 웃었다.

“오빠들! 내가 치킨 살게요!”

“나는 마늘.”

“나는 순살!”

오늘 내기의 최대의 수혜자는 앉아서 구경만 한 도욱과 진호였다.

조용히 방에 들어온 민한은 씻을 생각도 못 한 채 침대 위에 털썩 앉았다. 닫힌 문 너머로 아련이 시끄럽게 떠들어대는 목소리가 청아하게 울려 퍼졌다.

“좋기도 하겠다. 애당초 성립이 될 수도 없는 내기로 판을 짠 주제에…….”

미묘한 웃음을 짓던 민한은 남아 있는 맥주를 단번에 들이켰다. 빈 캔을 찌그러뜨린 뒤 침대 위에 털썩 드러누워서 나지막하게 읊조렸다. 그것은 남몰래 지켜온 민한의 마음…….

“아, 이제 좀 답답하네. 그냥 말해 버릴까? 좋아한다고.”

“풉.”

“아, 진짜 오바하네. 뭐 얼마나 험한 소리를 들었다고 또 그렇게 격한 리액션이야.”

화리는 얼굴에 튄 물을 닦아내면서 동그랗게 눈을 떴다. 오늘은 도욱의 생일이었다. 마침 아침 당번이었던 화리가 도욱의 미역국을 끓였다. 사실 그녀는 진호와 아침 당번을 바꿨지만 도욱에게는 비밀이었다. 정작 도욱은 자신의 생일도 모르고 있었다. 아침부터 소란스럽게 '오빠 축하해요'를 외치는 아련 때문에 겨우 자신의 탄신을 기억해낸 참이었다. 이별 이후 도욱은 자신의 생일을 챙겨본 적이 없었다. 그야, 홍화리가 이별을 선언했던 날이 바로 자신의 생일이었으니까. 그게 못내 미안했던 화리는 그에게 미역국을 끓여줬고 받고 싶은 선물을 물었더니 그는 주저하지 않고 대답했다.

 '영화 보자', 그 별거 아닌 한마디에 화리는 물을 뿜었다.

 "생일 선물로 받고 싶은 게 뭐냐며? 영화 보자고 했잖아. 그게 그렇게 경기 일으킬 소리야? 물까지 토하면서!"

 사과를 사각사각 씹어 삼키면서 도욱은 정말 이해할 수 없다는 듯 투덜거렸다. 그 대수롭지 않다는 반응에 화리는 어벙해졌다. 사실 한편으로는 딱히 이상한 일도 아니었다. 친구들끼리도 영화는 보러 가니까. 다만 그와 그녀의 관계가 친구도 뭣도 아닌 셰어메이트와 옛 연인의 경계에 걸쳐 있다는 게 문제였다. 물론 그게 좀 더 스릴 있고 매력적이었지만.

 "그러니까 그 영화를 왜 나랑 봐야 하는데? 그냥 뭔가 필요한 걸 말해줘."

 "보러 갈 사람이 없으니까!"

 그 이상의 이유는 없었다. 반박할 수 없었던 화리는 그저 입을 꾹 다물었다. 도욱은 일부러 신문을 펄럭이면서 바람을 일으켰다. 그건 못마땅함을 드러내는 표현이었다.

"이 나이에 애니메이션 같이 보러 갈 사람이 흔할 것 같아? 다시 집가고 장가서 애들 데리고 어린이대공원 가는 게 정상이지! 그리고 필요한 거 없어. 홍씨 성을 가진 어떤 여자 덕분에 배운 게 있어. 필요한 건 내 손으로 직접 살 거야! 전부 다!"

잔뜩 쏟아낸 도욱은 씩씩거리면서 숨을 몰아쉬더니 고개를 홱 돌렸다. 앞서 당한 화리는 명한 표정이 되어 그의 움직임을 좇았다. 홱 돌아간 얼굴이 절묘하게 얼짱 각도가 된 덕분에 도욱의 잘난 얼굴이 더욱 잘나 보였다. 날카롭고 선이 강한 도욱의 빛나는 외모에 대하여 홍화훈은 '깎아놓은 밤'같이 생겼다고 표현했었다. 화리도 그 이상의 표현은 없다고 생각했다.

겉으로 보기에는 스포츠카를 좋아하고 비싼 와인을 즐길 것처럼 생겼지만, 그는 꽤 소박하다. 환경을 사랑하는 그는 친환경 전기차를 타고 칼질보다는 포장마차에서 닭똥집과 함께하는 소주 한잔을 좋아한다. 무엇보다 애니메이션을 좋아하며 깊이 감동하여 우는 것도 여러 번 봤다. 길 위의 동물을 사랑할 줄 아는 측은지심은 의사로서 그가 마주하는 환우에게도 다름이 없다. 화리가 도욱에게 빠져든 것은 아주 완벽해서 찔러도 피 한 방울 안 나올 성싶은 그가 보여준 의외의 틈 때문이었다. 그것은 인간미였다.

"좋아. 가. 영화 보러."

신경질스럽게 신문을 펄럭이던 도욱이 그제야 웃었다. 그의 소년 같은 천진한 웃음을 마주하면서 화리는 소녀처럼 설렜다.

"방문 단속했지? 가스 밸브도 잠갔고?"

"응. 다 했어. 이제 출발하면 돼."

함께 집을 나서는 기분은 어쩐지 좀 더 묘했다. 뭐랄까? 신혼부부가 함께 나들이 나가는 기분이랄까? 극장까지는 차로 고작 15분이었다. 편하고 빠르게 갈 수 있는 거리였지만, 도욱은 운전을 하는 대신 화리와 함께 걸어서 이동했다. 조금 더 오래, 편하게 노닥거릴 시간을 얻기 위해서였다. 이동 시간이 무려 40분인 뚜벅이 데이트였지만 다리가 아프다고 투정하는 이는 아무도 없었다. 옆에 있는 상대가 참 좋으니까.

"오늘, 날씨 진짜 좋다. 비 안 오겠지? 내 빨래, 안 걷고 마당에 그냥 널어두고 나왔는데…….

"주말까지 비 예보 없었어. 괜찮을 거야. 그보다…… 너, 또! 젖소 무늬 몸빼 바지 빨아 널었더라? 내가 분명히 보기 흉하니까, 그만 입으라고 했는데도?"

"왜! 싫어! 계속 입을 거야. 넌 그 옷이 얼마나 편하고 신기한지 몰라서 그래. 마치 안 입은 것처럼 몸이 가볍다니까? 그래서 진호 씨는 하나 더 산다고 난리인데 왜 자꾸 흉하대?"

"그래서 보기 흉하다고! 네가, 왜! 하진호랑 커플룩처럼 똑같이 생긴 바지를, 그것도 버젓이 내 앞에서 입고 돌아다녀?"

"그럼 너도 입어."

"뭐?"

"나랑 진호 씨랑 커플룩 하는 거 싫으면, 너도 입으면 되잖아. 셋이 해. 커플!"

진심이 담긴 듯 멀뚱한 화리의 표정에 도욱은 어이없음을 표하면서 입을 벌렸다. 화리는 입술을 살짝 깨물면서 비집고 나오려는 웃음을 참는다. 어쩌면 이 남자는 이렇게 제 감정을 전부 보여줄까. 물론 그래서 감당이 안 될 때도 있지만, 음흉하게 속을 보이지 않는 것보단 훨씬 순수하다. 그래서 화리는 그를 따라서 아주 천천히 제 안의 모든 감정을 보여줄 생각이었다. 이제는 숨기고 누르면서 억지로 참지 않아도 되니까. 화리는 남의 남자가 아니라 완전한 솔로가 되어 돌아온 그에게 묻고 싶은 게 있었다. 왜, 돌아왔느냐고. 혹시, 나 때문이냐고. 그렇게 직설적으로 물으면 담백한 남자는 분명히 망설이지 않고 답을 줄 터였다. 하지만 쉽게 입을 열어서 조잘거릴 수 없었다. 그의 모든 말을 듣는 순간, 한꺼번에 터지듯 밀려나올 사랑을 그녀조차도 감당할 수 없어서. 그래서 오늘도 화리는 하고 싶은 말을 누르고 슬쩍 도욱의 팔을 붙잡았다. 흠칫 놀란 그의 눈이 살짝 커졌다가 제자리로 돌아오더니, 툭 불거졌던 오리 주둥이도 다시 쏘옥 들어갔다.

"뭐 하는 짓이야?"

괜히 좋으면서 퉁명스레 물었다. 사실, 심장 박동이 너무 빨라져서 가슴이 쿵쿵 울린다.

"손이 허전해서 뭐라도 잡으려고."

"뭐냐, 애처럼. 왜? 풍선이라도 하나 사줄까?"

화리는 은근한 미소로 고개를 흔들면서 그에게 조금 더 바싹 다가섰다. 마치 팔짱을 끼듯 더 친밀하게 자세를 바꾸면서 키 큰 남자를 향해 고개를 들어올렸다.

"옆에 네가 있는데, 왜 다른 걸 잡아."

앞뒤 다 자르고 전해지는 여자의 말이 가슴을 찌르고 들어와서 전신으로 퍼진다. 뭉친 혈맥이 제대로 터지는 그 기운이 너무

공유하실래요?

따뜻해서 도욱의 입술은 마치 뭐라도 칠한 듯 붉어졌다. 뭐지 이 여자? 꼭꼭 숨어서 철벽을 치는 통에 사람 까무러치게 하더니, 이제 제대로 빗장 열어주는 건가? 그런데 왜 하필 타이밍이 길바 닥인가. 화리가 이토록 깜찍하게 제 마음을 흘려줄 것을 알았다 면 영화 따위 보러 나오는 게 아니었다.

'아, 몸이 위아래로 욱신거려. 어떻게 참으라고…… 젠장! 그냥 집에 있을걸…….'

이를 사리문 채 뭔가 불편함을 표하는 남자의 얼굴을 바라보 면서 화리는 고개를 갸웃거렸다.

"왜 그래? 어디 아파?"

그녀가 눈을 깜박이면서 얼굴을 살피는 순간 도욱은 마치 첫 사랑을 들킨 것처럼 얼굴이 붉어진다. 길바닥에서 몸이 이상해 졌다고 하면 이 여자가 까무러칠 테지. 그래, 무슨 발정 난 개냐 고 악을 쓰면서 뿌리칠지도 모른다. 그러니까 지금, 할 수 있는 건 좋으면서 싫은 척하는 거다.

"홍화리, 너 말이야. 너랑 나는, 지금 고작 셰어메이트일 뿐인 데…… 너무 친한 척하는 거 아니야?"

"친한 척? 아, 팔짱 끼는 거?"

그녀가 싱긋 웃으면서 조금 더 몸을 밀착시키자 도욱은 크게 숨을 삼켰다. 가까이 닿아 있는 여자의 존재감 때문에 뒷목이 저 릿했다.

"그래. 너무 과하…… 다고. 좀, 떨어져."

그는 슬쩍 팔을 비틀면서 자신을 붙들고 있는 여자의 손을 떼 어냈다. 물론 아쉽긴 하지만 지금으로선 방법이 없다. 몸이 더 민망해지기 전에 저 요망한 여자의 야릇한 손길에서 벗어나는 게 우선이었다.

한편, 화리는 그가 자신을 밀어내는 것에 서운함을 느끼기는커녕 조금 더 즐거워졌다.

'뭐야, 지금? 쑥스러워하는 거야?'

화리는 도욱의 붉어진 낯빛을 즐기면서 장난기가 돋았다. 진호의 말에 따르면 김도욱 놀리기가 세상에서 제일 재밌는 소일거리라던데, 그 이유를 알 것도 같다. 그리고 지금 그 재미를 좀 제대로 느껴보고 싶다. 그동안 저 남자 때문에 마음고생이 너무 심했으니까. 이 정도 보상쯤은 누려도 될 테지. 화리는 얼굴에 만연한 웃음으로 그의 팔을 툭 치면서 먼 곳을 바라보던 남자의 시선을 다시 제 것으로 만들었다.

"팔짱이 과해? 어째서? 진호 씨랑 나는, 맨날 팔짱 끼고 다니는데."

"뭐?"

붉어졌던 얼굴이 더욱 크게 화끈거렸다. 방금 전까지 몸을 지배했던 것과는 전혀 다른 열기가 피어오른다. 이건 짜증이다.

"뭐라 했어? 지금! 하진호랑 팔짱 낀다고?"

"응. 우리는 촬영 다닐 때도, 집에 올 때도…… 항상 팔짱 껴. 그래서 너한테도 똑. 같. 이! 하는 건데?"

"하지 마! 똑같이! 어째서 나랑, 하진호가 같아! 말이 돼? 너 내가 분명히 들으라고 했지. 너랑 하진호가 잘되는 꼴은 절대 못 본다고."

"여기서 그 얘기가 왜 나와! 그냥, 진호 씨한테 팔짱 꼭 끼던 습관이 너한테도 나온 거야. 그러니까 부담 갖지 마. 특별히 친한 척하는 거 아니니까. 너도, 진호 씨도 그냥 다! 한집에 사는 사람들이잖아."

도욱은 크게 한숨을 내쉬더니 고개를 옆으로 까닥이면서 아주 불량스럽게 눈을 치뜬다.

"홍화리! 내가 지금 분명히 말하는데, 나는 이제 안 해! 그냥, 한집에 사는 사람, 하진호랑 동급! 그딴 거 내가 안 한다고!"

"그럼 소금마귀?"

"아, 정말……. 걔도 싫어! 그거 진짜 싫다고!"

수줍은 소년의 얼굴은 온데간데없이 사라지고 떼쟁이 오리가 다시 소환되었다. 가만히 서 있어도 흠모하는 시선이 저절로 고이는 멋스러운 남자가 길 한복판에서 온갖 투정을 다 부린다. 그러니 길을 제대로 못 가고 보고 또 쳐다보는 게 당연하지. 거칠게 씩씩거리던 도욱은 화리가 큭큭거리는 소리에 겨우 정신을 차린 뒤 그제야 주변을 돌아본다. 제법 커진 눈으로 주변에 모여든 사람들을 흘겨보면서 귀 끝이 붉어진 남자가 아주 거칠게 제 머리를 흩뜨렸다.

"아, 젠장……."

이제야 제대로 알았다. 목 막힌 순간에 사이다를 마시는 기분이 어떤지 말이다. 이 남자, 이 맛에 놀리는구나. 화리는 참을 수 없을 정도로 크게 터지는 웃음 때문에 손으로 입을 틀어막았다. 꽉 막지 않으면 그대로 박장대소를 할 것 같아서 입을 막은 손에 더욱 꽉 힘을 주었더니만, 일순간 입술 위로 찬 공기가 스며든다. 어느 틈에 그녀의 팔을 낚아챈 도욱이 힘이 실린 눈으로 그녀를 보면서 붉은 입술을 씰룩인다.

"팔짱 필요 없어. 손잡아, 손! 너는 이제, 하진호랑 안 하는 것만! 나랑 해."

"친한 척하지 말라며?"

"해! 하라고! 나도 실컷 할 거니까!"

화리는 그 이상 농담처럼 말을 건넬 수 없었다. 그의 신실한 눈빛이 여자의 눈을 타고 넘어가서 머리에 새겨지고, 가슴을 콕콕 쑤신다.

"이제, 가. 영화 보러."

도욱은 그녀의 손을 꽉 붙든 채 그 이상의 말 없이 성큼성큼 걸음을 옮겼다. 그의 큰 걸음에 끌려가는 화리가 조금 벅차 하자 그는 조금씩 보폭을 줄인다. 손으로 전해지는 열기 때문에 화리는 눈언저리가 뜨끈해졌다. 마치 꽉 얼었던 얼음 덩어리가 산산이 조각나서 스르륵 녹아버리는 기분이다. 빗장이 사라진 자리에서 마주한 고시생 홍화리, 그녀는 사랑, 그까짓 거 하지 않아도 살 수 있다고 검은 눈을 치뜨면서 사랑을 버렸던 여자다. 빗장 속에 숨겨 두었던 그 여자의 등을 토닥이다 보니 조금 알 것도 같다. 사람이, 사랑을 왜 하는지……. 그건 아마도, 살아 있다는 생의 감각을…… 확인하고 싶어서가 아닐까. 맞닿은 눈의 떨림, 빨라지는 호흡, 뜨거워지는 체온, 마디마디 저릿한 감각의 향연, 그 모든 육체의 변화 그 꼭대기에 인간이 지닌 최상의 감정 '사랑'이 있다. 화리는 도욱의 손을 타고 전해는 떨림을 제 안으로 가져가면서 다짐했다. 사랑을…… 하면서 살 거라고.

"옜다, 생일선물. 영. 화. 티. 켓!"

"고맙다. 진짜 고맙다!"

표를 받아든 도욱은 한껏 웃었지만, 이를 집어 든 손에는 잔뜩 힘이 들어갔다. 사실은 한숨을 내쉬고 싶었다. 홍화리 참 대단하구나 싶어서. 영화라는 게 데이트를 위한 구실이라는 것을 눈치챌 법도 한데 영화티켓을 진짜 선물로 주는 여자다. 그런데도 정말 제대로 선물을 했다는 듯 만족스럽게 웃는 여자도 홍화리다. 그래서 불만은커녕 가슴이 뛰니, 역시 사랑이다. 이 여자가…….

"어, 이제 시작한대! 들어가자, 우리도!"

오랜만의 외출에 들뜬 듯 그녀는 동그랗게 뜬 눈으로 도욱의 팔을 잡아끌었다. 그래, 뭐. 천천히 가자. 이런 속도라면 올해의 끝에는 영화 티켓 50장 정도는 충분히 모을 수 있겠지. 아니다. 밖에 나오지 말고 집에서 DVD를 보자. 다 내쫓고 단둘이서. 그게 훨씬 더 생산적일 테니까. 도욱은 저 혼자만의 음흉한 생각을 극장 안의 어둠 속에서 마음껏 펼쳤다.

"왜 그래?"

"아니, 의자가 좀 불편해서……."

화리는 오랜만에 함께 영화를 보는 남자 때문에 어떤 자세를 잡아도 불편했다. 그것은 도욱도 마찬가지였다. 화리를 힐긋 쳐다보던 도욱은 자신의 깍지 낀 손에 힘을 꽉 주었다. 화리의 손을 붙잡고 싶었지만 참고 또 참았다. 영화를 보는 내내 화리의 양손은 바쁘게 움직였다. 한쪽 손으로는 계속 팝콘을 집어 먹고 다른 손으로는 콜라를 손에 꽉 쥔 채 연신 홀짝인다. 그래서 저 손을 붙잡을 틈이 없다. 사실, 화리는 극장 안에서 스킨십하는 것을 지구 재앙쯤으로 여긴다. 공공장소에서 할 짓이 아니라나 뭐라나. 그래서 지금껏 도욱은 그녀의 어깨 위에 팔 한쪽 걸쳐본 적이 없다. 그런데 지금 해보고 싶으니 어쩐다. 화리의 오른손은 잠시 팝콘 먹기를 멈춘 뒤 부스러기를 털어내고 있었다. 슬쩍 눈치를 살피던 도욱은 결국 참지 못하고 그녀의 손을 꽉 움켜잡았다.

"뭐, 뭐 하는 거야?"

소곤거리는 여자의 목소리가 살짝 떨렸다.

"친한 척하기로 했잖아. 계속해야지. 친한 척!"

도욱은 스크린에 시선을 고정한 채 무덤덤하게 말했다. 사실은 한 대 맞을까 봐 무섭다. 그런데도 두려움을 이기고 빠져나가는 여자의 손을 좀 더 다부지게 붙잡았다.

"왜 이래, 정말!"

도욱은 모른다. 그녀의 양손이 아주 바쁘게 움직였던 진짜 이유를 말이다. 사실, 화리는 진작부터 배가 터질 것처럼 빵빵했지만 계속 팝콘을 먹고 또 먹고 있었다. 옆자리 남자가 주는 긴장감을 이겨내기 위해서. 그런데 덜컥 손을 붙잡혔으니 지금까지의 노력이 무슨 소용이란 말인가.

"친한 척이든 뭐든, 나가서 해. 얼른 놔."

화리는 아주 작게 목소리를 줄이면서 그의 손을 힘주어 떼어내고자 했다. 그런데 꿈쩍도 안 한다.

"놔…… 놓으라고."

도욱은 아예 붙잡은 손을 자신의 겉옷 주머니 안에 쏘옥 밀어넣으면서 심드렁한 표정으로 대꾸했다.

"무서워서 그래."

"뭐?"

"무서운 장면이잖아."

"뭐래."

어이가 없었다. 사자와 얼룩말이 동물원 탈출해서 마다가스카 로 떠나는 애니메이션의 어느 부분이 무섭다는 것일까? 혹시 서 커스단으로 동물들이 팔려가는 장면에서 무서워진 건가? 김도욱 이라면 그럴 수 있나?

"옆에 네가 있어서 다행이야. 다른 여자였으면 어쩔 뻔했어."

제 행동을 합리화하기 위해서 던지는 말임을 안다. 그런데, 생 각만으로도 딱히 기분이 좋진 않았다. 결국 화리는 잡힌 손을 빼 내지 못했다. 도욱의 옷 속에 가려진 자신의 손이 어떤 모습일지 궁금하다. 그가 일순간 손에 힘을 줄 때마다 어깨가 움찔거렸다. 화리는 그런 자신의 잔망스러움이 싫어서 인상을 찌푸렸다.

"깍지는 끼지 마."

"합리적인 이유는?"

"없어."

"그게 뭐야. 괜히 튕기는 거지."

화리는 그의 야릇한 시선을 피해서 목을 휘휘 돌렸다. 도욱은 빙긋이 웃으면서 손가락 틈을 벌렸다. 그러곤 여자의 작은 손가 락 사이사이에 자신의 손가락을 맞닿게 교차시켰다. 자신의 경 고를 무시하는 남자 때문에 화리는 눈을 부릅떴다.

"자꾸 말 안 들어라? 너 진짜 죽는다."

화리는 도욱에게만 들리도록 일부러 그의 귀에 대고 험한 말 을 속삭였다. 도욱은 작게 터지는 웃음을 삼키면서 그녀의 귀에 대고 똑같이 속삭였다.

"지난번에 말했지? 네 숨소리 야하다고. 여기서 나 이상해지는 거 보고 싶지 않으면 그만 조잘거려."

"너 진짜……."

마음 같아서는 소리라도 치고 싶은데 장소가 좋지 않았다. 화리는 영화가 끝나기만을 기다리면서 발을 동동 굴렀다. 여전히 손은 붙잡힌 채로.

"그냥 좀 봐줘."

"됐어. 조용히 해. 넌 나가서 봐."

"나 진짜 무섭다고! 세상에. 알렉스가 팔려가기 직전이야. 꿈에 나올까 봐 두렵네."

"어이없어. 김도욱."

"나도 알아."

마주친 시선 너머로 어쩔 수 없이 웃음이 터졌지만, 공간이 공간인지라 입을 틀어막았다. 나이를 잊은 철없음. 그것은 마치 처음 연애를 시작하는 풋풋함을 마주하게 해서 미치도록 설레는 순간이었다.

"집에 언제 갈 건데? 벌써 한 시간째잖아."

"잠깐만. 이것만 보고."

영화를 보고 나온 뒤 도욱은 화리를 여기저기 끌고 다니면서 가방을 구경했다. 명목은 어머니 생신 선물이라고 했지만 고르는 것은 전부 다 젊은 여자 취향이었다.

"저거 해봐."

"딱 봐도 어머님들 취향이 아닌데?"

"아, 그냥 좀 해봐!"

도욱이 매장 안으로 등을 떠밀었지만 화리는 발에 힘을 딱 준 채 버텼다.

"프리티 우먼 놀이 할 생각이면 딴 데 가서 알아봐. 내가 네 뻔한 수를 모를 것 같아? 잘 어울리니까 그냥 너 메! 뭐 이런 말 할 작정이면 그 입 닫아. 나 안 보는 동안 이런 오글거림만 연구했어? 진호 씨가 얼마 전에 김도욱이 오글거림을 탑재했다고 하더니 이런 거였구나."

요망한 여자가 어쩜 그리도 얕은수를 잘 알아내는지, 덕분에 뒷목이 다 뻣뻣할 지경이었다. 결국, 도욱은 여자와의 신경전에서 이기기 위해 자신이 가장 자신 있는 카드를 꺼냈다. 그 카드를 꺼내면 도욱은 져본 적이 없었으니까. 묘한 웃음을 짓던 그는 새초롬한 표정을 짓는 화리의 어깨를 껴안듯이 잡아당겼다. 역시 여자의 눈이 동그랗게 커졌다. 점원들이 홍조를 띤 채 속닥거리든지 말든지 도욱은 대놓고 그녀의 목 언저리에 부드러운 숨결을 불어넣으면서 속삭였다. 마치 목에 닿을 듯 말 듯 스치고 지나가는 입술에 화리는 눈을 부릅떴다.

"홍화리 씨. 잊고 계신 모양인데 오늘은 제 생일이거든요. 생일……."

일부러 말을 늘어뜨리는 야릇한 목소리가 귓가를 파고들었다. 화리는 생일이라는 말이 이토록 야하게 들릴 수 있다는 것을 살면서 처음 알았다. 그 낯간지러운 숨결을 참지 못한 화리는 진저리를 치면서 그의 품을 벗어났다. 도욱은 여유 만만한 표정으로 어깨를 으쓱할 뿐이었다.

"사람들 보는 데서 무슨 짓이야. 너 내가 이런 짓 싫어하는 거 몰라서 이래!"

"아니까 한 짓이지. 내가 프리티 우먼 놀이 하고 싶은 거 눈치챘으면 그냥 좀 같이하시죠. 홍화리 씨. 사람들 보는 데서 더한 짓을 하기 전에!"

결국, 화리는 작은 크로스백을 착용했다. 사실 여태까지 본 중에 제일 괜찮아 보였다. 그런데 그게 백 단위의 가격이라는 것이 문제였다. 그러고 보니 도욱이 석 달 치 인턴 월급을 모아서 처음 사줬던 그 가방은 오백만 원이었다. 어마어마한 가격도 문제였지만 커다란 책을 등에 짊어지고 다니는 고시생한테는 이용 가치가 없는 선물이었다. 그래서 불같이 화를 냈다. 첫 월급으로 부모님을 챙기지 않고서 여자한테 선물을 바치는 남자는 홍화훈 못지않은 후레자식이라고 쏘아붙였다. 그랬는데, 지금 저 남자가 또 가방을 떠안긴단 말인가. 가방, 그놈의 것이 뭐라고 여자를 폄하하는 상징이 되어서 사회적인 이슈까지 되는 마당에 왜 꼭 저걸 못 사줘서 안달인지. 화리는 속이 갑갑했다. 역시, 이건 아니다. 그녀는 미련 없이 가방을 내려놨다.

"괜찮은 것 같지?"

"난 해보라고 해서 해봤으니까 어머니 선물은 이제 네가 골라. 간다."

화리는 무덤덤한 표정으로 얼른 가게를 빠져나갔다. 도욱은 벌써 앞서 걷는 화리의 뒷모습을 좇으면서 어쩔 수 없이 다시 가방을 내려놨다. 하여간에 저 대쪽 같은 성질머리는 도무지 이길 수가 없다.

"걸음도 빨라. 금방, 또 어디 간 거야?"

총총거리면서 뛰어가던 화리의 모습이 보이지 않아서 바쁘게 걸음을 옮겼다. 모퉁이를 돌자 그녀의 뒷모습이 보였다. 무슨 일인지 복도 중간에 우뚝 멈춰 서 있었다. 하필이면 사람의 인적이 드문 으슥한 곳이었다. 그녀가 작정하고 따져 물으면서 몰아붙이기 딱 좋을 장소였다. 첫 번째 가방 선물의 악몽을 떠올리면서 도욱은 흠칫 몸을 떨었다.

"왜, 왜 그래?"

그녀의 어깨를 툭툭 치면서 안색을 살피는 그의 눈빛이 제법 불안했다.

"저기."

"어?"

"저쪽에……."

그녀가 가리키는 곳을 따라 시선을 돌린 도욱의 눈이 조금씩 커졌다. 멍하니 벌어졌던 입을 급하게 다문 뒤 떨리는 목소리로 부른 그 이름은…….

"지유 누나?"

화리와 도욱을 마주한 여자는 당황한 기색이 역력했다. 그녀가 슬금슬금 뒤로 물러서자 그녀의 옆에 서 있던 꼬마 아이가 지유의 다리에 매달렸다.

"엄마. 엄마!"

"엄마?"

화리는 그 생경한 단어를 제 입으로 뱉어낸 충격에 멍하니 입을 벌렸다. 그 옆에 선 도욱의 표정이 조금 굳어졌다. 그는 아이를 향해서 크게 팔을 뻗으며 겨우 작은 미소를 지었다.

"승리야, 이리 와."

계속 어른들 사이를 왔다 갔다 하던 아이가 도욱을 알아본다는 듯 까르륵거리면서 웃었다. 그의 품에 폭 안기는 아이의 모습이 너무 자연스러워서 화리의 눈이 크게 흔들렸다. 이게 무슨 상황이지? 제대로 묻고자 해도 목소리가 나가지 않았다. 어느새 도욱은 아이를 품에 안은 채 가만히 등을 토닥이고 있었다.

"화리야, 오랜만이네."

정다운 목소리에 이끌려 옆으로 고개를 돌린 화리는 계속 눈만 깜박였다. 눈앞의 상대가 마치 환영처럼 뿌옇다. 문지유, 홍화훈의 이혼한 전처이자 화리의 새언니였던 사람이다. 바로 홍화훈의 첫사랑, 백아련의 숙적…… 그녀가, 다시 나타났다. 홍화훈을 똑 닮은 아이와 함께. 홍화훈은 결코 아이를 낳을 수 없는 남자였는데도…….

"어떻게 된 거예요?"

"보시다시피. 잘 살아."

지유는 자신을 보라는 듯 두 팔을 넓게 벌렸다. 자신만만하지만 어딘가 모르게 허전해 보이는 그 모습에 화리는 가슴이 먹먹해졌다. 문지유, 그녀를 다시 마주한 것은 지유가 홍씨 집안과 인연을 끊은 이후 처음이었다. 그녀와 헤어지고 난 이후 화훈은 한동안 정신을 차리지 못하고 흔들렸었다. 그가 업계에서 가장 바쁜 건축사무소로도 부족해서 셰어하우스, 커피숍 등 이런저런 사업을 벌이는 이유는 하나였다. 문지유를 지워내기 위해서. 그리고 그 작업은 현재 진행 중이었다.

"아이는요?"

'아이'라는 말을 입에 담으면서 화리는 테이블보를 꽉 움켜잡았다. 지유는 옅은 미소를 지을 뿐이었다. 그녀들의 시선이 동시에 승리라는 이름의 꼬마에게 향했다. 아이를 바라보는 지유의 표정은 영락없이 아이 엄마였다. 승리는 어린이 놀이터에서 도욱과 스스럼없이 어울리고 있었다. 아이의 얼굴은 화훈의 이목구비를 그대로 옮긴 것처럼 그와 똑 빼닮았다. 마치 어린 시절 화훈을 다시 보는 듯했다. 밝게 웃고 낯가림이 없는 모습도 신기할 만큼 그와 닮아 있었다.

한참 동안 아이를 바라보는 화리의 눈가가 붉어졌다. 구김살 없이 잘 자란 모습이 보기 좋았지만, 가슴이 쓰렸다. 저 아이의 밝은 웃음을 만들어주기까지 지유가 얼마나 많이 울었을지 굳이 묻지 않아도 알 수 있었으니까.

"홍화훈을 닮아도 너무 닮아서, 거짓말도 못 하겠네. 맞아. 그 인간 아들이야. 그리고 내 아들이고. 올해 다섯 살."

지유는 덤덤하게 말했지만 화리는 숨이 급해졌다. 예상하고 있었지만, 현실로 다가온 얘기는 받아들이기 힘들었다. 혼란스러운 마음을 가라앉히기 위해 맥없이 물만 들이켰다. 이혼할 당시에 저 아이의 존재를 아는 사람은 홍화훈을 포함하여 아무도 없었다. 그리고 저 아이는 설고 이 세성에 등징할 수 없는 존재였다. 그런데도 버젓이 눈앞에 있다니, 꿈이라고 해도 너무 가혹한 악몽이다.

"우리 승리는 기적의 선물이야. 홍화훈이 정관수술하기 직전, 정말 아슬아슬하게 나한테 왔거든. 그래서 이따금 저 아이를 가만히 바라볼 때마다 나 역시도 신기루를 보는 것처럼 멍해져. 그래서 네가 놀란 마음 감추지 못하는 거 충분히 이해해."

"김도욱은요? 알고 있었어요?"

"응. 지난번에…… 아이 목에 자꾸 멍울이 생겨서 병원에 갔다가 봤어. 우리 승리가 임파선 결핵이거든."

"아……."

아이가 아프다는 소리에 화리의 눈이 멍하니 떠졌다. 지유는 특유의 지적인 목소리로 조곤조곤 말을 이었다.

"담당의사가 도욱이더라. 이름 보고 혹시나 했는데 맞더라고."

"그럼 벌써 꽤 된 일을……."

"내가 말하지 말라고 부탁했어. 지금처럼…… 어색하게 마주하는 일 만들어서 또 시끄러워지고 싶지 않으니까. 도욱이는 잘못 없어. 그런데 결국 만나고 말았네. 내가 심혈을 기울여서 도망친 보람도 없이."

싱긋 웃으면서 물 한 모금을 마시는 몸짓이 섬세하고 우아했다. 패션 잡지 디렉터인 그녀는 지금껏 프랑스에서 아이와 함께 지냈었다고 떠났던 시간의 이야기를 전했다. 이번에 한국 지사가 새롭게 개편되면서 출장을 나오게 되었는데 아이가 발병해서 좀 더 오래 머물게 되었다는 얘기도 덧붙였다.

"지금껏 싱글맘도 부족해서 워킹맘으로 살았지. 그래도 아이가 제법 성격이 무던해서 까다롭게 구는 게 없었어. 덕분에 나는 재를 제대로 키우고 있다 착각한 거지. 내가 해준 음식 먹이지

공유하실래요?

못하고 매일 밤 몸 아픈 곳 하나하나 살피지 못하면서도 계속 믿었어. 잘 크고 있다고…… 그런데 결핵이라니, 정말 미치겠더라. 그게 영양부족이 원인이라잖아. 음식 투정 안 하는 아이야. 그런 애가 저렇게 아픈 건, 뭐겠어. 제대로 못 먹인 내 탓이지. 정말, 숨 쉬는 것도 죄스러워. 심장이 찢기는 기분, 그거 홍화훈하고 헤어지면서 한 번 겪었던 일인데도 감당이 안 돼. 아니, 비할 수가 없어. 저 애는 내가 낳았으니까. 서류 한 장으로 깔끔하게 헤어지는 무촌, 홍화훈하고 감히 비교가 안 돼. 내 아들은……."

화리는 아픈 아이를 언급하면서 그늘진 지유의 얼굴에 숨이 턱턱 막혔다. 그녀는 새언니인 지유를 친언니처럼 따랐고 참 많이 좋아했었다. 지유가 화훈과 이혼한다고 했을 때 제일 반대했던 것도 화리였다.

"오빠는요? 승리에 대해서 알고 있어요?"

지금의 쓰라린 상황을 맞이하게 한 장본인 홍화훈을 떠올리면서 화리는 이를 갈았다.

"알아."

"정말요?"

믿을 수 없어서 재차 물었다. 지유가 희미하게 웃으면서 고개를 끄덕였다. 근 한 달간 홍화훈이 연락이 되지 않았던 게 이 때문이었나? 지금 이 호랑말코는 도대체 어디서 뭘 하는 거지? 화리는 얼음을 꽉 깨물었다. 계속 물을 마셔도 목이 탔다. 홍화훈의 이름이 거론되는 순간부터 화리는 좌불안석이었다.

"오빠. 도대체 어떻게 본 거예요?"

지유는 덜덜 떨리는 화리의 손을 가만히 토닥이더니, 평온한 표정으로 말을 이었다.

"지난달에 대학 동문회가 있었어. 안 가려고 했는데, 우리 잡지사 광고 수주 따주는 클라이언트가 또 동문회장인 거야. 하필이면……. 뭐, 다 지나고 보니까 그냥 우습더라. 그날은 운명의 여신이 조금 심심했던지 날 갖고 놀고 싶었던 모양이라고 생각하고 있어."

한층 짙어진 눈빛의 지유의 입가에는 복잡미묘한 웃음이 걸렸다. 그게 몹시도 쓸쓸해 보였지만 화리는 차마 위로의 말도 건넬수 없었다.

"그래서 인사차 잠깐 들렀는데 거기에 홍화훈이 딱! 잘난 듯이서 있더라. 학교에 제 이름 붙은 건물이 도대체 몇 개야? 어마어마하신 스타께서 도착하시는 순간 빛이 나더라. 눈에 띄지 않으려야 않을 수가 없을 만큼 눈이 부시는 자태였어. 너무 눈이 부셔서 얼굴이 찌푸려질 만큼……."

그날의 기억을 자기 입으로 되새기면서 감정이 복받치는 듯 지유는 잠시 말을 멈췄다. 평온한 미소를 짓던 눈가에는 어느새 물기가 서려 있었다. 전남편과의 운명적인 재회의 애틋함 따위는 없었다. 마치 서로 처음 보는 양 사람들 앞에서 명함을 주고받고 와인도 한잔했다. 아무렇지 않게 근황을 물었고, 보기 좋다면서 너스레를 떨었다. 그때 승리는 입원 중이었지만 지유는 아무것도 내색하지 않았다. 그렇게 스치듯 마주한 만남의 잔상은 훌훌 털어내면 그만이었는데 간호사에게 급하게 연락이 왔다. 아이가 엄마를 찾으면서 자지러지게 운다고. 그때부터 지유가 지켜왔던 모든 것이 전부 헝클어졌다.

"정신이 나가서 뛰어나갔는데…… 손이 떨려서 차 키가 꽂아지질 않는 거야."

그날의 떨림이 다시 찾아오는 듯 지유의 말끝이 흔들렸다.

"그때 누가 차를 태워줬어. 난 그게 누군지도 모른 채 그저 우리 승리 생각뿐이었지. 병원에 도착했을 때 도욱이가 승리를 안고 있었고 긴장이 풀려서 바닥에 주저앉았어. 간호사가 흔드는 바람에 겨우 정신이 들었는데, 내 옆에 서 있는 사람의 잘 닦인 구두가 보이는 거야. 아, 날 태워다 준 사람이구나. 인사를 해야지 생각하면서 문득 고개를 들었더니……."

"그게 오빠였네요."

"응. 홍화훈이었어. 우리 승리가 저 아저씨 누구냐고…… 혹시 아빠야? 이러는데…… 홍화훈이 뒷걸음질을 치는 거야. 그 꼴을 보면서 세상이 나한테 이럴 수 있나 싶을 만큼 원망스러웠어. 천하의 문지유 인생이 진짜 뭐 이래."

화리는 숨죽여서 지유의 말에 집중했다. 화훈과 지유는 같은 대학 선후배로 만나서 동거를 했었다. 과에서 제일 예쁘다고 소문났던 지유는 스물 한 살이었고 화훈은 스물두 살이었다. 부모의 감시를 벗어나서 어린 나이에 시작한 동거의 재미에 푹 빠져 있었던 것은 오래가지 못했다. 오랜만에 딸을 만나러 온 지유의 어머니께 홍화훈이 팬티 차림으로 문을 열어준 덕분에 그들은 결혼했다. 양반가의 후손이며 종갓집 며느리인 지유의 어머니는 딸의 자유로운 삶에 기함했고 곧장 화훈의 어머니를 찾았다. 훼손된 딸의 처녀성이 방탕함으로 이어지지 않는 방법은 결혼밖에 없다면서 화훈에게 지유에 대한 책임을 요구했고, 그는 이에 대해 큰 거부감을 표하지 않고 수긍했다. 당시에 군대를 빨리 다녀온 화훈은 건축과 1학년으로 복학한 상태였고 지유는 불문과 2학년이었다.

이제 막 대학 생활을 시작하는 어린 부부의 결혼 생활은 그럭저럭 나쁘지 않았다. 본격적인 문제는 지유의 졸업 즈음해서 발생하기 시작했다. 풋풋한 어린 티를 벗고서 제대로 여인이 된 지유의 사랑이 최고조에 달했던 그 시점, 화훈은 제대로 한눈을 팔기 시작했다. 그 상대는 바로 건축……. 그는 느닷없이 여행을 떠나고, 말없이 잠수타고, 또 갑자기 나타나서 건축 디자인 도면을 떴다. 그의 기인과도 같은 생활 덕분에 그의 건축 영감은 모두가 훔치고 싶어 할 만큼 기발했다. 그가 졸업 이후 본격적으로 건축가로서의 입지를 다져가는 사이 지유는 혼자였다. 이상적으로 꿈꾸는 안정된 가정에서 꼭 있어야 할 상대, 남편…… 화훈은 언제나 그 자리를 비운 채 저 혼자만의 세상을 훨훨 날았다. 그가 세상의 탄성을 자아내는 집을 만들어내는 시간, 정작 지유는 둘의 보금자리에서 혼자 남겨진 채 외로움과 싸워야 했다. 그래서 원했다. 그를 똑 닮은 아이를 말이다. 그 아이를 품에 끼고서 그 체온에 기대어 전부 이기고 싶었다. 남편에게서 채울 수 없는 외로움과 헛헛함을 말이다.

"다 이해할 수 있었어. 정말이야. 내가 너의 모든 것을 인정할 테니까…… 홍화훈 너는 나한테 아이 하나만 선물해 주면 된다고 매달렸어. 그런데 그 인간이……."

지유는 울음을 삼키면서 이를 꽉 깨물었다. 틀어쥔 주먹이 덜덜 떨렸다. 화훈은 끝내 지유의 소원을 들어주지 않았다. 그는 한마디 상의도 없이 정관수술을 해서 지유를 기함하게 했다. 그것이 결혼생활의 마침표를 찍게 했다. 화훈에게 더는 기대할 게 없음을 깨달은 지유는 그와의 이혼을 결정했고 화훈은 처음에 이를 거부했었다. 하지만 결국 그들은 헤어졌다. 그는 본질적으로 문지유를 사랑했지만, 결혼과는 체질적으로 맞지 않는다는 것을 인정했다. 그렇게 그들의 결혼이 실패했을 때 지유는 이미 일찌감치 자신에게 선물이 찾아왔었다는 사실을 몰랐다. 그것은 그녀에게 기적과도 같았다.

"홍화훈이 내 새끼냐고 물어서 네 새끼 아니라고 했더니…… 헛소리 말래. 근거 없는 자신감에 어이가 없더라. 내가 수절 과부라도 되는 줄 알았나? 내가 저 아니면 못 살 거라고 믿고 싶었던 건가?"

"……."

"애 낳기 싫어서 정관수술했던 인간이…… 자기 자식인지 아닌지는 왜 묻는 건데. 자기 자식 아니라고 생각하는 게 정상 아니야? 뭐가 그렇게 당당해. 어쩌면 그렇게 변한 게 없어."

"미안해요."

"네가 왜 미안해."

"그냥 다……. 언젠가 언니 만나면 나 진짜 하고 싶은 말이 너무 많았는데…… 그게 지금 하나도 생각이 안 나. 그냥, 미안하다는 말밖에 할 게 없어. 전부 다……."

화리가 허탈하다는 듯이 쓴웃음을 지었다. 지유는 붉어진 눈시울을 깜빡였다.

"그 인간 처음부터 아이 생각 없었어. 우는 애가 싫대. 그런 인간하고 섣불리 동거부터 시작했던 내가 미쳤던 거지. 첫사랑……
그게 뭐라고. 철없고 치기 어렸던 내 선택이 지금의 나를 만든 거
야."

지유는 까르륵거리는 아이의 웃음소리를 귀에 담으면서 희미
한 미소를 지었다.

"그런데 화리야. 정말 웃긴 건 뭔 줄 아니? 그 시절로 다시 돌
아간다면 결국 난 또…… 홍화훈이라는 남자를 사랑할 수밖에
없을 거야. 볼펜 한 자루 들고 뻔뻔하게 내 앞에 앉아서 예쁘니까
그리고 싶네. 15분만 앉아 있어요. 그렇게 끼 부리던 남자한테
고개를 끄덕였을 거야. 미쳤지. 그 미친 사랑이 이렇게 될 거라고
생각도 못 한 채 난 또 그 사람한테 반했을 거야……. 어이없지?
나도 그래. 어이가 없어. 문지유……."

지유는 입술을 꽉 깨물었다. 울지 않으려는 듯 허공에 시선을
둔 채 눈을 깜박였지만 이내 주르륵 눈물이 흘렀다.

"모양 빠져서 안 울려고 했는데…… 요즘 내 마음대로 되는 게
하나도 없어. 하다못해 눈물샘도 이 모양이야."

지유가 실없이 웃었다. 화리에게서 넘겨받은 손수건을 채 쓸
생각도 할 수 없었다. 계속 흐르는 눈물을 손등으로 슥슥 닦아내
면서 복받치는 감정을 고스란히 마주했다. 지유는 이혼 서류를
접수할 당시만 해도 아이의 존재를 몰랐었다. 화훈과 합의 이혼
조정을 앞둔 어느 날 승리의 존재를 알게 됐고, 그녀는 화훈 몰
래 이 아이를 혼자 낳아 키우자고 결정했다. 어차피 홍화훈과의
결혼은 맞지 않는 열쇠와 자물쇠의 조합이었다. 억지로 끼워 맞
추면서 끊임없이 서로를 갉아먹느니 헤어짐을 택한 것인 문지유

의 선택이었다. 그 선택에는 후회가 없다. 홍화훈이 사라진 자리에는 아이가 무럭무럭 자라고 있으니까.

"승리야. 우리 예쁜 승리……."

"누나가…… 한 번 안아봐도 될까?"

아이는 크게 고개를 끄덕이면서 먼저 팔을 벌렸다. 화리는 자신의 처음이자 마지막 조카인 승리를 한껏 껴안았다. 맞닿은 체온에 가슴이 벅차올랐다. 사실은 '고모'라고 말하고 싶었지만 말할 수 없었다. 아빠의 존재조차 확실하게 알지 못하는 아이를 혼란스럽게 할 수는 없으니까.

"우리, 승리. 밥 많이 먹어야겠다. 그래야 키가 저기, 저 형처럼 쑥쑥 자라지."

화리는 아이의 등을 토닥였다. 품 안에 쏘옥 들어오는 이 작은 아이가 아프다는 사실이, 아빠가 없다는 사실이 안타까웠다. 화리는 아이를 둘러싼 모든 것이 애처로워서, 그런데도 해줄 게 없다는 사실에 자조 섞인 웃음을 삼켰다. 생인손을 앓는 것보다 더한 통증에 가슴이 욱신거렸다. 그런 그녀를 다독인 것은 도욱이었다.

"도욱이랑은 여전하구나? 보기 좋네."

프랑스로 떠났던 지유는 화리와 도욱이 한 번 찢어졌었다는 사실을 몰랐다. 화리는 이에 대해 말하고자 했지만 도욱은 눈을 부릅떴다. 뭐 좋은 과거라고 일일이 떠벌린단 말인가. 헤어졌던 기억조차 없이 잊은 듯이 살고 싶은 마음인 것을…… 눈빛으로 전해지는 날카로운 무언의 메시지를 알아들은 듯 화리는 한숨과 함께 고개를 끄덕였다. 지유와 아이를 향해서 흔드는 손이 무척이나 아프다. 화리는 품에 안았던 아이를 천천히 바닥에 내려놓은 뒤 눈을 맞추면서 다정하게 웃었다.

"잘 가, 승리야."

"안녕. 누나."

일순간 터지려는 눈물을 이를 깨물어 삼키면서 화리는 아이를 눈에 담고 또 담았다. 보고 싶어도 마음껏 볼 수 없으니까. 그게 너무 아쉽고 속이 상해서 화리는 한 번 더 아이를 품에 안았다. 아이의 건강과 행복을 기도하는 그녀의 입술 사이에서 아주 힘겹게 '제발'이라는 그 간절한 말이 새어 나왔다. 지유는 눈에 꽉 힘을 주고서 터지는 서러움을 전부 삼킨다. 아이가 앞에 있으니 울 수 없다. 엄마니까…….

지유와의 만남을 뒤로하고 집으로 돌아오는 길, 도욱은 어두운 표정으로 아무 말도 하지 않는 화리의 눈치를 살폈다. 혹시 자신이 지유와 승리의 존재에 대해 언질을 주지 않는 것 때문에 화가 난 게 아닌가 싶었다. 집 앞에 가까워졌을 때 걸음을 멈춘 화리가 힘겹게 입을 열었다.

"김도욱."

"어?"

"승리 말이야. 결핵이면…… 심각한 거야?"

"결핵! 무섭지. 그런데 그렇지도 않아. 임파선 쪽으로 발생한 결핵은 다른 사람한테 감염되는 것도 아니니까. 폐결핵하고는 다른 문제야."

"그럼 이제 어떡해?"

"잘 먹고 잘 놀고, 꼬박꼬박 약 먹으면 완치돼. 근데 투약해야 할 약물의 수가 좀 많고 복용 기간이 길어서 문제지."

"정말 완치돼?"

두려움을 감추지 못한 채 울먹이는 목소리가 꽉 잠겨들었다. 도무지 적응 안 되는 낯선 목소리에 도욱은 눈을 질끈 감았다가 떴다. 불안해하는 화리를 안심시키기 위해서 도욱은 뭐라도 하지 않으면 안 되는 상황이었다. 결국 도욱은 내키지 않지만 화훈의 설레발 신공을 빌려온다.

"야, 홍화리. 내가 주치의야! 그것만으로도 든든하지 않아? 말했을 텐데. 소아과 닥터킴은 신의 손이라고."

도욱은 오른손을 흔들면서 의기양양한 표정을 지었다. 여자의 눈물을 멈추려고 일부러 허세를 부리면서 웃었다. 하지만 화리의 두 눈은 계속 젖어들었다. 이윽고 어깨가 떨리면서 그녀가 흐느꼈다. 또르르 볼을 타고 흐르는 눈물방울이 멈추지 않고 계속 바닥으로 떨어지자, 도욱은 입술 끝이 흔들렸다. 지난번에도 한번 겪었지만, 이 여자는 우는 모습이 너무 서럽다. 끅끅거리면서 뚝뚝 끊어지는 호흡을 내보일 때면 정말 미칠 것 같다. 그뿐인가? 벽을 치면서 통곡을 하는 것도 아닌데 눈물의 양이 많아도 너무 많다.

"진짜 완치된다니까? 심각한 거 아니야. 어허, 뚝 그쳐!"

도욱의 호통에도 제대로 터져 버린 눈물샘은 멈출 기미가 없었다. 그래도 참아보려는 듯 주먹을 꽉 쥔 채 화리가 부들부들 떨자 도욱은 더 어쩔 줄을 몰라 했다.

"그만 울어. 적응 안 되잖아."

도욱은 답답한 넥타이를 느슨하게 풀어헤친 뒤 화리의 어깨를 흔들었다.

"부탁인데! 무뚝뚝 요정 홍화리 좀 데려다줄래? 엄청 멋진 남자랑 헤어지던 날에도 '안녕. 간다'라고 호기롭게 외치던 그 여자한테 아주 잠깐만! 나왔다 들어가라고 해. 응?"

하필이면 주머니에 손수건이 없었다. 도욱은 급한 대로 손에 잡힌 자신의 넥타이로 화리의 눈물을 꾹꾹 찍어 눌렀다. 고급스러운 천이 잔뜩 얼룩졌지만 상관없다. 그저, 이 여자가 울지 않았으면 좋겠다. 도욱이 토닥이는 손길에 기대어 조금씩 눈물이 잦아든 화리는 손으로 부채질을 하면서 얼굴의 열기를 식혔다.

"후우……."

크게 호흡을 하면서 계속 찬 공기를 마셨더니 조금씩 진정이 되었다.

"숨은 제대로 쉬냐? 와, 진짜 너 숨넘어가는 줄 알았다. 무슨 울음소리가 그렇게 애간장이 끊어져. 보는 사람 환장하게……."

도욱은 손으로 화리의 눈물을 한 번 더 닦아낸 뒤 붉어진 코를 살짝 잡아 쥐었다.

"하지 마. 화장 망가져."

"이미 엉망일 텐데 뭐 어때. 예쁨을 포기하고 울었으면서 뭘 바라. 다행이네. 지금, 가로등 불 꺼져 있어서. 켜져 있었으면 나 진짜 식겁할 뻔했는데."

도욱은 가벼운 농담으로 화리의 무거움 마음을 달랜다. 그녀는 그런 도욱이 고마우면서도 어쩐지 얄미워서 그의 가슴팍을 '팍!' 치면서 눈을 가늘게 떴다. 실컷 울고 나니 뭔가 개운한 기분이 들긴 하는데 얼굴이 엉망이라는 말에 조금 신경이 쓰인다. 그러고 보니 도욱의 넥타이는 파운데이션이 묻어서 잔뜩 얼룩져 있었다. 어두운 와중에도 어렴풋이 보이는 브랜드 로고는 어딘지 익숙했다.

"이, 로고…… 홍화훈이 자주 매는 브랜드인데. 역시, 넥타이 비싼 거지? 어떡해. 더러워졌잖아."

"아, 이거. 괜찮아. 선아 씨가 사준 거야. 이거 말고 또 있어. 하나쯤은 더러워져도 돼."

'선아'라는 말에 묘하게 자극받은 화리의 입술이 꾹 다물어졌다. 웃으려고 했지만 웃지 못해서 파르르 떨리는 입가의 경련을 무시한 채 그의 넥타이를 만지작거렸다.

"하나 더 있어?"

"응."

"그래? 그럼 이거 내가 코 닦아도 상관없겠네?"

"그러든지."

도욱은 정말 아무렇지 않다는 듯 어깨를 으쓱했다. 물론 그는 오늘 아침 선아가 선물한 넥타이라는 것도 모른 채 손에 잡히는 대로 골랐을 뿐이었다. 화리가 넥타이를 흔들어 보이는 바람에 아차 싶었지만 그녀의 입술이 파르르 떨리는 모습이 재밌어서 변명하지 않았다. 뾰로통해진 화리는 도욱을 전봇대에 밀어붙이곤 그대로 넥타이를 확 잡아당겼다. 그 박력 있는 몸짓에 놀란 도욱의 동공이 크게 확장되있다.

"뭐야, 이 행동은? 나 지금 두근거렸어."

그는 여전히 크게 떠진 눈을 깜박이면서 가슴에 손을 가져다 댔다. 쿵쾅거리는 심장 박동이 정말로 엄청나다.

"코 닦으라며. 닦을 거야. 코! 아주 진탕!"

화리는 넥타이를 손에 돌돌 말면서 가늘게 눈을 흘겼다. 넥타이에 정신이 팔려서 승리 때문에 속상했던 마음도 잠시 잊었다. 도욱은 여전한 가슴의 울림을 기분 좋은 음악처럼 느끼면서 화리의 머리를 쓰다듬었다.

"그래. 차라리 그렇게 눈 흘기고 말아. 네가 대성통곡하는 거 한 번 보고 싶기도 했는데 생각이 바뀌었어. 너는 그렇게 울지 마. 내가 손 떨려서 미칠 것 같아."

도욱은 너스레를 떨면서 싱긋 웃었다. 장난스러운 말투와 달리 그의 눈빛은 아주 깊고 진한 빛으로 가라앉아 있었다. 화리는 가슴 속으로 퍼지는 찡한 기운에 코가 시큰거렸다. 신실함이 느껴지는 남자가 말없이 자신의 세계를 지켜봐 주고 있다는 생각에 화리는 뭉클해진다. 마침 불 꺼졌던 가로등의 불이 켜졌다. 그 불빛 아래서 화리는 울어서 엉망이 된, 예쁘지 못한 얼굴로도 온전히 자신의 마음을 전하고 싶었다.

"우리 승리…… 치료 잘 부탁해. 다른 사람이 아니라 너라서 다행이야."

조금 붉어진 화리의 얼굴이 가로등 불빛 아래에서 여실히 드러났다. 불어오는 바람 때문에 화리의 긴 머리칼이 흩날렸고 눈물 때문에 젖은 속눈썹은 천천히 오르락내리락했다. 선하고 맑은 눈동자에 달빛이 가득 담겨 있는 모습을 바라보면서 도욱은 잠시 시공의 차원을 넘어선 기분이었다. 엉망이라니? 당치도 않다. 미의 여신 아프로디테가 옆에 있다고 해도 눈길 한 번 줄 수 없을 정도로 도욱의 눈에는 화리가 예뻤다.

"그리고 고마워. 도욱아."

"좀 더 사랑스럽게 얘기해 봐."

"고오맙습니다. 김 선생님."

또박또박. 한 음절씩 최선을 다해서 마음을 전한 화리가 씨익 웃었다. 이를 지켜보는 다른 사람들은 도대체 사랑스러움이 어디에 붙어 있나 생각하겠지만 도욱은 분명히 느꼈다. 키가 큰 남자를 올려다보기 위해 고개를 쳐든 채 눈을 반짝이는 여자의 붉은 입술이 조잘거릴 때마다 그 순간순간에 그는 몹시도 만족했다. 그대로 고개를 내리고 그녀의 입술을 핥아내리고 싶었지만 이를 꽉 깨물었다. 집 앞 길목에서 그런 짓을 했다가는 철벽녀한테 정강이를 걷어차일 테니까. 도욱은 간신히 간지러운 마음을 참으면서 그녀의 볼을 살짝 잡아 쥐고 흔들었다.

"다시."

"됐어! 나 안 해."

화리가 팽하니 돌아서자 도욱이 그녀의 팔을 붙잡아 당겼다. 그 조급한 몸짓 덕분에 도욱은 화리를 등 뒤에서 껴안는 모양새가 되어버렸다. 화리는 등 뒤에서 느껴지는 체온을 거부하지 않았다. 오히려 그에게 조금 기댄 채 그의 팔을 꽉 붙잡은 덕분에 도욱은 잠시 숨을 멈췄다.

"고맙다는 말…… 꼭 하고 싶었어."

"의사가 환자 치료하는데 그렇게 인사치레를 받고 또 받을 일은 아니지 않아?"

"꼭 그것 때문만은 아냐. 전부 다……. 나는 너한테 미안하고,

고마워⋯⋯."

'너를 잃어버릴 시간에⋯⋯ 너를 사랑하고 있으니까.'

화리에게 5월은 잔인함을 예고하는 달이었다. 그가 결혼을 해서 그녀의 곁을 완전히 떠날 시간을 뜻했으니까. 그런데 그가 떠나지 않았고 화리는 사랑을 잃지 않았다. 화리는 도욱의 팔을 토닥이면서 가만히 눈을 감았다. 눈을 감은 탓에 청각이 예민해진 탓일까? 그의 들뜬 숨소리가 좀 더 가까이 전해지는 느낌이었다. 뭐랄까 살짝 어깨가 들썩이면서 호흡이 흩어지는 게 울음소리를 닮았달까? 설마⋯⋯.

"김도욱, 울어?"

화리가 얼른 등 뒤의 수상한 남자를 돌아보기 위해 몸을 틀었지만 도욱은 그녀를 안은 팔에 더욱 꽉 힘을 주었다.

"울었지?"

"뭐래. 난 평생에 세 번 울 수 있는 기회도 아직 다 안 채웠어."

퉁명스럽게 말하는 듯했지만 제법 목소리가 꽉 잠겨 있었다. 역시, 뭔가 이상하다.

"아무래도 수상해. 내 정수리가 아까부터 축축하다니까? 너 혹시 침 흘렸어?"

도욱은 그제야 키득거리면서 화리의 머리를 쥐어박았다. 꽃가루가 피부에 닿는 것처럼 아주 살짝, 눈이 붉어진 남자가 화리의 정수리에 턱을 비비면서 나지막하게 그녀를 부른다.

"화리야."

"응?"

"오늘 밤 새벽 4시에 내 방에 찾아와. 만약 네가 온다면 난 3시부터 행복해지기 시작할 거야. 4시가 되면 이미 흥분되어 안절부절못할 거야. 그래서 넌 내가 얼마나 행복한지를 보게 될 거야."

"와, 지금 소름 돋았어."

"왜! 엄청 감상적인 대사였는데."

"진짜 혼자 듣기 아깝네. 그러니까 너는 여우고, 난 지금 어린 왕자 역할이야?"

뜬금없는 얘기였지만 화리는 대번에 알아들었다. 도욱이 속삭인 말은 어린 왕자의 유명한 한 구절에서 비롯된 말이었다. 사귀고 나서 처음으로 서로에게 선물한 책이 어린 왕자였다.

"알아들었으면 나를 길들여 줘."

"순서가 잘못됐잖아. 그 전에 나는 우선 너한테 약간 떨어져서 풀밭에 앉아 있는 게 먼저야. 넌 곁눈질로만 날 봐야 하고 우린 아무 말도 섞지 말아야 하잖아."

"아, 그건 하지 마. 그냥 다 건너뛰고 새벽 4시에 날 찾아오기만 해."

"하하하. 그게, 뭐야! 너무, 날로 먹는 거지!"

여자의 맑은 웃음소리는 곧장 귀를 타고 들어와 남자의 몸을 지배한다. 일순간 급해지는 맥박 탓에 가쁘게 들이마신 공기 속에는 화리의 체향과, 5월의 꽃 붉은 장미의 향내가 함께 스며 있었다. 세상에서 가장 다디단 공기의 흐름이 한꺼번에 입안으로 삼켜지는 순간, 체온이 올라가고 살갗이 예민해지면서 아드레날린이 급상승한다. 그야말로 살아 있음에 감사하게 하는 상쾌한 호흡은 심근의 핏줄기를 빠르게 타고 돌면서 모든 때를 벗겨내고 사념을 소멸시킨다. 두근두근, 멈추지 않는 순결한 심장 박동,

그 들뜬 울림은 두 번째 사랑을 위한 예열의 신호탄. 그에 응답하여 시작된 뜨거운 피의 흐름이 절정을 닮은 짜릿함이 되어 전신으로 퍼진다. 아주, 뜨겁게 소르르······.

똑똑.

"네."

그날 밤. 누군가 계속 문을 두드리는 소리에 잠에서 깬 도욱은 잠에 취한 눈을 비비면서 겨우 몸을 일으켰다. 비틀비틀 걸음을 옮겨서 문고리를 돌리자 문틈으로 뭔가가 보였다. 흰색 옷을 입은 여자가 솜뭉치 같은 것을 들고 서 있는 환영에 도욱은 눈을 질끈 감았다.

'아, 김도욱. 요새 홍화리랑 밀당하느라고 너무 피곤했나 봐.'

못 볼 것을 본 것으로 확신한 그가 두려움을 삼킨 채 문을 쾅 닫으려고 할 때 문틈으로 여자의 발이 쏘옥 들어왔다. 도욱은 침을 꿀꺽 삼켰다. 곰이 그려진 슬리퍼를 신는 사람은 이 집에 한 사람밖에 없었다. 화리였다.

"홍화리?"

"그래, 나다."

그제야 도욱이 놀란 가슴을 쓸어내렸다. 그리고 눈앞에 있는 여자 때문에 또 한 번 가슴이 '쿵!' 크게 울린다. 한참이나 작은 그녀의 위아래를 훑어 내리는 도욱의 시선이 황망히 흔들렸다. 문고리를 잡은 손에는 저절로 꽉 힘이 들어갔다.

'뭐지? 이 심장 떨리게 하는 실루엣은?'

잠옷을 입은 화리는 베개를 꼬옥 끌어안은 채 뾰로통한 표정을 짓고 있었다.

"네가 오라고 했잖아."

"내가?"

"그래! 새벽 4시에."

화리가 벽에 걸린 시계를 척 가리키면서 눈을 흘겼다. 정말 딱 4시였다.

"네 말대로라면 너는 3시부터 무진장 행복한 얼굴로 날 기다리고 있어야 하잖아. 어째서 부은 얼굴과 까치집으로 날 맞이해? 난 싹 씻고 준비 중이었어. 약속을 지키려고 마음먹고 있었는데 넌 아닌 모양이네. 길들여 달라고? 됐어! 다 집어치워!"

도욱을 잔뜩 쏘아본 화리가 콧바람을 내뿜더니 몸을 홱 돌렸다. 그제야 도욱의 헤 벌어졌던 입에 웃음이 걸렸다. 돌아선 여자의 팔을 잡아당기면서 졸음이 싹 가셨다.

"그래, 어서 와."

진호가 부산에 가 있었던 탓에 2층에는 화리와 도욱뿐이었다. 그리고 그들은 한 방 안에 있었다. 새벽 4시를 겨우 넘긴 시간이었기에 도욱은 어둑어둑한 실내를 밝히기 위해 환하게 불을 켰다. 불빛 아래에서 서로를 마주 보고 있는 두 남녀의 시선이 얽혔다. 흰색 잠옷 차림의 화리는 담담하고 초연한 표정으로 도욱을 바라봤다. 그녀는 잠시 숨을 멈췄다. 남자는 아무 말이 없었다. 꽉 다물어진 입술이 좀처럼 열리지 않아서 화리는 초조했다. 달달하고 에로틱한 밀회의 현장이라고 하기에는 남자의 표정이 영 말이 아니었기에.

"내가 다 이해해 보려고 했는데…… 이젠 나도 한계야. 도대체 언제까지 나는 여우 행세를 하고 있어야 하는 거지?"

도욱은 방문에 등을 기댄 채 삐딱한 자세로 화리를 내려다봤다. 한쪽 주머니에 찔러 넣은 손과 비틀어 말려 올린 입술은 그의 불편한 심리 상태를 여실히 드러내고 있었다. 그의 얼굴에는 결핍된 무언가에서 비롯된 짜증이 가득했다.

"아, 정말! 언제까지냐고!"

"알았어. 보채긴…… 지금까지, 내가 너한테서 멀찍이 떨어져 있었고, 너는 나를 곁눈질하는 대신에 째려봤지만 뭐, 그런대로 인정! 네가 삐쳐서 우린 한동안 아무 말도 안 했으니까. 모든 단계를 클리어했네. 잘했어, 여우!"

진심을 담아서 손뼉을 치는 화리 때문에 도욱은 머리가 지끈거렸다. 그는 방문에 뒤통수를 쾅쾅 박았다. 그 앞에서 화리는 웃음을 참기 위해 이를 꽉 깨물었다. 도욱의 날이 선 시선이 그녀에게 닿았지만 화리는 좀 더 경쾌하게 박수를 치면서 웃었다. 짝짝! 손바닥을 부딪치는 소리가 귓속을 파고들자 저절로 미간이 찌푸려졌다.

'네가 나를 갖고 논다. 이거지?'

그는 비릿한 웃음과 함께 주먹을 꽉 틀어쥐었다. 원하는 것을 위해 이 정도 인내심 테스트는 가뿐히 통과할 수 있는 김도욱이었다.

"후우…… 그래, 좋아. 그럼 이제 길들임의 모든 단계는 끝난 건가요? 어린 왕자 씨? 제발 끝났다고 말 좀 해주시죠! 지금, 당장!"

"아직이요!"

"장난은 그만하지?"

"참, 이제 좀 더 가까워져도 돼. 여기 내 옆에 앉아."

화리가 해맑게 웃으면서 자신의 옆자리를 툭툭 쳤다. 그녀의 표정이 몹시도 즐거워 보였다. 새벽 4시를 외치면서 당당하게 도욱의 방에 들어온 화리는 자신의 베개를 도욱의 베개 옆에 얌전히 내려놓았다. 그러곤 제 발로 침대 위로 기어 올라가더니 가만히 앉아서 이불을 끌어당겼다. 도욱은 그녀의 행동 하나하나를 찬찬히 지켜보면서 허리가 뻐근해졌다. 괜히 팔을 휘휘 돌리고 목을 돌리면서 한동안 굳었던 몸의 예열을 시작했다. 그것은 뜨거운 밤을 위한 준비 운동이었다. 거기까진 막 설레고 좋았다. 문제는 그 설렘이 딱 거기까지였다는 것이었다. 길들임의 정의에 대한 서로의 생각이 본질적으로 달랐기에 발생한 문제였다. 도욱이 그녀의 곁에 다가서서 야릇한 손길로 뺨을 어루만지던 그때였다. 그녀는 그 손길을 피하면서 이렇게 말했다.

"이것 봐. 여우! 나는 지금 풀밭 대신에 네 방 침대 위에 앉아 있는 거야. 그러니까 내 몸에 손 하나 까딱하지 마! 그리고 좀 더 멀리 떨어져. 최대한 멀리!"

그 어이없고 다부진 경고를 들은 이후 도욱은 내내 뻐딱한 상태였다. 그는 그 이후로 잔뜩 끌어 올랐던 감정의 불씨를 꺼둔 채 그녀의 곁에서 멀찍이 떨어져 있는 상태였다. 정말로 어린 왕자와 여우 놀이나 하자고 이 야심한 새벽에 잠옷 바람으로, 그것도 베개를 들고 찾아왔단 말인가? 심장 떨리는 실루엣을 하고서 자신의 침대 위에 앉아 있는 여자를 바라보면서 도욱은 차라리 그녀의 장단에 맞춰주기로 했다. 어차피 어린 왕자 얘기를 꺼낸 것은 자신이었으니까. 대충 놀아준 뒤 그녀를 침대 위에 넘어뜨려서 이런저런 욕구를 채워보리라 깔끔하게 결론지었다. 그렇게 그는 방문에 기대서 화리를 잔뜩 째려봤고, 침묵을 지켰다. 그에 대해 화리는 '잘했어. 여우!'라면서 그를 약 올렸다. 그리고 지금 해실거리면서 옆자리에 앉으라고 종용하는 그녀의 무심한 손짓은 그의 심술보를 터뜨리기에 충분했다. 멀뚱히 서서 뚱한 표정을 짓는 도욱을 향해 화리가 재차 손가락질했다.

"길들여 달라며. 빨리 이리 오라고!"

'그만 좀 길들여. 이제 지겹다고! 제길.'

도욱은 치솟는 짜증을 누르면서 저벅저벅 그녀의 곁으로 걸음을 옮겼다. 침대 위에 앉아 있는 여자를 그대로 넘어뜨린 채 저 흰색 잠옷을 단번에 벗겨내는 것은 그리 어려운 일이 아니었다. 그렇게 하리라고 다짐했지만 도욱은 잠시 머뭇거렸다. 한없이 맑고 다정한 그녀의 눈동자에 자신이 가득 담겨 있는 모습을 바라보는 순간 그의 입술이 멍하니 벌어졌다. 한 방에서 비슷한 색깔의 잠옷을 입은 채 단둘이 침대 위에 앉아 있는 상황이 그제야 도욱의 눈에 바로 보였다. 마치 신혼의 나날과 같은 장면을 마주하면서 도욱은 욕정을 넘어선 그 이상의 떨림과 흥분을 마주한다. 그것은 언제나 꿈꿔왔던 순간이 눈앞에 있다는 사실에 대해 경이로움이었다. 제 열에 들뜨고 달아올랐던 도욱의 눈빛이 한껏 가라앉았다.

"아, 정말! 옆에 좀 앉으라니까. 되게 말 안 듣네!"

화리는 머뭇거리는 도욱의 팔을 잡아끌어서 끝내 자신의 옆에 앉혔다. 이 여자가 또 무슨 속셈인가 싶어서 머리를 굴리는 사이 강편치가 날아들었다.

"나 고등학교 때 첫사랑 오빠가 있었어."

"홍화리!"

도욱의 눈이 번뜩이면서 불길이 일었다.

"실컷 여우 흉내를 내줬더니! 지금 이 타이밍에 과거를 고백하는 거야? 미치지 않고서야 이럴 수 있나?"

그의 거친 목소리를 들으면서도 화리는 태연했다.

"그냥 재밌는 얘기라고 생각하고 들어줘. 왜 할머니들이 잠들기 전에 옛날 얘기 해주잖아."

"아, 이 상황에 그런 얘기 들으면 잠 안 와. 그러니까 너도 그냥 입 닫고 자."

도욱은 화리를 옆으로 밀치고는 그대로 침대 위에 드러누웠다.

'첫사랑? 하, 어이없다고. 진짜……'

짜증이 서려 있는 눈꺼풀이 파르르 떨렸다. 화리가 큭큭거리면서 그 눈꺼풀을 살짝 손으로 들어 올리자 참지 못한 도욱이 자리에서 벌떡 일어났다.

"너……"

뭐라 잔뜩 쏘아붙일 것처럼 으르렁거리더니 다시 풀썩 침대 위에 드러누웠다. 아예 화리에게서 몸을 돌린 채 이불을 목 아래까지 끌어당겼다. 등을 돌리고 있지만, 그의 얼굴이 눈에 보이듯이 그려졌다. 분명히 삐친 오리가 돼서 입을 댓 발 내밀고 있을 테지. 화리는 개의치 않았다. 그의 등 뒤, 정확히는 귓가에 대고 또박또박 아주 잘 들리도록 작게 웃으면서 말을 이었다.

"홍화훈 친구였어."

"하지 마."

"홍화훈은 급식으로 받은 내 우유를 꼭 뺏어 먹었어. 그래서 내가 울고 있으면 그 오빠는 자기 몫의 우유를 내 가방에 넣어줬어. 그 시절의 내 눈에는 그 모습이 어찌나 다정하고 멋있던지. 여기 와서 진호 씨 보면서 항상 누구랑 닮았다고 생각하고 있었는데 지금 보니까 그게 내 첫사랑하고 닮았더라고."

"홍화리. 나 진심으로 듣기 싫어지고 있는데. 그만하면 안 될까?"

"들어. 재밌는 얘기라니까."

도욱은 진심으로 이를 부득부득 갈았다. 얼굴도 모르는 남자한테 때 아닌 질투심이 드는 스스로가 못마땅했다. 그런데 첫사랑도 모자라서 그 오빠란 사람이 하진호랑 닮았다니, 그의 심사가 뒤틀리는 포인트가 정확했다.

"그 오빠가 공부를 엄청 잘했거든. 그런데도 항상 2등이었어. 홍화훈 때문이었지. 그 인간은 건축 모형 만드는 거에 미쳐서 학교 공부를 하나도 안 했거든? 그런데도 그 재수 없는 인간은 언제나 1등이었어. 난 그게 너무 싫은 거야. 그래서 홍화훈 성적 떨어지라고 기도한 적도 있었어."

"와, 소름 끼치게 못된 동생이었네."

도욱은 쌩하니 등을 돌린 채 일부러 '못된'을 힘주어 말했다. 화리는 그의 등을 찰싹 때린 뒤 여전히 낭랑한 목소리로 말을 이었다.

"사랑에 빠진 소녀의 갸륵한 마음이라고 해줘."

그녀의 말이 길어질수록 도욱의 표정은 점점 굳어졌다. 이불을 붙잡고 있는 손에 잔뜩 힘이 들어가서 손가락이 저릿할 지경이었다.

"난 그 오빠가 성실하게 노력하는 만큼 꼭 보상을 얻었으면 좋겠다고 생각했거든. 그런데 그 기도가 잘못 통한 거야. 하필이면, 오빠가 국비 장학생으로 유학을 가버렸어. 내가 예쁜 여대생이 되면 꼭 고백해야지…… 라고 생각했었는데…… 마지막 인사도 못 했어. 그래서 난 조용히 내 첫사랑을 접어야 했지."

"첫사랑이 아니고 짝사랑을 하냐. 모양 빠지게."

"뭐 어때. 난 사랑이라고 이름 붙이고 싶은 첫 상대였는데…… 누가 뭐래도 내 첫사랑은 그 오빠야."

"너, 정말이야? 그 첫사랑 오빠라는 사람이 진짜 있어?"

"그럼, 지금까지 뭐 들었어? 내가 꾸며내는 얘기인 줄 알았어? 에이, 진짜야. 그래서 결국 우린 이루어지지 못했잖아. 첫사랑은 실패한다는 얘기도 진짜였어. 아, 가슴 아파."

"왜, 차라리 잘됐네. 젠장! 더럽게 잘됐네!"

도욱은 진심으로 눈을 흘겼다.

"그런데 그 오빠를 10년 만에 처음 만났어."

"아, 정말!"

참다못한 그가 결국 이불을 홱 걷어찼다. 그 모습이 재밌어서 화리는 큭큭거리면서도 얄미울 만큼 대화의 흐름을 놓치지 않았다.

"그저께 말이야, 카페에 갔거든. 민한이한테 라테아트 배우러

갔었는데 그 오빠가 거기 수강생 중의 한 명이었던 거야. 오빠가 '너 화리 아니니?'라면서 나를 단번에 알아보더라. 아직 결혼 전이라고 했는데 막 가슴이 뛰는 거야."

"너 며칠 전부터 자꾸 가슴이 뛴다고 했잖아? 부정맥인가 봐. 병원에 좀 와라."

화리는 도욱의 가슴팍을 한 대 후려친 뒤 아랑곳하지 않고 말을 이었다. 감상에 젖은 그녀의 눈빛이 소녀처럼 빛났다. 도욱은 그게 몹시도 못마땅해서 그녀의 볼을 꼬집었다. 그런데도 화리는 싱긋 웃었다. 도욱은 차라리 이 모든 것을 포기하고 잠을 자는 쪽을 선택했다. 그는 다시 이불을 끌어당겼다. 이번에는 아예 머리 위까지 푹 눌러 썼다. 그것도 부족했던지 몸을 옆으로 움직여서 화리에게서 좀 더 떨어졌다.

"오빠는 모건스탠리에서 근무했대. 일이 너무 힘들고 사는 게 무료해서 한국에 왔다더라. 단둘이 차 한잔했는데 오빠가 그러는 거야. '사실은 나 너 좋아했어'라고……. 그 얘기 듣는 순간 어디 한 대 얻어맞은 느낌이었어."

'지금 내가 얻어맞은 느낌이야. 이 요물아.'

"그래서?"

"응?"

"그래서, 뭐! 어쨌는데!"

이불 속에서 내뱉는 목소리가 날카로웠다.

"그래서…… 이렇게 만난 것도 인연인데 만나보지 않겠느냐고 묻더라. 그래서 내가 뭐라고 했게?"

"안 궁금해."

"에이, 너 이거 꼭 들어야 하는데? 이게 하이라이트야. 추임새 좀 넣어줘. 뻣뻣하게 있으니까 얘기할 맛이 안 나잖아."

화리는 감정이 고스란히 느껴지는 등에서 이미 충분히 얘기할 맛을 느끼고 있었지만, 그의 눈을 바라보면서 하고 싶은 이야기가 있었다. 포기를 모르는 여자가 끝내 어깨를 붙잡고 잔뜩 흔들자 도욱은 뒤집어썼던 이불을 신경질적으로 끄집어 내렸다.

"아, 알았으니까. 말해! 빨리 말해!"

"신경 쓰이는 사람이 있어서 못 만난다고 했어."

불만이 가득해서 힘이 들어갔던 눈동자가 조금 흔들렸다. 꽉 다물어졌던 입가도 조금 부드러워졌다.

"그 신경 쓰이는 사람은 바로 내 맞은편 방 남자……."

그건 하진호의 방이었다. 도욱이 눈을 부릅뜨고 화리를 노려봤다. 그 모습에 화리는 웃음을 터뜨리면서 그의 옆에 누웠다. 그녀가 침대 위에 눕는 동작은 도욱을 흔들기에 충분했다. 헛기침하면서 흰색 벽으로 시선을 흩뜨리던 그는 돌아누웠던 몸을 살짝 옆으로 뉘었다. 아예 조금 더 틀어서 대놓고 화리 쪽을 바라봤다. 눈이 마주치자, 그녀는 천진하게 웃으면서 도욱의 어깨를 간지럽혔다. 그는 어쩔 수 없이 또 웃으면서 그녀를 처음 만났던 그날의 풋풋함을 다시 떠올린다.

'그때, 스물셋이었나? 내가, 첫눈에 반한 홍화리가…….'

화리는 기억하지 못하지만 도욱은 분명히 기억하는 첫날이 있었다. 그날은 화훈의 생일 파티가 있던 날이었다. 술기운에 몸이 더워져서 잠시 찬바람을 쐬러 나간 자리에 화훈의 동생이라는 여자가 먼저 나와 있었다. 가까이 다가서는 남자에게 여자는 벤치가 차갑다면서 떡하니 손수건을 깔아줬다. 도욱은 차마 앉지 못한 채 멀뚱히 서서 생각했다. 진짜 웃기는 여자라고. 그 눈빛을 눈치챈 듯 작게 웃는 여자가 '제가 좀 웃기죠?'라면서 천진하게 웃었을 때 방심한 도욱은 그대로 큐피드의 화살을 맞았다. 그날은 김도욱이 홍화리에게 첫눈에 반한 날이었다. 그래서 사랑했다. 그런데 헤어졌다. 그리고 다시 만났다. 놓쳤던 여자를 다시 만난 날, 어둑어둑한 복도에서 그녀의 인기척이 느껴졌을 때 도욱은 불안했다. 미움이라는 이름으로 모두 찍어 눌러서 가라앉혔던 모든 것이 다시 깨어날 것만 같은 두려움이었다. 시선이 마주쳤던 1분 남짓한 시간이었다. 한 남자가 한 여자에게 다시 반하기에는 충분한 시간이었다고 도욱은 자신을 합리화했다. 너무 놀라서 할 말을 잃은 여자의 붉은 입술이 만들어 내는 떨림을 바라보면서 그는 결국 인정해야 했다. 이 여자를 다시 사랑하게 될 거라고…… 그래서 참 다행이라고.

"그래서, 홍화리. 정말 맞은편 방 남자로 끝이야?"

"아니. 그러면 큰일 나지. 네가 날 잡아 먹을 눈으로 보고 있잖아."

"아무튼! 그래서 똑바로 말하라고. 신경 쓰이는 남자가 누군데?"

"너."

화리는 삿대질하듯 손가락을 펼치더니 도욱의 이마를 쿡 찍어 누르면서 환하게 웃었다. 여자는 모른다. 그 작은 손장난에 남자의 허리 아래는 또 욱신거리면서 난리가 난 것을. 그래서 이를 사리물며 겨우 참고 있는 것도 모르고 그녀는 그의 팔을 붙잡아 흔

공유하실래요?

들면서 계속 조잘거린다.

"새벽 4시 어쩌고저쩌고·하는 바람에 그게 무지 신경 쓰여서 잠도 설치게 하는 너란 인간. 김도욱 때문에 나는 첫사랑도 놓쳤다고."

화리는 끝난 첫사랑에 아쉬움을 표하듯 한숨을 후— 뱉으면서 눈을 비볐다. 그러곤 옆으로 틀었던 몸을 그대로 돌려서 침대 위에 반듯하게 바로 누웠다. 덮치기 딱 좋은 그 자세가 얼마나 남자를 자극하는지도 모르고 화리는, 순진무구한 얼굴로 생각에 잠긴다. 사실, 진짜 하고 싶은 얘기는 시작도 못 했다. 할 말이 너무 많아서 어디부터 전해야 할지 막막하다. 겨우, 어렵게 전할 모든 말들의 첫머리를 겨우 생각해낸 그녀는 하얀 천장을 바라보면서 다시 입을 뗐다.

"그런데 고민이야. 괜히 그랬나 싶어서……."

"무슨 뜻이야?"

"뭐랄까. 미적지근한 뭔가가 남아 있거든. 그 신경 쓰이는 남자가 얼마 전까지 결혼하려던 여자가 있었어."

"아…… 그 얘기는 왜 또……."

"나한테 분명히 그랬거든. 결혼할 여자가 취향이 맞아서 좋다고. 미치도록 같이 살고 싶었노라고! 그 얘기 하면서 나한테 시집이나 가버리라고 했어."

"홍화리, 그건……."

따다닥 쏘아붙이는 여사의 말을 막기 위해서 도욱은 얼른 몸을 일으켰다. 침대 옆 탁자 서랍을 열어서 캐러멜 한 통을 꺼내 드는 몸짓이 재빨랐다. 다급한 손길로 내용물을 침대 위에 쏟아내는 와중에도 화리의 말은 그치지 않았다.

"시집가라고 축복하고 끝낼 일이지, 뭐라 했더라? 아, 맞다. 괜찮은 남자 찾지 못할 거라고 혼삿길 막는 저주를 같이 했지. 그러면서도 내 식장에는 꼭! 올 거라고 사람을 약 올렸어. 자기는 잘나도 너무 잘난 여자가 옆에 있다 이거지. 쳇!"

어느새 도욱의 손에서 껍질이 벗겨진 캐러멜 하나가 화리의 입 속으로 쑤셔 넣어졌다. 달달한 기분에 동요되어서 쓰린 기억을 잊어내길 바랐건만 역부족이다.

"아무튼, 그날 일만 생각하면 몹시도 기분이 언짢아."

화리는 시무룩해진 표정으로 캐러멜을 우물거리면서 삐죽 입을 내밀었다. 아예 누웠던 몸을 일으킨 그녀는 제 손으로 직접 캐러멜 껍질을 벗겨 먹으면서 계속 조잘거렸다. 단맛이 입에 퍼지면서 혈당이 올라가는 덕분인지 아주 술술 막힘없이 모든 이야기가 꺼내진다.

"여자 있을 수 있지. 그럴 수 있어. 없었다는 게 더 이상하지. 사실은 그것보다…… 그 이유는 좀 궁금해. 반품돼서 돌아온 이유가 아련이 말대로 섹슈얼적인 문제라면 이쪽에서도 다시 생각해 볼 일이거든."

"뭔 소리야?"

캐러멜 세 개가 한꺼번에 들어 있는 도욱의 오른쪽 볼이 툭 불거졌다. 찐득거리는 주전부리를 씹어 삼키는 표정이 제법 불만스러웠다. 아, 역시 놀리고 싶은 얼굴. 화리는 그의 귀에 대고 야릇한 목소리로 소곤거렸다.

"너 차였다고 했잖아. 그건 역시, 아마도 아래쪽에 하자가 있어서…….”

“야!”

입안의 내용물을 단번에 꿀떡 삼킨 남자가 거칠게 소리쳤다. 그런데도 화리는 계속 키득거리면서 그의 허리 아래를 힐긋거렸다.

“이게, 진짜…….”

제대로 자극을 받은 도욱은 웃음으로 들썩이는 여자의 어깨를 꽉 잡고 밀어서 그대로 침대 위로 넘어뜨렸다. 순식간에 그와 몸이 겹쳐지는 순간 화리의 얼굴에서 자연히 웃음이 걷혔다. 그 대신 불안하게 흔들리는 시선이 자신을 타고 오르는 남자에게 닿았다. 열망이 가득한 검은 눈동자를 마주할 수 없어서 얼른 시선을 내리깔았다. 하지만 이미 기세가 역전되었다. 도욱은 그녀의 턱을 붙잡아 올린 뒤 다시 똑바로 눈을 보고 말한다.

“궁금하면 확인해 보든가. 하자가 있는지 없는지…….”

도욱의 가라앉은 목소리에 반응한 화리는 온몸에 잔 경련이 일었다. 손가락에서부터 시작된 떨림이 온몸으로 저릿하게 퍼져 나가는 것이 순식간이었다.

“저, 저기 이러면 안 돼. 나 오늘은 여기까지 생각하고 온 건 아니야. 이건 내 새벽 4시의 목적이 아니었다고.”

“새벽 4시의 의미가 마냥 건전하게 들릴 나이는 아니잖아요. 홍화리 씨.”

그는 진심이었다. 다급해진 화리가 그에게 깔린 몸을 일으키려고 버둥거렸다. 도욱은 좀 더 꽉 힘을 주어 그녀의 팔을 찍어 눌렀다.

"왜? 사람 있는 대로 약 올려놓고서 인제 와서 발을 빼. 마음 껏 체험해 보라니까? 반송 비용 없이 깔끔하게 사후처리 해줄게. 아마 무료 체험에 매료돼서 반품할 마음도 들 수 없겠지만."

도욱이 그대로 입술을 내렸다. 진작부터 뜨거웠던 입술이 망 설임 없이 목 언저리에 닿는 순간 흠칫 놀란 화리가 몸을 비틀면 서 겨우 그를 밀어냈다. 아래에서 위로 올려다보는 남자는 조금 더 무한한 존재감을 드러낸다. 자신을 훑어 내리는 도욱의 검은 눈에 사로잡힌 화리의 눈동자가 아주 크게 흔들렸다. 화리는 주 섬주섬 이불을 끌어당겨서 가슴팍을 가린 뒤 주먹 쥔 힘에 의지 해서 다부지게 자신의 의사를 전한다.

"나는 이러려고 온 거 아니야."

"하아……."

애쓰지 않아도 쉽게 더운 숨이 뻗어 나온다. 그의 얼굴에 얼핏 짜증이 서려 있었다. 도욱은 뻐근한 목덜미를 주무르면서 화리 를 향해 고요히 가라앉은 시선을 던졌다.

"그래, 나도 궁금하던 참인데 잘됐네. 이유나 들어보자. 너 뭐 하러 왔는데? 이 야심한 새벽에, 도대체 나한테 왜 왔어?"

"네 목소리가 듣고 싶어서."

화리는 알 수 없는 말과 함께 기어이 그의 요구를 밀어냈다. 거 절의 상처가 쓰라렸다. 도욱은 그게 몹시도 못마땅했지만, 여자 의 표정이 한없이 진지했기에 어쩔 수 없이 물러나야 했다. 그의 손에 이끌려서 몸을 일으킨 화리는 한동안 말이 없었다. 천천히 숨을 내쉬면서 가쁜 호흡을 겨우 가다듬은 화리는 잠시 생각에 잠긴 표정이었다. 뭔가 결심한 그녀가 옆자리의 남자를 향해 고개를 돌렸을 때 도욱은 삐친 오리가 되어 있었다. 이를 바라보면서 작게 웃던 화리는 뾰로통하게 앉아 있는 남자의 볼을 손가락으로 쿡 찍어 눌렀다.

"삐쳤네?"

그가 눈을 찌릿하면서 불편함을 표했지만 화리는 계속 그의 볼을 쿡쿡 찔렀다.

"하지 말라니까!"

도욱은 장난치는 화리의 손을 참지 못하고 낚아챘다.

"이제야 날 보는구나."

그녀와 마주친 시선 때문에 도욱은 붙잡은 손에서 저절로 힘이 빠졌다. 조금 전까지 장난치고 떠들던 시간이 무색할 만큼 화리는 차분한 표정으로 도욱을 바라보고 있었다. 그 눈빛의 의미를 알고 있다. 흔들리지 않는 맑은 시선으로 그녀가 자신을 빤히 쳐다보는 이유는 하나다. 그것은 하고 싶은 말이 있다는 뜻이다. 잊혔다고 생각했던 아주 오래전의 습관들이 서로에게 되새겨지고 있다는 사실은 묘한 안도감이 들게 했다. 곧이어 이어질 다음 장면을 생각하는 도욱의 입가에는 옅은 미소가 걸렸다. 그녀는 아마도 '도욱아'라면서 나지막하게 그를 부를 것이다.

"도욱아."

그녀의 낮은 목소리에 답하듯 도욱은 가만히 눈을 감았다.

"나는 너랑 헤어지고 나서, 제일 후회했던 게 뭔 줄 알아? 그건, 대화를 나눌 상대가 없었다는 거야. 나는 네 말대로 무뚝뚝 요정이잖아. 그래서 시시콜콜히 내 얘기를 떠벌리거나, 매일같이 근황 보고를 하는 여자도 아니었지만…… 그런 거 몹시도 싫어했지만…… 이상하리만큼 너랑 대화라는 게 하고 싶더라. 막상 못하게 되니까 조금 더 아쉬워졌던 거 같아."

화리는 티 없이 깨끗한 하얀 벽을 바라보면서 들뜬 마음을 진정시켰다. 가라앉은 호흡으로 조금씩 숨을 내쉬면서 지금껏 잔뜩 뭉쳐 있었던 생각의 덩어리를 조금씩 풀어낸다. 그것은 그가 모르는 그녀만의 이야기.

"전화…… 오면 큰일 난다고, 절대로 받지 않겠다고 이를 깨물어 다짐했어도 끝내 생각뿐이었어. 아마, 왔으면 분명히 받았을 거야. 받아서 아무 말도 안 했을지언정 내 이름 불러주는 목소리, 그거 하나는 분명히 훔쳐 들었을 거야. 정작 너는, 단 한 번도 나한테…… 먼저 전화한 적 없었지. 다행이라 생각하면서도 조금 서운했어. 먼저 헤어지자고 한 주제에 참 우습지. 아무튼, 그렇게 2년쯤 지났을 때였나? 아, 이제 정말 끝났구나. 겨우 실감하면서 또 멍하니 전화기 붙들고 있었어. 너무, 듣고 싶어서…… 네 목소리……."

흩어지는 말끝이 사라지는 메아리처럼 아쉬웠다. 허공에 남은 말의 여운이 귀를 타고 넘어와서 가슴을 울리는 순간 도욱은 눈시울이 뜨끈해진다. 그는 침대를 짚은 손에 꽈악 힘을 주면서 고개를 뒤로 꺾었다. 담담하게 말을 풀어내는 여자 앞에서 눈물을 보이는 것만큼 창피한 일도 없으니까.

"그런데 지금은 네가 내 옆에 있잖아. 쥴스를 끌어안고 자려고 누웠는데, 문득 그게 너무 설레서 막 들뜨는 거야. 그래서 잠이 하나도 안 왔어. 내일 아침에 들어도 되는데…… 라고 생각했지만…… 참을 수가 없었어. 네 목소리가 듣고 싶어서. 문턱을 넘고 몇 걸음 옮기면 네가 있다는 게 난 감당할 수 없을 만큼 벅차올라. 그게 새벽 4시에 베개 하나 끌어안고 내가 널 찾아온 이유야. 나는 그래서 왔어."

감정을 억지로 꾸미지 못하는 여자, 그렇게 순수한 홍화리이기에 오롯하게 전할 수 있는 진솔한 고백이었다. 들은 말이 너무 달아서 순간 멍해진 도욱은 멀거니 화리를 바라봤다. 그녀는 살짝 붉어진 볼로 눈을 반짝이면서 그의 곁에 바짝 다가앉았다.

"첫사랑 얘기는 핑계였어. 너무 처음부터 너 때문에 왔다고 말하면…… 네가 또 잔망스러운 홍화리라고 놀릴까 봐……. 넌 또 너무 의기양양해지잖아. 칫! 그래서 그랬어."

그녀가 어렵사리 쏟아놓은 모든 말이 도욱에게 하나하나 스며들었다. 사실 도욱은 조금 허탈했다. 여자를 안고 싶다는 욕망을 실현시킬 기회를 눈앞에서 놓쳤으니까. 하지만 그녀가 전한 따스한 말들이 핏줄기를 타고 돌아서 심장에 닿았을 때 그는 역시 몸이 아니라 눈을 보는 시간이 참 설렌다는 것을 새삼 깨닫는다.

"혹시 실망했어? 내가 네 방문 열고 들어왔을 때, 나랑 침대 위해서 이런 짓 저런 짓 다 해보려고 마음먹었는데…… 여우, 어린 왕자가 어쩌고저쩌고 뜬금없는 소리나 해서?"

"그것만 했으면 귀엽다고 웃지. 듣기 싫은 첫사랑 얘기도 종알거렸잖아!"

"그래서, 내가 이제 그만 떠들었으면 싶지? 지금 나 눕히고 싶은데 엄청 참고 있지?"

"으이그, 이 요물아! 내가 이걸 어떻게 당해."

도욱은 손을 뻗어서 화리의 볼을 잡아 쥐고 흔들었다. 그녀는 잡힌 볼이 아픈 듯 인상을 찌푸리면서도 그의 손을 뿌리치지 않았다.

"너, 왜 가만있어?"

"네가 삐쳤으니까. 거절의 쓰라림으로 심술부리는 거 이해해. 그러니 실컷 잡아 뜯어."

"어쭈? 겨우 볼딱지 하나 내준 거로 손상된 내 남자의 자존심과 퉁 치시겠다?"

화리가 키득거리면서 두 눈을 휘자 도욱은 손에서 힘을 풀었다. 바라보고 있기도 아까운데 잡아 뜯을 데가 어디 있나. 그는 살짝 붉어진 여자의 볼을 쓸어내리면서 코끝이 찡했다. 이 여자가 너무 설레고 벅차올라서 감당할 수 없었다고 했다. 그것은 그들의 재회에 대한 그녀의 진심이었다. 밤새 이 마음을 전하기 위해서 얼마나 오랜 시간을 뒤척이고 끙끙 앓았을지 생각하면 가슴 한쪽이 아프도록 욱신거린다. 도욱은 그런 여자의 마음도 모른 채 그저 거칠게 입을 막고, 다급하게 다리를 얽고, 욕심대로 몸을 섞으려는 생각만 했던 제 조급함에 이가 갈렸다. 다시 시작하는 관계였다. 조금 더 신중하고, 어른스럽게 그녀에게 다가서기 위한 다짐을 하는 도욱의 얼굴은 평온했다.

"지금 네 얘기, 좀 진작 하지 그랬어. 그랬으면…… 그깟 목소리, 알아서 실컷 들려줬을 텐데."

"사실 이곳에 온 첫날부터 실컷 듣기야 했지. 그런데 그게 항상 좀 날카롭고 거칠었다는 게 문제지. 그리고 네가 공치사한다고 난리치면서 정신 쏙 빼는데…… 말할 틈, 그런 게 뭐 있었나. 너한테 지기 싫다는 생각으로 혀끝 뾰족하게 세우는 데 시간 다 썼어, 그날은……."

화리는 그들의 재회 첫날을 떠올리면서 빙긋이 웃었다. 그리고
보니 그날 참, 징그럽게도 싸웠다. 여전한 마음…… 그것만 제대
로 보여줬다면 공치사를 운운하면서 그토록 거친 목소리로 이 여
자를 아프게 하진 않았을 텐데. 그 시절의 유약한 남자는 제 마
음 하나 상처 받는 게 두려워서 끊임없이 방패를 세우고 칼을 휘
둘렀다. 그 모든 순간순간에 할퀴어진 여자의 마음을 어떻게 다
독여야 할지 그 생각조차 막막하다. 화리는 그의 눈에 깃든 심란
함을 읽었는지 도욱의 팔을 툭 치면서 피식 웃는다. 괜찮다고.

"나도 잘한 거 없어. 같이 날 세우고 일부러 널 자극하고……
미워하는 척했으니까. 그땐 어쩔 수 없었어. 너한테 여자가 있다
는 거, 그게 너무 속이 상해서 나도 모르게 뿔이 났던 것 같아.
괜한 심술이 돌아서 안 해도 될 말, 굳이 꺼내서 던지고 악을 썼
어. 건드리지 말라고…… 선 넘지 말라고 소리쳤던 건, 사실……
내가, 나한테 하는 소리였어. 임자 있는 너, 정신 놓고 안아버릴
까 봐."

하는 말이 조금 쑥스러워서 화리는 괜히 잔기침을 했다. 그러
곤 슬며시 몸을 움직여서 도욱의 어깨에 살짝 머리를 기댔다. 그
녀의 작은 몸짓을 따라서 옅은 오이 비누 냄새가 풍겨왔다. 그 은
은한 향기가 홍화리라는 여자를 보여준다. 화려하게 꾸밀 줄도
모르고 끼 부림은 찾아볼 수 없다. 담백하고 소박하다. 그러면서
도 수줍게 웃을 줄 아는 여자다. 그러니, 마음을 빼앗기고 사랑
하는 게 당연한 상대다.

"그러니까, 이젠 좀 다정하게 매일 불러줘. 화리야…… 라고."

도욱은 일순간 간지러움이 퍼지는 손가락을 여자의 머리칼 속으로 밀어 넣었다. 손가락 사이를 빠져나가는 그녀의 머리칼이 부드러웠다. 마음껏 보고 만질 수 있다는 게 새삼 실감이 나서 도욱은 뭐라 말할 수 없는 충만함을 느낀다.

"화리야."

도욱은 그녀가 바라는 대로 아주 다정하게 입술을 움직여서 세상에서 가장 다디단 이름을 만들어낸다. 곧바로 시작된 소원수리에 화리는 뜨끈해지는 볼을 손부채질로 달랬다.

"나는, 너랑 헤어지던 날, 바로 내 생일이……."

도욱은 그녀의 머리를 쓰다듬으면서 아주 천천히 그의 이야기를 시작한다.

"지옥이었어."

지옥, 도욱의 입에서 그 험한 단어가 내뱉어지는 순간 화리는 천천히 눈을 감았다. 머리를 쓰다듬던 남자의 손도 거두어졌다. 그의 지옥을 만든 그날은 청혼과 이별이 공존했던 잔인한 시간의 연속이었다. 헤어짐을 통보하면서 돌아섰던 날, 그녀는 평소보다 좀 더 늦게 도서관에서 나왔고, 항상 바쁘게 움직이던 걸음은 한없이 느려졌다. 한참을 버스 정류장에 서 있다가 버스 열 대를 보내고 나서야 집으로 가는 막차를 탈 수 있었다. 그리고 차창에 머리를 기댄 채 가만히 눈을 감았을 때 '아, 오늘이 도욱이 생일이었는데……'라는 뒤늦은 생각이 온몸을 아프게 스치고 지났었다.

"내 삶에서 네가 사라지고 난 뒤로, 나는 아무것도 할 수가 없었어. 다른 여자를 만나겠다고 생각할 겨를도 없었지. 사실 나는

공유하실래요?

네가 붙었다는 말을 들었을 때 내심 기다렸어."

이제는 다 지났으니, 지금은 옆에 그녀가 있으니, 겨우 담담하게 전할 수 있는 지난 이야기였다. 그것은 이별을 당했다던 남자의 아픈 시간의 기록.

"다 그만두라고 했던 말이 무색할 정도로 해냈구나. 결국엔 됐구나…… 뭔가 씁쓸했지만 네가 대견하다고 생각했어. 그리고 그만큼 들떴어. 네가 다시 돌아올지도 모른다는 기대감으로 온종일 핸드폰을 붙잡고 있었지. 청진기 손에 들고서 넋을 놓고 있을 때면 선배한테 뒤통수 한 대 맞고 겨우 정신 차렸어. 그런데 네가 나한테 안 오더라. 끝까지…… 그렇게 하루, 이틀…… 일 년이 지나고 또다시 맞이한 생일 앞에서 나는 너를 미워하게 됐어."

화리의 감긴 두 눈에서 소리 없이 눈물이 흘러내렸다. 도욱은 물에 젖은 그녀의 속눈썹이 이따금 떨리는 모습을 물끄러미 바라봤다. 그녀의 눈물 앞에서 자신이 얼마나 허둥대는지 잘 알고 있기에 도욱은 어쩔 수 없이 발아래로 시선을 내렸다. 흔들리는 초점을 붙잡기 위해 급한 대로 화리의 테디베어 슬리퍼에 시선을 고정했다. 눈물을 닦아주고 다독이고 싶었지만 그 전에 꼭 매듭지을 이야기가 있었다.

"네가 너무 미워서 울기도 많이 울었어. 사실, 나는 울 수 있는 세 번의 기회는 진작 전부 써버렸어. 그 때문에 나는 하진호한테 한동안 울보라고 놀림도 많이 받았지. 그런데 뭐, 그때는 어찌할 도리가 없었으니까. 아무튼, 너는 이제 날 책임져야 해. 키다리 울보가 돼서 아무도 시집올 생각을 안 한다고."

도욱은 무거운 얘기를 전하면서도 간헐적으로 웃어야 했다.

그것은 화리의 마음을 무겁게 짓누르지 않기 위한 그의 노력이었다. 언젠가 전하고 싶었던 그만의 이야기로 인해 화리가 아파하는 것은 그가 원하는 게 아니었다. 도욱은 그저 새롭게 시작하기 위해 과거를 털어내는 것 그 이상의 의미를 부여하지 않았다.

"딱 한 번만 말할게. 오늘이 지나면 나는, 더는 이 얘기에 대해 그 어떤 말도 하지 않을 거야. 그러니까 너도 다시는 묻지 마."

그가 애써 전하려는 이야기는, 언젠가 화리가 물었던 결혼의 이유. 그 진실에 대한 것이었다.

"선아 씨는 조건이 맞는 여자였어. 네가 나한테 다른 여자랑 결혼하라면서 떠났으니까…… 나한테 기대지 않아도 살 수 있다면서 잘난 듯이 등을 보였으니까…… 보란 듯이 대단한 여자를 만나서 결혼하자. 그래서 엄청 시끌시끌하게 잘 산다고 요란하게 소문내야지. 그 소문은 꼭 홍화리 귀에 들어가서 엄청 후회해라. 그래서 땅을 치고 운다는 소리를 꼭 듣고 싶다. 꼭……. 그렇게 치졸하고 못된 생각의 끝에서 얻은 결론이었어."

도욱은 유약했던 자신의 마음을 고백하면서 실없이 웃었다.

"선아 씨와의 결혼은 그 이상의 의미는 없어. 그래서 끝낸 거고 나는 지금 네 옆에 있는 거야. 그러니까 네가 혹시라도 내 결혼의 이유에 대해서, 뭔가 미적지근하고 언짢은 마음이 있다면 전부 지워도 좋아."

도욱은 흐느낌으로 인하여 크게 들썩이는 여자의 어깨를 꽉 잡아 쥐었다.

"그리고 네가 아까 첫사랑 어쩌고 해서 하는 말인데. 뭐, 나도 내 첫사랑은 네가 아니야! 허리는 너무 가는데 힙이 커서 '어쩌면 좋니'라는 말이 저절로 나오는 본과 2학년 누나였어."

일부러 핫한 노래 가사를 빌려서 건넨 농담이었다. 입을 샐쭉이면서 웃어주길 바랐는데 이 여자가 마음대로 되지를 않는다. 도욱은 계속 울음을 쏟아내는 화리를 토닥이면서 생각을 매듭지었다. 어서 빨리 과거를 청산하고 미래를 함께할 여자를 꼭 안아줘야 하니까.

"내가 처음 사랑을 했을 때는 예과 1학년이었지. 나는 그 선배 백의 입은 모습의 섹시함에 반했었고 꽤 잘 만났어. 그런데 헤어졌지. 어느 날, 갑자기 선배한테 다른 남자가 생겼거든. 자존심이 상했지만 그렇게 화가 나지는 않았어. 나도 마음이 붕 떠 있던 상태였으니까. 헤어짐을 맞이하기에 적절한 타이밍이었지. 그래서 깔끔하게 보냈고 미련 없이 잊었어. 신기할 정도로…… 빨리 지웠어. 그런데…… 너는 아니야. 너는……."

도욱은 다리를 까닥이면서 잠시 말을 멈추었다. 그녀를 구원하기 위해 꺼낸 말이었지만 휘몰아치는 옛 기억에 가슴이 콕콕 쑤셨다. 문득 고개를 돌린 자리에는 화리와 자신의 베개가 나란히 놓여 있는 낯선 광경이 보였다. 이를 지켜보면서 작게 미소 짓던 도욱은 부들거리는 화리의 주먹을 제 손 아래 가둔 뒤 달래듯 토닥였다.

"사실, 처음부터 지울 생각조차 하지 못하고 있었어. 그럴 수 있을 리가 없잖아. 그 시간에, 내가 너를 사랑했는데…… 너는 끝이라고 했지만, 나는 아니었으니까. 도대체 뭐가 잘못됐는지 생각하고 또 생각해도 답이 없어서 술기운으로 너한테 전화라도 해볼까 했는데, 하진호가 못 하게 했어. 네가 못 받은 전화……

그거, 다! 네 앞방 노친네 때문이야."

도욱은 힘없이 웃었고 그의 바람 빠진 웃음소리에 화리는 한
없이 밑으로 가라앉는 기분이었다. 그가 혼자 맞이했던 절망의
시간이 고스란히 눈앞으로 재생되는 느낌에 눈앞이 아찔하다.

"도대체 언제쯤 네 얼굴이 생각나지 않을까? 질문하는 게 우
습지. 정말, 누가 날 좀 어떻게 해줬으면 좋겠다…… 그런 생각도
여러 날 하면서 마주한 생각은…… 보고 싶다…… 였어. 진짜 보
고 싶다. 그런데, 어떻게 너를 잊어."

모든 기억의 넝마를 털어낸 도욱은 아주 홀가분한 표정으로
그녀의 눈을 마주 봤다. 눈물이 가득 고여서 계속 흘러넘치는 눈
가를 닦아내는 손이 덜덜 떨렸다. 손가락으로 스미는 것은 고작
투명한 물기일 뿐인데 왜 이리 손끝이 아픈 건지.

"그러니까 나는, 모양 빠지게 혼자 사랑을 했단 말이지. 지금
껏. 꼴사납게."

장난스러운 눈웃음을 지었지만 무거운 남자의 순정, 그 애틋
한 마음의 깊이는 달라지지 않았다. 커질 대로 커진 그 덩어리가
한꺼번에 터져서 빗장이 풀린 여자의 안으로 전부 밀려든다. 그
순간의 벅참과 아릿한 통증을 감당하기 힘들어서 화리는 이내
큰 울음을 토했다.

"홍화리…… 너 이러라고 꺼낸 얘기 아니야."

시트를 꽉 붙잡은 채 위태롭게 흔들리는 그녀의 가냘픈 몸짓에
도욱은 한숨을 내쉬었다.

"내가 너 우는 거 싫다고 얘기했잖아."

"너…… 때문이잖아."

화리는 붉어진 코끝을 벌름거리면서 손등으로 눈물을 닦아냈다. 겨우 눈이 마주친 것에 안심한 도욱이 환하게 웃자 그녀는 또다시 거칠게, 아주 엉엉 울었다. 그야말로 눈앞에서 벌어지는 대성통곡에 겁을 집어먹은 도욱은 차마 손도 뻗지 못했다. 그저 멍하니 입을 벌리고서 놀람을 표하던 남자는 피식, 쓴웃음과 함께 지난날의 객기를 반성한다. 이 여자를 울리겠다고 온갖 짓을 다 했던 그 모든 시간이 덧없다. 이 여자가 울면, 자기가 아프다는 것을 지금 깨달았으니까.

"그래, 뭐. 인정! 어쨌든…… 진짜 오늘이 마지막이야. 나는 찡찡이를 사랑한 기억이 없어. 그러니까 빨리 내가 좋아하는 무뚝뚝 요정으로 돌아와. 자꾸 울면 진짜 화낸다. 정말, 우는 거 듣기 싫어! 그러니까 그쳐. 뚝!"

화리의 울음소리가 조금씩 잦아들기 시작했다. 겨우 한숨 돌린 도욱은 얼른 이 묵직한 상황을 벗어나고자 머리를 굴린다. 그러고 보니 여자를 웃겨줄 말이 없는 것도 아니다.

"너 말이야. 아까 하자 있는지 확인해 보고 싶다는 말…… 몹시도 언짢지만! 네가 굳이 확인해 보고 싶다면 말리진 않을게. 꽤 오래 사용하지 않았지만 여전할 거야. 너를 만난 이후로 지금까지 나한테 여자는 너뿐이었어. 그게 무슨 말인지 알지? 그건 아주 노골적이고 야한 의미라고."

도욱이 능글맞게 웃으면서 화리의 이마를 쿡 찍어 눌렀다. 물기 어린 눈은 무언가에 자극을 받은 듯 좀 더 짙어졌고 떨림이 사라졌다. 그 미묘한 변화를 눈치챈 도욱은 마른침을 삼켰다. 이 여자가 왜 이런 눈빛으로 나를 보고 있지? 잠시 생각할 틈도 없이 화리가 도욱의 어깨를 붙잡고 몸을 일으켰다. 그러곤 그대로 그의 어깨를 밀어 넘겼다. 그녀의 느닷없는 도발에 당황한 도욱은 얼른 몸을 일으켰지만 작은 여자의 몸이 그를 덮치는 것이 더 빨랐다.

"너, 너 말이야. 분명히 아까…… 이럴 생각으로 온 건 아니라고 했잖아."

"상관없어. 지금은 그 생각을 하고 있으니까."

힘이 풀린 여자의 몽롱한 눈을 보는 순간, 찌릿 퍼지는 전율이 곧장 하반신을 장악한다.

'젠장! 겨우 불 껐는데…… 왜 안 하던 짓이야. 진짜, 어쩌려고! 감당도 못 할 거면서…….'

순간적으로 힘이 서리는 몸 때문에 도욱은 주먹을 꽉 틀어쥐었다.

"안 돼?"

"안 돼."

도욱은 단호하게 말을 맺으면서 고개를 옆으로 홱 돌렸다. 가볍고 작은 몸 하나 뿌리치지 못하고 그대로 눌려 있는 자신이 참 한심하다.

"도욱아. 나 좀 봐. 너 지난번에 공치사하고 싶다고 했잖아. 응?"

"아, 뭐래! 지금 여기서 공치사 얘기가 왜 나와! 쓸데없는 소리 하지 말고 비켜. 힘써서 밀치기 싫으니까 알아서 일어나라고 좀!"

"싫어."

그녀의 다부진 거절에 도욱의 머릿속이 찡 울린다. 그녀는 자신의 말을 다시 주워 담지 않았다. 진심이다.

"지금 너한테 닿고 싶어. 그렇지 않으면…… 내가, 나를 주체할 수가 없을 것 같아. 너무 들떠서 속이 울렁거린단 말이야…… 숨도 너무 빠르고, 이것 봐. 손가락도 다 떨려. 이걸 나 혼자 어떻게 멈춰."

화리는 도욱의 어깨를 잡아 흔들면서 칭얼거렸다. 이 여자가 참 사람 심란하게 한다. 도욱은 이를 꽉 깨물면서 자신의 얼굴 위로 쏟아져 내린 그녀의 머리칼을 쓸어 넘겼다. 아래에서 위로 올려다보는 여자의 얼굴은 좀 더 신비로웠다. 붉어진 눈가와 부푼 입술이 하나하나 도욱의 눈에 담겼다. 그리고 그 모습이 참 예쁘다고 생각했다. 이대로 가다가는 정말 일을 치르겠다는 생각에 도욱은 할 수 없이 그녀를 밀어내는 팔에 힘을 주었다. 도욱의 힘에 이끌려서 어쩔 수 없이 몸을 일으킨 화리는 뾰로통해진 입술을 내밀면서 눈을 깜박였다. 여전히 속눈썹은 눈물로 젖어 있는 여자가 이 무슨 객기란 말인가. 오래 잠들었던 휴화산이 제대로 터지면 어떤 일이 벌어지는지 짐작도 못 하면서. 도욱은 소리 없이 입술을 휘면서 화리의 머리카락을 손가락에 감아쥐었다.

"너답지 않은 조급함이잖아. 항상 소극적이라서 사람 애타게 하던 여자가 오늘따라 왜 이래. 진짜 적응 안 되게. 마음을 내주는 건 고마운데, 억지로 이럴 필요 없어. 조금 천천히 가도 돼. 나는 네가 분위기에 휩쓸리는 거, 그런 거 바라는 남자 아니야."

"거짓말."

힐긋 쏘아보는 여자의 눈은 어떤 원망이 서려 있었다.

"역시 진심이었어. 내가 목석이라는 거…… 그래서 할 마음 안

든다는 거…… 그게 정말이었던 거야."

"하아……."

정말 한숨이 나온다. 착각도 정도껏 해야지. 손만 잡아도 몸을 민망하게 만드는 여자가 이 무슨 미친 소리란 말인가. 도욱은 머리를 헝클어뜨리면서 고개를 푹 숙이고 있는 여자의 어깨를 뒤흔들었다.

"목석, 그런 거 아니라고! 말했지. 넌 요물이라고! 그러니까 허튼 생각 말고 제발…… 가서, 자! 네 방으로 가. 빨리!"

번서 몸을 일으긴 노욱은 화리에게 손을 뻗어 재촉했다. 그도 급하다. 그녀를 빨리 이 방에서 내보내야 그도 혼자만의 안정을 취할 수 있으니까.

"자꾸 버티면 억지로 끌고 나간다. 진짜 그렇게 해?"

어둠을 쫓아내는 푸른 새벽빛이 몰려오는 시간이었다. 시간의 흐름이 교차하는 그 경계에서 화리는 망설이지 않고 몸을 일으켰다. 그리고 그대로 팔을 뻗어서 그의 목을 꽉 끌어안았다. 까치발을 든 여자가 그의 귓가에 속삭이는 말은 잠자는 휴화산을 일깨우는 욕망의 주문.

"안아줘."

도욱은 바드득 이를 갈면서 지금까지의 인내심을 전부 깨부순다. 그는 조잘거리는 여자의 입술을 깨물어 벌리면서 뜨거운 숨을 불어넣는다.

"네가 꼬신 거야. 그러니까, 감당하는 것도 네 몫이야. 난……
안 봐줄 거니까."

화리는 답할 수 없었다. 열이 스민 혀가 그대로 목구멍을 막듯

공유하실래요?

이 밀려들어 오는 통에 숨을 쉬는 것조차 벅찼으니까.

"긴장돼?"

"살짝."

"그래서 후회해? 괜히 꼬셨나 싶어서?"

도욱은 꽉 잠긴 목소리로 낮게 웃으면서 그녀의 셔츠 속으로 손을 밀어 넣었다. 살에 닿는 따듯한 촉감에 화리는 흠칫 놀라서 급하게 숨을 삼켰다. 그의 손이 점점 위로 올라오면서 티셔츠가 딸려 올라가자 금세 허리가 드러났다. 화리는 붉어진 볼을 그대로 내보이면서 떨리는 두 손을 꽉 마주 쥐었다. 마치 기도를 하는 것과도 같은 그 순수한 몸짓은 도욱의 꺼진 불씨를 되살리기에 충분했다. 욕망에 일렁이는 눈빛은 모든 것을 집어삼킬 것처럼 작열하는 태양을 닮아 있었다.

"손 풀어."

"응?"

"그러고 있으니까 셔츠 안 벗겨져."

"아. 그랬구나."

"큰일이네. 너무 오랜만이라서 순서도 까먹었어? 역시 그동안 사랑해 주는 남자가 없었구나?"

"아니거든!"

묘하게 자존심이 상한 화리는 그를 잔뜩 쏘아보면서 도욱의 가슴을 밀어냈다. 그녀의 작은 손을 움켜잡은 도욱은 입술을 옆으로 늘이면서 소리 없이 웃었다. 그 야릇한 웃음의 의미를 알아채기도 전에 그는 여자의 몸에 올라타서 자신의 무게를 전했다.

"아니야?"

"어?"

"남자…… 있었냐고. 이런저런 일을 같이하는 야한 존재 말이야."

"아, 아니…… 뭐…….."

"그렇다 해도…… 상관없어. 분명히 형편없는 녀석이었을 테니까."

"그런 거 아니…… 흐응."

도욱의 오해를 풀어야 했지만, 말을 이을 수가 없었다. 그가 그녀의 가슴을 부드럽게 움켜쥔 채 살짝 힘을 주었다. 그 가벼운 동작만으로도 화리는 미간이 좁혀졌다. 그가 만들고 그녀가 기억하는 몸의 감각이 여실히 돌아오는 순간이었다. 열망으로 얼룩져 반짝이던 그의 눈동자가 시야에서 사라졌다. 그 대신 가슴 언저리에 스며드는 뜨거움에 화리는 몸을 비틀었다. 그의 혀가 스치는 곳마다 잠자던 모든 세포가 발광하며 그의 귀환을 환호하는 것만 같았다. 화리는 뭔가 참기 힘든 감각이 올라오는 듯 허둥대며 그의 어깨를 붙잡았다. 그것이 너무 오랜만이라 감당하기 힘들 지경인데 도욱은 오히려 이를 즐기고 있었다.

"힘들어?"

"으응. 이제 그만해."

"겨우 이걸로? 많이 약해졌네."

"아…… 니야. 진짜…… 이상…….."

"참아. 안 봐줄 거라고 말했어. 나는, 분명히…….."

도욱은 오만한 시선으로 화리를 내려다보면서 손으로 그녀의

공유하실래요?

배를 쓰다듬었다. 차가운 손가락은 여자의 뜨거운 체온을 훔쳐 간다. 이윽고 그의 손가락이 수년간 잠들어 있던 문을 열어젖히는 순간 화리는 저도 모르게 입을 벌렸다. 저절로 몸에 힘이 들어가고 동공이 확장된다. 놀라서 오므린 다리였는데 도리어 꽉 힘을 주어 그의 손을 가두는 꼴이 되었다.

도욱은 예민해진 그녀의 점막이 제 손가락을 감싸듯 부풀어 오르는 순간 불덩이를 삼킨 기분이었다. 저도 터질 뻔했으면서 아무렇지 않다는 듯 야한 손놀림으로 그녀를 자극했다. 초점이 흐려진 눈으로 숨을 헐떡이는 여자 때문에 온몸이 저릿해졌다. 제대로 시작한 것도 없건만 번져가는 쾌감으로 몸을 가누기 힘든 것은 그도 마찬가지였다. 그녀에게 남자가 있었을 거라고 생각지 않는다. 그런데도 그 생각만으로도 묘하게 심사가 뒤틀려서 목구멍이 따끔거린다. 까딱하면 이 아름다운 여자를 다른 놈한테 빼앗길 뻔했으니까. 소유욕과 간절함이 빚어내는 열망의 덩어리를 그녀의 안으로 전부 토해내고 싶었다.

"이제 기억나?"

"뭐…… 가."

"내가 이다음에는 뭘 하는지 말이야."

좀 더 깊은 곳을 자극하는 손가락 때문에 화리는 '헉!' 하는 숨을 삼켰다. 그는 나른한 미소를 지으면서 화리를 계속 몰아붙였다. 제 아래에서 얼굴을 붉힌 채 시트를 움켜잡는 여체가 미치도록 색정적이었다.

"한다."

도욱은 제 셔츠를 단번에 벗어 던진 뒤 바지춤에 손을 가져다 댔다. 그렇게 모든 설렘의 준비가 끝이 나고 마침내 뭔가 시작되려는 순간이었다.

"오빠! 도욱 오빠! 자요? 오빠!"

PAGE : 여덟.
등잔 밑에 계신 분

"오빠! 안에 있죠! 문 좀 열어봐요."

"아, 젠장."

귓속을 후벼 파는 파열음과 날카로운 아련의 목소리에 도욱은 인상을 찌푸렸다. 화리의 불안하게 흔들리는 시선이 문가로 향했다. 도욱은 무시하려는 듯 화리에게 소리 내지 말라면서 손짓을 했다. 하지만 화리의 집중력은 이미 전부 깨져 있었다. 흐리멍덩했던 눈에 초점이 돌아왔고 그것은 곧 두려움으로 바뀌었다.

"소, 송민한이 쓰려졌어요! 자기 추…… 충수염인 것 같대요. 오빠…… 제발 문 좀 열어봐요! 으허헝."

아련의 울부짖음과 함께 도욱이 튕겨 나가듯이 침대를 빠져나갔다. 그는 바닥에 떨어졌던 셔츠를 집어 들어서 다급하게 뒤집어썼다. 문고리를 확 잡아당기려던 그때 뭔가 '쿵!' 하고 바닥에 떨어지는 소리가 났다. 그것은 화리였다. 그녀는 민망한 듯이 웃더니 주섬주섬 이불을 끌어당겨서 몸을 가렸다. 그러곤 아련의 눈에 띄지 않도록 침대 밑에 잔뜩 웅크리고 앉았다. 이 어이없는 상황에 웃을 겨를도 없었다. 도욱은 그녀에게 찡긋 눈짓한 뒤 그대로 1층으로 뛰어 내려갔다. 혼자 남겨진 화리는 발그레해진 볼을 감싸 쥐고는 가쁜 숨을 몰아쉬었다.

"후우, 이게 무슨 난리야……."

서둘러 아래층으로 내려온 도욱의 시야에 들어온 민한은 하얗게 질려 있었다. 바들바들 떠는 모양새가 한눈에 봐도 병세가 짙음을 보여주고 있었다.

"민한아. 송민한!"

도욱의 외침에 겨우 눈을 뜬 민한은 띄엄띄엄 자신의 증세를 설명하기 시작했다. 말하는 동안에도 통증이 멈추지 않았다.

"혀, 형. 나 오심이 시작되더니…… 사, 상복부 통증이…… 지금은 우하복부 쪽으로……. 아우, 으흑……."

"이 자식. 누가 의대 안 다녔다고 할까 봐 말 한 번 어렵게 하네. 허세 부리지 마. 그냥 배 아파서 죽겠다고 해."

탈진한 것처럼 쓰러진 민한은 식은땀을 흘리고 있었다. 촉진을 하는 도욱의 표정이 심각했다. 민한의 말대로 우측 하복부를 누르자 민한이 '헉!' 하는 신음과 함께 눈을 번쩍 떴다. 도욱의 손이 닿은 곳에서 뚜렷한 압통이 느껴졌기 때문이다. 이윽고 눌렀던 손을 떼자 통증이 더욱 심해지는 듯 민한이 앓는 소리를 내면서 허덕였다. 그의 얼굴 한쪽으로 흘러내리는 눈물을 지켜보면서 아련은 두 손을 맞잡은 채 발을 동동 굴렀다.

공유하실래요?

"으윽……."

"충수염 맞네. 병원 가야겠어."

"어, 어떡해요. 충수염이 뭔데요?"

"사람들이 맹장염이라고 부르는 질병이지. 수술밖에 답이 없어. 아련아 내 차 키. 차 키 좀 가져와! 빨리!"

도욱은 민한을 둘러업은 채 날카롭게 소리쳤다.

"차, 차 키가…… 어디…… 에, 아으흑!"

아련이 허둥대면서 방향을 잡지 못하는 사이 도욱의 목소리에 반응한 것은 화리였다.

"차, 차 키 여기 있어. 내가 시동 걸어놓을게. 빨리 병원으로 가자!"

겨우 옷매무시를 가다듬고서 뒤따라 내려온 화리는 가쁜 숨을 몰아쉬면서 현관문을 열어젖혔다. 그녀의 머리는 잔뜩 헝클어져 있었고, 겨우 쑤셔 넣듯이 입은 티셔츠는 목 한쪽이 늘어나 있었다. 아닌 밤중에 이 무슨 난리인지 정신이 없었지만 우선 민한을 살리는 일이 시급했다. 그녀는 얼른 마당을 가로질러 뛰어나갔다. 차고에 세워 두었던 도욱의 차 문을 활짝 열어젖히는 동안에도 아련의 외침은 그치지 않았다.

"오, 오빠…… 빨리요!"

먼저 뛰어나간 아련은 울부짖으면서 도욱을 재촉했다. 그녀는 눈물범벅이 된 얼굴을 닦을 생각도 하지 못한 채 바들바들 떨고 있었다. 자신이 짝이 맞지 않는 슬리퍼를 신고 있다는 것은 미처 생각지도 못할 정도로 아련은 겁에 질려 있었다. 도욱은 다급함을 숨긴 채 침착함을 유지했다. 슬리퍼에 발을 욱여넣은 뒤 자신의 차로 뛰어갔다. 충수염은 수술 이후 완치가 가능한 질환이었지만 복막염 따위의 합병증을 일으키므로 빨리 수술을 해야 했다. 도욱의 등 뒤에 업힌 민한은 그의 목을 꽉 끌어안으면서 신음섞인 말을 뱉어냈다.

"혀, 혀엉……."

"조금만 참아. 금방 병원으로 갈 거야."

"화, 화랑병원은 안 돼요."

"뭐, 인마?"

"거, 거긴 정말…… 가기 싫어…… 혀, 형네 병원으로 가. 으흑! 허억……."

기가 막혔다. 이 와중에 병원을 고르고 있는 민한의 처지가 안타깝기도 했지만, 한편으론 어처구니가 없어서 싱거운 웃음이 나왔다. 무거운 남자의 무게를 견디기 위해서 팔에 힘을 꽉 준 뒤 민한을 튕겨 올렸다. 그 바람에 민한은 더 큰 비명을 지르면서도 자신의 의사를 다시 한 번 분명히 했다.

"제발요. 형……."

"우리 병원 너무 멀어서 안 돼! 왜 싫은지 짐작은 가는데 어쩔 수 없어."

겨우 차에 도착한 도욱은 민한을 뒷좌석에 태운 뒤 병원 응급실에 전화를 걸어서 환자 후송을 알렸다. 아련은 제 발로 차에 올라서 민한의 옆자리에 앉았다. 자연스레 민한은 그녀의 어깨에 기댄 채 눈을 감았다. 통증에 이따금 미간이 찌푸려졌지만, 그때마다 아련이 그의 손을 꽉 붙잡았다. 아파서 죽겠는 와중에도 옆자리에 앉은 여자와 붙잡은 손은 찌릿했다. 그게 어이가 없어서 민한은 실없는 웃음을 짓다가 이내 자지러지는 비명을 내질렀다.

"홍화리. 너는 집에 있어. 어수선하게 다 따라가면 정신없어서 안 돼."

"아, 알았어. 어느 병원으로 가는 거야?"

"화랑으로 가야지."

"민한이 괜찮은 거지?"

"아, 형 제발…… 싫…… 다니까……. 아우, 흐윽! 안 돼!"

형식적인 거절이 아니었다. 민한은 진심으로 온몸을 다해 거부하고 있었다. 미처 그 이유를 물을 시간도, 여유도 없었다. 도욱은 차를 출발시키면서 놀란 화리를 다독였다.

"봐라, 저 분명한 의사 표현을……. 괜찮으니까 걱정 마. 상황 봐서 전화할게. 민한이 방에서 필요한 것 좀 미리 챙겨놔."

"응. 조심히 다녀와!"

모두가 허둥대는 상황에서도 도욱은 의연했다. 이윽고 차가 출발했고 고통에 신음하던 민한은 몸을 비틀었다. 처음 보는 모습에 허옇게 질린 아련의 얼굴이 백지장 같았다. 아련은 민한의 눈가에 흘러내리는 눈물을 닦아내면서 울음을 터뜨렸다. 곧 민한이 죽을 것처럼 그녀는 흑흑 소리를 내면서 울었다. 민한은 인상을 찌푸렸다. 그것은 딱히 충수염 때문만은 아니었다. 자신의 통증도 감당할 수 없었지만 서럽게 우는 아련의 울음소리는 더 듣기 싫었다.

"야, 마귀."

놀리는 말에도 아련은 반응하지 않았다. 그녀는 그저 남자의 얼굴에서 흐르는 식은땀을 자신이 가장 아끼는 후드티 소매로 닦아낼 뿐이었다.

"왜? 뭐 필요한 거 있어? 어떻게 해줄까?"

"……마."

"뭐라고?"

"울지 말라고! 귀곡 산장 같아서 듣기…… 싫…… 어. 아흑!"

'그렇게 걱정돼서 죽겠다는 얼굴로 보지 마. 충수염이 아니라 심장마비로 죽겠어.'

우습게도 민한은 진심이었다. 아련이 허둥대면서 방방 뛸수록, 자신을 꽉 붙잡으면서 흐느낄수록 민한은 가슴이 저릿저릿해서 숨을 쉴 수가 없었다. 정말 이러다가 죽을 수도 있겠다 싶은 생각이었다. 평소와 다른 모습으로 혼란스럽게 하는 아련을 멈춰야 했다. 그래서 일부러 건넨 농담이었다. 그런데 아련은 웃지 않았다. 오히려 더 크게 흐느끼면서 민한의 어깨를 흔들었다.

"죽지 마! 이 재수탱이야."

"재, 재수탱이라니……."

그는 골이 깨지는 듯한 충격으로 질끈 눈을 감았다. 서서히 고통이 느껴지지 않을 정도로 정신이 흐릿해지고 있었다. 민한은 스르륵 미끄러져서 아련의 무릎을 베고 누웠다. 그 힘없는 몸짓에 아련은 날카롭게 소리쳤다.

"눈 떠! 죽지 마. 죽지 말란 말이야!"

아련의 처절한 외침에 귓속이 시끄러웠다. 그러면서도 '죽지 말라고'고 소리치는 여자의 눈물이 자신의 얼굴에 튀었을 때 미쳤나 싶을 정도로 설렜다. 희미한 미소와 살갗을 쑤시는 통증이 어울리는 기묘한 감각 속에서 민한은 아련에게 기대어 있음에 만족했다. 순간 이대로 죽어도 좋을 것 같다는 미친 생각이 드는 마음을 살포시 찍어 눌렀다. 살짝 뜬 눈으로 밖을 보니 화랑 병원의 입구로 차가 들어서고 있음을 확인할 수 있었다. 민한은 벌겋게 충혈된 눈을 부릅떴다. 일으킬 힘도 없는 몸을 뒤척이면서 남은 힘을 다해 소리쳤다.

"차 돌려!"

"아련아. 저거 덜 아프다. 안 죽으니까 걱정하지 마. 입이 살아서 동동 뜨게 생겼는데 무슨……."

"아, 형! 안 돼. 화랑 병원은 안 된다…… 고…….."

아픈 환자의 애달픈 요구는 철저하게 무시되었다. 반 실신 상태가 된 민한은 그토록 거부하던 화랑 병원의 수술대에 올랐다. 수술실의 불이 켜지는 순간 긴장이 풀린 도욱은 털썩 벤치에 앉았다. 슬리퍼를 신은 맨발, 허리춤의 끈이 풀어져 있는 잠옷 바지를 보는 순간 도욱은 입술을 힘없이 터뜨렸다. 그는 분명히 한 시간 전만 해도 '안아줘'라는 말을 신음처럼 내뱉던 여자와 침대 위를 뒹굴고 있었는데……. 그것은 한여름 밤의 꿈처럼 전부 사라졌다. 정신을 차리고 보니 그의 옆에는 화리가 아니라 청순녀로 빙의된 낯선 실루엣, 그래서 두 눈을 치켜뜨게 되는 한 여자가 있었다. 그것은 아련이었다.

민한의 응급 수술이 진행되는 동안 아련은 간절한 바람을 올리는 여승처럼 두 손을 합장한 채 기도했다. 송민한을 위한 기도라니, 백아련의 인생에서 결코 있을 수 없는 일이었다. 그런 일을 스스로 벌이고 있는 자신에게 우습다고 힐난할 여유도 없었다. 다른 사람도 아닌 송민한을 위해서 세상의 모든 절대자를 소환하고 있는 무신론자 백아련은 그저 간절히 바라고 또 바랐다.

'꼭 살려주세요. 재수탱이, 우리 민한이…… 제발요.'

"아련아."

"네……."

"민한이 안 죽어."

"제발…… 요."

아련의 두 눈에서 소리 없이 눈물방울이 떨어져 내렸다. 맞잡은 두 손에서 번져가는 떨림은 그녀의 불안함을 여실히 드러냈다. 이를 지켜보던 도욱은 가만히 그녀의 등을 두드렸다. 아픈 민한의 모습에 자신도 놀랐지만 아련의 충격은 더한 듯이 보였다. 발아래로 떨어뜨린 시선에는 아련의 짝짝이 슬리퍼가 보였다. 그 모습에 도욱은 피식 웃으면서 어깨를 흔들었다. 짝짝이 슬리퍼는 민한의 충수염 사건에 대한 아련의 마음을 보여주고 있었다. 그렇게 싸우고 투덜거리더니 막상 아픈 민한에게 가장 먼저 반응하고, 울고, 기도하는 것은 백아련이라는 데 생각이 닿자 도욱은 늦은 깨달음을 얻었다. 그것은 민한과 아련의 관계를 단순히 '앙숙'이라는 단어만으로 설명할 수 없다는 것이었다. 수술이 진행되는 동안 아련은 도욱에게서 그가 왜 그렇게 화랑 병원을 꺼렸는지에 대한 이유를 전해들을 수 있었다.

"민한이 가족이 전부 이곳에 있거든."

"가족이라면……."

"응. 백의를 입은 위대한 송씨 일가의 집합소인 셈이지. 환자 생존율 1위라는 이곳 화랑 병원이…… 우리 민한이한테는 죽음의 세계나 다름이 없지. 아이러니하게도……."

공유하실래요?

도욱은 말끝을 흐리면서 씁쓸하게 웃었다. 아련의 눈동자가 황망히 흔들리는 사이 무사히 수술이 끝났고 도욱은 담당 의사를 만나러 갔다. 그 사이 병원에는 송원 교수의 막내아들이 충수염 수술을 받았다는 소문이 퍼져서 그것은 의국에 있던 그의 형들의 귀에 모조리 전해졌다.

한편 회복실에서 민한을 마주한 아련은 그가 깨어나는 순간까지 그의 손을 꽉 붙잡고 있었다. 언제나 싱글벙글 가벼운 웃음을 짓는 민한의 두 눈이 고요히 감겨 있는 모습을 지켜보면서 아련은 차마 입 밖에 낼 수 없었던 마음을 삼켜냈다.

'무서워서…… 죽는 줄 알았어.'

아련은 한 번 더 터져 나오는 흐느낌을 겨우 참아냈다.

"건강하셨어요?"

"……."

"아버지."

민한의 입에서 겨우 '아버지'라는 생경한 단어가 터져 나왔다. 수십 번을 입안에서 되새기면서 우물거린 뒤에야 겨우 내뱉을 수 있는 말이었다. 하지만 그의 앞에선 남자는 그를 위아래로 훑어 내릴 뿐 '아들아'라고 다정하게 불러주지도, 한번 안아주지도 않았다. 민한은 말없이 자신을 주시하는 남자의 시선 앞에서 속수무책으로 발가벗겨지는 느낌이 들었다. 백의를 입은 꼿꼿한 자태는 저질로 고개를 숙이게 만들 만큼 위압적이었다. 마땅히 시선을 둘 곳이 없어서 링거 바늘이 꽂힌 팔을 물끄러미 바라보던 민한의 얼굴에는 실없는 웃음이 걸렸다. 그의 눈에 비치는 기운은 분명히 쓸쓸함이었다.

4년 만이었다. 송씨 일가의 막내아들이 아버지의 얼굴을 다시 마주한 것은……. 피할 수 없다고 해도 피하고 싶었던 순간을 맞이한 민한의 얼굴은 뜻밖에 차분했다. 그것은 이미 한 차례 예비고사를 치렀기 때문일지도 모른다. 회복실에서 병실로 옮겨진 뒤 겨우 뜬 눈으로 아픔에 대한 투정을 부릴 사이도 없었다. 말끔하게 백의를 갖추어 입은 그의 잘난 형들이 들이닥쳤으니까. 그리고 그들의 눈에 들어온 것은 오랜만에 보는 동생이 환자복을 입고 있다는 것이 아니었다. 그들의 관심사는 민한의 노란 머리와 그 옆에서 짝짝이 슬리퍼를 신은 채 두 눈을 동그랗게 뜨고 있는 한 여자였다. 연민이 배제된 시선으로 그들이 처음 건넨 한마디는 '여자 있냐?' 그리고 '사고 치지 마라' 그것이 전부였다. 익숙한 차가움이었다. 그리고 4년 전 민한은 그것을 피해서 도망쳤었다. 그리고 지금 이 순간 아버지라는 존재 앞에서 민한은 다시 그들의 차가움을 온몸으로 맞이하고 있었다.

"머리 꼴하고는…… 집 나가서 겨우 한다는 짓이 물장사더구나."

"……."

"게다가 오합지졸이 모여 있는 셰어하우스? 하…… 사는 방법도 가관이지. 남자, 여자 전부 한집에 모여서! 그게 가당키나 한 일이야!"

참으로 오랜만에 들어보는 날카로운 외침이었다. 애석하게도 민한은 아버지의 따스한 눈빛이 아니라 날이 선 외침 앞에서 자신이 아버지라는 존재를 마주 보고 있음을 실감하고 있었다. 그의 아버지는 유능한 바리스타를 물장사로 깎아내리는 것에 일말의 망설임도 없었다. 잘나가는 사진작가, 교사, 소아과 의사, 업계 최고의 19금 소설가를 오합지졸로 묶어내는 오만함은 차기 병원장으로 내정된 심장의학과 명의 송원 교수를 대변하고 있었다.

"이게 네가 잘난 듯이 소리치던 너의 삶이냐. 이렇게 살기 위해서 송가를 떠났어? 겨우 이따위로 살려고!"

'떠난 게 아니라 쫓겨난 겁니다. 꼴도 보기 싫다고 하셨던 건 아버지였어요.'

민한은 아버지의 힐난에도 불구하고 아무 말도 하지 않았다. 그저 묵묵히…… 보고 싶었던, 그리웠던, 잡고 싶었던 아버지의 손을 물끄러미 바라봤다. 검버섯이 피어 있는 아버지의 손은 그 역시도 세월의 흐름을 벗어날 수 없음을 보여주고 있었다. 그런데도 그의 손에 깃든 여전한 섬세함과 날카로움은 저명한 외과 의사로서의 자긍심을 보여주고 있었다. 그의 아버지 송원은 대단한 의사였지만 차갑고 모진 아버지였다. 그럼에도 민한은 아버지를 좋아했지만 돌이킬 수 없는 틈이 벌어졌다.

언제나 바쁜 수술 일정 때문에 제대로 쉴 시간이 없는 아버지, 송원. 소파 위에서 쪽잠을 자고 있던 아버지가 안쓰러웠던 민한은 그에게 유자차를 건네고자 했었다. 하지만 바닥에 깔렸던 블록을 밟고 넘어지면서 아버지의 손에 그대로 찻물을 쏟아버렸다. 민한이 형에게서 처음으로 뺨을 맞았던 그날은 온 가족의 관심사가 오직 아버지의 손이었다. 그리 뜨겁지 않은 찻물이었고 아버지는 손에 화상을 입지 않았음에도 모두 민한을 힐난했다. 그들은 외과 의사의 오른손이 갖는 의미를 끊임없이 떠들었지만 민한은 단 한마디도 알아들을 수 없었다. 그때가 고작 일곱 살이었으니까. 그 옆에서 흐느낌조차도 삼켜낸 채 아픈 볼을 매만지던 아이의 눈물을 닦아주는 이는 아무도 없었다. 죄책감에 시달리던 한 아이가 바닥에 떨어진 물건은 보이는 족족히 치우는 결벽증에 시달리는 원인을 아는 이가 없었다. 물론 한동안 뜨거운 물이 담긴 컵은 만지지도 못한 채 한겨울에도 찬물로 세수하는 이유에 관해 묻는 이도 없었다. 심지어 어머니조차도. 그날 이후 민한은 단 한 순간도 아버지의 손을 붙잡을 수 없었다.

"집으로 들어와."

"……."

"의대 공부 다시 해. 아직 안 늦었어. 놀 만큼 놀았으면 그걸로 됐다. 다시 마음잡아."

"싫습니다."

"송민한!"

"제가 돌아갈 곳이 가족인가요? 닥터 송의 위대한 혈족인가요?"

"말장난은 그만둬."

"기억하세요? 어렸을 때부터 수도 없이 제가 '아프다'고 말씀드렸던 거."

"……."

"기억 못 하시겠죠. 그때도 아버지는 눈 하나 깜짝하지 않으셨으니까. 무엇 때문에 아픈지 이유조차 듣지 않으셨어요. 병리학적인 진단이 나오지 않는다고 해서 제 인생이 괜찮은 건 결코 아니었는데도 말이죠. 아동심리학이 전문이신 어머니도 대단하셨죠. 남의 자식 마음은 잘도 들어주시면서 제 속은 한 번도 들여다보지 않으셨습니다. 그뿐인가요? 형들은 그 잘난 집안의 후광 속에서 그럭저럭 살면 될 인생을 어렵게 간다고 손가락질하기 바빴죠."

서러움과 외로움으로 점철된 자신의 이야기를 쏟아내던 민한은 잠시 말을 멈췄다. 치밀어 오르는 감정의 덩어리를 삼켜내는 민한의 두 눈이 붉게 충혈되었다. 그는 창밖으로 시선을 내던지면서 눈을 깜박였다. 단 한 방울의 눈물이라도 절대 흘려보내지 않겠다는 듯한 결심으로 민한은 이를 꽉 깨물었다. 몸에 잔뜩 힘이 들어가는 바람에 수술한 복부가 당겼지만 그 정도 고통은 참을 수 있었다. 그것보다 더욱 그의 숨통을 조이는 것은 이곳이 그가 도망쳐야만 했던 병원, 그 파괴적인 공간이라는 것과 그를 도망치게 하였던 아버지, 그자가 눈앞에서 주는 존재감의 무게였다.

"아버지가 말씀하시는 물장사. 그것 때문에 지금 제가 살고 있다면 믿으시겠어요? 함부로 말씀하신 그 오합지졸들 덕분에 당신 아들이 겨우 기대고 의지하면서 웃고 있다면…… 그래서 겨우 숨을 쉬고 있다고 해도…… 아버지 눈에는 지금의 제가 '겨우 이따위'입니까?"

"송민한. 네가 내 인생에 차지하는 비중은 채 10%도 되지 않아."

잔인하리만치 차가운 말투와 감정을 들쑤시는 낮은 목소리였다. 하지만 민한은 크게 상처 받지 않았다. 막연히 잊고 살았을 때는 아버지와 함께했던 세상이 잠시 그리웠던 것도 같은데 다시 마주한 실체는 여전히 숨을 앗아갈 만큼 팍팍하고 거칠다.

"네가 집을 나갔다고 해서…… 아들 하나 없이 산다고 해서 큰일은 없었어. 앞으로도 그럴 거야. 하자 있는 인물 받아들이겠다고 마음먹은 건 그래도 네가 내 핏줄이기 때문이다."

'핏줄' 그 한마디가 아버지의 입에서 튀어나오는 순간 민한은 피식 웃고 말았다. 그 핏줄이라는 테두리 안에서 어린 민한이 얼마나 상처 받았는지, 그가 얼마나 가족이라는 존재를 갈구했는지 아는 사람은 정작 송씨 일가에 없었으니까.

"네 머리, 네 감각…… 의사로서 부족하지 않아. 문제는 네 유약한 정신머리야! 메스를 못 잡는 건 네가 스스로 거부해서다. 그런 건 훈련으로 얼마든지 바꿀 수 있어. 너는 너 스스로 의사가 될 수 없다고 단정 짓고 있는 것뿐이야!"

포르말린 냄새를 맡은 것처럼 속이 메스껍고 머리가 지끈거렸다. 민한은 절대 부서지지 않는 흰 벽을 마주한 채 망치질을 하는 기분이었다. 그리고 그것은 절대로 부서지지 않는다는 사실을 깨닫는 순간 벽을 튕겨 나온 망치가 온몸을 후려치는 듯 가슴이 욱신거렸다.

"내가 널 집안으로 들일 수 있는 마지막 기회야. 네가 스스로 놓아버린 모든 것들의 의미가 무엇인지 아느냐? 그건 남들이 갖지 못해서 안달하는 황금 열쇠야! 지금 네가 잘난 듯이 뛰쳐나가서 벌이고 있는 네 삶은, 밑바닥부터 아등바등 기어오르는 이 바닥의 모든 이들을 욕보이는 거다. 가진 게 있으면 누리면서 살아. 그걸 거부하는 건 가진 자의 오만이야. 결코, 자의식이라고 할

공유하실래요?

수 없어.”

“어째서 제가 그걸 갖는 게 당연하다고 생각하세요? 아버지가 달아주시는 날개…… 눈 질끈 감고 달 수도 있겠죠. 그럼 뭐해요? 다리가 부러져서 일어설 힘이 없을 텐데. 아버지는 왜, 자식이 제 힘으로 일어서겠다고 하는데 굳이 그 다리를 부러뜨리세요. 어째서 그 모든 게 당연하세요?”

아버지를 올려다보는 민한의 눈동자가 처연하게 빛났다. 자신을 내려다보는 아버지의 차가운 눈의 기운 아래서 민한은 마침내 깨달았다. 봄의 향기가 나던 그곳이 얼마나 소중한지를 말이다. 그리고 그곳의 모든 사람들이 자신을 얼마나 지켜주고 있는지도 여실히 깨닫는다. 이곳에 실려 오는 동안 마치 친동생인 것처럼 허겁지겁 자신을 둘러업고 뛰어온 도욱의 체온이 따듯했다. 화리가 정리해서 보내준 속옷과 세면도구가 담겨 있는 가방은 엄마의 손길을 대신했다. 그뿐인가? ‘죽지 마’라면서 손을 꽉 붙잡아준 여자는 그의 사랑이었으며, 심장이 제대로 뛰고 있음을 실감하게 하는 존재다. 그리고 민한에게는 아버지의 존재를 대신하는 그 남자, 온화한 눈을 가진 하진호가 있다. 티격태격 소란하게 지저귀면서도 언제나 의지할 수 있는 어깨 한쪽을 내어주는 모두가 있는 곳, 춘향가는 민한이 스스로의 세상을 만들어가는 근원이었으며 진정한 생의 공간이다. 그래서 다시 돌아갈 수 없다. 이름뿐인 가족, 그 허깨비 소굴로는.

“말 길게 하지 마. 네 엄마가 내일 오기로 했다. 그때까지 생각 정리해.”

“이미 충분하지 않으세요?”

"무슨 뜻이냐."

"위대한 송씨 일가에는 이미 백의를 입은 두 명의 아드님이 더 계시니 드리는 말씀입니다. 그러니 저까지 욕심내시지 마세요. 저는 앞치마가 잘 어울리는 하자 있는 인물이니까요."

자신을 하자 있는 인물이라고 내뱉으면서 민한은 웃었다. 그것은 쓸쓸함도 분노도 아니었다. 자신의 삶에 대한 확신에서 비롯된 홀가분함과 굳은 신념의 표현이었다.

"후회할 거다."

"제가 아버지를 아버지라고 부를 수 있는 날이…… 애석하게도 오늘이 마지막이 된다고 해도……."

"……."

"전 돌아가지 않습니다."

그는 살면서 처음으로 아버지의 눈을 피하지 않은 채 흔들림 없는 목소리로 말했다. 마지막으로 전한 민한의 진심이었다. 그리고 그의 뜨거운 마음은 병실 앞, 닫힌 문 뒤로 잔뜩 몸을 웅크리고 앉은 채 울음을 삼키고 있는 한 여자에게로 전부 전해졌다. 입을 틀어막은 채 눈에 고인 눈물을 바닥으로 떨어뜨리는 그녀는 백아련이었다.

"진호 오빠 오늘 온대."

"알고 있어."

"오빠가…… 너 왜 전화 안 받느냐고 하던데. 꽤 여러 번 했다고."

"아, 맞다! 핸드폰. 진동이었어. 잊고 있었네."

민한은 베개 밑에 손을 집어넣어서 핸드폰을 꺼냈다. 부재중 전화 열세 통, 그중에는 진호의 안부 전화도 있었지만, 어머니라는 이름으로 걸려온 전화가 여덟 통이었다. 아련한 눈빛으로 핸드폰을 만지작거리던 민한은 끝내 어머니에게 전화할 수 없었다. 아버지와의 담판이 있었던 그 다음 날, 병문안을 온다는 어머니의 얼굴도 보지 못한 채 쫓기듯 도욱의 모란 병원으로 옮겼다.

화랑 병원에서 단일통로복강경 수술을 한 덕분에 큰 흉터는 남지 않게 되었다. 깊숙한 통증과 갈증 속에서도 민한은 딱히 엄살을 부리지 않았다. 가족을 잃은 덕분에 남겨진 보이지 않은 자상의 충격을 받아들이는 것이 더 힘들었으니까.

민한이 입원해 있는 동안 아련은 그의 병시중을 자처했다. 화리가 대신 와서 살피겠다고 했지만 아련은 고집을 부렸다. 이번 기회에 카페 문 닫고 쉬고 싶다는 이상한 핑계까지 덧붙이면서 그녀는 민한의 곁에 있었다.

"썸녀한테서 아직 전화가 없어? 왜 실연당한 표정인데. 뚱해서는……."

"내가?"

"말이 나와서 말인데…… 너의 그 수많은 썸녀들은 한 명도 병문안을 안 오는구나? 어째서야?"

'제대로 썸 탄 게 없으니까 그렇지.'

"그러게. 나 인생 헛살았나 봐. 뭐, 그래도…… 마귀 네가 내 옆에 있잖아."

'그거면 충분해. 그래서 불안하고……. 네가, 갑자기 가버릴까 봐.'

민한은 속내를 숨긴 채 특유의 웃음을 지으면서 안심하라는 듯이 웃었다. 민한은 위태로운 순간에도 옆에 있는 여자 때문에 간신히 기력을 찾고 있었다. 그리고 병실에서 보내는 무료한 시간의 절반은 아련의 19금 소설로 때우고 있었다. 그는 간간이 찾아오는 통증에 얼굴을 찌푸리면서도 아련의 책을 손에서 놓지 않고 있었다.

"야. 마귀! 너 이번 소설 너무 약하지 않아? 힘 뺐다고 하더니만 너무 뺐나 봐."

"그래? 그럼 다음에는 힘 꽉 줘서 쓸게."

아련의 조곤조곤한 목소리에 민한은 소리 없이 한숨을 내쉬었다. 사실, 민한은 벌써 몇 번째 그녀를 음란마귀라고 부르면서 장난을 걸고 있었지만 아련은 크게 대응하지 않았다. 모든 것을 체념했다는 듯한 그녀의 고요함은 묘하게 언짢아서 민한은 한 번더 그녀를 자극했다.

"큰일이네. 마귀야. 너도 끗발이 다 된 거 아냐? 19금의 샛별이 어디 다른 데서 반짝이고 있는 거야?"

"안 그래도 슬럼프야. 누구는 좋아요, 누구는 싫어요…… 누구는 최고예요, 누구는 돈 아까워요…… 하루에도 몇 번씩 왔다갔다 하는 시소를 타고 있는 기분이거든. 어느 장단에 맞춰야 할지 어지러워서 멀미날 지경이란다."

아련은 제법 속 시끄러운 얘기도 큰 표정 변화 없이 담담하게 내뱉었다.

"그리고 19금의 샛별은 지금 사과를 깎으면서 반짝거리고 있는 중이랍니다."

아련은 정말 얌전히 앉아서 사과를 깎고 있었다. 평소 같았으면 음란마귀라는 말이 튀어나오는 그 순간에, 손에 칼을 쥔 것도 모른 채 뽀르르 화를 냈을 판인데 지금, 그녀는 참 조신하다. 민한은 그게 어색하고 불안했다. 사과 껍질이 쌓여가는 것을 물끄러미 바라보던 민한은 책을 덮고 사과 한 쪽을 집어 들었다. 원래 아련은 껍질 깎는 동안에 과일을 집어가는 것을 몹시도 싫어했는데 지금 그녀는 무슨 생각인지 가만히 입을 붙이고 있다. 결국 민한은 어차피 먹지도 못할 사과를 다시 내려놓은 뒤 아련의 손등을 툭툭 쳤다.

"왜? 뭐 필요한 거 있어?"

민한은 고개를 내저으면서 제법 진중한 목소리로 말을 이었다.

"초심을 찾아봐."

"초심?"

"응. 넌 그저 네가 쓴 글을 누가 읽는다는 게 신기했다며. 크게 돈 벌 목적도 아니었잖아. 그런데 재능을 인정받다 보니 생각보다 판이 너무 커진 거지. 열 명이 보던 글을 백 명, 천 명, 만 명…… 네 글이 사랑받을 때마다 다양한 생각의 가짓수도 늘어나는 게 당연하잖아. 악플도 관심이라는 말 못 들어봤어? 그걸 이겨내지 못하면 작가라고 할 수 없지."

검고 맑은 눈동자가 예쁜 노란 머리 청년이 진심으로 전하는 위로였다. 민한은 항상 그녀를 음란마귀라고 놀리고 있었지만 사실 그는 백아련 작가의 글에 가장 먼저 '좋아요'를 눌러주는 숨은 애독자였다.

"네 안의 중심. 그것만 흔들리지 않으면 돼. 네가 글을 쓰는 이유 말이야. 성적 판타지의 충족! 포르노를 대체하는 고상한 활자의 발견. 너 뭐, 항상 거창하게 말하잖아. 맨날 시끄럽게 떠들어대더니 왜 요새 잠잠하냐. 하던 대로 해. 쫄지 말고!"

아련은 민한이 장난처럼 건넨 말에 적잖이 위로받았다. 그리고 저 혼자 조용히 생각했다. 저 노란 머리가 내 기도발 받아서 살아난 보답이라도 하는 모양이라고…… 그렇게 편한 생각으로 이유 없이 들뜨는 마음은 꾹 눌러 무시했다.

"온갖 센 척은 다 하면서 은근히 소심해. 아무튼, 너 이제 댓글 읽지 마. 내가 대신! 전부 훑어보고 전해줄게. 아주 옆에서 떠드는 것처럼 실감 나는 육성으로 읊어줄 테니까 너는, 네 눈으로 직접 보지 마."

민한은 진호에게서 나올 법한 자상한 미소와 함께 아련의 머리를 쓰다듬었다. 그 생경한 손짓에 아련은 그대로 얼었다. 그래서 민한도 당황했다. 저리 치우라고 잔뜩 짜증을 부릴 줄 알았더니 그녀는 가만히 눈만 깜박인다. 괜히 소름이 돋아서 민한은 얼른 아련의 머리에 놓였던 손을 거두어들였다.

슬쩍 옆눈으로 힐긋거리던 그의 눈동자가 조금씩 커졌다. 항상 우적우적 딱딱 소리가 나도록 이를 부딪치는 것도 부족해서 입안의 가득한 음식물로도 너털웃음을 짓는 것이 원래 백아련이다. 그런데 지금, 그 여자가 어디로 간 건가? 아련은 입안의 조각이 빠져나올세라 입술을 꽉 다문 상태로 아주 단정하게 사과를 먹고 있었다. 누가 보면 눈앞에 있는 상대가 송민한이 아니라 홍화훈이라고 생각할 정도로 아련은 민한 앞에서 지금껏 보이지 않는 행동으로 그를 자극하고 있었다.

'뭐야? 왜 저래? 죽다 살아난 건 나인데, 왜 네가 다시 태어난 척이야! 불안하게!'

사과를 다 먹은 아련은 잔머리가 빠져나온 머리가 신경 쓰인 듯 손으로 머리를 풀어헤쳤다. 이내 입을 꼭 다문 채 눈을 내리깐 상태로 천천히 머리를 쓸어 넘기는 동작에 민한의 두 눈이 따라붙었다. 머리를 묶는 평범한 동작이 제법 순식간이었음에도 정작, 민한에게는 버퍼링이 걸린 것처럼 아주 느렸다. 어느새 깔끔하게 다시 묶인 머리 덕분에 아련의 흰 목덜미가 좀 전보다 분명히 드러났다. 유독 하얗고 약한 피부를 지닌 탓에 아련의 목은 머리를 묶으면서 손가락이 스쳐 지났던 그 자국이 옅게 남아 있었다. 누가 보면 오해를 할 정도로 드문드문 붉은 기운이 남아 있는 목을 바라보는 순간 민한은 저도 모르게 복부에 힘이 들어갔다. 일순간 수술 부위가 뻐근해지면서 퍼지는 통증을 참아내기 위해서 주먹을 꽉 틀어쥐었다. 물론 이불 밑에 감추어서 아련은 볼 수 없도록.

'아무래도 쟤랑 오래 있으면 안 되겠어.'

민한은 괜한 조급증이 나서 초조하게 흔들리는 눈빛을 감추기 위해서 여기저기 시선을 흩뿌렸다. 하지만 그것도 잠시뿐, 방향을 잡지 못하고 흩어졌던 시선은 금세 한 곳으로 고인다. 그것은 자꾸만 힐긋거리고 싶은 청순한 여자. 마침 물을 마시던 아련은 그와 눈이 마주치자 컵을 내려놓은 뒤 혀를 내밀어서 축축해진 아랫입술을 훑어 내렸다. 순간 눈에서 확 오르는 불을 끄기 위해서 민한은 눈을 질끈 감았다. 사실, 아련의 행동은 별 의미를 부여하지 않아도 되는 습관이었다. 그녀는 언제나 물을 마신 뒤 마치 고양이처럼 혀로 입술을 핥아 내리고 손등으로 물기를 닦아내니까. 하루에도 몇 번씩 보던 그 익숙한 동작이 하필이면 링거 바늘을 꽂고 있는 지금, 아주 야릇하게 보인다.

'정신 차려! 송민한. 쟤는 마귀야. 그것도 아주 독한 음란마귀라고!'

민한은 조금 더 꽉 주먹을 움켜쥐면서 고개를 흔들었다. 사실 민한의 충수염 사건을 대하는 아련의 태도는 그 누구도 쉽게 적응할 수 없었다. 그를 간호하는 동안 아련은 평소보다 말이 없었고 차분했으며 온순했다. 항상 길게 흩날리던 머리는 거치적거리지 않도록 곱게 묶었고, 짧은 치마 대신에 발목까지 내려오는 긴 치마를 입었다. 새빨간 립스틱이 지워진 자리에는 투명한 립밤이 겨우 빛을 내고 있었다. 이를 지켜보면서 도욱은 저 여자한테 반할 것 같으니까 빨리 내가 알던 음란마귀를 찾아오라면서 너스레를 떨었다. 물론 아련의 긴 치마 아래 가려진 슬리퍼는 여전히 짝짝이였지만 정작 아련은 이를 이상하다 여기지 못했다. 정확히는 눈치챌 여유가 없었다.

"송민한."

"어, 어?"

"너 왜 가스 안 나와? 혹시 나 몰래 뀌었으면서도 모른 척 앙큼 떨고 있어?"

"뭐래! 안 뀌었거든. 이 상쾌한 공기를 맡으면서도 무슨 미친 소리야."

민한은 입을 잔뜩 내밀어서 툴툴거렸다. 속으론 내심 안심했다. 청순녀 대신 음란마귀가 다시 소환된 것 같아서. 그래서 안심하고 크게 숨을 내쉬었더니만…….

"걱정돼서 그래."

그 진심 어린 목소리가 멍하니 벌어진 남자의 입안으로 흘러든다. 그래서 민한은 꿀떡 삼켜지는 숨의 덩어리가 몹시도 뜨거웠다.

"밥. 너 계속 못 먹고 있잖아. 벌써 며칠째야. 도욱 오빠 말로는 어제쯤 나왔어야 한다던데. 너랑 비슷하게 수술했던 옆방 아저씨도 오늘 아침부터 식사하셨대. 넌 왜 이렇게 느려."

"몰…… 라."

"혹시…… 내가 옆에 있어서 참는 거야? 그러지 마. 그냥 뀌어. 절대 안 놀릴게. 뭐하면 신호가 올 때 말해. 내가 저 밖으로 튀어나갈게. 그때 뀌어. 제대로 빵!"

아련은 손가락으로 총을 쏘면서 장난스럽게 웃었다. 민한은 정말 총을 맞은 것처럼 가슴이 욱신거린다.

'젠장, 오늘 심장…… 왜 이래. 딴 남자 좋아하는 여자…… 뭐 예쁘다고, 계속 쿵쾅거리는데……. 아, 자존심 상해.'

민한은 피곤한 눈을 문지르면서 아련의 손가락 총을 외면했다. 사실, 민한은 묵묵히 옆을 지키는 아련의 존재가 고마웠다. 그리고 미안하다. 그녀가 평소와 다른 모습을 보이는 것이 어쩌면 자신의 어둠 때문일지도 몰라서. 그가 지닌 침울함이 언제나 밝은 그녀에게 옮겨간 것만 같아서 내심 속이 상했다. 그리고 그는 조금 아프다. 홀린 듯 바라보고 싶은 저 여자의 눈이 다른 남자를 보고 있어서.

"아련아."

신나게 총질을 하던 아련의 손동작이 멈췄다. 손가락 끝이 살짝 흔들려서 이를 바라보는 아련의 눈동자도 조금 흔들렸다. 이유는, 민한이 처음으로 성 떼고 자신의 이름을 불렀기 때문이다.

"아련아."

"어, 어?"

처음에는 잘못 들었지 싶었는데 그의 입에서 다시 한 번 분명하게 자신의 이름이 흘러나오는 순간 아련은 누군가 뒷목을 움켜잡은 듯 정신이 번쩍 들었다. 부모님께 수도 없이 들은 이름이고 춘향가의 식구들이 매일같이 불러주는 이름 두 글자가 몹시도 낯설었다.

'내 이름인데…… 왜 못 들을 소리처럼 머리가 멍하지? 마귀, 너 정말 영혼이라도 팔린 거야? 정신 차리라니까!'

아련은 두 눈을 동그랗게 치뜬 채 낯선 감정을 마주했다. 묘하게 두근거리는 스스로에게 욕을 하면서 다그쳐도 계속 맥이 빨라진다.

'설마, 송민한 때문에 뛰는 건 아니겠지? 그럴…… 리, 없……는데.'

아무래도 제 몸의 변화가 너무 이상해서 잔뜩 커진 눈은 좀처럼 작아지지 않았다. 그녀는 뭔가 확인하려는 듯 일부러 눈에 힘을 주고 민한을 바라봤다.

'예쁘다.'

햇빛을 받아 반짝이는 노란 머리칼에 고정된 시선을 겨우 거두어들였더니 이번에는 선이 고운 그의 콧대가 눈에 들어왔다. 그뿐인가? 불어오는 바람에 머리칼이 흩날리면서 그의 옆얼굴이 좀 더 분명하게 눈에 담겼다. 아파서 살이 빠진 탓에 더욱 날렵해진 민한의 턱선도 드러났다. 이를 지켜보면서 든 생각은…… 뜻밖에도 '예쁘다'였다.

그녀가 아주 노골적으로 빤히 바라보는 시선에 귀 끝이 붉어진 민한은 왼쪽으로 고개를 틀어서 창밖을 바라봤다. 입으로는 긴 한숨이 뱉어진다. 겨우 몸에 가득한 열기를 조금 내뿜은 뒤에야 민한은 작은 용기를 끌어낸다. 진작부터 묻고 싶었지만, 또 결코 알고 싶지 않았던 그 이야기를 겨우 입 밖으로 꺼내기 위해서.

"왜 좋아?"

"뭐…… 가?"

"화훈 형 말이야."

물음을 던진 뒤 민한은 아련을 돌아보지 않은 채 계속 창밖만 바라봤다. 생각보다 그녀가 답을 늦추는 통에 고요한 침묵이 이어졌다. 그 속에서 민한은 타들어가는 갈증을 느꼈다. 그는 여자의 작은 입술에 지배되는 스스로의 처지가 참 딱하고 우습다. 사랑, 그깟 게 뭐라고…… 이토록 간절하단 말인가.

'웃어, 인마! 시끄럽게 웃으라고, 좀. 그렇게 얌전 빼고 있으니까…… 더, 심장 소리가…… 잘 들리잖아. 젠장!'

아련은 눈을 찌푸리면서 가슴을 두드렸다. 사실, 그녀는 민한의 입에서 여느 때와 같은 시끄럽고 화통한 웃음소리가 번져 나오기를 기다렸다. 그런데 그는 웃지 않는다. 아련은 살짝 의자를 움직여서 민한의 옆얼굴을 좀 더 분명히 눈에 담는다. 입술 끝이 살짝 올라가면서 꾹 다물어진 입매는 제법 진중하고 또 관능적이었다. 사실, 민한은 입술이 참 예쁜 남자다. 그걸 이제야 눈치채는 지금, 아련은 차라리 눈을 감아버린다. 민한에 대한 새로움을 마주하는 것은 어쩐지 몹시도 불편하고, 낯설고, 그래서 도망치고 싶다는 알 수 없는 감정을 몰고왔다. 그 희한한 감정을 찍어 누르면서 겨우 정신을 가다듬고 다시 눈을 뜨는 순간이었다. 민한의 검은 눈동자가 올곧은 방향으로 한곳, 오직 아련을 향했다. 그녀는 그 눈을 피하지 않으려 애쓰는 자신을 이해할 수 없었다. 그저 살짝 초점이 풀린 눈으로 바라볼 뿐이다. 홀린 듯이, 그를……

"말 못 해?"

"어?"

"화훈 형은 역시 좋은 구석이 너무 많아? 그래서 딱 하나 생각하기도 어렵냐? 뭐가 그렇게 고민이 길어. 날 새겠네."

마치 초승달처럼 휘어진 입꼬리를 바라보면서 아련의 눈꺼풀이 살짝 흔들렸다. 아련은 손가락으로 눈꼬리를 찍어 누르면서 두 눈을 부릅떴다.

'잠을, 자야겠어. 저 자식 간호하느라고 기운을 너무 뺐더니 눈까지 떨리네. 저 인간 다 낫기만 해. 스테이크 풀코스를 얻어먹을 거야!'

느닷없이 노려보는 아련 때문에 민한은 긴장감을 이기려고 조금 더 밝게 웃는…… 척했다. 이에 아련은 마른침을 삼키면서 고개를 홱 돌린 뒤 대충 얼버무려 답했다.

"이, 이유 없어."

"없다고?"

"응. 나도 몰라. 오빠가 왜 좋은지. 그러니까 말 못 해."

사실, 아련은 민한이 자신에게 물어본 것이 정작 무엇인지 잊어버릴 정도로 그의 옆모습을 홀린 듯 바라본 터였다. 그러고 보니, 정말 화훈 오빠를 왜 좋아하지? 새삼, 그 이유가 없다는 사실이 조금 놀랍다.

　"너는 이유도 없이 사람을 좋아해?"

　"어, 없어. 그냥 좋아. 원래 이리저리 재지 않고 따지지 않는 사랑이…… 더욱 수, 순수한 법이니까. 뭐랄까…… 그냥 동물적인 감각이야. 처음 본 순간부터 그냥 이 사람이다 싶어서 좋았어."

　'동물적인 감각…… 그걸 내가 이길 수 있나?'

　민한은 묘한 패배감에 실없이 웃었다. 정작 아련은 지금껏 생각해 보지 않았던 물음에 대하여 혀가 움직이는 대로 대충 답했던 터였다. 그래서 자신이 뱉어낸 그 의미 없는 말의 뭉치가 민한에게는 커다란 절망감이 되어서 그의 숨통을 짓누르고 있다는 것도 알 수 없었다.

　"그런 거였구나."

　평상시보다 한 톤 낮아진 목소리는 그의 가라앉은 마음을 보여준다.

　"순수하네. 예쁘고…… 내 생각보다 훨씬 더…… 백아련의 사랑은 깨끗하네."

　민한이 결론지은 아련의 사랑은 순수, 예쁨 그리고 깨끗함이었다. 그 모든 것을 인정한 순간 민한은 어떤 체념과 함께 흐릿한 표정을 지었다.

　"아…… 내가, 그래서……."

"네, 네가, 그래서 뭐?"

그와 다시 눈이 마주치는 순간 아련은 느닷없이 떨리는 손을 자신의 후드티 앞주머니에 찔러 넣은 뒤 주먹을 꽉 쥐었다. 사과의 진액이 묻어서 찐득거리는 손이 불쾌했지만 상관없었다. 이유 없이 후들거리는 몸과 마음을 의지할 곳이 없어서 아련은 그저 주먹을 움켜쥘 뿐이다. 민한은 창밖에 던진 시선을 거두지 않은 채 말을 이었다.

"부럽다고. 네 사랑……."

'뺏고 싶어. 전부, 다.'

온전히 전하지 못하는 남자의 진심이 흐려지는 말끝 너머로 사라진다. 민한의 힘없는 목소리가 잠겨들면서 만들어진 대화의 공백, 그 무거운 기류 속에서 아련은 선뜻 입을 열지 못한 채 손톱만 매만진다. 사랑이 부럽다는 그의 말은 분명히 칭찬으로 듣고 한껏 입을 크게 벌려 웃을 수 있는 일이었다. 그런데도 이상하리만큼 입술 사이로 웃음이 비집고 나오지 않는다. 도리어 자꾸 입술을 깨물게 된다. 그것은 너무도 낯선 민한의 눈 때문이다. 창밖을 바라보는 남자는, 마치 헤어진 연인이라도 그리워하는 듯 애잔한 눈망울을 그대로 내보인다. 도대체 지금, 누굴 생각하기에 저리도 공허해 보이는 걸까? 혹시 넘사벽 여신? 그의 눈에 담긴 여자의 정체를 알고 싶다는 생각이 커질 무렵, 아련의 동공이 일순간 가득 커지면서 미간이 좁혀졌다. 느닷없이 시작된 몸의 통증, 그것은 명치에 퍼지는 찌릿함이었다. 마치, 사춘기 소녀 때 겪었던 가슴의 성장 통증처럼 욱신거리고 따끔한 감각이 발작처럼 생겨났다가 가라앉기를 반복한다. 왜? 이유는 몰라도 괜찮으니, 그냥 이 알 수 없는 아릿하고 찌릿한 느낌을 멈추고 싶다.

'역시, 자야 돼. 정말 푹 자야 돼!'

살면서 처음 느끼는 희한한 감각에 허둥대는 여자는 그저 이 모든 변화를 수면 부족의 탓으로 치부한다.

"눈부셔. 나 좀 누울게."

아련의 조용한 사투를 모르는 민한은 일부러 눈을 비비는 척 그녀를 외면하면서 침대를 미끄러져 내려갔다. 눈시울이 뜨겁다. 지금껏 딱히 서러움을 느끼지 못하는 짝사랑이었건만, 봄기운 때문인지 새삼 어렵고 벅차게 느껴진다. 때문에 쓸쓸한 감정을 이기지 못하는 눈가가 제법 붉어졌다. 민한은 그 심란한 눈의 기운을 숨기기 위해 눈을 꾹 감아버렸다. 그가 눈을 감추는 순간, 신기하게도 아련의 욱신거림도 조금씩 잦아들었다. 그제야 아련은 긴 숨을 마음껏 뱉어내면서 명치를 두드렸다. 눈으로는 물끄러미 그를 본다. 고요하게 눈을 감은 민한의 얼굴은 단정했다. 아련은 처음으로 작정하고 민한의 눈, 코, 입을 천천히 훑어내렸다. 사실 맨날 싸우고 헐뜯기에 바빴지 그의 얼굴을 자세히 바라볼 틈도 없었다.

'피부가 참 곱구나. 보조개 패는 지점이 여기던가?'

순간 보조개가 팰 법한 볼 한쪽을 쑤셔보고 싶다는 미친 망상을 찍어 누르면서 그녀는 자신의 허벅지를 아주 콱! 주먹으로 때렸다. 남자치고는 뽀얀 얼굴과 긴 속눈썹을 바라보면서, 아련은 처음으로 여자애들이 민한에게 달려드는 이유를 인정한다. 그는 이따금 복부에 통증이 느껴지는 듯 미간을 찌푸렸지만 그조차도 못나 보이지 않을 만큼 역시, 꽤나 잘난 얼굴이었다.

'입술이⋯⋯.'

좀 전까지는 살짝 정신을 놓은 탓인지, 그의 입술이 무척이나 요사스럽게 보였는데 지금 보니 또 그렇지도 않다. 물기 없이 마른 것도 모자라서 피가 터지고, 부르튼 입술은 그의 힘듦을 고스란히 전한다. 순간 아련은 울컥 울음이 솟는다. 정말, 왜 이럴까? 알 수 없이 붉어진 눈을 깜박이던 여자는 가만히 고개를 끄덕인다. 역시, 이건 연민이다. 그래, 아마 그래서 자꾸 눈에 밟히고 멍청하게 바라보다가 가슴이, 조금 욱신거리고 찌릿한 모양이다. 불쌍해서⋯⋯.

"잘 거야?"

"응."

"그래, 자. 커튼 쳐줄까?"

"됐어. 어두운 거 싫어."

아련이 꼬인 링거 줄을 풀던 그때였다. 민한은 아련의 시선이 불편한 듯 아예 옆으로 돌아누웠다. 그러곤 이불을 잔뜩 끌어올린 바람에 더는 그의 얼굴을 볼 수 없었다.

'혹시 우는 건가?'

그가 걱정된 아련은 이불을 슬쩍 끌어내렸지만 민한이 이불 끝을 꽉 붙잡았다. 아련은 좀 더 꽉 힘을 준 채 이불을 잡아당겼지만 민한도 만만치 않았다. 이불을 사이에 둔 쓸데없는 신경전을 끝낸 것은 민한의 한마디였다.

"야, 마귀. '등잔 밑이 어둡다'라는 말 들어봤어?"

"이게 외국에서 살았다고 사람을 엄청 무시하네. 나 작가야! 그것도 모를까 봐!"

"너 하는 짓 보면 모르는 거 같아서."

"무슨 뜻이야?"

"잘 생각해 봐. 이왕이면 곱씹고 곱씹다가 날밤이나 새버려라."

그가 건넨 말의 여운이 제법 길어서 아련은 잠시 멍해졌다. 이불을 붙잡았던 손에서도 스르륵 힘을 풀렸다. 그 틈을 놓치지 않고 이불을 확 잡아당긴 민한은 아예 이불을 머리끝까지 끌어올렸다. 민한이 이불 속에 자신을 전부 감춘 모습을 내려다보면서 아련은 그의 말뜻을 생각했지만, 도무지 알 수가 없었다.

"뭐래……."

아련은 바싹 마른 사과 한 조각을 우물거리면서 고개를 갸웃거렸다. 문득 벽에 걸린 달력을 보니 아주 찝찝한 기분이 들었다. 뭔가 중요한 것을 잊어먹고 있다는 생각이 들었지만 그게 제대로 생각나지 않아서 꽉 얹힌 느낌이었다. 생각이 날 듯 말 듯…… 머릿속이 '쨍!' 하고 반짝였으면 좋겠는데 오히려 구름 위에 놓인 듯 모든 것이 흐릿했다. 그것은 오늘이 홍화훈의 생일이라는 사실이었다. 그 중요한 사실이 머릿속에서 지워졌다는 사실도 모른 채 아련은 이불을 뒤집어쓴 남자에게 다시 집중했다.

"재수탱이야. 이불 좀 내려봐. 응?"

아련은 살포시 민한이 덮었던 이불을 조금 끌어내렸다. 그의 뽀얀 이마 언저리가 살짝 보였다. 민한은 힐끗 아련을 쏘아보면서 제 손으로 이불을 내렸다.

"그래, 재수탱이야. 얼굴 좀 보이고 자. 답답하게 이불을 쓰고 자냐."

"진짜 어이없네. 너, 병원으로 오는 동안에도 나한테 계속 재수탱이라고 불렀지? 그때는 내가 대꾸할 힘도 없었는데 도대체 왜 그래? 언제부터 내가 그렇게 됐어?"

"몰라. 그냥 자연스레 입에 붙은 말이야. 아무튼, 이불 내리고 자. 계속 그러고 자면 입에 먼지 다 들어가."

"먼지 좀 먹는다고 안 죽어."

"그래도……."

"괜한 걱정이야. 사람 그렇게 쉽게 안 죽어."

"딱히 그렇지도 않더라. 도욱 오빠가 그러는데 넌 급성 충수염이라서 까딱하면 죽을 수도 있었대. 그래서 생각했어. 사람 목숨이 참, 덧없구나. 그러니까 죄짓고 살지 말자."

"넌 이미 죄 많은 여자야."

"내가? 어째서?"

"그것도 집에 가서 잘 생각해 봐. 말 나온 김에 너 좀 가! 제발! 집에 가라고."

"왜? 가스 나올 것 같아?"

"입 닫고 얌전히 나가! 보안 벨 눌러서 잡상인 들어왔다고 내쫓기 전에!"

"시끄러워. 내가 너 간병하는 거 여기 사람들이 다 알아. 아무튼! 난 안 가. 지금 가게 문 닫고 휴가 받은 상태란 말이야. 네 병간호 그만두면 나 혼자 일해야 되는데? 미쳤냐! 너는 베짱이처럼 누워 있고 나는 개미처럼 일하게? 싫어!"

"아, 정말! 조잘대는 거 시끄러워 죽겠네. 귀찮다고 진짜!"

"입 다물고 있을게."

"넌! 그냥…… 존재 자체가…… 신경 쓰여. 그러니까, 가!"

아련은 귀찮다는 말을 귀에 담지도 않고 그대로 흘려보냈다. '가!'라는 빈정 상하는 외침도 깡그리 무시했다. 작가적 관점에서 '신경 쓰인다'라는 말의 정의에 대해서는 조금 생각해 보다가 그냥 접었다. 딱히 떠오르는 말도 없어서.

"자장가 불러줄까?"

민한은 대꾸하기 싫다는 듯 몸을 옆으로 홱 돌다가 자지러지는 소리를 냈다. 신경 쓰이는 여자 때문에 혼이 빠져서 방향을 잘못 잡았다. 하필이면 링거가 꽂혀 있는 오른쪽 팔을 옆구리로 꾹 찍어 누른 탓에 바늘이 살짝 빠져나가면서 피가 번져 나왔다. 새빨간 액체를 본 순간 민한은 일순간 구역질이 치밀어서 아찔했지만 애써 담담한 척 표정을 굳혔다. 아련이 손을 바들바들 떨면서 하얗게 질린 탓이다.

"괘, 괜찮아?"

"됐어. 다시 꽂으면 돼."

민한은 쿨한 척 목소리를 꾸며냈지만 제 손으로 바늘을 다시 밀어 넣는 손이 덜덜 떨렸다. 한 번 길이 난 혈관이라 해도 굵은 바늘이 다시 밀려들어 가는 감각이 너무 생생해서 민한은 식은 땀이 났다. 남의 살을 찌르고 피를 보는 순간을 두려워서 의사를 포기했건만 제 살을 찌르고 있으니 이 무슨 미친 짓이란 말인가. 일순간 짜증이 치솟는다.

"아파?"

"아파! 엄청 아파! 그러니까 너, 가라고! 좀! 제발……."

'옆에 있어줘. 계속…….'

민한은 진실한 속내를 감춘 뒤 앙칼지게 눈을 부릅떴다. 도무지 등잔 밑 아래로 한 줄기 빛을 내려주지 않는 저, 귀여운 여자가 너무 얄미워서.

PAGE : 아홉.
너란 여자, 나란 여자

"진호 형! 진호 형!"

"형님 안 죽었다. 한 번만 불러, 인마."

헐레벌떡 뛰어 들어온 민한은 뭐가 그렇게 급한지 신발을 내던지다시피 했다. 그런데도 잘 벗겨지지 않는 운동화를 잡아 뜯듯이 벗겨내면서 거실로 뛰어들었다. 그는 편의점에서 맥주를 사오는 길이었다. 오늘은 축구 평가전이 있는 날이었고 민한의 퇴원 기념 파티도 겸하는 날이었다. 충수염 수술 이후 잠시 잠깐 점잖은 하진호의 코스프레를 했던 민한은 어느새 발랄한 노란 머리 총각으로 돌아와 있었다. 그리고 모두 그 모습에 안도했다. 소파에 털썩 앉은 그는 숨을 몰아쉬면서 겨우 말을 이었다.

"와…… 형! 내가 초특급 얘기를 들었잖아. 어, 화리 누나 여기 앉아봐요."

"왜 그래? 민한아. 무슨 일인데."

"잠시만…… 물 좀 마시고."

민한은 가슴을 두드리면서 테이블 위의 물 잔을 집어 들었다. 벌컥벌컥 물을 마시면서도 무언가 불안한 듯 눈은 연신 주위를 두리번거렸다. 아련을 찾는 것이었다. 그녀가 잠깐 세탁소에 갔다는 얘기에 민한은 안심하고 이야기를 시작했다. 백아련이 들으면 안 되는 비밀 얘기는 화훈이 아이 아빠라는 사실. 일순간 화리의 표정이 험악해졌다.

"어디서 들었어? 그 얘기."

"왜 그 편의점 뒤에 번개 치킨 있잖아요. 계산하고 나오는데 화훈 형하고 도욱이 형 둘이 앉아 있더라고. 뭔가 심각해 보여서 몰래 갔는데, 그다음이 대박……."

민한은 아직도 귓가에 남아 있는 그들의 대화에 몸을 떨었다. 잠시 말을 멈추었던 그는 화리의 재촉으로 다시 이야기를 시작했다.

"문지유 씨가, 돌아왔대요. 아이랑 같이……. 그런데 그게, 화훈 형 아이라고……."

진호는 자신이 가장 좋아하는 플라스틱 물 컵을 바닥으로 떨어뜨렸다. 바닥을 굴러다니는 컵을 대신 집어 든 화리의 표정이 착 가라앉았다. 꽤 세게 떨어진 듯 컵에 금이 좍 가서 다신 쓰지 못할 정도로 틈이 벌어졌다. 평정심으로는 이 집 제일이라던 진호가 그만큼 크게 놀랐다는 증거다. 하긴, 홍화훈이 아이 아빠라는데, 놀라지 않고 버틸 사람이 누가 있을까. 진작부터 이 사실을 알고 있던 화리는 그동안 부단히도 오빠와의 연락을 취했었지만 그는 또 특유의 잠수타기 신공으로 사람 속을 뒤집고 또 뒤집었다. 그런데 오늘, 잡혔다. 오빠의 빙글거리는 얼굴과 승리의 천진한 얼굴이 일순간 겹쳐지면서 눈앞을 스치는 순간, 화리의 머릿속에도 좍 줄이 가면서 정신이 번쩍 들었다.

'가만 안 둬. 이 인간……'

제 아이의 존재를 알면서도 특유의 자기중심성을 뽐내는 화훈, 오늘 이 오라버니와 결단을 내겠다고 생각하면서 화리는 큰 걸음으로 거실을 가로질렀다. 슬리퍼에 대충 발을 욱여넣은 뒤 '쾅' 소리와 함께 현관문을 열어젖혔다. 그리고 그 자리에서 한 발자국도 나갈 수 없었다.

"아련아?"

'아련'이라는 말에 가장 먼저 반응한 것은 민한이었다. 그는 머리를 헝클어뜨리면서 앉았던 자리에서 일어났다. 다급하게 현관으로 나가보니 역시나, 그녀가 바들바들 떨면서 하얗게 질려 있었다. 이를 지켜보는 민한의 눈빛이 잔잔히 흔들렸다.

"백아련……."

민한의 부름에도 아련은 정신을 차리지 못했다. 그녀의 손에 들려 있던 세탁물이 바닥으로 툭 떨어졌다. 그런데도 아련은 물끄러미 그것을 바라볼 뿐 차마 주울 생각도 하지 못했다. 드라이를 맡길 정도로 아끼는 후드티를 그대로 흙바닥에 내버려 둘 정도로 아련은 위태로웠다.

민한은 착잡한 표정으로 바닥에 떨어진 옷을 대신 집어 들었다. 대충 흙을 턴 뒤 집 안으로 던져 넣는 거친 동작에도 아련은 소리치거나 눈을 흘겨 뜨지 않았다. 제대로 정신이 나간 것처럼 어떤 자극에도 동요가 없이 흔들리는 입술만 깨물었다. 이를 보다 못한 민한이 그녀의 어깨를 붙잡아서 세차게 흔들었다.

"정신 차리지? 지구 종말도 아닌데, 뭐 그렇게 큰일 날 소리를 들었다고! 못난이처럼 입만 벌리고 있는데!"

그의 거친 말투에도 아련은 요지부동이었다. 계속 무언가 말을 할 듯 말 듯 입을 뻐끔거리던 그녀는 민한과 눈이 맞닿는 순간 소름이 돋았다. 문지유가 돌아왔다니, 그것도 아이가 있다니……. 아련은 민한이 전한 모든 것을 부정하겠다는 듯 크게 고개를 흔들었다. 하지만 눈앞에 여전한 민한의 심란한 눈빛은 지금의 상황이 현실임을 상기시킨다. 결국 울음이 터진 그녀는 붙잡는 손을 거칠게 뿌리치면서 그대로 집을 뛰쳐나갔다.

"아련아!"

영문을 모르는 화리가 얼른 그녀의 뒤를 쫓아가려 했을 때 민한이 그 앞을 막아섰다.

"누나. 제가 갈게요."

굳은 표정으로 아련을 쫓아나가는 민한의 얼굴에서도 핏기가 없었다. 도대체 이게 무슨 난리인가? 아련의 울음도, 민한의 화난 얼굴도 전부 이해할 수 없었던 화리는 바닥에 털썩 주저앉아서 눈만 깜박였다. 지금의 상황을 설명할 수 있는 것은 오직 '어안이 벙벙하다'라는 관용구가 전부였다. 진호한테 뭐라도 묻고 싶었는데 도대체 뭘 물어야 할지도 몰라서 화리는 헛웃음만 토했다. 겨우 정신을 차린 듯 눈에 초점이 돌아온 진호는 바닥을 나뒹구는 맥주캔 가운데 터져서 거품이 쏟아지고 있는 캔 하나를 집어 들었다.

공유하실래요?

"도대체, 뭔 일이에요. 아련이가 왜……."

"좋아했거든요. 홍 소장을…… 아니, 이제는 사랑한다던가?"

화리는 뒷목을 움켜잡았다. 마치 혈압이 오르는 듯 눈이 뻑뻑해진다. 아련은 정말 복병이다. 그 아이가 화훈을 바라보고 있을 줄은 생각도 못 했건만, 좋아한다니! 이제 어쩐다? 할 말도 없이 자꾸 입만 벌어지는 통에 입안이 바싹 말랐다. 겨우 무릎에 힘을 주고서 자리에서 일어난 화리는 식탁 위에 놓여 있는 컵 안으로 콸콸 물을 쏟아 넣었다.

"아, 화리 씨! 그 컵!"

"네?"

진호가 놀란 눈으로 컵을 낚아채는 순간 화리는 눈살을 찌푸렸다. 하필이면 아까 깨진 그 컵에 물을 따른 탓에 금이 간 곳에서 전부 물이 새어나오고 있었다. 줄줄 흐르는 액체를 급하게 닦아내던 화리는 젖은 행주를 꽉 움켜쥔 채 현관을 바라봤다. 뛰쳐나간 아련과 민한이 돌아오지 않고 있었다. 혹시 큰일이라도 날까 싶어서 아무래도 걱정이다. 그리고 정말, 이해가 안 간다. 하고 많은 남자 중에 어디 하나 예쁜 구석 없는 홍화훈을 왜 마음에 둔단 말인가?

"정말 알 수가 없어. 아니, 왜요? 도대체…… 왜! 호랑말코 어디가 좋대요? 미쳤어, 진짜!"

화리는 부들부들 떨리는 손을 마주 잡으면서 고개를 흔들었다.

"아련이는 제정신으로 우리 오빠를 좋아할 수 없다니까요? 분명히 뭔가 착각하는 거야. 정말 말도 안 돼! 사랑이라니요. 그건 안 될 일이지! 내가 꼭 뜯어 말릴 거예요."

"글쎄. 화리 씨가 할 수 있는 거…… 아무 것도 없을걸?"

"진호 씨……."

어느새 조용히 찌그러진 맥주 한 캔을 다 비운 남자는 빙긋이 웃으면서 아주 심란한 말을 건넨다.

"미쳐서, 하겠다는데…… 어떻게 말려…… 사랑을."

화리가 정말 미쳐서 팔딱거리던 그 시각 이 모든 사건의 원흉이 되시는 그분, 호랑말코께서는 술을 마시고 있었다. 마신다는 표현도 부족해서 들이붓는 수준이었다. 화훈이 위장에 술을 쏟아 붓는 것을 잠자코 지켜보던 도욱은 결국 그에게서 잔을 뺏어 들었다.

"술 마신다고 해결이 돼? 형 건설 잘하잖아. 지금의 상황이라는 것도 좀 더 건설적으로 대응할 수 없어?"

도욱의 채근에도 화훈은 실없이 웃을 뿐이었다. 눈을 깜박이면서 제대로 숨을 쉬고 있지만 보고 있는 모든 것이 전부 허상처럼 느껴진다. 지유, 그 여자를 근 6년 만에 다시 만났던 그날부터 시작된 멍한 기운이 여전했다. 헤어졌던 여자를 다시 만난 그날, 눈앞에서 분명히 존재하는 실루엣에도 믿을 수가 없어서 계속 급하게 숨만 들이쉬었다. 마치 약에 취한 듯 흐려진 눈으로 넋을 놓고 바라보고 있었을 때 그녀가 먼저 다가왔고 웃으면서 명함을 건넸다. 그 딱딱한 종이를 건네받으면서 차가운 손가락이 스치는 순간 단번에 눈의 초점이 돌아왔고 마침내 실감했다.

'아, 진짜 문지유구나. 내 첫사랑, 내 아내…… 미치도록 찾고

싶었는데…… 제 발로 찾아왔네.'

그렇게 잠시 그녀와 와인을 마시면서 아무렇지 않은 척 안부를 물었고, 시시껄렁한 이야기들을 이어갔다. '잘 지내?'라는 말은 절대로 묻지 말자고 다짐했는데 하필이면 처음 건넨 말이 그것이었다. 제 입을 저주하면서 이를 꽉 깨무는 사이 그녀는 '잘 지내'라면서 웃었다. 지적인 웃음을 짓는 여자는 헤어지기 전보다 좀 더 당당해 보였고 정말로 괜찮아 보였다. 이지적이면서도 차가운 그녀의 말투에 홀린 듯 빠져들던 그때였다. 그녀가 어디선가 걸려 온 전화를 받고 사색이 되어 뛰쳐나갔을 때 화훈은 당연하다는 듯이 그녀를 뒤쫓아 나갔었다. 그건 본능이었다. 초점을 잃은 눈빛으로 주문을 외우듯이 모란 병원을 되풀이하는 그녀와 함께 병원으로 갈 때만 해도 그가 마주하게 될 진실에 대해서 미처 알 수 없었다. 병원에서 링거 바늘을 꽂고 울먹이는 아이가 문지유를 엄마라고 불렀고, 자신에게 아빠냐고 물었을 때 세상이 조각나는 느낌이었다. 그건 문지유가 전혀 괜찮지 않음을 확인하는 순간이었고, 홍화훈의 가슴에는 칼이 꽂혔다.

"지유 누나. 곧 프랑스로 돌아가. 승리는 초기 치료는 어느 정도 끝난 상태니까 그쪽에서 컨설팅 다시 받을 거고. 약만 잘 먹으면 문제 될 게 없을 거야."

"어…… 다행이야."

"가기 전에 한 번이라도 봐."

"어떻게 봐. 내가 무슨 자격으로. 애 낳기 싫다고…… 정관수술까지 했던 내가 무슨 자격으로 그 애를 보고…… 아빠라는 소리를 듣겠다고…… 그 앞에 서. 말도 안 되는 일이지. 다른 사람도 아니고 홍화훈 개새끼는 절대로 그럴 자격이 없지."

할 수 있는 모든 힐난을 담아서 제 가슴을 쑤시고 또 쑤셨다. 할 수 있는 게 고작 그뿐이니까.

"왜, 아파…… 그 조그만 게 아플 데가 어디 있다고…… 난 이렇게 술을 처먹고 또 처먹어도 멀쩡한데…… 왜, 걔가 아파……."

아이를 떠올리는 화훈의 눈가가 붉게 충혈되었다. 화훈은 살면서 단 한 번도 아이를 원한 적이 없었다. 하루 24시간을 온전히 제 시간으로 쓰기에도 부족한데, 아이라는 존재에게 하루의 절반 그 이상을 할애해야 하는 삶을 화훈은 납득하지 못했다. 그래서 언제나 지유와는 아이 문제로 충돌했고 화훈은 여자의 소망을 짓밟아 꺾으면서 제 뜻을 관철시켰다. 제 손으로 생산성을 잃은 남자 홍화훈에게, 승리는 상식적으로 존재할 수 없는 존재였다. 그런데도 버젓이 눈앞에서 웃고 있는 그 아이, 아들 승리가 자신을 향해서 손을 뻗어왔을 때 화훈은 작살이 내리꽂히는 기분이었다.

지유에게 물었을 때 그녀는 처음에 그의 아들이 아니라고 했지만 화훈은 망설이지 않고 '개소리'라는 거친 말을 쏟아냈다. 누가 봐도 똑 닮은 얼굴, 마치 미니어처를 보는 듯한 아이의 이목구비를 바라보면서 화훈은 새삼 유전자의 신비로움을 깨달았고 헛웃음이 나왔다. 그토록 싫어했는데 어쩐지 반갑다는 생각과 함께 꽉 안아주고 싶어서.

"아이, 물론 보고…… 싶어. 그런데, 본다고 달라지는 게 없잖아. 해줄 것도 없으면서 아빠의 존재를 알리고 멀쩡히 잘 있는 애를 혼란스럽게 하는 것도, 걱정스러워."

공유하실래요?

"승리는 그래도 아빠라는 존재를 보고 싶어 해. 어떤 원망도 적의도 없어. 그런데도 형이 외면하면…… 정말 큰 상처가 될 거야. 승리는 물론…… 누나한테도."

화훈은 피곤한 눈을 문지르면서 붉어진 눈의 기운을 이긴다. 이제 와서 재결합을 논할 수는 없는 상황이었다. 그건 지유가 결사반대했다. 원치 않았던 아이로 인해서 헤어진 마당에 마술처럼 생겨난 아이로 합치는 것은 날 조롱하는 거라는 그녀의 말에 화훈은 더는 아무 말도 할 수 없었다. 헝클어진 생각을 정리하기 위해 잠시 서울을 떠났을 때 지유는 또 병이 도졌다면서 그를 힐난했고 역시 당신은 안 된다는 말을 되풀이했다. 도돌이표와 같은 그들의 관계 속에서 화훈은 그녀를 다시 만난 기쁨조차 느낄 틈이 없었다. 아이, 지유에겐 선물이었던 그 존재가 화훈에게는 목에 걸린 가시와도 같았다. 제대로 삼키지도, 뱉지도 못한 채 계속 머뭇거리는 사이 뾰족한 가시는 목을 긁고 쑤시면서 끝없는 통증을 만들어낸다.

"정말 뭘 어떻게 해야 해. 혼자 아이를 낳고 키우고, 아픈 애 뒤치다꺼리를 문지유 혼자 다한 그 인생에…… 보상할 방법, 있긴 한 건가? 생각하고 또 했는데도 모르겠어."

세상의 사람들이 탐내는 좋은 머리가 문지유만 만나면 그대로 정지되고 생각하기를 멈춘다.

"뇌? 이깟 거 아무리 좋으면 뭐해. 아무 소용없어. 문지유는 그냥, 답이 없으니까…… 그래서 풀지도 못해. 진짜, 사람 돌게 한다고……."

화훈은 실없이 웃으면서 잔을 내려놨다. 쓴 술을 삼키는 대신

제 속을 닮은 까만 밤하늘 위로 더운 숨을 뱉어냈다.

"야! 백아련. 아우, 저 계집애…… 지금 충격 받은 거 맞아? 뭐가 저렇게 신난 사람처럼 뛰어가. 짜증 나게……."

아련은 벌써 지하철역 두 개를 지나치고 있었다. 도대체 어디까지 뛰어갈 작정인지 그녀는 멈추지 않고 계속 뛰었다. 앞뒤 분간 못 하고 횡단보도로 뛰어들던 그때 모퉁이에서 차가 튀어나왔다. 하마터면 차에 그대로 치일 뻔한 순간이었다. 방향 감각을 잃은 아련이 두려움으로 눈을 질끈 감던 그 순간 몸이 붕 떠오르면서 뒤로 당겨졌다. 가까스로 후드티의 모자를 낚아챈 민한이 잔뜩 상기된 얼굴로 그녀에게 소리쳤다.

"야, 이 미친 계집애야!"

민한에게서 거친 숨소리가 멈추지 않았다. 눈앞에서 죽을 뻔한 여자 때문에 민한은 이미 제정신이 아니었다. 아련은 계속 입을 벙긋거리면서 얼떨떨한 표정을 지었다. 그가 모자를 놓아주는 순간, 전신의 떨림을 이기지 못하는 아련은 그대로 휘청거리면서 다시 횡단보도 쪽으로 발이 빠졌다. 순간 사색이 된 민한은 다시 재빨리 손을 뻗었다. 그대로 그녀를 껴안듯 잡아당기면서 거친 욕과 함께 제대로 악을 쓴다.

"너 돌았어? 이게 진짜 사람 까무러치게 하려고! 어디 죽을 데가 없어서 내 앞에서 죽으려고 지랄이야, 지랄이! 그것도 두 번이나! 이 또라이야!"

민한도 그녀만큼, 아니 그 이상으로 놀란 탓에 얼굴이 하얗게 질렸다. 눈앞에서 살아 있는 여자를 뒤흔들고 있노라면 안도하는 한편 역시 화가 솟구친다. 뭐 얼마나 절절한 사랑을 했다고 제 목숨도 지키지 못할 만큼 정신을 놓친단 말인가. 정작 그녀를 쫓아오는 동안 수도 없이 숨이 끊어질 것 같았던 게 누군데. 그러니, 눈이 풀려서 제대로 서 있지도 못하는 여자에게 말이 곱게 나갈 리 없다.

"눈 똑바로 떠라! 볼딱지를 잡아 뜯기 전에!"

민한의 거친 말에도 아련은 맥이 탁 풀려서 그대로 바닥에 털썩 주저앉았다. 그러고 보니 이 여자, 뛰는 동안 머리끈도 잃어버린 모양이다. 거칠게 풀어헤쳐져서 헝클어진 머리의 모양새가 마치 망나니 같았지만 민한의 눈에는 그저 안타깝고 가엽다. 그래서 그는 꽉 붙잡았던 모자를 다시 똑바로 펴서 그녀의 머리 위로 아주 푹 씌워줬다. 머리를 감싸는 모자에 안정감을 느낀 듯 아련은 그 자리에서 한참을 말없이 있었다. 드문드문 끊어지는 호흡 소리가 조금 불안하다 싶은 찰나, 그녀의 어깨가 아주 크게 들썩였다.

"울지 마. 울기만 해라! 너!"

그의 호통이 더욱 큰 자극이 되어서 아련은 정말 대성통곡을 시작했다. 정말, 눈앞이 핑글 돈다. 그는 떨리는 손으로 어깨를 잡아 흔들었다.

"일어나."

아련은 요지부동이었다. 그녀는 엉망이 된 얼굴을 무방비로 노출한 채 아주 서럽게 울었다. 정말, 미친다. 결국 민한은 아련의 전투 의지를 상승시켜서 지금의 상황을 덮고자 했다. 특명, 백아련의 짜증을 유발하라! 민한은 일부러 흙 묻은 운동화로 아련의 무릎을 툭툭 쳤다.

"야, 너! 작가라는 게…… 좀 더 참신하게 반응할 수 없냐? 충격 받아서 뛰쳐나가고 울고…… 차에 치일 뻔하고…… 젠장. 너무 뻔해서 짜증 난다고! 네가 뭐라고! 실연당한 청순녀 코스프레야. 어울리지도 않게!"

전투력이 상승하기는커녕 아예 대응 의지를 상실한 아련의 울음소리가 더욱 커졌다. 민한은 '복장 터진다'라는 말을 실감하고 있었다. 이대로 길바닥에서 계속 있으면 남의 사진 찍기 좋아하는 누군가가 '횡단보도 통곡녀'라는 이름의 사진을 떡하니 자기 SNS로 찍어 올릴지도 모른다. 민한은 주변을 살피면서 눈을 치켜떴다. 이미 꽤 많은 사람들이 모여들어서 수군거리고 있었다. 결국 그는 흐느적거리는 아련의 팔을 잡아끌어서 그대로 제 등에 업어 올렸다. 생각보다 순순히 업히는 아련 때문에 일어서는 동작이 힘들지 않았다. 민한은 그녀의 얼굴이 보이지 않도록 모자를 조금 더 끌어당겼다. 그러곤 긴 한숨과 함께 묶였던 걸음을 다시 시작했다.

"가자, 이제……."

민한은 혼자 왔던 그 길을 둘이 되어 다시 되돌아간다. 아주 느린 걸음으로 천천히 돌아가는 길이 참 멀었지만 지겹진 않았다. 그저, 빨리 아련이 눈물을 그치고 마음을 다독였으면 싶다.

"백아련. 너, 내가 집에 가서 잘 생각해 보라고 했던 말…… 생각해 봤어?"

그것은 지난번 병실에서 전했던 '등잔 밑'과 관련한 물음이었다. 사실 민한의 퇴원 이후 아련은 밤마다 고민했었다. 그의 말대로 한숨도 자지 아니하고 밤을 지낸 적도 있었다. 그런데 결론은 애석하게도 '모르겠다'였다.

"생각해 봤냐니까?"

"했…… 어."

여전히 울음 섞인 목소리였지만 눈에서 떨어지는 눈물은 많이 잦아든 상태였다.

"그래서 결론은?"

"모르겠어."

"하아, 역시."

민한은 허탈했다. 안 그래도 몸에 힘이 빠지는데 잔뜩 늘어진 여자 때문에 민한은 더 힘들었다. 미끄러지는 아련을 다시 들쳐 업으면서 민한은 그녀를 받치고 있는 팔에 힘을 꽉 주었다.

"정말 몰라?"

"으응."

"너…… 그러면서 뭘 그렇게 사람 무시하지 말라는 둥 아는 척을 했어. 아무것도 모르면서……. 이 바보 푼수야. 그거 알아? 나 지금 너, 진짜 꼴 보기 싫어. 그런데 갖은 힘을 다해서 참는 중이야."

'꼴 보기 싫다'는 말에 자극을 받은 아련의 울음소리가 다시 거세졌다. 여자의 울음이 맞나 싶을 만큼, 마치 맹수의 포효와도 같은 그 울음에 민한은 쓴웃음을 지었다.

"그래, 울어라, 울이……. 내 몫까지 다 울어라. 이 죄 많은 여자야."

아련은 화훈에 대해서 '첫눈에 반했다'라고 말했었다. 호주에서 지리학 박사 부부의 고명딸로 자란 아련은 울릉공대학교를 졸업한 재원이었지만 졸업 이후에는 '네 삶을 살아보라'는 부모님의 파격적인 제안으로 혼자 한국으로 온 터였다. 긴 호주 생활을 접고 혼자 서울로 왔을 때 집을 구하던 부동산에서 화훈을 만났고 그녀는 화훈의 제안으로 춘향가의 일원이 되었다. 아련은 평소에단 호크 같은 멋진 수염이 있는 남자의 외양을 동경하곤 했다. 그런 그녀에게 화훈은 딱 좋은 외모적 조건을 가지고 있었다. 처음 마주한 날, 여행에서 막 돌아온 홍화훈의 덥수룩한 모습을 보는 순간 아련은 첫눈에 반했다.

그가 이름이 예쁘다면서 '아련아'라고 불러주었던 첫날의 설렘은 지금도 생생하다. 민한이 처음 그녀가 쓴 19금 소설을 퍼뜨리면서 놀렸을 때도 화훈은 글재주가 있다는 칭찬과 함께 다정하게 머리를 쓰다듬어 줬다. 그래서 좋다. 아빠를 닮은 홍화훈이……. 어린 시절부터 아빠와의 유대관계가 특별했던 아련은 그와 비슷한 분위기를 풍기는 남자와 결혼을 할 것이라 입버릇처럼 말했었다. 자유롭고 진취적이며 상냥한 눈웃음을 가졌고, 머리를 쓰다듬는 큰 손이 따뜻한 남자. 그게 바로 홍화훈, 그녀의 완벽한 이상형이었다. 사실, 10살 많은 이혼남이라는 얘기에 조금 놀랐지만 금방 상관없다고 밝게 웃었다. 그가 아직 전처를 못 잊는다는 도욱의 얘기에 조금 실망했지만, 시간이 지나면 괜찮아질 것이라고 믿었다. 그렇게 그가 전처를 극복하고 자신을 바라봐 주기를 기다리고 있었는데 오늘 그 기대가 와장창 무너져 내렸다. 결코 이길 수 없는 상대가 돌아왔으니 말이다. 또 어쩔 수 없이 코끝이 시큰거려서 아련은 민한의 목을 좀 더 꽉 끌어안았다.

"야, 야! 마귀! 숨 막히잖아!"

그의 거친 목소리에 정신이 든 아련은 슬쩍 목을 감았던 팔에서 힘을 풀었다. 그게 좀 아쉬운 기분이다. 민한의 등에 업혀 있다는 것이 민망하긴 하지만 내려오기 싫었다.

어쩐지 등 뒤의 체온이 무척 따듯해서 묘한 안정감이 느껴졌다. 하지만 애석하게도 민한은 더 이상 아련을 업어줄 수 없었다. 자꾸 목을 끌어안으면서 가슴을 밀착시키는 여자 때문에 그는 단단해지는 몸의 변화를 목격해야 했다. 그러니까, 빨리 떼어내야 한다. 아주 흉한 꼴을 보이기 전에 빨리!

"마귀."

"아, 왜!"

"이게 어디서 성질이야. 확 집어 던져 버릴라. 내려. 어깨 아프니까."

집 근처 공원 앞 벤치에 다다라서야 아련은 민한의 등에서 내려왔다. 그녀의 옆에 앉은 민한은 투덜대면서 어깨를 빙빙 돌렸다. 그러면서 이따금 곁눈질로 옆자리 여자의 상태를 살폈다. 어느덧 유월, 초여름으로 접어들었지만 밤공기는 여전히 서늘했다. 때문에 얇은 옷을 입고 있는 아련은 연신 몸을 떨면서 코를 훌쩍거리고 있었다. 벗어줄 겉옷은 없지만 손수건 정도는 챙길 줄 아는 남자 송민한은 큰마음 먹고 아끼는 손수건을 건넸다. 사실 손수건을 건네는 동작에는 그 어떤 망설임도 없었다.

"야. 그만 훌쩍거려. 더러우니까 먹지 말고 차라리 풀어."

아련은 고분고분 손수건을 받아 코를 팽 풀고 또 풀었다. 실크 천이 콧물 범벅이 되어가는 모습에 민한은 진저리를 치면서도 계속 아련을 살폈다.

"다 울었어?"

"……"

"일어나. 이제 네가 걸어. 너 더럽게 무거워."

쏘아붙일 기운도 없다는 듯 아련은 가늘게 눈을 흘길 뿐이었다. 민한은 그녀의 찌릿한 눈매가 아니라 젖은 속눈썹을 바라본다. 여전히 물기가 서려 있는 그 모습이 참 싫어서, 떫은 표정을 짓던 그는 아련에게서 손수건을 뺏어 들었다. 방금 코를 푼 손수건으로 눈을 꾹꾹 찌어 누르자 아련은 진저리를 치면서 자리에서 벌떡 일어났다.

"코 푼 거잖아!"

"다 네 거잖아. 코에서 나온 거 눈에 좀 묻는다고 뭐 어떻게 돼?"

"진짜 이 버릇없는 재수탱이야!"

씩씩거리면서 대드는 꼴을 보니 이제야 백아련이라는 생각에 민한은 안심했다. 집으로 돌아가는 길이 가까워질수록 아련은 몇 번이나 멈춰 섰다. 혹시 화훈이 와 있을지도 모른다는 생각에 집으로 들어가기가 겁이 났다. 차마 그의 얼굴을 마주 볼 자신도 없었다. 그가 오늘 당장 아이와 전처에게로 돌아간다고 말하면 어쩌지? 민한은 불안해하는 그녀의 손을 꼭 붙잡고 춘향가 안으로 들어섰다.

"저희 왔어요!"

일부러 크게 외치면서. 그녀를 이끄는 민한의 눈빛이 짙게 가라앉아 있었다. 1층 거실로 들어서니 화리와 진호뿐이었다. 축구 평가전은 이미 끝나 있었다.

"어디 봐. 울었니?"

화리가 아련의 얼굴을 매만지면서 걱정스럽게 물었다. 퉁퉁 부은 얼굴이 안쓰러웠다. 아련은 제 모양새가 창피하고 민망해서 얼른 고개를 숙였다.

"괜찮아?"

"괜찮지 않을 게 뭐 있나요? 왜 저번에 저도 말 한마디 못 하고 쫓낸 적 있잖아요. 오세령 선생님이던가? 얘도 똑같죠. 하하."

민한은 아련이 비련의 여주인공처럼 처량해지는 게 싫었다. 그래서 좀 더 가볍고 아무렇지 않은 일로 지금의 상황을 덮고 싶었다. 짝사랑하고 있다는 제 처지에 대한 불쾌감…… 그것은 물론, 눈에 핏발이 서는 것처럼 짜증 나는 일이다. 하지만 지금 이 순간 분명한 것은 좋아하는 여자의 체면을 더 챙겨주고 싶다는 것이었다. 그래서 민한은 갖은 힘을 다 끌어모아서 웃어야 했다. 한쪽 벽에 기대어 서 있던 진호는 민한의 속이 빤히 보이는지 흐뭇하게 웃었다.

"뭐, 말하고 까이는 것보다 그냥 혼자만의 추억이 좀 더 있어 보이니까."

쭈뼛거리는 아련을 소파 위에 앉힌 뒤 그녀의 어깨를 꾹 찍어 눌렀다. 아련과 눈을 맞춘 뒤 민한은 싱긋 웃으면서 그녀의 모자를 벗겨냈다.

"안 그러냐? 후드티를 입은 음란 요정아?"

"이게 또!"

아련은 손에 잡힌 쿠션을 집어 들어서 민한의 머리를 내려쳤다. 그녀의 거친 손동작에도 민한은 크게 상처 받지 않았다. 마귀가 돌아와서, 참 다행이다.

"아, 왜! 음란마귀 싫다며. 그래서 음란 요정이라고 했잖아."

"그게 그거지! 넌 이 상황에도 나를 놀리고 싶냐!"

"큰 맘 먹고 후드티까지 입혀줬더니만……. 아, 몰라. 그럼 넌 이제 그냥 음란마귀야. 토 달지 마라!"

민한이 툴툴거리면서 머리를 다시 정리했다. 그는 일부러 가볍게 말하면서 웃었지만, 입술 끝에 경련이 일었다. 밝은 곳에서 보니 아련의 얼굴이 더욱 가관이다. 흰자위는 여전히 붉었고 눈가는 미처 닦아내지 못한 눈물이 살짝 스며 있었다.

"야, 너 눈에 눈곱 있다."

그럴싸한 핑계로 아련의 젖은 눈을 닦아내는 민한의 눈빛이 그야말로 아련했다. 그는 여자의 부은 눈을 쓸어내리면서 조용히 기도한다.

'백아련. 네 첫사랑, 제발 좀 망했으면 좋겠다.'

그것은 저 혼자 하는 사랑에 조금 지친 남자의 푸념이었으며 사랑을 이루고 싶은 간절한 마음의 청원이었다. 사실 민한도 그녀에 대한 마음이 이토록 깊어질 것이리라 예상하지 못했다. 그냥 처음에는 만난 지 10분도 안 돼서 친한 척을 하면서 말을 트는 여자가 참, 이상하고 신기했다. 게다가 모태솔로 19금 작가라니? 그 독특한 직업을 귀로 들으면서 세상 참 오래 살고 볼 일이라고 생각했다. 그녀가 10살 많은 이혼남한테 반했다고 설레발칠 때 또 한 번 이 세상의 다양성에 감탄을 금치 못했었다. 뭐, 사랑에는 이유가 없는 거니까……. 그래도 얼마 못 가 제풀에 지치겠지 싶었는데 화훈에 대한 아련의 순애보는 꽤 오래갔다.

화훈이 춘향가에 들를 때마다 눈에 총기를 띠고 반짝이는 그 모습이 내심 못마땅하기도 했었다. 이유는 모르겠고, 그냥 좀 거슬린달까? 자신한테는 발길질도 하고, 온갖 욕도 다 하면서 좋아하는 남자 앞에서는 순한 양처럼 고분고분한 모습이 꼴 보기 싫다고…… 이중인격인 계집애의 가면이 재수 없는 거라고 민한은 그렇게 치솟는 짜증의 이유를 담백하게 정의했었다. 그런데 어느 날, 느닷없이 정신을 차려보니 자신은 이 여자를 좋아하고 있었다. 역시, 사랑에는 이유가 없다.

"자나?"

그날 밤, 민한은 소파에서 잠이 든 아련을 물끄러미 바라보면서 머뭇거렸다. 슬쩍 옆으로 고개를 트니 실연당한 영혼을 위로하기 위해서 아련과 대작을 해주던 진호가 완전히 뻗어 잠들어 있었다. 내부 시찰은 끝났으니 이젠 바깥이다. 슬쩍 창밖으로 마당을 힐끗거린 시선의 끝에는 화리와 도욱이 뭐라고뭐라고 얘기 중이었다. 다행히 집 안쪽 상황에는 전혀 관심이 없는 듯했다. 뭔가 결심한 민한은 침을 꿀꺽 삼킨 뒤 소파를 짚은 손에 꽈악 힘을 주었다. 그러곤 고개를 내렸다가 들었다가 눈을 떴다가 감았다가…… 알 수 없는 동작을 반복했다.

'에라, 모르겠다!'

눈을 질끈 감은 남자가 아련의 입술 위로 자신의 떨리는 입술을 꾹 눌러서 갖다 대던 그때였다. 여자의 입술에서는 어렴풋한 맥주 냄새가 쌉싸래함을 느낄 수 있을 정도로 남아 있었다. 민한은 그것이 몹시도 속이 상했지만 어쨌든 하던 짓을 마저 하기 위해 다시 고개를 내렸다. 엉겁결에 두 번째 입맞춤이 완성되었다. 민한이 아주 조용히 목표 달성에 만족하며 주먹을 쥐었던 그 시점…….

"커헉! 콜록콜록."

어디선가 사레가 들리는 것과 비슷한 날카로운 기침 소리가 적막한 고요를 와장창 깨뜨렸다. 흠칫 놀란 민한이 아주 천천히 몸을 일으켰다. 그 소리의 주인은 진호였다. 대자로 누워 있던 그는 거친 기침 소리와 함께 몸을 굴려서 바닥에 엎드렸다. 민한은 그것이 잠결에 벌이는 행동일 것이라 믿고 싶었다. 이미 생각으로는 그렇게 단정 지었다. 민한은 진호에게 얇은 담요를 덮어준 뒤 다시 아련의 곁으로 돌아가서 그대로 기분 좋게 눈을 감았다.

'아, 이 집 싫어. 1층도, 2층도…… 갈 곳이 없네. 불쌍한 하진호. 너는 이제 꼼짝없이 애정촌에 갇힌 거야.'

바닥에 납작 엎드린 그 남자, 하진호는 자신의 팔에 얼굴을 파묻은 채 소리 없는 아우성을 내지르며 고개를 흔들었다. 제 짝을 찾지 못해서 외로움에 시달리는 한 남자의 눈동자가 어둠속에서 아주 처절하게 빛났다.

"아우, 피곤해……."

늦은 시각까지 화훈의 술 상대를 해야 했던 도욱은 조용히 현관문을 열고 들어왔다. 입안에 남아 있는 알코올의 잔향과 화훈이 주야장천 피워댄 담배 냄새가 온몸에 배어 있었다. 빨리 씻고 자고 싶다는 생각에 저벅저벅 마당을 가로지르던 도욱의 걸음이 우뚝 멈췄다. 마당 벤치에서 기다리다가 잠든 듯이 보이는 화리가 보였다.

"뭐야? 나 기다린 거야?"

피곤으로 잔뜩 굳어졌던 입매가 스르륵 풀렸다. 도욱은 한쪽으로 꺾인 화리의 고개를 바로 하면서 그녀의 옆에 앉았다. 슬쩍 거실 창 안으로 시선을 던지니 불이 꺼져 있는 것으로 보아 모두 잠든 것 같았다. 민한이 소파 근처에서 왔다 갔다 하는 것이 보였지만 도욱은 별 관심을 두지 않았다. 그의 시선을 잡아끄는 것은 오직 홍화리뿐이었다.

화리의 동그란 이마가 달빛을 받아서 반짝였다. 아마 깨어 있었다면 '쌍라이트' 같다고 놀렸을 텐데……. 도욱은 잠이 든 여자를 깨울 마음이 없었다. 흐트러진 머리칼을 정리하면서 입술에 쪽 입을 맞추던 그때 화리가 눈을 번쩍 떴다.

"허억!"

도욱은 놀람을 표현하는 감탄사와 함께 화리에게 닿았던 입술을 떼어냈다. 뽀뽀하면서 여자가 허옇게 뜬 눈을 본 게 처음이라서 그는 적잖이 놀란 참이었다.

"뭐 하는 짓이지?"

눈을 동그랗게 뜨고 다부지게 묻는 물음에 도욱은 괜한 헛기침만 했다. 고개를 휘휘 돌리면서 마당 여기저기를 훑어보던 그때 화리가 그의 팔을 꽉 붙잡았다.

"뭐. 했. 냐. 고."

한 음절씩 또박또박 다부지게 재차 묻는 통에 도욱은 빠져나갈 수 없음을 인정했다. 사실, 뭘 그렇게 크게 잘못한 것도 없는데 여자는 자신을 몰아붙이고 있었다. 그래서 도욱은 아예 세게 나가기로 했다.

"난 지금 여자가 없는 몸이라 너한테 틈을 보이는 중이야. 그리고 네가 자발적으로 그 틈 안으로 걸어 들어오길 원해."

"느끼하시긴."

"아무렴 어때. 홍화리 씨. 이제 그만 제 마음을 같이 공유하실래요?"

"도욱 씨 마음이 뭔데요?"

"사랑이요."

도욱은 천연덕스럽게 웃었다. 화리는 그의 담담한 고백에 손끝마저도 아릿해졌다.

"감동했지?"

"감동은 무슨."

붕 떠오르는 기분을 숨긴 채 조금은 도도해지고 싶었다. 사랑받는 여자의 특권이랄까? 그녀는 입을 삐죽이 내민 채 등받이에 기댔던 몸을 일으켰다.

"지금 이건 그냥 성추행이야."

강력한 단어 선정에 도욱은 조금 놀랐지만 내색하지 않았다.

"뭐가 또 그렇게 말이 세?"

"내가 원하지 않았잖아."

"에이, 그건 아닌 거 같은데."

그가 엉큼한 미소와 함께 화리의 손목을 붙들었다. 도욱이 익숙한 손짓으로 자신의 맥을 짚는 순간 화리는 잠시 숨을 멈추었다. 일부러 천천히 숨을 내쉬면서 놀라지 않은 척하기 위해 호흡을 가다듬었지만, 소용없었다. 빈맥과 같은 빠른 맥박은 쿵쿵 뛰는 심장 박동을 대신하고 있었으니까.

전혀 싫지 않았다는 그녀의 떨림이 손끝으로 고스란히 전해지자 도욱은 좀 더 오만한 표정을 지으면서 그녀의 턱을 붙잡았다. 여자의 입술을 지그시 바라보는 남자의 눈빛은 어쩐지 관능적이기까지 했다. 그의 시선에 붙들린 화리는 붙잡힌 턱을 거두어들이지도 못한 채 눈싸움하듯이 눈에 팍! 힘을 주었다.

"키스해도 돼?"

보통의 드라마에서 남자주인공이 이렇게 물으면 여자주인공은 '하지 말라고 하면 안 할 거니?'라고 새침하게 되묻는다. 그러면 남자는 이렇게 말하겠지. '하지 말라고 해도 할 거야'. 도욱은 내심 이런 전개를 기대하고 있었지만 화리는 좀 더 참신하게 반응했다.

"이 안 닦았어. 오늘은 닦을 생각이 없어. 계속 먹을 거거든."

"아, 진짜……."

김이 팍 샌 도욱이 인상을 썼다. 화리가 큭큭 웃었다. 그런 그녀를 바라보면서 도욱도 따라 웃었다. 그들은 마주친 시선을 거두지 않으면서 한동안 말이 없었다. 그동안 못 본 만큼 한꺼번에 전부 눈에 담겠다는 듯이 애처롭고 다정한 시선으로 서로를 보고 또 봤다. 그리고 그 눈빛 교환의 끝에서 먼저 부끄러워신 것은 화리였다. 그녀는 헛기침과 함께 시선을 내려서 자신의 곰돌이 슬리퍼에 오갈 데 없는 시선을 고정했다. 그러곤 달빛 아래에서 하기 딱 좋은 이야기의 포문을 나지막한 목소리로 열어젖힌다.

"고마웠어."

"왜 과거형이야? 지금 상황에서 할 소리는 아닌데?"

차분하게 가라앉은 그녀의 목소리는 괜히 불안했다. 일부러 말을 돌리기 위한 도욱의 핀잔에도 화리는 굴하지 않고 제 할 말을 다 했다. 해야 하는 말이니까.

"내가 가장 초라했던 시절에 내 옆에 있어줘서. 그리고 청혼해 줘서. 지금도 나 미워하지 않아서. 홍화리는 김도욱한테 고마운 게 참 많아."

"그뿐이야? 엄청 예뻐해 주잖아."

"칫."

"아, 넌 진짜 좋겠다. 지금 무지 설레지? 엄청 멋진 남자가 너만 보고 있어서."

도욱은 아이를 어르듯이 화리의 머리를 쓰다듬었다. 그 부드러운 손길은 마치 기분 좋은 바람과도 같았다. 묘하게 나른해지는 기분으로 가슴이 녹진녹진해져서 입을 떼는 것조차 귀찮을 지경이었다.

"뭐야? 왜 대답이 없어?"

"응. 설레."

"그게 다야? 너, 내가 애써 묻지 않아도 맨날 말해주니까 모르나 본데, 나라고 이런 낯간지러운 얘기가 쉬운 게 아니야! 근지러워서 죽겠는데도 하는 거야. 알아?"

도욱은 화리의 코끝을 손가락을 튕기면서 눈을 가늘게 떴다. 그 앞에서 화리는 소녀처럼 수줍게 웃었다. 그런데도 도욱은 못

내 불만이었다.

"좀 더 설레서 죽겠다는 표정 좀 지어봐!"

"무덤덤한 척하는 거야. 네 눈을 마주 보지 못할 정도로 무지 떨리고, 행복한데…… 애써 아무렇지 않은 척 숨기는 거야."

"누가 시키지도 않은 그런 일을…… 수고롭게 왜 하는데?"

"이 세상에 온종일 웃을 수 있는 사람이 몇이나 되겠어. 그런데 나는 요새 웃고 또 웃거든. 그게 괜스레 미안해지고 두려워. 어째서 너만 그렇게 하하 호호 행복하냐고 누군가 따져 물을까 봐."

섬세한 여자의 목소리 하나하나가 귓가에 스며드는 순간 온몸에 전율이 이는 것처럼 잔 경련이 일었다.

"그래서 누가 시키한 탓에, 내 행복을 빼앗기면 안 되니까…… 나는, 하루에 열 번 웃을 수 있으면 한 번은 안 웃고 참아. 왠지 그래야 예의를 지킨 기분이 들고, 조금은 덜 불안해져."

"안 되겠다. 걱정 인형이라도 하나 사줘야지."

"아, 나 그거 진짜 갖고 싶긴 해. 하하하."

화리는 그의 어깨를 흔들면서 환하게 웃었다. 남자는 그 웃음소리에 가슴이 뻐근해진다. 별거 아닌 스킨십에도 가슴이 뛰게 하는 여자에게 슬쩍 머리를 기댄 채 천천히 눈을 감았다. 화리는 그 어떤 사랑 고백보다도 더 깊은 울림이 있는 한마디를 전할 줄 아는 여자다. 착하고 진솔하다. 기대지 않아서 외롭지만 그래서 더 지켜주고 싶은 여자다. 화리는 벤치 아래로 붕 떠오른 빌을 툭툭 치면서 몸을 좌우로 흔들었다. 그녀가 뭔가 생각에 잠겨 있음을 보여주는 행동이었다. 그녀는 진작부터 하고 싶었지만 쉽게 말할 수 없었던 이야기들을 마음속으로 정리 중이었다.

"있잖아. 도욱아."

"응?"

"너 때문 아니야."

"뭐가?"

"나 삼수했을 때…… 그 시험 떨어진 거. 네 탓 아니라고. 오빠가 그러더라. 많이 미안해한다고……."

그녀의 목소리가 잠겨드는 시점, 말을 잃은 도욱은 고개를 꺾이시 까만 밤하늘을 올려봤다. 별을 하나둘 세어나가면서 서서히 과거로, 화리와 함께했던 그 시간으로 되돌아간다.

그날은……. 도욱이 처음으로 치료하던 환우를 잃었을 때였다. 충격을 이기지 못해서 울부짖는 도욱의 곁에는 화리가 있었다. 그녀는 밤새도록 그와 함께 있었고 해가 뜨는 순간까지 남자의 등을 두드렸다. 그리고 도욱은 화리가 자신의 곁을 지켜주었던 그 다음 날, 꼬박 날을 새우고 맞이한 그날의 아침이 화리의 2차 시험날이었다는 것을…… 아주 오랜 시간이 지나고 나서야 알 수 있었다.

"야 인마! 김도욱! 너, 진짜 너무하잖아!"

"뭐가? 뜬금없이 뭔 소리야."

"그래, 뭐! 다 알아. 그날 환자 때문에 힘들었던 거. 그래도 너, 아무리…… 그래도 그렇지, 어떻게 애를 아침까지 붙들고 있냐. 걔 시험 완전 망했다고!"

"시험? 그날이 홍화리 시험이었어?"

"그래! 하아, 진짜. 이 자식 정말 몰랐네. 김도욱. 너 이제 홍화리한테 무뚝뚝하다고 툴툴대지 마. 정작 내 동생은…… 단한 번도 너한테 소홀한 적 없어. 너 챙길 건 다 챙겼다고! 그런데 넌! 어떻게…… 애 시험 날짜 한 번 제대로 기억 못 하냐."

잔뜩 독이 오른 화훈에게서 들은 바로는 뜬눈으로 밤을 지새운 그녀가 입실 마감 5분 전에야 겨우 시험장에 도착했다고 했다. 그리고 제대로 잠을 자지 못한 탓인지 시험 보는 내내 계속 졸고 또 졸았다는 그 심란한 얘기를 전해 듣는 순간 도욱은 주먹에서 피가 나도록 벽을 내려쳤다. 이번에는 1차 점수가 아주 좋아서 예감이 좋다던 그녀가 결국 세 번째 시험에서 떨어지던 날, 미안하다는 말 한마디조차 건넬 수 없어서 머뭇거리던 그에게 화리는 '내가 부족했어. 넌 이제 괜찮아?'라면서 아무렇지 않게 웃었다. 홍화리는 그런 여자다. 애간장 녹이는 애교가 없어도 언제나 진실한 마음으로 상대를 배려하는 여자.

〈나 시험 떨어졌어. 아무래도 다시 봐야 할 것 같아.〉

우는 시늉하는 이모티콘 하나 없이 덤덤한 문자 메시지를 확인하던 날 도욱은 결심했다. 도서관에 갇힌 여자의 인생을 구원하겠다고. 그래서 또다시 지진 몸으로 네 번째 시험을 시작하려던 화리에게 망설이지 않고 청혼했었다. 그때는 그것이 화리를 돕는 일이라고 생각했었고 그녀의 시험을 망친 자신의 죄책감도 덜어내는 방법이라고 생각했다. 일종의 '책임'의 차원에서 논해진 청혼이었고, 조급해진 마음으로 이해를 구하지 않고 밀어붙인 급박한 결정이었다. 어차피 도욱에게 같이 살고 싶은 여자는 홍화리 단 한 사람이었다. 게다가 당시에는 레지던트 막바지였던 탓에 도욱에게도 안정을 취할 수 있는 가정이 필요했다. 그러니 어차피 할 결혼, 그가 원하는 순간이 제대로 된 타이밍이라고 착각했다. 결국, 첫 단추부터 잘못 끼워진 청혼은 이별의 시작점이 되었고, 도욱은 영원히 따뜻한 여자를 잃어버렸다는 아픔에 시달렸다.

"삼수. 그냥, 내 실력 부족이야."

그리고 기적처럼 다시 찾은 따뜻한 여자가 또 어리석은 남자를 위로한다.

"밤 한 번 새웠다고 망하는 시험이 어디 있어. 평소에 탄탄했다면 고작 조금 졸린 탓에 망하는 시험이 아니야. 그러니까 네 탓 아니라고. 만약에 네가 계속 그런 생각…… 갖고 있다면……."

"나 네 시험 망친 거 맞아."

"도욱아……."

"그건 지나가는 개한테 물어도 답이 나오는 상황이라고. 내 생각 묻지 말고 차라리 욕을 해, 홍화리. 이 개 같은 놈아! 이기적인 새끼야. 다 너 때문이라고 차라리 소리치란 말이야!"

"어떻게 그래……."

"왜 못 해! 이 답답아!"

진심으로 미안해서 목소리가 거칠어졌다. 그런데도 여자는 정말 괜찮다면서 그의 팔을 다독인다.

"정말이야. 단 한 번도 네 탓 해본 적 없어…… 그리고 그날은, 네가 너무 걱정돼서…… 내가 네 옆에 머물고 싶어서 있었던 거야. 너 나 억지로 붙든 적 없잖아. 그런데 왜, 너를 욕하고 책임을 전가해. 그거야말로 정말 치사하지. 나는 내 시험에서 결코 나 이외의 다른 사람을 탓해본 적 없어. 말했잖아. 그거…… 내 인생이었다고. 그러니까 전부 내가 책임지는 게 맞아. 그러니까 미안하다는 말은 하지 마. 나, 그거 정말 듣기 싫어. 농담이 아니라 진짜야."

화리는 제 말이 진심이라는 듯 한껏 웃으면서 눈을 맞춰온다. 이러니, 사랑하지 않을 수가 없지. 도욱은 눈물이 차오르는 듯 뿌옇게 흐려진 눈을 깜박이면서 화리의 작은 손을 꽉 움켜잡았다.

"화리야."

"응?"

"너 그거 알아? 하진호는 정말로 저 달 안에서 토끼가 살고 있다고 믿어. 그때 나는 형이 술 취해서 헛소리하는 줄 알았는데 아니었어. 맨 정신에도 그 소리를 잘도 해. 그랬더니 더 웃기는 건 아련이도 민한이도 전부 저 안에 토끼가 있대. 나보고 안 보이냐고 하더라? 그래서 나는 이것들이 다들 미쳤다고 생각했지. 그런데 지금은 믿을 수 있을 것 같아."

"저 달 안에서 토끼가 방아를 찧고 있다는 말?"

"응. 그동안 내 마음이 너무 흐렸어. 더럽게 때가 껴서 안 보였나 봐. 그런데 요즘 착함을 온몸에 두른 여자를 옆에 두고 있었더니, 독기가 가셨는지 이젠 제법 희미하고 어렴풋해. 내 인생의 모든 순수를 다 하늘로 보내면 정말, 보이는 것도 같아. 토끼."

그는 우수에 찬 표정으로 밤하늘을 올려다봤다. 달무리가 만들어내는 신비로운 광경이 아름다웠다. 그리고 여자의 눈에 비친 남자는 더욱 매혹적이고 선량한 빛을 내고 있었다. 화리는 그를 멍하니 바라봤다.

"저 토끼 너 줄게…… 네 걱정 인형으로 써."

도욱은 여자의 커다란 눈 안에 스민 달의 그림자 위로 자신이 가득 차오르는 순간에 전율하면서 붙잡은 손에 꽉 힘을 주었다.

"심란하고 머리가 어지러우면 달 보고 얘기해. 내 사주를 받은 저 녀석이 네 걱정은 절구통에 넣고 전부 팍팍 찧어버릴 거야. 그러니까 이번 기회에 제발 걱정하는 병 좀 고쳐. 진짜 부탁이다!"

화리는 피식 웃으면서 붉어진 볼을 감싸 쥐더니 도욱의 어깨에 슬쩍 머리를 기댔다. 그녀는 손끝으로 달을 가리키면서 편하게 입술을 휘었다.

"아, 진짜 좋다."

저절로 터져 나오는 속마음. 도욱은 어떤 기대감으로 눈을 반짝이면서 그녀의 어깨를 흔든다.

"나?"

"아니."

"그럼 누구!"

"토끼."

도욱은 자신의 어깨에 기댄 여자의 머리에 살짝 '쿵!' 하고 제 머리를 박았다. 어쩐지 어스름 속 그의 표정이 조금 예상이 돼서 화리는 작은 미소를 지었다. 아마 살짝 입이 튀어나왔겠지.

"사실 진짜 좋은 건······ 나한테 토끼를 준, 너······ 랑 같이 있는 지금이야."

여자의 목소리가 시를 읽는 것처럼 나지막해서 그 진동이 귀를 타고 넘어가는 순간이 참 평온했다. 밤공기에 차가워졌던 그녀의 손은 어느새 따스한 온기를 내보내고 있었다. 손끝으로 느껴지는 그 체온의 변화와 함께 도욱은 옅은 미소를 지었다. 겨우 손을 붙잡았을 뿐인데도 그 사이로 모든 생각과 마음이 전부 통한 것처럼 충만해지는 기분이었다. 그에게 기대어서 발을 까닥이던 여자는 무언가 생각난 듯 갑자기 몸을 일으켰다. 그녀의 눈이 제법 장난스러웠다.

"그런데······ 김도욱 씨. 되게 의외다."

"의외라니?"

"토끼 분양 발언 말이야. 들을 땐 되게 들떴는데 곱씹으니까 역시, 조금 오글거리네. 어쩜 이렇게 낯간지러운 말을 잘해? 학원 다녀?"

"뭐래! 다 너 때문이야. 여자 친구가 좀 무뚝뚝해야지. 어쩌겠어, 나라도 온갖 애교와 교태를 다 떨어야지."

"아아, 그러시군요. 몰랐네. 김도욱이 이렇게 또 감상적인 남자였을 줄은?"

"선아 씨도 그 얘기 하더라."

아주 무심코 뱉은 말이었다.

"선이 씨?"

그가 딱히 의도하지 않았는데도 화리는 제대로 자극을 받았다. 그녀는 저도 모르게 도욱과 마주잡은 손에 좀 더 힘을 꽉 주었다. 무언가 놓치지 않겠다는 듯한 절박함의 표현처럼 아주 꽉. 도욱은 손끝에서 느껴지는 그녀의 미묘한 심경 변화가 만족스러워서 빙긋이 웃었다. 그러고 보니 요즘 화리는 은근히 스킨십도 먼저 하고 제 발로 먼저 도욱의 방을 찾는다. 사실, 그녀가 기함을 하면서 인정하지 않아서 그렇지, 낯간지러운 표현은 저 여자가 더 많이 한다. 누가 시키지도 않았건만 그녀는 아주 조금씩 이전에 보여주지 않았던 새로운 모습들을 드문드문 보여주고 있었다. 그 가운데에서도 가장 그를 기쁘게 하는 것은 질투에 젖어서 가늘게 떠진 눈. 어쩐지 오늘 그 즐거운 눈을 또 볼 수 있다는 생각에 도욱은 벌써부터 입꼬리가 틀어 올려진다.

"말해봐! 선아 씨라니?"

"내가 사랑 찾아 떠난다 했더니, 되게 감상적이라면서 웃더라. 참, 그리고 너 부럽대."

"부럽다고?"

"응……. 내가 엄청 탐나는 남자였는데, 열쇠 3개 다 뿌리치고 너한테 간다고 했더니…… 네가 부럽대. 너한테 돈다발 뿌리면서 저리 꺼지라는 말도 하고 싶다고 했었어. 그런데 안 한다더라. 그럴 만큼 날 좋아하지는 않았다고."

"에이, 아쉽네. 좋은 기회였는데."

뭔가 예상한 반응이 아니다. 도욱은 등받이에 기댔던 몸을 일으켜 세워서 살짝 눈을 찢었다.

"좋은 기회라니?"

"아니, 뭐 뿌리면 받으면 되지. 난 꼭 TV 드라마 봐도 받은 돈 좍좍 찢으면서 돌아서는 거 보면 좀 그렇더라. 사람이 현실적으로 살아야지.”

“야! 너 그럼 돈 몇 푼에 날 팔아넘겼을 거란 얘기야?”

주객전도, 제대로 말려든 도욱의 목소리가 점점 격양되었다. 그의 눈썹이 삐죽거리는 것으로 보아 진심으로 짜증이 났음을 알 수 있었다. 틈을 발견한 화리는 그의 머리 꼭대기에서 논다.

“그 여자가 너 그렇게 좋진 않았다잖아. 팔고 말고 할 게 뭐 있어. 아, 김도욱! 너 그게 차임의 이유였구나. 그 여자가 널 그렇게 좋아하진 않아서. 에이, 뭐야! 반품 사유가 너무 저질이네. 나 이제 어쩌면 좋아. 남이 싫어서 버린 떡 내가 먹는 거야? 흐응. 그런 거 싫은데. 역시, 돈 받는 게 더 생산적이었겠네. 아, 아쉬워라.”

화리의 한숨 소리에 도욱은 눈앞이 핑글 돌았다. 정말 머릿속이 찡해서 아예 그녀의 손을 확 뿌리쳤다.

“말해. 너, 진짜 돈 받을 생각이야?”

“안 받아! 못 받는다고! 주지도 않은 돈을 어떻게 받으래.”

그의 눈썹이 아주 제대로 휘어졌다. 날개 꺾인 갈매기 같은 그 모습에 화리는 터져 나오는 웃음을 꾹 찍어 눌렀다. 그녀는 잔뜩 굳어 있는 그의 입술을 손가락으로 톡톡 쳤다. 그 바람에 그의 눈이 더욱 불만스럽게 치떠졌지만 화리는 아랑곳하지 않고 천연덕스럽게 웃었다. 그러곤 어깨동무를 하듯이 그의 어깨에 팔을 두르면서 야릇한 미소를 지었다. 약 올리는 숨소리를 흘리기에는 딱 좋은 거리에 그의 귀가 있었다.

“그런데 나한테 얼마 주려고 했대?”

“너, 지금 선 넘는다! 나 진짜 화내?”

"농담이야. 농담. 하하하."

여자의 까르륵거리는 웃음소리가 어이없으면서도 도욱은 또 어쩔 수 없이 따라 웃는다. 바보처럼. 요즘 바보 김도욱 씨의 일상은 화리의 웃음소리와 함께 시작되고 끝이 난다.

띠링!

어느덧 핸드폰 알람은 12시를 알리고 있었다. 어제와 오늘의 경계에서 두 남녀는 잠들지 못한 채 계속 노닥거렸다. 바람, 공기, 달빛…… 그 모든 것이 이보다 더 좋을 수 없다는 말이 절로 나오는 순간이었다. 그건 오랜 시간 서로를 갈망하던 두 남녀가 마침내 함께 있기에 마주할 수 있는 감동이었다.

"도욱아."

"응?"

"우리 엄마, 아빠…… 결혼하신 지 40년이나 됐지만, 아직도 똑같은 일로 싸우신다. 아빠가 이따금 변기 커버를 안 내리실 때가 있거든. 그러면 꼭 우리 엄마는 자다 깨서 불 안 켜고 화장실 가셨다가 봉변을 당해. 아빠는 엄마한테 불 안 켜고 화장실 간다고 뭐라 하고, 엄마는 왜 커버를 똑바로 안 해놓느냐고! 서로 졸린 눈 비비면서 싸워. 그 소리에 잠에서 깬 나는 이불 뒤집어쓰고 혼자 웃었어."

"왜 웃었는데?"

"사람은 정말 쉽게 안 바뀌는구나. 그런데도 우리 엄마, 아빠는…… 아주 오랜 시간 서로를 사랑하는구나…… 그래서 난 참 축복받은 가정에서 살았구나. 그런 생각 했어."

"그러네."

"나도 똑같아."

화리는 어깨에 걸쳐진 도욱의 카디건을 좀 더 끌어당겨서 손으로 꽉 움켜쥐었다. 도욱의 체향이 스민 탓인지 걸치고만 있어도 그가 안아주는 기분이 든다.

"시간이 지났고, 우리는 다시 만났지만 나는 여전히 홍화리야. 애간장 녹이는 애교도 없고 말투도 무뚝뚝하고……. 네 말대로 고분고분 도움 청하면서 기댈 만큼 살가운 맛도 없어. 그리고 넌 그거 피곤해했지."

"안 피곤해."

옆자리 남자는 제 옷을 벗어준 덕분에 제법 추운 듯 팔을 비비면서 건성으로 답했다. 화리는 슬쩍 그의 옆으로 좀 더 바싹 붙어 앉았다. 그러곤 가늘게 눈을 흘겨 뜨면서 도욱의 손등을 찰싹 때렸다.

"거짓말한다. 너 나한테 엄청 신경질 부린 적 많아."

"뭐, 그래! 좋아. 솔직히 피곤…… 아니, 정확히는 서운했던 거지. 네가 그 아픈 사랑니도 말없이 혼자 빼러 가고, 생리통으로 끙끙거려도 약 먹고 참으면서 계속 괜찮다고 웃고…… 내가 도와줄 수 있는 과제인데도 끝내 밤새워서 혼자 하던 너잖아. 물론 너는 그 모든 순간에 바쁜 나를 귀찮게 하지 않는다는 이유로 전부 혼자 하는 일을 자처했지만, 그런 너 보면서 어쩔 수 없이 소외되는 기분이 드는 건 당연하잖아. 내가 가까이 살 닿는 여자인데, 너에 대해서 모든 걸 다 안다고 잘난 듯이 자부할 자신이 없었으니까. 아무튼, 그래도 내가 널 왜 좋아했는데? 혼자서도 잘해서 적당히 귀찮지 않은 건! 어쩔 수 없는 네 미친 매력이야."

도욱은 그 미친 매력에 빠져 있는 스스로에게 무언의 파이팅을 하면서 편한 미소를 지었다.

"김도욱. 나 좀 봐."

"응?"

그녀의 목소리에 이끌려서 별 의심 없이 고개를 틀었던 그때였다. 도욱의 입술에서 저절로 힘이 빠지고 스르륵 벌어졌다. 맑고 선한 눈동자를 가진 여자가 입술을 꾹 다문 채 그를 아주 뚫어져라 바라보고 있었다. 뭔가 살짝 풀린 듯한 눈매였지만 떨림이 없는 검은 눈동자의 기운이 심상치 않았다. '얘가 왜 또 표정이 이렇지?'라면서 눈을 굴리는 사이 화리가 좀 더 가까이 다가왔다. 그것은 묘한 긴장감을 조성했다. 도욱은 닿을 듯 가까워지는 화리의 얼굴 때문에 마른침을 삼키면서 슬쩍 몸을 뒤로 뺐다.

"해볼게."

"뭐, 뭐를?"

긴장한 도욱과 달리 화리는 싱긋 웃으면서 그의 양어깨를 꽉 붙잡았다. 이것은 민한의 충수염 사건이 있던 날 밤을 떠올리게 하는 몸짓이었다.

"네가 바라던 여자친구의 모습, 노력은 해보겠지만 쉽지는 않을 거라고 생각해. 그래도 해볼게. 100%는 안 되더라도 80%까지는 노력해 볼게."

뭐야, 그런 얘기였어? 도욱은 허탈한 한숨과 함께 화리를 밀어냈다. 흔들렸던 눈동자가 다시 초점을 찾게 되자 어느새 도욱의 눈은 짙은 검은빛을 내고 있었다. 이제 알겠다. 요즘 들어 화리가 안 하던 짓을 하면서 달라졌던 이유. 그녀는, 지난 연애와는 다른 모습으로 새로운 사랑을 시작할 작정인 모양이다. 물론 그녀가 마음을 내어 변화를 시도하는 것은 박수를 치면서 고마워할 일이었지만 도욱은 딱히 즐겁지 않았다. 정확히는 내키지 않는다. 이번 연애의 중심이 오로지 도욱, 혼자가 되어서 그녀가 자신의 모든 색깔을 버리고 오로지 그에게 물드는 것은 결코 바라는 일이 아니었다. 무엇보다, 적당히 귀찮지 않은 그녀의 미친 매력은 결코 잃어버리고 싶지 않은 홍화리만의 유일함이니까.

"홍화리."

"응?"

"하지 마. 그냥 너는, 아무것도 하지 마."

화리의 표정이 금세 시무룩해졌다. 그를 기다리는 동안 수도 없이 연습하고 고민해서 내뱉은 말이었다. 그런데도 저 남자는 감동하는 기색도 없이 무심하게 받아친다. 그의 표정 없는 얼굴을 바라보고 있자니 조금 허탈하고 섭섭하다. 지금까지 도욱이 무뚝뚝 요정과 연애를 하면서 어떤 기분을 마주했었는지 조금은 알 것도 같다. 무언가 제대로 통하지 않는다는 답답함을 느꼈을 테지. 그래서 달라지겠다는데, 저 남자가 아무것도 하지 말란다. 이 어려운 결심을 위해서 얼마나 많은 생각을 거듭했는지도 모르면서.

"김도욱! 너 아까도 그랬잖아. 좀 더 성의 있고 살갑게 반응하라며! 너 그런 거 좋아하잖아? 그래서 앞으로는 내가 그렇게 달라진다는데, 노력해 보겠다는데! 왜? 지켜보지도 않고서 하지 말래?"

"그래 뭐. 언제나 바라던 모습이긴 해. 그래도 막상 네 입으로 변한다는 소리를 들으니까…… 곱게 안 들려. 그래서 싫어. 그리고 네가 뭔가 착각하는 모양인데, 애교? 그런 거 노력으로 되는 거 아니야. 타고나는 거라고…… 서영 씨처럼. 그리고 넌 태생적으로 그걸 갖지 못했지. 그런데 왜 갖겠다고 버둥대. 그냥, 포기해라. 발악하는 거 보기 딱하니까."

심드렁한 낯빛의 남자가 방금 한 여자의 자존심을 구겼다. 화리는 바드득 이를 갈면서 주먹을 움켜쥐었다. 달빛 아래에서 빛을 받고 있는 도욱의 편한 얼굴을 바라보고 있자니 반질한 이마를 한 대 콱 쥐어박고 싶은데 팔이 안 나간다. 아플까 봐.

'으휴, 그래! 한 번만 봐준다. 오늘은, 달 토끼도 선물 받았으니까…… 칫.'

화리는 '쯧!' 혀를 차면서 크게 숨을 들이쉬었다. 기분이 언짢은 와중에도 공기 중에 섞여드는 남자의 체향이 썩 나쁘게 느껴지지 않는 걸 보면, 아니 도리어 묘한 안정감이 느껴지는 걸 보면…… 역시, 참 많이 좋아하는 모양이다. 결국 화리는 한숨을 내쉬면서 죄 없는 손만 괴롭힌다. 입을 삐죽이 내민 채 주먹을 꽉 움켜쥐었다가 다시 푸는 동작만 계속 반복했다. 그래도 어쩐지 부족한 기분이라 허공에 대고 펀치를 하듯이 주먹을 휘둘렀다. 옆자리 남자가 이를 얼마나 사랑스러운 듯이 지켜보는 것도 모르고 아주 심취해서.

도욱은 피식 웃으면서 다리를 꼬아 올렸다. 그에게는 바로 이런 게 여자의 매력이고 돈으로 사지 못할 애교다. 그러니, 바꿀 수가 있나.

"네가 좋아서 변하는 게 아니잖아. 나를 위해서…… 하지 못할 걸 하는 거고, 그래서 힘든 걸…… 참을 거잖아. 그래서 싫다고."

허공에 휘두르던 주먹질이 멈췄다.

"진호 형이 언젠가 이런 말을 했어. 100% 완벽한 이상형과의 연애는 반드시 실패한다고. 그때 정말 이해할 수 없어서, 왜냐고 물었더니 형이 웃으면서 말했지. 내 눈에 완벽하니까, 그래서 내 가슴이 충만하니까, 부족한 걸 몰라서…… 착각을 한다. 내 연애는 완전하다고. 정작, 완벽한 연애를 위해서 상대가 얼마나 많은 걸 희생하고 맞춰주고 있는지 감도 못 채면서. 왜 있잖아. 그 노래 가사처럼, 정말 웃는 게, 웃는 게…… 아닐 텐데도 같이 웃고 있다고 편하게 단정 짓지. 그렇게 완전히 방심해서 바보처럼 처웃다가 당하지. 어느 날 갑자기, 아주 느닷없이 뒤통수를 맞는 거야. 끝났다고."

"……."

"내 연애도 그랬어."

일순간 화리의 어깨에서 힘이 풀리면서 작은 주먹이 무릎 위로 툭 떨어졌다. 이를 빙긋이 바라보던 도욱은 화리의 주먹을 가만히 토닥였다. 그 손길에 반응하듯 작은 주먹에서 스르륵 힘이 풀려나간다. 도욱은 그녀의 손을 만지작거리면서 옅은 미소를 지었다.

"홍화리 너는, 결코 100% 완벽한 내 이상형이 아니었음에도, 나는 불완전한 너한테도 바보처럼 취해서 방심했다고. 그래서 까였잖아. 니 혼자…… 완진하다고 착각해서. 그런네 시금, 네가 노력, 그 심란한 걸 하면서 나한테 100%의 모습이 되겠다고? 절대 안 될 일이지. 그땐 착각하고 까이는 정도가 아니라 내가 백수가 되는 거야. 집에 두고 온 너, 완벽한 이상형이 눈에 밟혀서 빨리 돌아가고 싶은 마음에 진료도 설렁설렁할 거고 넋 놓고 정신 못 차리면서…… 끝내, 내가 날 통제하지 못할 테니까."

도욱은 말끝에 힘을 실으면서 옆자리를 힐긋 돌아봤다. 화리는 가만히 눈을 내리깐 채 발을 까닥이고 있었다. 여전히 손은 그의 맘대로 쭈물거리도록 얌전히 내준 채. 도욱은 잠시 말을 멈춘 뒤 그녀의 옆얼굴을 눈에 담는다. 또박또박 쏘아 붙이는 기술이 특허감이라서 말싸움으로는 도무지 상대가 안 되는 여자가, 언제나 결정적인 순간에 말을 끊고 도망치던 여자가, 지금…… 옆에 있다. 그녀가 자신의 말에 가만히 귀를 기울이는 순간이 새삼, 낯설고 또 감동인지라 손이 창피할 정도로 떨린다. 도욱은 그 떨림을 멈추기 위해서 화리의 손을 끌어다가 꽉 붙잡았다. 제법 힘이 실린 탓에 놀란 화리가 그를 올려다보는 순간, 그녀의 커다란 눈에 가득한 남자가 웃으면서 말한다.

"그러니까 너는, 내 이번 연애가 망하지 않도록. 아무것도 하지 마."

"……."

"조금 부족한 모습으로 내 옆에 있어. 그래야, 내가…… 그나마 너한테 덜 취해서, 제대로 초점 있는 눈을 갖게 될 테니까. 그래서 굳이 입 열기 힘든 너한테 다그치듯 묻기 전에, 내가 먼저 알아낼 거야. 우리 홍화리가, 지금 무슨 생각을 하는지."

도욱이 또렷한 눈으로 화리를 보는 순간, 정작 눈이 풀린 건 그녀다. 예상치 못한 타이밍에 아주 뜻밖의 공격으로 제대로 된 습격을 당한 기분이다. 귀로 들은 모든 말은, 새로운 연애를 시작하는 남자의 진실한 마음. 그것은 다시 시작한 관계의 완성을 위해서 제대로 반성하고 노력한 대가로 얻은 모든 것. 언제나 조금은 감정적이고 제 기분을 어쩌지 못해서 삐친 오리라는 오명을 달고 사는 도욱이, 지금 이 순간만큼은 아주 의젓한 남자의 눈이 되어 여자를 바라본다.

그녀의 눈에 물기가 서리는 것을 눈치챈 도욱은 마주 잡았던 손에서 힘을 푼 뒤 여자의 작은 어깨를 꽉 붙잡았다. 또 들썩이면서 엉엉 울면 정말 감당이 안 되니까.

"그래도 뭔가 하고 싶다면, 지금보다 딱 5%만 더 해."

"어떤 5%?"

"아프면 참지 말고 제대로 말해. 무서우면 혼자 웅크리고 있지 말고 내 소매 잡아끌면서 등 뒤에 숨어. 어지러우면 혼자 벽 짚고 서지 말고 못 이기는 척 나한테 기대. 두 번, 세 번 봐도 갖고 싶은 게 있으며 네 돈으로 사지 말고 한 번쯤은 저거 사달라고 앙탈도 좀 부려. 그리고 좋으면…… 먼저 내 입술도 좀 훔쳐가."

도욱은 화리의 입술을 손으로 쓸어내리면서 웃었다. 별거 아닌 장난이었지만 화리는 온몸에 소름이 돋았다. 그녀는 일순간 뜨거워진 입술을 잘근잘근 깨물었다.

"아, 그리고…… 우는 건 하지 마! 아니다. 넌 또 울지 말라고 하면 진짜로 참아서 안 돼! 너무 힘들면…… 혼자서 욕실 물 틀어 놓고 울지 말고 차라리 내 앞에서 울어. 화훈 형이 그러더라. 너 나랑 헤어지고 나서 하도 수돗물 틀고 울어서 수도세 엄청나게 나왔다고……."

도욱이 장난스럽게 웃으면서 화리의 볼을 꽉 잡아당겼다. 덕분에 눈물이 고인 눈가가 사납게 떠졌다. 도욱은 키득거리면서 화리의 손등 위에 손끝으로 하트를 그렸다. 손톱이 살짝 스쳐 지난 정도지만 유독 하얀 피부 탓에 옅은 하트 무늬가 제법 눈에 띌 정도로 그려졌다. 도욱이 애틋한 눈길로 손에 남은 자국을 바라보던 그때였다. 말도 없이 갑자기 팔을 잡아끄는 화리 때문에 몸이 옆으로 휘청거렸다. 놀란 도욱은 눈을 치뜨면서 가까스로 벽을 짚고 균형을 잡았다.

"왜 이래?"

그녀는 입술을 열어 답하는 대신 입술을 부딪쳐서 답을 준다. 아주 짧은 순간 스쳐 지난 여자의 입술, 그 감질나는 감촉의 여운이 제법 길어서 도욱의 눈은 흔들리고 또 흔들렸다.

"뭐, 뭐 하는 짓인데?"

"좋아서, 좋다고 하는 짓."

도욱의 입술이 멍하니 벌어지는 순간, 화리는 덩달아 붉어지는 자신의 얼굴을 감추려고 다시 그의 목을 꽉 끌어안았다. 그녀의 가슴이 몸에 닿는 순간의 물컹거림이 너무 적나라하다. 무뚝뚝 요정은 아무래도 보름달이 뜨는 날, 제대로 여우가 되는 모양이다. 그래서 홀라당 홀리기 전에 정신을 차려야 한다.

"학습력 진짜 빠르지? 뭐 해. 칭찬 좀 해봐."

"칭찬…… 해…… 줄 테니까! 이, 팔 좀 풀어봐."

떼어 내려고 해도 더욱 꽉, 아주 간절하게 매달리는 여자의 몸짓 때문에 도욱은 관자놀이가 욱신거렸다.

"지금, 뭐 하자는 건데. 빨리 떨어져. 얼른!"

"헤드록. 홍화훈 그 망할 놈한테 하기 전에 연습하는 거야."

"장난해, 지금! 3초 준다. 그 안에 팔 안 풀면…… 나도 몰라. 그땐……."

도욱은 바드득 이를 갈면서 입안으로 숫자를 센다. 하나, 둘, 셋…… 경고한 숫자가 끝났음에도 여전히 매달려 있는 여자 때문에 도욱은 뒷목이 뻐근해진다. 그러고 보니 뭔가 목 언저리가 축축하다. 이상하다 싶은 순간, 역시나 작은 물방울이 목을 타고 흘러내린다. 손을 뻗어서 확인한 그것은 분명히 눈물. 뒤이어 그녀의 옅은 흐느낌이 번져 나오는 순간, 도욱의 얼굴이 표정을 잃고 굳어진다. 그는 목에 감겨 있던 화리의 팔을 풀어낸 뒤 그대로 벤치 등받이로 밀어붙였다. 그는 놀라서 벌어진 여자의 입술 사이를 망설이지 않고 파고든다. 커다랗게 떠졌던 화리의 눈이 천천히 내리 감기면서 눈에 가득했던 눈물이 전부 떨어져 내렸다. 입안을 훑고 지나는 거친 혀의 움직임 때문에 화리는 정신이 아찔해졌다. 이곳이 공용 마당이라는 것도 잊어버린 채 그의 옷깃을 붙잡고 매달렸다. 누가 어디서 갑자기 문을 열고 나올지 모를 일이었지만 그도, 그녀도 개의치 않았다. '무아지경'이라는 한마디만이 지금의 상황을 설명할 수 있었다.

결핍되었던 모든 것이 채워지는 순간 그녀의 입안 깊은 곳을 건드리던 도욱은 순간 멈칫했다. 아주 짧은 순간이었지만 분명히 혀끝으로 초콜릿 맛이 느껴졌다. 그럴 리 없다 생각하면서도 뭔가 꺼림칙해서 한 번 더 혀를 움직이는 순간, 화리는 전율하듯 몸을 떨었고 도욱은 바싹 정신이 났다. 분명히 그 맛. 냉상실 첫째 칸의 초코케이크. 제대로 동공이 커진 도욱은 맞닿은 몸을 떼어낸 뒤 상기된 표정으로 묻는다.

"너 진짜 양치 안 했어? 이 초콜릿 맛이 내가 아는 그거야?"

"응. 너 대단하다! 한 번 맛본 걸 기억하네? 은근히 미식가였구나!"

화리는 대단하다면서 손뼉을 쳤다. 그러곤 아무렇지 않게 웃으면서 살짝 부은 입술을 손등으로 문질렀다. 사실 좀 창피했지만, 아니 정말 창피해서 죽을 것 같지만 세게 나가야 했다. 이 민망함을 이길 수 있는 방법은 그것뿐이니까. 그녀는 도욱을 기다리면서 남아 있던 초코케이크를 전부 먹어치운 참이었다.

"어떻게 된 게 너는 다시 시작하는 연인의 기본자세가 안 돼 있냐?"

"흥. 너도 별수 없네. 안 되겠다. 내 주정도 받아주고, 이 안닭아도 날 사랑해 줄 수 있는 다른 남자 찾아봐야지. 아! 진호 씨한테 그런 남자 찾아달라고 부탁할래."

"야! 이거랑 그거는 질적으로 다른 문제잖아. 잊었어? 난 너한테 토끼도 줬다고!"

"아, 몰라! 난 라면 먹으러 갈 거야. 잠들기 전까지 계속 먹고 또 먹을 거니까 넌 내 치아 관리에 신경 쓰지 마!"

화리가 미련 없이 몸을 일으키자 도욱이 그녀를 따라서 몸을 일으켰다. 그러곤 다급하게 화리의 팔을 붙잡아서 그대로 이끌었다. 그에게 붙잡혀서 끌려가는 화리의 얼굴은 민망함과 창피함으로 붉어져 있었다. 휘적휘적 앞서 걷던 남자는 현관문 앞에 멈춰 섰다. 문고리를 붙잡은 채 잠시 뭔가 생각하는 듯하던 도욱은 이내 퉁명한 얼굴로 뒤를 돌아다봤다. 눈이 마주치는 순간, 화리는 긴장감을 이기려고 마른침을 삼켰다.

'뭐지? 저 좍악 찢어진 눈은? 왜 그렇게 무섭게 봐. 나…… 양치 안 해서 차이는 건가? 그런가?'

"너 진짜 라면 먹을 거야?"

심각한 얼굴로 하는 물음이 조금 뜻밖이라서 화리는 얼떨떨했다. 고개를 갸웃거리는 여자를 향해서 도욱은 재촉하듯 다시 묻는다.

"라면 먹는다며! 진짜, 지금…… 먹을 거냐고. 배고파?"

"사, 살짝. 저녁 대신 주전부리로 때웠더니 조금 출출하긴 하네."

배 안 고프다. 그가 오기 전까지 초코케이크의 3분의 1을 혼자 먹어치웠으니까. 그런데도 화리는 이 상황이 몹시 창피해서 그냥, 입에서 나오는 대로 떠들었다. 그래서 도욱의 입술이 조금 더 퉁명스럽게 튀어나왔지만 화리는 그 이유를 알 수 없었다. 그저 어색한 공기의 흐름을 이기기 위해 연신 조잘거릴 뿐.

"그래서, 라면 말고 또 뭐?"

"응?"

"잠들기 전까지 계속 먹고 또 먹을 거라며! 그래서 뭘 먹을 거냐고. 사다 줘?"

"아, 아니야. 집에 냉장고 꽉 찼어. 진호 씨가 사온 타르트는 아직 뜯지도 않았고 민한이가 받아온 푸딩, 아련이가 만든 요거트…… 아, 참! 소금마귀 네가……."

주절거리던 그녀의 입에서 자연스럽게 금기어가 튀어나오는 순간 도욱의 눈썹이 아주 크게 파도치듯 움직였다. 순간 '아차!' 싶은 화리는 어색하게 웃으면서 끊겼던 말을 겨우 맺는다.

"친절하게 사다준 사과도 있네……. 아무튼, 먹을 거 많아."

"그래서 그걸 다 먹을 거야?"

"어, 어. 밤은 기니까."

"긴 밤을 참 허투루 쓴다."

"어?"

말뜻을 이해하지 못하는 여자의 순진무구한 눈망울 앞에서 도욱은 조용히 스스로 다짐한다. 이 긴 밤을 절대로 허투루 쓰지 않겠다고 말이다.

"그래, 뭐! 다 먹어라. 아무튼, 미리 말해두는데 나 내일 오프야."

"아, 그렇구나. 잘됐다."

"응. 잘됐지. 엄청! 잘됐지."

아주 기쁜 듯이 웃는 남자의 얼굴을 바라보고 있자니 손가락이 간지러우면서 목 안쪽이 후끈거린다. 이가 부딪칠 만큼 밤공기가 분명히 차가운데도 볼의 열기는 식지 않았다. 도리어 귀를 지나 목덜미까지 뜨거운 기운이 번져 내려오는 기분이었다. 몸이 달아오른다는 게 이런 건가? 화리는 입술을 깨물면서 티셔츠의 목 언저리를 끌어내렸다. 도욱은 더는 지체할 시간이 없음을 깨달았다. 빨리 라면부터 먹이고 그다음 건 대충 먹다 만 다음에, 양치한 뒤 방에서…… 할 일이 많았다.

"야, 네가 좋아하는 튀김 우동."

집에 들어선 도욱은 득달같이 컵라면부터 내밀었다. 화리는 한숨이 나왔다. 그냥 대충한 말인데 왜 진짜 라면을 준단 말인가. 별로 내키지 않았던 화리는 머뭇거리면서 젓가락을 들지 못했다.

"뭐 해? 빨리 먹어."

"어, 어. 먹어야지."

"그런데 거실에 웬 맥주캔이 이렇게 많아. 이것도 저것도……
다 백아련이 마신 거야?"

"아니, 진호 씨가 같이 마셨어. 식탁 위에 있는 건 전부 진호
씨가 마신거야."

"그래서, 쟨 괜찮은 거야?"

도욱은 턱을 괸 상태로 심드렁한 표정을 지었다. 그의 눈은 민
한과 함께 소파에서 잠들어 있는 아련을 향해 있었다.

"울었어. 엄청……. 정말 좋아했나 봐…… 그래서 가여워. 첫
사랑이 하필 호랑말코일 게 뭐야."

"네 첫사랑은 만년 2등이었잖아. 내 보기엔 그 작자보다 천재
호랑말코가 백배 나아."

도욱은 화리의 첫사랑 그 남자를 생각하면서 오징어 다리를
잘근잘근 씹었다.

"상대가 호랑말코든 미친놈이든 내가 사랑이라고 하면 사랑이
야. 다른 사람이 보는 눈? 그게 무슨 소용인데. 내가 지금껏 미
친 사랑이라고 놀렸지만, 백아련, 쟤 사랑이 나쁘지 않았어. 열
살 나이 차, 이혼남, 게다가 정관수술, 오대 독자…… 남들은 눈
을 곱게 뜨지 않고 바라볼 흠이 쟤한테는 맹점이었어. 의미가 없
는 거야. 그저, 홍하훈이 좋으니까. 그거면 충분하니까……. 어
떻게 보면 어리석을 만큼 순수해. 그래서 망한 첫사랑이라 해도,
나쁘지 않았다고 봐. 쟨 사랑에 부끄러웠던 적이 없으니까. 가진

마음이 떳떳해서 숨기지 않았고 마음껏 얘기했고, 실컷 했지. 사
랑을⋯⋯."

도욱의 쓴웃음이 진호를 향했다. 가진 마음이 떳떳하지 못해
서 입도 열지 못한 채 끝이 난 사랑을 가진 남자가 바닥에 엎드려
서 잠들어 있었다. 마치 울다 지친 모양새처럼 처량하게. 이를 딱
하다는 듯이 바라보던 도욱은 몸을 일으켜서 진호가 있는 쪽으
로 걸어갔다.

눈꼬리가 내려간 화리의 눈은 식탁 위에 놓여 있는 맥주캔으
로 향했다. 아련과 함께 대작을 해주던 진호가 먹다 지쳐서 남기
고 간 그것은 지금, 집에 남아 있는 최후의 알코올이었다. 김이
빠져서 맛이 있건 없건, 얼굴이 붉어진 여자는 지금, 저 알코올
이 무척이나 간절하다. 사실, 내색하지 않았지만 도욱의 붉은 입
술이 선명히 보일 정도로 가까이 마주 앉았던 순간순간이 화리
에게는 고비였다. 입안을 맴도는 다디단 초콜릿 향은 그와의 민
망한 키스 장면을 계속 되감게 하였으니까.

그녀는 들었던 젓가락을 내려놓은 뒤 슬쩍 도욱의 눈치를 살폈
다. 그는 쓰레기더미 속에서 독거노인처럼 잠든 진호를 위해서
그의 옆에 놓여 있는 캔, 과자 봉지를 정리하는 중이었다. 화리
는 그의 움직임을 주시하면서 꿀꺽 침을 삼켰다. 눈으로는 그를
좇으면서 슬금슬금 뻗은 팔로 맥주캔을 꽉 움켜잡았다. 그러곤
단번에 김빠진 맥주를 입안으로 털어 넣었다. 진호의 입술이 닿
았던 곳에 자신의 입이 닿는 순간조차 별 감흥이 없었다. 혀가
스치지 않는 타액의 교환은 인사치례로 하는 뽀뽀처럼 별 의미가
없으니까. 그래서 화리는 오직 쓴 술의 기운이 입안으로 가득 퍼

지면서 초콜릿의 잔향이 사라지는 순간에만 집중했다. 단번에 캔을 비운 뒤 화리는 만족스러운 표정으로 입가를 닦아냈다.

"하아, 이제 살겠네."

"너 뭐 하냐?"

순간 흠칫한 그녀의 어깨가 들썩였다. 어느새 쓰레기 정리를 마치고 돌아온 도욱이 그녀의 앞에 서 있었다.

"뭐 했냐고…… 지금."

소리치지 않는 낮은 목소리가 더 살벌하게 들렸다. 도욱은 화리가 술을 마시는 걸 유독 싫어한다. 주량도 약할 뿐만 아니라 픽픽 쓰러져서 잠이 드는 주사가 불안하니까. 그리고 보니 이 집에 오고 난 이후의 짧은 시간 동안 꽤 많이 음주를 즐기는 모습을 보였다. 그만큼 속상한 일이 많았으니까. 그때마다 표정이 굳어지던 도욱인데 지금은 정말 최악의 표정을 짓고 있었다.

"이거, 절반도 안 남아 있던 거야. 나 안 취했어. 걱정 마. 주사 안 부려."

화리는 싱긋 웃으면서 도욱의 눈치를 살폈다.

"형이 마신 거라며. 식탁 위에 있는 거 전부 다! 너는, 그걸 알면서도 어떻게…… 형이 먹던 걸 그냥 마셔? 말이 돼?"

남자의 목소리가 높아지는 순간 화리의 미간이 살짝 좁혀졌다.

"그게 뭐?"

"뭐?"

도욱은 진심을 다하여 불덩이를 토하는 기분으로 외마디 말을 내질렀다.

"입 살짝 닿은 거야. 진호 씨는 신체 건강한 남자니까 병 옮을 일도 없어. 그리고 겨우 세 모금이었다고!"

"누가, 지금 그런 소리! 아, 정말 답답해서……."

도욱은 크게 한숨을 내쉬었다. 여전히 그녀의 손에 곱게 들려 있는 맥주캔을 단번에 빼앗아서 찌그러뜨렸다. 그러곤 아주 거칠게 쓰레기통에 던져 넣었다. 화리는 여전히 도욱의 성난 표정의 이유를 찾지 못한 채 눈만 데굴거렸다.

"왜 화를 내?"

"이 답답아! 너는 형 입 닿은 곳에, 네 입술이 문질러져도 아무 생각이 없냐?"

"에이, 뭐야! 초딩도 아니고 뭐 그런 거에 의미를 부여해. 난 또 뭐라고……. 고작 그런 이유로 사람 잡을 듯이 노려보는 네가 이상한 거야. 유치하긴……."

화리는 피식거리면서 컵라면의 뚜껑을 열어젖혔다. 그대로 젓가락을 집어 들었지만 화리는 라면을 먹을 수 없었다. 도욱이 그대로 팔을 잡아끌고서 일으키는 바람에 젓가락은 챙그랑 소리를 내면서 바닥으로 떨어졌다.

"왜, 왜 이래?"

"양치해."

"뭐?"

"이 닦으라고!"

"나, 라면……."

화리는 그 이상의 말을 이을 수 없었다. 잡아먹을 듯이 노려보는 도욱의 기세가 심상치 않았다. 바람피운 여자친구를 채근하는 것 그 이상의 험상궂은 얼굴이었다. 결국, 화리는 새초롬한 표정으로 그에게 이끌려서 2층 계단을 올랐다. 그녀의 방 화장실 안에서도 도욱의 표정은 크게 달라지지 않았다.

"자, 칫솔. 박박 닦아! 아주 깨끗이 닦아!"

"아, 누가 보면 진짜 이 엄청 안 닦는 줄 알겠네. 오늘 왜 이래, 정말!"

"시끄러워. 빨리 칫솔 물어. 얼른!"

화리는 거울 너머로 도욱을 찌릿 노려보면서 칫솔을 입에 물었다. 그녀의 입에서 조금씩 거품이 생겨나는 순간을 바라보면서 그도 칫솔질을 시작했다. 입안으로 퍼져가는 아릿한 치약의 기운에도 피식 웃음이 퍼진다. 거울 너머로 비치는 것은 꼼꼼하게 칫솔질을 하는 작은 여자의 모습. 도욱의 거친 칫솔질이 조금 더 빨라졌다. 잔뜩 부릅떴던 눈에서도 조금씩 힘이 풀렸다. 거품으로 가려진 입매는 이미 한껏 웃고 있었다. 양치 이후에 할 게 참 많았으니까. 혼자만의 망상으로 신이 난 남자는 평소보다 조금 더 빨리 양치를 마친 뒤 아예 팔짱을 끼고서 그녀를 내려다봤다.

"구석구석 꼼꼼히!"

"하고…… 있어."

화리는 웅얼거리면서 거울 너머의 남자에게 눈을 흘겼다. 그리고 조금 더 눈이 커졌다. 분명히 좀 전까지 가자미처럼 눈을 찢던 남자가 지금은 꽤나 싱글거리고 있었다. 기분이 풀린 것 같아서 다행이긴 한네, 그 전환 포인드를 찾을 수 없이시 뭔기 끼림칙히다. 그러고 보니 양치가 끝났으면 알아서 자기 방으로 갈 것이지 왜 문까지 막고 서 있단 말인가? 역시 뭔가 있다.

"안 자?"

"잘 거야."

그는 한 걸음 가까이 다가서면서 화리의 머리를 쓰다듬었다. 그녀는 흠칫 놀라면서 입에 가득한 거품을 뱉어냈다. 슬쩍 도욱을 힐긋거리니 그는 여전히 즐거운 낯빛이었다. 바싹 올라간 입꼬리가 음흉해 보이는 것이, 분명히 뭔가 있다. 가만, 내일 오프라서 다행이라는 게 설마? 화리는 순간 어떤 예감으로 소름이 돋았다.

'설마? 그날처럼……'

화리의 머릿속을 스치는 그날은 바로 민한의 충수염 발병이 있던 날이었다. 그 때문에 화리의 도발로 시작된 '안아줘' 사건은 다행히 불발되었고, 화리는 이를 통해 작은 깨달음을 얻었다. 결코 이 공간 안에서 그를 자극하지 않겠다고 말이다. 만약 그때 아련이 노크를 하지 않고 그대로 벌컥 문을 열었다면…… 그 다음 장면이 얼마나 볼썽사나웠을지, 그 생각만으로도 아찔하다. 그녀는 크게 고개를 흔들면서 얼른 도욱의 칫솔을 집어 들었다.

"잔다고? 그럼, 네 방으로 가서 자. 여기, 네 칫솔."

도욱은 화리가 건넨 칫솔을 본체만체하면서 컵에 물을 가득 채웠다.

"치약 먹잖아. 그만 조잘대고 입이나 헹궈."

그가 건네는 컵을 받아드는 화리의 손끝이 살짝 흔들렸다. 옆에 선 남자는 아주 노골적으로 화리의 등을 쓸어내리는 것처럼 토닥인다.

"빨리해. 양치질로 이 긴 밤을 다 보내기 싫으니까."

컵으로 가려진 화리의 얼굴이 하얗게 질렸다. 일부러 시간을 끌려고 계속 물을 우물거리던 화리는 그가 찌릿 노려보는 시선 때문에 마지못해 물을 뱉어낸다. 그리고 그녀가 컵을 내려놓는 순간 야릇한 불안감이 현실이 된다.

"이제, 자자."

남자의 말 한마디로 혼이 나간 여자는 큰 저항도 못 한 채 그대로 팔목을 붙잡혀 끌려간다. 그녀의 맥박이 빨라지는 게, 손가락 아래로 전해지는 순간 도욱의 숨도 급해졌다. 그는 어쩐지 머릿속으로 간지러운 느낌이 퍼지는 듯해 이를 꽉 깨물면서 화리를 침대 위로 넘어뜨렸다. 그녀는 순간적으로 닫힌 방문의 문고리를 확인했다. 어느 틈에 잠겨 있다. 분명히 도욱의 앙큼한 짓일 테지. 앙큼한 남자는 탐하는 마음을 숨기지 않고 그녀의 위로 올라탔다. 순식간에 실리는 무게감에 화리는 헉! 더운 숨을 뱉어냈다. 뒤이어 잔뜩 커진 두 눈은 당연하다는 듯이 옷을 벗기는 도욱의 손 때문이다. 셔츠 속으로 들어온 차가운 남자의 손이 브래지어 밑으로 파고드는 순간 화리를 눈을 질끈 감았다. 그가 커다란 손으로 뜨거운 살덩이를 움켜잡자, 어쩐지 시원하다는 느낌과 함께 정신이 흐려진다. 도욱은 마치 그가 알고 있던 모든 곳을 확인하겠다는 듯 여체의 몸 곳곳을 탐색하듯 건드렸다. 그가 스쳐 지나는 모든 곳에 연한 붉은 기운이 자리한다.

'이러면 안 되는데……. 밑에 어린 영혼들이 잠들어 있고, 진호 씨가 들을지도 모르는데…… 이대로 넘어가면…….'

큰일이다. 샤워도 안 했는데, 아니 그보다! 오늘은, 하필이면 앞후크 브라다. 속옷 디자이너인 친구가 시험 착용을 권하면서 보내준 속옷인데, 이를 도욱이 눈치채면 큰일이다. 혹시 기대했느냐는 둥 뭔가 바랐느냐는 둥 온갖 신경 사나운 말들로 놀리면서 빙글거릴 게 뻔하니까. 다행히 도욱은 아직 눈치채지 못한 듯했다. 그의 손이 후크를 찾겠다는 듯 등 언저리를 헤매고 있었으니까. 그를 멈출 수 있는 기회는 지금 뿐이다. 화리는 힘이 가득 실린 팔로 그의 가슴팍을 밀어내면서 겨우 몸을 일으켰다.

"오, 오늘은 안 돼."

화리는 슬쩍 몸을 뒤로 빼면서 도욱과의 적정거리를 유지했다.

"왜? 그날이야?"

화리는 힘주어 고개를 가로저었다. 아득한 머릿속을 더듬어서 바쁘게 변명 거리를 찾는 통에 입안이 바싹 마른다. 겨우 침을 삼키는 순간, 번쩍이며 떠오른 하나는…….

"겨드랑이 면도 안 했어."

"상관없는데. 탕웨이도 그래서 더 섹시하잖아."

도욱은 정말 심드렁한 표정으로 답하면서 그녀의 어깨를 다시 꽉 찍어 눌렀다. 화리는 긴장감으로 인해서 몸이 바들바들 떨렸다. 이젠 방법이 없다. 그를 안심시킨 뒤 도망치는 것밖에. 화리는 일부러 한껏 입술을 늘여 웃으면서 어깨에 올려진 그의 손을 슬쩍 치워냈다.

"씻고 올게."

도욱은 헛웃음이 나왔다. 뻔해도 너무 뻔한 거짓말이다. 지금, 그녀의 눈은 왼쪽 구석 화장실이 아니라 굳게 닫힌 오른쪽 방문을 향해 있었다. 게다가 설렘으로 들뜬 얼굴이 아니라 잔뜩 비장한 표정을 짓고 있는 것으로 보아 여자의 작은 머리는 도주를 꾀하고 있음을 분명히 보여준다. 이 밤을 얼마나 기다렸는데, 감히! 누구 앞에서 도망을 친단 말인가.

"금방 올게. 넌 여기 있어. 얼른 누워."

순진한 여자가 제 얕은수가 먹혀들었다고 착각하면서 몸을 일으키는 순간, 도욱은 거칠게 그녀의 팔을 낚아채 잡아당겼다.

"잔꾀 부리지 마. 그냥, 안 넘어가. 오늘은……."

화리는 도욱과 눈이 마주친 그 짧은 순간, 그의 눈동자에 맹수의 기운이 스쳐 지나는 것을 볼 수 있었다. 다 잡은 먹잇감이 세 치 혀를 놀리면서 도망가려 하니, 어찌 화가 안 날까. 그래도 어쩔 수 없다. 화리는 입술을 깨물면서 팔을 비틀었지만 그는 조금 더 힘을 실었다.

"빙빙 돌지 마. 분명히 답해. 뭐 때문에 안 내키는데?"

"여기, 우리만 사는 거 아니잖아."

화리는 이제야 본심을 말한다. 도욱은 아주 떫은 표정으로 머리를 헝클었다.

"무슨 말인지는 알겠는데, 아주 고맙게도 오늘 다들 제정신 아니라고. 그리고 지금 맨 정신인 건 너랑 나 둘뿐이야. 오늘 같은 밤이 날마다 오는 날이 아닌데요, 홍화리 씨?"

"그래도…… 안 되는 일이잖아. 상식적으로는……."

"알았어. 네가 싫다면 안 해."

알아서 선택하라는 듯 도욱은 그녀의 팔을 붙잡았던 손에서 힘을 풀었다. 몸이 자유로워진 여자는 그래서 조금 더 어려워졌다. 침대 위의 남자, 하필이면 너무 딱 그녀의 취향인 그 남자의 머리칼이 바람에 흩날린다. 도욱은 그것이 성가신 듯 대충 손으로 쓸어 넘기면서 뾰로통한 표정을 짓는다. 그러곤 정말로 그녀에게 손 하나 까닥하지 않는다.

'정말 참는 건가?'

화리를 슬쩍 옆눈으로 그를 살폈다. 그 시간이 조금 길어져서 바라보는 시선을 눈치챈 남자와 '딱!' 눈길이 맞닿는 순간, 금세 목 안쪽이 찌릿해져서 화리는 발끝에 꽉 힘을 주었다.

"느, 늦었어. 네 방 가서…… 자."

도욱은 순순히 몸을 일으켰다.

"그…… 래. 잘…… 자라."

도욱은 한숨처럼 내뱉은 말을 끝으로 천천히 걸음을 옮겼다. 그의 뒷모습을 좇는 화리의 눈이 흔들린다. 뭔가 조금은 아쉬운 기분이 들어서 몹시 부끄러운 마음.

'차라리…….'

억지로 몰아붙이듯 내리누르면 못이기는 척 넘어가면서 앙칼지게 투정을 했을지도 모르는데…… 저 인간이 너무 착하게 말을 잘 듣는다. 화리는 순간적으로 입을 샐쭉했다. 아마도 여자는, 이런 야릇한 순간의 부끄러움을 이기려고 나쁜 남자를 찾는 모양이다. 그리고 진짜 나쁜 남자는 끝내 제 손으로 남자를 원하게 만드는 앙큼한 김도욱이다.

돌아선 도욱은 야릇하게 비틀어진 입매로 숫자를 세고 있었다. 그는 여자를 너무 잘 안다. 싫은 게 아니라 참는 것이라면 분명히 그 안에 불씨가 남아 있다는 뜻. 그래서 야릇하게 건드려 놨으니, 그녀는 분명히 딱 다섯을 세기 전에 자신을 원할 것이다.

그는 아주 느리고 짧은 보폭으로 걸음을 옮긴다.

'하나, 둘……'

화리는 저도 모르게 그를 따라서 발을 움직이는 스스로를 이해할 수 없었다. 그저 유달리 큰 달의 기운에 취해서 잠시 몽롱해진 탓이라고 여길 뿐. 애꿎은 달을 탓하는 여자의 볼은 이미 잔뜩 붉어져 있었다.

"왜?"

불퉁하게 뱉어지는 목소리에도 화리는 도욱의 허리를 끌어안은 팔에서 힘을 풀 수 없었다.

"상식적으로는…… 안 되는 일이라며?"

"오늘은…… 그냥 홀린 걸로 할래. 여우한테."

여자의 웅얼거리는 목소리가 뜨거운 숨결이 되어서 얇은 셔츠 사이로 스며든다.

"홍화리."

"으응……."

"그냥이 아니라, 제대로 홀려야지."

도욱은 목 안으로 긁히는 듯한 소리를 내뱉으면서 거칠게 화리의 목덜미를 움켜잡았다.

"나한테."

도욱은 화리의 눈동자에 스며든 자신을 바라보면서 눈을 감지 않고 그대로 입술을 부딪친다.

"너는 감아."

"응?"

도욱은 피식 웃으면서 동그랗게 떠진 그녀의 눈을 손으로 가렸다. 그제야 화리는 저도 키득거리면서 떨리는 눈꺼풀을 내리감았다. 그리고 이제는 가볍게 웃을 수가 없다. 벌어진 입술 사이로 밀려드는 도욱의 치약 냄새에 어깨가 떨리고 손끝이 저릿해진다. 맞닿은 입술을 떼지 않은 채 밀려나듯 뒷걸음질 치면서 침대 위로 넘어가는 순간 심장이 쿵! 크게 울리면서 도파민, 옥시토신을 비롯한 모든 사랑의 호르몬이 샘솟는다. 그가 셔츠를 벗어던지기 위해서 잠시 입술을 뗀 순간 화리는 다급한 숨을 뱉어내면서 나른한 표정을 지었다.

"나 있지. 지금, 살짝 잠 오는 기분이야. 뇌에서 도파민이 넘쳐 나는 건가?"

"그렇겠지…… 사랑을 하니까."

셔츠를 바닥으로 내던진 도욱은 고개를 내려서 지그시 화리와 눈을 맞춘다. 몽롱하게 흐려진 눈의 기운을 보아하니 정말 졸음이 서려 있는 듯하다. 이 여자, 하다가 조는 거 아니야? 순간 불안해진 도욱은 그녀의 가슴을 힘주어 움켜잡았다. 화리는 '헉!' 숨을 뱉으면서 눈을 찌푸렸다.

"아파."

칭얼대는 목소리만으로도 찌릿함이 하복부를 장악한다.

"그러기에 왜, 졸린 표정 지으래."

"졸려서 그런 거…… 아니야."

"뻥치네. 잠 오는 기분이라며. 눈 다 풀려서 흐리멍덩한 것도 다 봤는데, 무슨! 아, 자존심 상해서 진짜……."

도욱은 한숨과 함께 투덜거리면서 그녀의 위로 몸을 겹쳤다. 맨살이 스치는 느낌이 너무 적나라해서 화리는 가쁜 숨소리를 흘렸다. 덜덜 떨리는 팔이 향하는 곳은 도욱의 목, 아주 꽉 매달리면서 화리는 그의 어깨 위로 입술을 문질렀다. 그가 흠칫 몸을 떠는 게 느껴지자, 그녀는 마치 요부라도 된 듯 눈을 가늘게 뜨면서 뜨거운 숨결로 속삭인다.

"잠이 아니라…… 너를 느낀 탓이야. 그러니까, 삐치지 마."

일순간 남자의 눈동자는 짙은 흥분으로 얼룩졌다. 그는 목에 감긴 여자의 팔을 풀어서 내려놓은 뒤 그대로 입술을 움직인다. 그가 닿은 곳은 여자의 쇄골 부근, 그녀가 어깨를 움츠릴수록 더욱 깊은 홈이 파이는 곳이다. 지금껏 도욱은 언제나 그 자리에 자신의 흔적을 새겨왔지만 상처를 만들 듯 깨물었던 적은 한 번도 없었다. 그런데 오늘, 처음으로 도욱의 이가 그녀의 살갗을 아릿하게 파고든다. 때문에 놀란 화리는 그의 어깨를 붙잡은 손에 꽈악 힘을 실었다.

"아파?"

"조금…… 놀라서."

"미안."

도욱은 자기도 놀란 듯 제가 만든 자국을 손으로 쓸어내리면서 떫은 미소를 지었다.

"제어가 안 되네. 처음 하는…… 애송이처럼."

화리는 괜찮다는 듯 옅은 미소를 지으면서 도욱의 머리칼 사이로 손을 밀어 넣었다. 다시 입술이 맞닿는 순간, 스르륵 아래로 향한 도욱의 손이 그녀의 발목을 움겨잡았다. 그리고 지언스레 그의 힘에 의해 꺾이는 무릎, 그 이후로 화리는 말을 잃었다. 그저 남자의 목에 매달려서 눈을 감고 밭은 숨소리를 흘리는 게……

제대로 홀린 여자가 할 수 있는 유일한 것.

"아으, 삭신이야."

거실 바닥에 엎어진 상태로 잠이 들었던 탓에 온몸이 욱신거렸다. 뻐근한 몸을 일으켜서 스트레칭을 하다 보니 어젯밤 지저분했던 거실이 제법 정돈되어 있는 것이 보인다. 누구의 소행인지 알 수 없으니 화리와 도욱, 둘 중 하나일 것이라 편히 생각하면서 진호는 크게 하품을 터뜨렸다.

"으휴, 저것들……."

어젯밤 노친네의 잠자리를 불편하게 만든 문제의 1층 남녀는 여전히 거실을 차지하고 있었다. 소파 위에는 아련이 잠들어 있었고 그 밑에서 민한은 쿠션을 끌어안은 채 느릿한 숨소리를 내고 있었다. 진호는 민한을 힐끗 쏘아본 뒤 그의 입술을 손바닥으로 톡톡 내려쳤다. 그런데도 민한은 깊게 잠든 탓인지 미동조차 없었다.

"이 요망한 주둥이!"

진호는 한 번 더 민한의 입을 '찰싹' 내려친 뒤 물 한 잔을 들고 제 방으로 향했다. 시원한 물로 위장을 깨우면서 상쾌한 하루를 시작하려던 찰나였다. 마침 살금살금 화리의 방에서 나오던 도욱 때문에 진호는 입에 머금었던 물을 전부 도욱에게 토해내듯이 뱉어냈다. 너무 놀라서 크게 휘둘러진 팔은 컵에 남아 있던 물을 전부 쏟아내게 했는데, 하필이면 그것이 도욱의 바지였다.

"아, 형!"

도욱의 외마디 외침이 처절했다. 그 거친 포효에도 잠든 이 가운데 한 명도 깨어나지 않아서 물에 젖은 그의 모양새가 더 처량했다. 마치 오줌을 지린 것처럼 바지 중간이 젖어 있는 흉한 몰골을 보는 것은 오직 진호였기에. 도욱은 얼굴에 튄 물을 신경질적으로 닦아내면서 진호를 쏘아봤다.

"미안미안. 그러게 왜…… 화리 씨 방에서……."

진호는 얼굴에 만연한 웃음을 숨기려고 애썼지만 소용없었다. 이미 웃고 있었으니까. 그것도 아주 크게 박장대소하면서.

"푸하하하."

"왜 웃어! 뭘 잘했다고!"

도욱의 칭얼대는 목소리 때문에 진호는 아예 배를 붙잡고 끅끅거렸다.

"아니, 네 표정이…… 아, 내 카메라……. 저거, 진짜 찍어야 되는데…… 하하하."

아주 오랜 시간이 지난 어느 날, 진호는 그날 네 표정이 본 중에 최고였다면서, 사진에 담지 못한 것이 일평생의 한이라고 놀려댔다. 도욱이 이에 대한 복수라도 하듯 북어를 야구방망이처럼 휘둘러서 진호의 발을 후려쳤던 그날은…… 바로, 진호가 자신의 신부를 맞이하는 날이었다.

"둘 다 전화가 안 되네요. 괜찮을까요?"

"잘 있을 거예요."

아련과 민한은 강릉 커피 거리를 벤치마킹하기 위해 현장 조사를 떠난 참이었다. 티격태격하는 그 둘의 조합이 화리는 못내 걱정이었다.

"혹시 또 싸우는 건 아니겠죠?"

"에이! 화리 씨. 아직도 그렇게 감이 안 와요?"

"네?"

"그 둘이 서로 기운 없는 타이밍은 귀신같이 알잖아요. 서로 조금만 이상하다 싶으면 안 건드려요. 그리고 지금은 아련이가 온몸으로 '나 정상 아니에요'를 내뿜고 있으니까…… 걱정 마요."

'몰래 입술 훔치는 남자가 따라나섰는데 뭘 걱정해요.'

진호는 떠오르는 그날의 기억에 몸을 부르르 떨었다. 잔뜩 찌푸려진 그의 표정이 '정말 싫다'를 말하고 있었다. 화훈의 아이 아빠 소동 이후 아련은 한 며칠 밥을 먹는 둥 마는 둥 하면서 정신을 차리지 못했다. 그 옆에서 민한은 언제나처럼 그녀를 놀렸고 별거 아닌 웃음 포인트에도 엄청 즐겁다는 듯이 크게 웃었다. 그렇게 말 한 번 해보지도 못한 실연의 상처를 별일 아닌 일로 덮어주는 민한 때문에 아련은 조금씩 제 기분을 찾아가고 있었다.

"어……."

주방에서 물 한 잔을 가지고 나오던 화리의 발걸음이 우뚝 멈춰졌다. 그녀의 시선을 사로잡은 것은 진호의 실루엣이었다. 흰색 셔츠를 입은 그는 거울 앞에서 넥타이를 매고 있었다. 슈트를 입은 도욱을 매일 같이 보는 탓에 진호의 셔츠 차림도 딱히 이상하다 여기지 못하고 돌아섰던 화리다. 하지만, 이건 분명히 이상한 일이다. 캐쥬얼한 차림을 즐기는 진호가 흰색 셔츠를 입는 날은 오직, 그의 동생인 서영과 관련한 모든 행사때뿐이니까. 그리고 그때마다 진호는 큰 절망과 외로움의 시간을 견뎌야 했다. 그런데 그가 오늘, 또 셔츠를 입었다니? 도대체 무슨 일인가. 화리의 걱정스러운 눈빛이 진호에게로 전부 향했다.

"아, 화리 씨. 그 눈빛 너무 뜨거워요."

"네?"

"조심해요. 그 자식한테 날 그런 눈으로 보는 걸 들켜도 되겠어요?"

"하하. 괜찮아요. 그 자식은 지금 샤워 중이에요. 그런데 진호 씨, 오늘 일요일이잖아. 그렇게 입고 어디…… 가요?"

조심스럽게 묻는 말끝이 살짝 떨렸다. 이에 진호는 걱정하지 말라는 듯 태연하게 웃으면서 답한다.

"맞선이요."

"풉."

화리는 입에 머금고 있던 물을 그대로 쏟아냈다. 하필이면 점잖은 그 남자 하진호 앞에서 이런 추태를 보이다니…… 화리는 대충 옷소매로 물기를 닦아냈다. 진호는 특유의 웃음과 함께 휴지를 건넸다. 심란한 말을 뱉어낸 주제에 그는 정작 별문제 없다는 듯한 표정을 짓고 있어서 화리를 더욱 심란하게 했다.

"서, 선이요? 무슨 심경의 변화라도?"

"어머니가 하도 난리를 치시는 통에 어쩔 수 없었어요. 어제는 진짜 게이라도 되느냐고 하시면서 우시더라고요. 이왕 커밍아웃할 거면 희망 고문하지 말고 차라리 빨리 헤버리라고 하시잖아요. 그래서…… 이번에는 한번 나가보기로 했어요."

"괜찮아요?"

괜찮아요? 그 한마디에는 꽤 많은 의미가 담겨 있었다.

"아니요."

진호는 우는 시늉을 하면서 고개를 내저었다. 정말, 하진호는 괜찮지 않다. 그래서 그는 괜찮아지려고 노력 중이었다. 서영의 결혼식 이후 진호는 3일에 하루쯤은 이유 없이 잠 못 드는 나날을 보냈다. 그가 이따금 끊었던 담배를 다시 피우고 싶어 할 때마다 도욱은 말없이 그의 입에 막대 사탕을 쑤셔 넣었다. 사실 화리의 뜨거운 시선을 받아내는 지금 이 순간도 진호의 입안에서는 작은 청포도 맛 사탕이 굴려지고 있었다.

"그런데 진호 씨. 처음 보는 양복인데, 그런 게 있었어요?"

"아, 이거…… 서영이가 해준 거예요. 예단비? 뭐 그거 남았다고…… 자기 결혼식 날 입고 오라 했었는데, 차마 그날은…… 못 입겠더라고. 그 애 향이 느껴져서……."

진호는 털털한 웃음으로 쓰디쓴 마음의 통증을 이긴다. 시트러스 향을 좋아하는 서영의 방에는 언제나 그 향유가 담긴 향초가 커져 있다. 그래서 그녀의 방 안 곳곳에 있는 모든 물건은 같은 향기를 낸다. 그건 오빠를 위해서 특별히 준비하여 옷걸이에 걸어둔 진호의 양복도 마찬가지였다. 그래서 진호는 서영의 부탁에도 차마 그 옷을 입을 수 없었다. 맡기만 해도 하서영을 떠올리게 하는 향이 스민 옷을 몸에 두른 채 결혼식장으로 들어가면, 발작처럼 미쳐 버릴 것 같아서. 그녀의 향을 전부 가져갈 턱시도를 입은 사내를 향해서 치미는 질투와 분노를 다스릴 수 없을 터였다.

"그래서 그날은, 그냥…… 어머니가 사시 붙은 날 처음 해주셨던 양복, 그거 입었어요. 사실, 변호사 그만두면서 양복은 다 버렸는데 그건 또 못 버리겠어서 그냥 옷장에 넣어 놨었거든. 덕분에 요긴하게 썼죠. 물론, 결혼식장에서 날 보고 서영이기, 구닥다리 양복은 왜 또 꺼내 입고 왔느냐고 눈을 치떴는데…… 별수 있나. 나도 살고 봐야지."

화리는 주머니 속에서 사탕을 하나 더 꺼내는 진호의 손을 물끄러미 바라봤다. 벌써 세 개째다. 그가 그만큼 오늘이 힘겹다는 뜻이기도 하다. 사랑하는 여자의 향이 스민 옷을 입고서 선을 보러 가는 남자라…… 참, 딱하다. 진호는 쓴 속을 들키면서도 사탕을 우물거리면서 웃는다.

"실은, 오늘 대충 입으려고 했는데, 어머니가 전화를 하셨어요. 제대로 차려입고 안 나가면 저녁부터 당장 혈압약 안 드신다고 으름장을 놓으시는데 뭔가 웃기면서도 또 흘려들을 수가 없더라고. 그런데 옷이 없잖아. 서영이 결혼식 날 입었던 건…… 그날, 벗어서 구겨 던진 탓에 제대로 엉망이 됐더라고."

"그랬구나……."

화리의 목소리가 진호를 대신해서 잠겨들었다. 일부러 내색하지 않고 밝게 웃는 진호의 노력을 알고 있기에 화리와 도욱은 그에게 어떤 동정이나 연민을 표하지 않는다. 그 대신 그가 울 때, 조용히 방문을 닫아주고 그가 다시 웃으며 나올 때까지 가만히 기다려 줄 뿐이다. 그리고 지금은 그가 웃으니 같이 웃어야 한다. 아주, 밝게.

"양복, 되게 멋지네요. 돈 좀…… 준 것 같은데요?"

"삼백오십."

"에혝, 정말?"

"나도 놀랐어요. 쓸데없이 천 조각에 뭐 그리 돈을 많이 쓰는
지……."

"그래도…… 옷이 임자 만나서 그런가? 돈 주고 산 보람이 있
는데요? 그냥, 딱! 진호 씨 옷이네. 오늘 잘 꺼내 입었어요. 옷장
속에만 두기엔 너무 아깝다."

화리는 장난스럽게 눈을 찡긋거리면서 진호를 훑어 내렸다. 사
실, 농담으로 시작한 말이었지만 진심이 되었다. 진호는 양복이
참 잘 어울린다. 결혼식장에서도 느낀 바였지만 진호는 도욱을
능가하는 수트발의 정석을 보여주는 남자다. 도욱은 딱 떨어지는
날카로움을 내뿜는다면 진호는 부드럽고 중후하다. 물론 화리는
가볍고 편한 야상으로 카메라를 들고서 자유롭게 웃는 진호의
모습이 더 멋지다고 생각한다.

"어, 그런데 넥타이가 좀……."

진호의 넥타이가 조금 비뚤어져 있었다. 화리가 그것을 고쳐
매주자 진호는 두리번거리면서 도욱을 찾는다. 이 신경 쓰이는
투샷을 보면 분명히 도욱은, 함박웃음을 지을 수 있는 표정을 보
여줄 터였다. 그리고 아주 고맙게도 적당한 시점에 그가 등장했
다.

"남자친구 앞에서 잘하는 짓이다!"

2층에서부터 날이 선 목소리가 울려 퍼졌다. 결혼식에 갈 준
비를 마치고 내려오던 도욱이 저 혼자 넥타이를 매면서 툴툴거렸
다. 1층으로 내려온 도욱은 나란히 옆에 서 있는 화리와 진호를
한 번씩 흘겨보더니 굳이 그 사이를 가로지르면서 그들을 떼어냈

다. 쿵쿵거리는 발걸음, 뽀로통하게 내밀어진 입술은 투기심이 가득한 후궁의 모습을 떠올리게 했다. 진호가 삐친 오리가 된 도욱의 모습을 흐뭇하게 바라보던 그때였다.

'어?'

진호와 함께 싱글거리던 화리의 입술에서 조금씩 웃음이 걷혔다. 그 대신 가득 힘이 실렸다. 도욱이 현관 바닥에 떨어져 있던 신문을 집어 들면서 몸을 일으키는 시점이었다. 그 순간 화리는 그의 넥타이 안쪽에 그려진 말발굽 모양의 로고를 똑똑히 보고 말았다.

'저 로고…… 선아 씨가 사줬다던 그 넥타이랑 똑같잖아. 분명히 내가 코 닦아서 치웠는데……. 아, 맞다! 하나 또 있다고 했었지……. 그런데 네가 또…… 그 넥타이를 맸다 이거지?'

화리의 불편한 심사를 알지 못하는 도욱은 그저 저 혼자만의 짜증으로 입을 내밀면서 빠른 걸음으로 거실을 가로질렀다. 식탁 의자를 아주 시끄럽게 끌면서 앉는 동작에도 불만이 가득 실려 있어서 이를 지켜보는 진호를 즐겁게 했다. 지금껏 화리는 도욱의 넥타이를 매준 적이 한 번도 없었다. 언젠가 결혼하면 아침마다 그녀가 직접 골라서 매준 넥타이를 펄럭이면서 출근하는 모습을 상상하면서 저 혼자 웃었다. 그것은 도욱의 로망이었다. 그런데 저 무신경한 여자가 하진호한테 그 다디단 로망을 먼저 실현했다.

'젠장…….'

진호의 넥타이에 매달려 있던 화리의 모습이 다시 떠오르자 도욱은 아주 거칠게 식빵 봉지를 풀었다. 헐크처럼 아주 잡아 뜯

듯이 봉지를 벌리는 모습에 진호는 일순간 입술 밖으로 비집고 나오려는 키득거림을 참기 위해서 볼 안쪽의 살을 아주 아프도록 깨물었다. 아릿한 통증이 느껴졌지만 맞선 때문에 울적했던 마음은 보상이라도 받듯 유쾌해졌다.

"도욱이 놀리면 재밌죠?"

"네. 요새 그 맛에 살아요."

"내가 저 자식이 완전히 삐친 오리가 될 수 있게 도와줄까요? 아마 백발백중일 거야."

"어떻게요?"

진호의 백발백중 비책을 전해 듣는 화리의 눈이 흥미롭게 반짝였다. 진호가 고개를 내려서 그녀의 귀 언저리로 입술을 가까이 가져다 대던 그 순간 커피를 따르던 도욱의 눈이 번뜩였다. 당장에라도 '저리 꺼져!'라고 소리치고 싶은 마음을 겨우 참고 있는데 화리는 진호의 속삭임에 까르륵거리면서 웃었다. 그 신경 쓰이는 웃음소리에 도욱은 '후우―' 한숨을 내쉬면서 휘둘리는 마음을 다스렸다.

사실 도욱은 저 혼자 한 결심이 있었다. 다시는 하진호와 관련한 모든 일에 감정을 노출하지 않겠다고 말이다. 그래서 다시는 홍화리가 유치하다는 치욕스러운 말을 뱉지 못하게 만들겠다고 굳게…… 다짐을 했건만 왜 또 건드린단 말인가! 그가 풀지 못한 짜증으로 애꿎은 신문만 뚫을 듯이 노려보고 있던 그때였다. 슬리퍼가 끌리는 소리가 점점 가까워졌다. 도욱의 눈이 굴러가는 속도도 빨라졌다. 이윽고 화리가 그의 앞에 앉았지만 도욱은 일부러 더 몸을 틀어서 그녀를 마주 보지 않았다.

"김도욱 씨."

불러도 답이 없다. 화리가 커피 한 잔을 마시고 그의 방울토마토 세 개를 뺏어 먹는 와중에도 도욱은 그녀에게 눈길조차 주지 않았다. 결국, 화리는 도욱의 손등을 손가락으로 툭툭 쳤다. 그가 여전히 반응이 없자 이번에는 그의 손등을 살짝 꼬집었다. 덕분에 겨우 도욱의 시선을 잡아끄는 데 성공한 화리는 미소와 함께 턱을 괴었다.

"좋은 아침."

상냥한 목소리와 싱그러운 얼굴 앞에서 자연히 굳어졌던 입매가 풀어진다. 너무 쉽게…… 그게 못마땅해서 도욱은 '흥!' 소리와 함께 일부러 자리에서 일어났다. 부글부글 들끓었던 마음이 겨우 눈짓 한 번으로 풀린다는 것은 묘하게 자존심이 상한다. 이번에는 그녀에게 분명한 귀책사유가 있으니, 조금 더 오래 토라져 있겠다고 다짐했다.

'쉬운 남자가 아닌 걸 반드시 보여주겠어.'

도욱은 유치한 다짐과 함께 식탁 위에 뒤집어놓았던 컵을 집어 들었다. 토끼 그림의 그것은 지난 번 화훈의 아이 아빠 소동 때 깨진 컵을 버리면서 진호가 새로 산 것이다. 이를 잘 알고 있는 화리는 묘한 웃음을 짓더니 자신의 앞에서 큰 그림자를 드리우고 있는 남자의 팔을 붙잡아 흔들었다. 그가 말없이 고개를 내려서 눈을 맞추자 화리는 피식 웃는 얼굴로 도욱의 삐친 오리를 소환한다.

"그거 쓰지 마. 진호 씨 거야."

"뭐?"

꽉 붙었던 입술이 아주 쉽게 떼어졌다. 도저히 가만히 입 닫고 있을 수가 없다. 화딱지가 나서.

"너도 진호 씨가 컵 좋아하는 거 알지? 지난번에 쓰던 컵 깨져서 진호 씨가 되게 아쉬워했단 말이야. 그러니까 너는, 다른 거 써. 아끼는 건데 또 깨지면 우리 진호 씨 속상하잖아."

화리는 생글거리면서 식탁 위로 다른 컵을 밀어 건넸다. 도욱은 자신의 앞으로 내밀어진 컵을 바라보면서 어이없음으로 할 말을 잃었다. 한참 뚱한 표정을 짓던 그는 열리지 않는 입을 대신해서 행동으로 불쾌함을 표현한다. 그녀를 잔뜩 노려보면서 보란 듯이 토끼 컵에 물을 따라 마셨다. 멀찍이서 이를 지켜보면서 진호는 터져 나오는 웃음에 이를 꽉 깨물었다. 때문에 입안에서는 사탕이 부서지면서 단맛이 퍼져 나갔다. 김도욱 놀리기 신공을 이어받은 그의 제자 화리는 아주 바람직한 자세로 이 즐거운 상황을 주도하고 있었다.

"김도욱."

"왜!"

"네가 왜…… 내 남자친구야?"

컵을 입으로 가져가던 그의 손이 멈췄다. 허공 위에서 잠시 흔들렸던 컵은 식탁 위로 탁 소리가 나게 내려졌다. 도욱의 눈이 이전과 다른 빛으로 번쩍인다. 짜증을 넘어선 어떤 화가 서려 있는 눈에 화리는 움찔했지만, 그녀는 내색하지 않고 빙긋이 웃었다. 그녀의 질문은 진호에게서 전수받은 삐친 오리 만들기 비책이었지만 사실, 그게 다는 아니다. 화리 본인도 도욱에게서 어떤 분명한 답을 듣고 싶은 물음이었다. 그래서 조금 더 말끝에 힘을 실어서 다시 묻는다.

"너, 나랑 사귀어?"

"뭐래?"

도욱은 진짜 미쳤냐는 듯이 되물었다. 동그랗게 커진 눈은 이제 정말 놀람을 표하고 있었다.

"너…… 잠 안 깼어?"

"지금, 시간이 몇 시인데…… 말짱해. 제정신이야."

"그럼? 어디 아파? 아프면 아프다고 말하라니까!"

"안 아파."

화리가 키득거렸고 도욱은 잠시 할 말을 잃은 듯 입을 벙긋거렸다. 꿈틀거리는 눈썹과 부릅뜬 눈은 그가 제대로 자극받았음을 보여주고 있었다. 이를 지켜보면서 억눌린 신음과 같은 웃음소리를 참아내던 진호는 아예 몸을 돌려서 신발장 앞으로 향했다. 김도욱 놀리기 강좌를 수강한 그의 애제자 화리는 굳이 더 가르침을 받지 않아도 알아서 잘하니까.

"그래서? 뭐. 도대체 무슨 말이 하고 싶은데?"

도욱은 아주 불퉁한 목소리로 다그치듯 묻는다.

"너한테 사귀자는 말…… 들은 기억이 없어. 그럼 우리 사이는 여전히 셰어메이트인데, 네가 왜 내 남자친구야?"

화리는 진심을 얹어서 또박또박 답했다. 장난으로 이 상황에 임했던 화리의 표정은 이제 제법 진지해졌다. 이에 도욱은 크게 헛웃음을 터뜨리더니 꽉 조여진 넥타이를 확 풀어헤쳤다. 성말, 답답하다.

"여전히 셰어메이트라고? 와, 진짜 어이없네. 요즘이 어느 세상인데! 사귀자고 말을 하고 시작을 해? 얘가 고시 생활을 오래 하더니 완전 옛날 사람 다 됐네. 형! 얘 문화재청에 신고해. 선사 시대 유물 나왔다고 전화해. 당장!"

"하하하. 문화재청 번호가……."

"진호 씨……."

"없네요. 없어서…… 못 하겠네."

도욱의 말에 장단을 맞추면서 전화하는 척을 하던 진호는 어색하게 웃으면서 그대로 핸드폰을 바지 주머니에 쑤셔 넣었다. 처음으로 화리가 자신에게 눈을 흘기는 모습을 똑똑히 지켜본 뒤였다. 하마터면 정다운 사제관계가 깨질 뻔한 순간이었다. 뒷목이 쭈뼛할 정도로 섬뜩한 눈빛 앞에서 진호는 부르르 몸이 떨렸지만, 그녀의 남자친구를 자부하는 남자는 당당했다.

도욱은 거실 여기저기를 왔다 갔다 하면서 원색적인 폭로를 시작했다. 이제 뭐 될 대로 되라는 듯이 말이다.

"이런 짓 저런 짓 다 해놓고서 남자친구가 아니라니? 그럼 뭐! 내가 네 섹스 파트너야?"

선정적인 단어 선정에 놀란 화리가 잠시 정신을 놓은 사이 도욱은 진호에게로 다가서서 속삭였다.

"형, 들었어? 쟤가 나한테 온갖 짓을 다 해놓고서 남자친구가 아니래? 세상에, 말이 돼? 너무 무책임하잖아."

속삭임이라고 하기에는 너무 큰 목소리였다. 그가 일부러 더욱 크게 말했음을 증명하는 것은 야릇하고 음흉한 눈빛이었다.

"아, 뭔가 억울해. 당한 기분이라니까? 나 이제 어떡해? 정말, 쟤가 원하는 대로 몸만 줘야 하는 거야?"

진호는 입을 꾹 닫은 채 고개를 흔들면서 마른침만 삼켰다. 화리가 자신을 노려보던 그 눈빛은 다시 생각해도 등골이 서늘했다. 그리고 그 섬뜩한 눈빛은 지금 온전히 도욱에게 향하고 있는데도 그는 겁도 없이 계속 그녀를 몰아붙이고 자극한다.

"홍화리! 똑바로 말해. 네가 원하는 대로 해줄게. 골라. 1번 남자친구, 2번 섹스파트너."

"아, 아아악! 입 안 다물래!"

화리의 얼굴은 이보다 더 빨개질 수 없을 정도로 붉게 물들었다. 도욱은 그 얼굴빛에 토라졌던 모든 마음을 털어낸다.

"왜? 너도 분명히 하고 싶은 거 아니야. 우리 관계를! 그러니까 골라. 역시 2번이 끌리나? 뭐, 좋아. 어쩔 수 없지. 줄게! 너한테, 내 몸. 이제 됐…… 크헉."

독이 오른 화리는 그의 정강이를 걷어차서 바닥에 무릎을 꿇렸다. 그러곤 다신 떠들지 못하게 그의 입을 확 틀어막았다.

"너 일전에도 말했지. 자꾸 끼부리면 맞는다고!"

숨을 쉴 수 없는 고통에 도욱은 그녀의 허리를 간질였다. 간지럼에 약한 여자는 자지러지는 소리를 내면서 도욱을 놓친 뒤 그대로 바닥을 뒹굴었다. 하지만 얼마 못 가 곧 정신을 차려서 몸을 일으킨 뒤 얄밉게 웃고 있는 도욱에게로 달려들었다.

"야! 셔츠 구겨져. 나 결혼식 가잖아!"

"가든지 말든지! 온갖 못된 말을 다 한 주제에, 무슨 사정을 봐달래!"

화리는 도욱의 머리를 확 헝클어뜨린 뒤 만족스러운 표정으로 몸을 일으켰다. 이에 제대로 열 받은 도욱은 화리의 팔을 잡아당겨서 자신의 품 안으로 넘어뜨렸다. 그러곤 똑같이 여자의 머리를 잔뜩 헝클었다. 눈앞에서 성인 남녀의 레슬링이 벌어지는 어마어마한 광경을 지켜보면서 진호는 얼굴이 화끈거렸다. 둘이 합해서 예순이 넘어가는 나이건만, 정말 창피하다. 송민한과 백아련도 저런 저질 몸싸움을 하진 않는다. 그래서 분명해진 생각은 지금, 당장! 빨리 이 집을 떠나야 한다는 것이었다.

"아, 사랑싸움은 나 없는 데서 해. 비켜! 나 선보러 가야 하니까!"

비장한 표성의 신호가 으르렁거리는 둘을 떼어놓았다. 회리와 도욱은 여전히 씩씩거리면서 거친 호흡을 뿜어내고 있었다. 그 가운데에서 혼자 점잖은 진호는 신발장에서 구두를 꺼내다가 멈칫했다. 촬영할 때는 항상 운동화만 신는 탓에 구두를 구석에 처박아 두었더니 영 상태가 엉망이었다. 그리고 보니 서영의 결혼식날 신었던 신발은 부산 집에 벗어두고 온 상태였다. 양복에 운동화를 신어야 하나? 난감한 표정을 짓는 진호의 앞으로 구두 상자가 내밀어졌다. 상자를 건넨 것은 멀끔한 양복 차림에도 불구하고 잔뜩 까치집을 짓고 있는 그자, 도욱이었다.

"이거 신어."

도욱이 상자를 열어서 신발을 꺼내보였다. 도욱에게는 조금 컸고 민한에게는 작았다. 딱 진호의 발 치수였다.

"새 신이잖아."

"그러니까 신으라고! 새 신을 신고 이제는 자갈밭을 벗어나서 평지를 좀 걸으시라고. 나, 우리 아버지 말고 남자한테 하는 선물은 처음이야. 영광으로 알아."

도욱은 정말 쑥스러운 듯이 진호를 바로 보지 못하고 고개를 돌렸다. 헝클어진 도욱의 머리를 조금 더 헝클이고 싶지만 진호는 참는다. 어쩐지 울컥거리면서 눈물이 나올 것 같은 기분이라서.

"고맙다."

"감동받아서 울고 그런 건 하지 마."

"왜 초를 치냐. 지금 딱 울기 직전이었는데."

"진호 씨. 울지 말고 웃어요!"

어느 틈에 거울을 보고 나왔는지, 머리를 단정하게 정돈한 화리가 진호를 향해서 생글거리며 웃었다.

"그리고 이왕이면 꽃밭으로 걸어요."

"네. 그럴게요."

새 구두를 신은 진호는 폴짝 뛰는 시늉을 하더니 옅은 미소와 함께 손을 흔들었다. 봄의 향기가 나는 집에서 가장 아픈 사랑을 하는 남자, 하진호가 춘향가의 대문을 나서는 순간이었다. 도욱과 화리는 그의 뒷모습을 향해 기도한다. 부디 진호의 가슴에도 봄의 기운이 가득 스며들기를, 그래서 다시 찾은 그의 사랑이 꽃처럼 향기롭기를 말이다. 그 간절하고 진중한 기도는 잠시뿐, 도욱은 다시 얄미운 얼굴로 화리를 자극한다.

"홍화리. 그래서…… 언제 줄까? 내 몸? 말만 해. 난 언제든 준비가 되어 있어."

"너 말이야. 너! 김도욱!"

화리는 눈을 치뜨면서 삿대질을 했다.

"집에 아무도 없다는 거 몰라? 나 홍화훈하고 레슬링하면서 자랐어. 방금 전에 제대로 겪어봤으면서도 자꾸 까불어!"

"아…… 오늘 집에 아무도 없구나. 아, 맞아. 그랬지…….'"

도욱은 새삼 엄청난 사실을 알게 된 것처럼 격하게 고개를 끄덕였다.

"그러네. 아무도 없네."

그는 계속 같은 말을 반복하면서 주입하듯 강조했다. 집에 아무도 없다는 것을…….

"그래서 뭐, 뭐!"

뒤늦게 도욱의 음흉한 말뜻을 알아차린 화리는 크게 잔기침을 하면서 몸을 틀었다. 뭔가 제대로 즐거워진 듯 도욱은 실실 웃으면서 화리의 팔을 잡아끌었다.

"말 나온 김에…… 오늘, 너한테 나를 줄까?"

"조용히 있어라!"

"아니, 왜…… 딱 좋은 날인데. 할래?"

"하지 마! 아무것도 하지 말라고! 안 해! 나는, 너랑! 전부 다 안 해!"

"에이, 마음에도 없는 소리 한다."

"김도욱!"

도욱은 온 힘을 다해서 악을 쓰는 여자가 귀엽다는 듯 큭큭거렸다. '네가 왜 내 남자친구야?'로 시작된 장난은 분명히 도욱을 삐친 오리로 만들기 위함이었지만 전세가 역전되었다. 어찌 된 일인지 도리어 당한 것은 화리였고 도욱은 그녀가 새빨개진 얼굴로 소리치는 것을 보면서 일종의 보상심리를 느끼고 있었다.

"진짜, 미쳤어……. 소금마귀가 아니라, 음란마귀가 껴도 제대로 껐다니까!"

화리는 붉어진 얼굴로 씩씩거리면서 슬리퍼를 벗어 던졌다. 쿵 쾅거리는 걸음으로 거실을 가로질러서 냉장고 문을 열던 그때였다. 뒤따라 들어온 도욱이 그녀의 어깨를 붙잡아 돌렸다.

"너 자꾸 이상한 소리 할…… 거……면……."

소리치던 화리의 목소리가 잦아들었다. 그것은 도욱이 재킷 안쪽 주머니에서 꺼내 건넨 작은 쇼핑백 때문이었다.

"이거 받아."

"뭔데?"

포장을 보아하니 지난번에 쇼핑몰에서 봤던 가방 브랜드의 상표가 분명해 보였다. 하지만 가방이 들어 있다 하기에는 쇼핑백의 크기가 너무 작았다. 손바닥보다 작은 쇼핑백에 도대체 뭐가 든 것일까? 도욱은 고개를 갸웃거리는 여자의 손을 붙잡아서 그녀의 손바닥 위로 작은 상자를 올려주었다. 혹시 반지일까 싶어서 긴장한 화리가 숨을 급하게 삼켰다. 그의 손에 의해서 열려진 상자 안에는…….

"어? 머리끈이잖아?"

도욱이 건넨 선물은 브랜드 로고의 참 장식이 달려 있는 깔끔한 모양의 머리끈이었다. 뜻밖의 선물 정체에 놀란 화리가 상기된 표정으로 도욱을 올려봤다. 그는 쑥스러운 듯 목덜미를 문지르면서 말을 이었다.

"가방, 사주려고 했는데…… 네가 또 악쓰면서 난리 질 것 같기도 하고, 선배한테 들으니까…… 가방이 또 그 의미가 딱히 좋진 않더라. 짐 싸서 도망치란 의미래……. 뭐, 지어내기 좋은 말로 쉽게 하는 말이겠지만, 막상 듣고 나니까 찜찜해. 그래서 앞으로 나는, 평생 너한테 가방은 못 사줄 것 같아. 너 잘하는 특기 살려서, 네 가방은 네가 사라."

도욱이 천진하게 웃으면서 화리의 손에 머리끈을 쥐어줬다. 그 작은 선물을 가만히 내려다보고 있자니 가슴 속에서 풍선이 커지는 것처럼 명치가 뻐근해진다. 그와 함께 밤을 보낸 밤, 도욱은 남은 여운으로 몸을 떠는 여자의 등을 토닥이면서 자신의 팔목에 채워져 있는 머리끈을 보여줬었다. 고양이 펜던트가 달린 그것의 사연을 선하면서 도욱은 지금처럼 소년같이 웃었다. 달라고 해도 못 돌려주니까 새로운 걸로 사준다던 남자의 말도, 지금 되새겨진다. 그 순간에는, 엉엉 우느라 그의 말을 흘려듣고 말았는데 도욱은 정말 자기 말을 지켰다. 그래서 뭐라 말을 할 수 없을 정도로 가슴이 벅차오른다. 사람들이 귀찮고 번거로울 정도로 선물을 주고받는 이유를 이제 알 것도 같다. 그것은 말의 한계 때문이다. 입으로 하는 모든 말로 다 전하지 못하는 복잡한 감정과 마음을 물체에 대신 싣고 전하는 모양이다. 그것이 진정한 선물의 의미라는 것을 화리는 도욱을 통해 깨닫는다. 한편 도욱은 말없이 우뚝 서 있는 여자가 또, 받지 않겠다며 튕길까 봐 더욱 장난스럽게 말을 건넨다.

"생일 선물 미리 주는 거라고 생각해. 나도 너한테 영. 화. 티. 켓. 받았으니까."

도욱은 일부러 영화티켓을 힘주어 말했다. 다행히 화리는 그의 말에 고개를 끄덕이며 흔쾌히 머리끈을 받았다.

"고마워. 잘 쓸게."

답하는 목소리가 푹 잠겨들었다. 치솟는 울음을 겨우 참고 있었으니까.

"그래! 군말 없이 받으니까 얼마나 예뻐."

화리는 도욱이 준 상자 안에 머리끈을 소중하게 다시 담은 뒤 식탁 위에 올렸다. 그러곤 조금 가라앉은 눈동자로 도욱의 넥타이를 바라봤다.

"군말 없이, 선물 받았으니까…… 이건 나 줘."

"넥타이?"

화리는 멀뚱한 표정을 짓는 남자를 살짝 흘겨본 뒤 그의 넥타이를 잡아당겨서 흔들었다.

"응. 나머지 한 개. 그거 맞지?"

"어, 어."

화리의 눈동자가 살짝 커지는 순간, 도욱은 소름이 돋았다. 그는 애써 웃으면서 목 언저리에 손을 가져다 댔다. 도욱은 오늘 아침 고른 이 넥타이가 선아의 선물임을 알고 있었다. 그런데도 그 색깔과 천의 재질이 꽤 마음에 들었기에 일부러 골라서 맨 참이었다. 하긴, 넥타이가 무슨 죄라고……. 고급스러운 호텔에서 열리는 결혼식에 매고 가기에는 나쁘지 않은 선택이었다. 그런데 눈앞의 여자는 귀신같이도 그걸 알아챘다. 그리고 노려본다.

"왜 멀뚱히 서 있어? 줘."

그녀는 도욱의 넥타이를 손가락질하면서 빨리 풀어내라고 손짓했다. 그녀의 심통 난 모습에 도욱은 배시시 웃음이 터신다. 연애하는 동안, 화리는 '질투'라는 단어가 머릿속에 탑재되어 있지 않은 사람처럼 굴던 여자였다. 후배 인턴한테 고백을 받았다고 해도 '아, 그랬구나'가 전부였던 여자가 유독 선아가 선물한 넥타이 앞에서는 그의 마음에 쏙 드는 행동을 한다. 도욱은 당장에라도 풀어 던질 수 있는 넥타이를 일부러 풀지 않은 채 들썩거리기만 했다. 그리고 조금 더 그녀를 자극할 수 있는 말을 보탠다.

"꼭 풀어야 해?"

"뭔데! 그 아쉬운 눈빛은? 비싼 거라서…… 명품이니까…… 못 풀겠다는 거야?"

"나도 사람인지라……."

"그럼 앞으로도 내 앞에서 계속 그 넥타이 맬 거야? 그래?"

그녀에게서 볼멘소리가 터져 나오는 순간 뭔가 상쾌한 느낌이 든다. 하진호와 홍화리의 투샷을 보면서 빵을 먹느라고 체한 것 같았던 기분도 싹 내려갔다.

"그래서 안 풀겠다고?"

화리가 주먹을 불끈 쥔 채 입술을 깨무는 모습을 지켜보면서 도욱은 스며 나오는 웃음을 꾹 참았다. 참고 인내해야 진짜 다디단 열매를 손에 쥘 수 있으니까. 도욱은 인내심을 다하여 웃음을 참아낸 뒤 심드렁한 목소리를 꾸며낸다.

"이거, 우리 선배가 그러는데 면세점에서 사도 하나에 70만 원은 넘는다고 하더라. 네가 그랬잖아. 사람이 현실적으로 놀아야 한다고."

"김도욱!"

"왜 소리는 지르고 그래."

"뭐야. 너……. 넥타이 하나에 팔려갈 남자였던 거야? 그러면서 나한테 그 여자가 주는 돈 받지 말라고 큰소리쳤니!"

"아니 뭐, 그냥 넥타이일 뿐이잖아. 무슨 의미를 그렇게 부여해. 질투하는 여자처럼."

'미치게 귀엽네.'

"질투에 미친 여자한테 목 졸리고 싶어? 너 내가…… 이거, 분명히 싫다고 말했지. 풀어. 지금 당장!"

그녀의 눈이 붉어지는 순간, 도욱은 일말의 망설임도 없이 넥타이를 풀어서 화리에게 건넸다. 화리는 그에게서 빼앗듯이 넥타이를 낚아챘다. 그러곤 입을 샐쭉하면서 쏘아보더니 팔을 척 뻗어서 손가락으로 그를 가리켰다.

"너! 잠깐 기다려."

"네네. 누가 하신 말씀인데 거역을 하겠나이까!"

무언가 다급한 몸짓으로 화리는 도욱을 남겨둔 채 2층으로 뛰어 올라갔다. 얼마 지나지 않아 자기 방에서 나온 화리는 후드티 앞주머니에 뭔가를 쑤셔 넣더니 다시 도욱의 방에 들어가서 다른 넥타이를 챙겨 나왔다.

"이거, 매."

"네가 해."

"내, 내가?"

"잘 묶여 있던 거 네가 풀어 헤쳤으니까 마무리도 네가 해야지. 빨리 해! 나, 결혼식 가야 하니까. 너 때문에 머리도 다시 해야 해. 시간 없다고. 뭐 해? 얼른!"

도욱은 살짝 당황한 표정을 짓는 여자의 손에 넥타이를 쥐어줬다. 그러곤 말 대신 진한 눈빛으로 재촉한다.

"아, 알았어. 고개 숙여봐."

그는 마침내 자신의 로망을 실현했다. 작은 키 때문에 양팔을 한껏 올린 채 넥타이를 직접 매주는 여자 때문에 심장이 '쿵! 쾅!' 큰 소리로 울린다. 고개를 처든 여자의 숨결이 턱 언저리에서 부서지는 감각이 간지러워서 도욱은 발끝에 힘을 실었다. 이 짓을 정말 매일 하고 싶을 정도로……. 여기까지, 딱 좋았다. 그로부터 5분 뒤 거울을 확인한 도욱의 얼굴에서는 만연했던 웃음이 사라지고 그늘이 졌다. 그녀가 끙끙대면서 열심히 매준 넥타이는 엉망진창이었다. 다시 푸는 것이 힘들 정도로 희한한 매듭이었다.

"너, 아까 하진호 넥타이는 어떻게 한 거야?"

"응?"

"혹시 일부러 이러는 거야? 지금 이건 질투의 표현이라고 생각해도 돼?"

"아, 아냐. 아까 진호 씨는 그냥 비뚤어진 것만 바로 해준 거야. 나, 넥타이 못 매. 해본 적 없어. 네가 하도 빨리 매라고 하니까……."

"하아……."

도욱은 한숨을 내쉬었다. 그의 로망은 처음부터 실현 불가능이었다는 사실에 허탈해졌다.

"이게 뭐냐! 무슨 SM 플레이도 아니고……. 묶고 또 묶어서는, 도대체 어디부터 풀어야 해."

민망해진 화리는 괜히 발목을 휘휘 돌리면서 도욱이 다시 넥타이를 매는 모습을 힐끔거렸다. 그는 거울 너머로 비치는 여자를 향해서 퉁명스럽게 내뱉었다.

"너 나한테 시집오려면 넥타이 매는 법부터 배워."

"칫! 너한테 시집 안 가!"

"야! 한 남자한테 같은 이유로 두 번 상처를 주는 건 사람이 할 짓이 아니라고 했지!"

도욱은 제대로 매듭이 지어진 넥타이를 확 잡아당기면서 버럭질을 했다. 손에 힘이 팍 들어가는 바람에 목이 졸려서 티가 나지 않게 슬쩍 다시 끌어 내렸다. 덕분에 목은 편해졌지만 속은 여전히 갑갑하다. 감히, 시집을 안 온다니? 다시 생각해도 충격적인 말이다. 그래서 제대로 따져 물으려고 몸을 홱 돌렸더니, 어느 틈에 다가온 건지 그녀가 세 걸음 뒤에 바싹 붙어 서 있었다.

"왜?"

화리는 심술 난 남자의 팔을 끌어서 거울 아래 작은 의자에 앉혔다. 무슨 꿍꿍이냐는 듯한 남자의 눈빛에 그녀는 싱긋 웃으면서 작은 상자를 꺼내 보였다. 도욱이 건넸던 크기와 비슷한 그 상자 안에는 넥타이핀이 들어 있었다.

"뭔데?"

심장이 죄어들 만큼 크게 놀랐으면서도 도욱은 담담하게 물었다. 괜찮은 척 연기를 하지 않으면 정말 까무러칠 것 같아서.

"네 거야."

"나? 나 준다고?"

도욱의 들뜬 숨소리에 어울리는 색을 고르라면 분명히 핑크빛이리라.

"아련이가 호주에 계신 아버지 선물 산다고 해서 같이 백화점 갔었거든. 마침, 이게 눈에 띄더라. 너한테 어울릴 것 같아서 샀어. 역시, 영화티켓…… 그런 종이 쪼가리는 너무 부족하잖아. 근 4년 만에 챙겨주는 생일인데…… 좀 더 오래 간직할 만한 걸로 다시 챙겨주고 싶다 생각했어. 그러니까! 꼬질꼬질 다 구겨진 영화티켓 지갑 속에 넣고 다니지 마. 웬 청승이야!"

"청승은 무슨, 내가 좋아서 갖고 있는 건데."

"좋아도 버려. 같이 영화 본 순간, 머릿속에 있잖아. 그거면 돼. 그러니까, 진짜 생일 선물은…… 이걸로 해."

넥타이핀 하나 꽂아주는 것뿐인데 목소리도, 손도, 눈동자도 전부 흔들린다. 그건 작은 금속에 서려 있는 의미가 꽤나 묵직하고 관능적인 탓이다.

"이거 살 때…… 점원 언니한테 들었는데, 넥타이핀은 소유욕이 짙어야만 선물할 수 있는 거래. 그래서 샀어. 내가 잔망스럽게 입 털지 않아도, 이거 하나면…… 너한테 충분히 전해질 것 같아서. 내 소유욕이."

"시집 안 온다더니…… 꽤나 저돌적이네."

장난스러운 도욱의 웃음 앞에서도 화리는 따라 웃지 않았다. 그녀는 살짝 눈을 내리감은 뒤 그의 넥타이를 만지작거렸다. 그리고 아주 나지막한 목소리로 꼭꼭 숨겨두었던 여자의 진실을 들려준다.

"김도욱. 너는, 내가 너를 덜 좋아해서…… 방목했다고 했지만, 그 흔한 질투심도 없느냐고 했지만…… 그렇지 않아. 네가 후배한테 고백 받았다고 했을 때, 네 핸드폰에서 여자 목소리가 나올 때, 네가 환자 누나한테서 사탕 받아올 때, 다른 여자가 선물한 넥타이를…… 하고 있을 때…… 일순간씩 질투심이 치밀었어.

눈도 붉어지고, 나를 통제할 수 없을 만큼 화도 났어."

"네가, 그랬어?"

"응. 그랬어. 너는 모르지만, 나란 여자도 그래."

화리의 목소리에 살짝 투정이 섞였다. 짐작은 했지만 정말로 그가 몰랐다니, 내심 서운하다.

"왜 말을 안 했어? 혼자 쿨한 척하느라, 엄청 답답했을 거 아니야?"

뭉쳤던 서운함이 금세 툭 터져서 사라진다. 화리는 그의 작은 말 한마디에 감정이 오르내리는 스스로가 신기하면서도 조금 우스워서 작은 미소가 지어졌다.

"답답했지. 그래도, 괜찮았어. 내가 널 믿었으니까……."

"……."

"넌 날 불안하게 한 적이 없어. 네 옆에 아무리 예쁘고 잘난 계집애들이 알짱거려도…… 너는, 언제나 날 보고 있다는 믿음을 줬으니까. 그건 나한테 있어서 일종의 자신감이었어. 김도욱 너란 남자에 대한 자신감. 그래서 언제나, 산뜻하게 조절할 수 있는 내 마음이었는데…… 요즘은 조금 어려워. 조절이 안 돼."

화리가 처음 전하는 이야기였다. 미처 생각지도 못했던 그녀의 진솔한 이야기에 도욱은 가슴이 시큰거렸다. 담아두었던 이야기를 전한 그녀는 조금 붉어진 얼굴로 그를 올려다보면서 수줍게 웃었다. 하지만 도욱은 여자의 웃음 뒤에 가려진 그늘을 분명히 보고 있었다.

"어려운 이유가, 선아 씨 때문이야?"

화리는 순간 목이 막혀서 가만히 고개만 끄덕였다. 도욱은 크게 숨을 내신 뒤 그녀의 어깨를 붙잡았다.

"내가 충분히 설명했잖아. 미적지근하고 언짢은 마음, 전부 지우라고 했는데도 왜 자꾸 생각해. 나랑 결혼할 뻔한 여자라는 게 그렇게 센가? 도저히 못 지울 만큼?"

"그런 거 아니야."

"그럼 왜 그래?"

"너랑 내가 다시 만났던 시점은 찰나의 순간이었잖아. 내가 이곳에 조금만 늦게 찾아왔더라면, 네가 조금 더 빨리 결혼을 서둘렀다면…… 너는 평생 비싼 넥타이 매주는 여자의 남편으로 살았겠지. 그래서 나는, 사는 동안…… 너를 잊지 못한 채 가슴 한쪽에 품고, 그리워하면서 살았을 거야. 그리고 혼자 사랑하며 울었겠지. 나는, 분명히 그랬을 거야. 그래서 싫어. 말발굽 로고가 그려진 넥타이가 내 눈에 띌 때마다 겁이 나고 아찔해지거든. 그래서 다시는 잃어버리고 싶지 않다는 간절함도 생겨나."

'간절함'을 입에 담는 여자의 목소리가 너무 가늘고 고와서 도욱은 이를 사리물었다. 코끝을 툭 치면서 찡하게 퍼지는 감각을 다스리기 힘들었다. 도욱은 넥타이 위를 배회하면서 꼼지락거리는 그녀의 손을 꽉 붙잡았다. 화리는 차가운 손에 스미는 그의 체온에 의지해서 다시 말을 잇는다.

"나도 싫은데, 요즘 내가 그래. 어쩔 수 없이…… 질투도, 불안도, 마구 샘솟아. 아, 홍화리…… 원래 이런 여자 절대 아니었는데. 엄청 쿨내 진동하는 여자였는데 이게 웬일이람. 김도욱 네가 다 망쳤어. 그러니까 내 미친 소유욕도 다, 네가 전부 책임져!"

무거운 얘기를 끝낸 화리는 괜한 너스레를 떨면서 기지개를 켰다. 그에게 자신의 속마음을 들려주는 것이 결코 쉽지 않았고 조금 창피하기도 했지만, 역시 혼자 입을 꾹 닫고 있을 때보다는 한결 편해졌다.

"웃차! 인제 그만 일어나. 너, 지금 가도 늦었어."

그녀가 다시 도욱의 팔을 잡아끌어서 그를 일으키려고 했지만 그는 요지부동이었다. 도욱은 그대로 의자에 앉아서 도리어 화리를 잡아당겼다. 힘없이 딸려오는 여자의 허리를 아주 꽈악 끌어안았다. 화리는 자신의 허리춤에 매달려 있는 도욱의 등을 토닥이면서 옅은 미소를 지었다. 아이가 엄마에게 매달리는 것과 같은 그의 몸짓은 마치 자신을 믿어달라고 말하는 것만 같았다.

"늦었다니까."

"어떻게 하면 돼?"

"응?"

"어떻게 하면 네 미친 소유욕을 책임질 수 있는데?"

"진짜 책임지려고? 너 나중에 도망간다고 해도 소용없어. 도욱 씨는 질투심으로 빚어낸 내 마성의 매력을 감당할 수 없을 거예요…… 하하하…… 흐읍."

그녀의 싱그러운 웃음소리는 그의 입술 사이로, 뜨거운 목 안으로 잔잔히 퍼져나갔다. 화리는 느닷없는 키스에 몸이 휘청거려서 그의 허벅지 위에 앉아버렸다. 그녀가 다급하게 몸을 일으키려 했지만 도욱이 팔을 꽉 붙잡아서 다시 앉히는 바람에 그마저도 여의치 않았다. 그의 허벅지에 걸터앉은 이상한 모양새로 허둥대면서 그에게 입술을 내맡기는 사이 1시를 알리는 알람이 시끄럽게 울어댔다. 화리는 겨우 그를 밀어내면서 가쁜 숨으로 힘겹게 말을 이었다.

"겨, 결혼식……."

"안 가."

'남의 결혼식이 대수야? 내가 급해 죽겠는데…….'

도욱은 망설이지 않고 그녀의 셔츠 속으로 손을 밀어 넣었다.
순식간에 브라의 후크를 푸는 동작에 화리는 몸을 비틀었다.

"그, 그래도…… 가야 되잖…… 아."

"너 말할 여유가 있구나? 묘하게 기분 나쁘네."

그 이후로 화리는 한마디 말도 더 할 수 없었다. 도욱은 결혼
식장에 가는 대신 보다 즐거운 일을 하면서 아무도 없는 빈집을
마음껏 사용했다.

"배…… 고파."

화리는 베개 위에 얼굴을 파묻고 웅얼거렸다. 저녁때가 다가와
서 속이 출출했지만 옆자리에 누운 도욱은 여전히 잠에서 깨지
않고 있었다. 그는 거친 육체노동이 피곤했던 듯 아주 깊게 잠들
어 있었다. 벌써 세 시간째 말이다. 그보다 먼저 한 시간 전에 잠
에서 깬 탓에 공복감도 일찍 찾아온 화리는 이불을 끌어안고 뒤
척였다. 인기척을 느껴서 그가 일어나길 바랐지만 도욱은 여전히
얌전하게 눈을 감고 있었다. 잠든 남자를 억지로 깨워 흔드는 것
은 차마 할 수가 없었다. 그런데 배가 고파도 너무 고프다.

"아, 몰라! 나 혼자 먹을래."

결국 더는 참지 못한 화리는 이불을 걷어차고 몸을 일으켰다.
그런데 자리가 너무 나쁘다. 하필이면 벽에 딱 붙어 있는 침대,

벽 쪽에 자리한 화리가 침대를 벗어나기 위해서는 도욱을 타 넘고 지나가야 했다. 그녀는 도욱의 다리 사이를 지나가면서 아주 조심스럽게 몸을 움직였다. 겨우 한쪽 다리를 바닥에 딛고서 무게 중심을 옮기던 그때였다. 몸이 휘청거리면서 무릎이 굽혀진 탓에 침대는 벗어났지만 그대로 무릎을 바닥에 '쿵!' 찍어 박았다. 그 둔탁한 소리에 깨어난 도욱이 눈을 비비면서 몸을 일으켰다. 화리는 무릎의 통증 때문에 그대로 바닥에서 일어나지 못한 채 인상을 찌푸렸다. 아픈 무릎을 세워서 손으로 비비는 모양새를 지켜보던 도욱은 피식 웃으면서 말을 건넨다.

"뭐 해? 터미네이터 같이?"

여전히 잠이 서려서 푹 잠긴 목소리 주제에 잘도 장난을 친다. 사실, 정확한 표현이었다. 알몸을 그대로 노출한 채, 바닥에 무릎을 굽히고 있는 모양새는 영화 터미네이터의 도입부를 닮아 있었다. 그녀는 제 모습의 우스꽝스러움을 인정하면서 큭큭거렸다. 겨우 웃음을 멈추고 제대로 몸을 일으킨 그녀는 커다란 수건을 몸에 두른 뒤 도욱의 어깨를 잡아 흔들었다.

"잘 거야?"

"졸리긴 해."

"자지 마."

"어?"

"자지 말라고."

예전의 그녀였다면, 분명히 '그래, 자'라고 말하면서 이불을 덮고 토닥였을 터였다. 그리고 배가 고프다는 말은 꺼내지도 않은 채 저 혼자 조용히 끼니를 해결했을 텐데, 지금 화리는 제 진짜 기분과 감정을 속이지 않고 그대로 내보인다. 그것은 도욱이 말했던 5%의 미학.

"너 기다리면서 배고파 죽는 줄 알았어. 같이 내려가서 밥 먹자. 응? 혼자 먹기 싫었단 말이야."

"그래, 가자. 누구 말이라고."

도욱은 망설임 없이 몸을 일으켰다. 나른한 하품을 터뜨리면서 기지개를 켜는 남자를 물끄러미 바라보던 화리는 그의 볼에 살짝 입을 맞추면서 웃는다.

"나 때문에 잠 못 자는 건, 이걸로 보상해."

"겨우 이 정도로? 에이, 말이 되는 소리를 해야지. 지금부터 딱 한 시간 반 뒤! 너 먹은 거 소화 다 되면…… 그때, 제대로 보상 얘기를 마무리 짓자고. 분명한 건, 지금 한 여우짓 그 백배의 야한 짓이어야 한다는 거지."

도욱은 졸음이 걷힌 야생의 눈으로 진짜 보상을 예고하며 그녀의 팔을 잡아끈다.

화리가 붉어진 볼로 도욱의 뒤를 따라 걷는 그 시각, 강릉의 어느 민박집 앞에는 준수한 외모의 두 남녀가 찬 바닷바람을 마주하고 있었다. 연인이라고 하기에는 그 분위기가 훈훈하지 않고 친구라고 하기에는 너무 가까이 마주 앉아 있었다. 데칼코마니처럼 똑 닮은 심드렁한 얼굴로 맥주 캔을 부딪치고 있는 그들은 바로, 민한과 아련이었다.

PAGE : 열.
나도…… 네가 좋았나 봐

"송민한."

"왜?"

"나……. 힘들어."

민한은 말없이 고개만 끄덕였다.

"진짜야. 나, 너무 힘들어……."

아예 테이블 위에 엎드린 아련은 물에 젖은 모양새로 흐느적거리면서 찌그러진 맥주캔을 손가락으로 툭툭 건드렸다. 그 앞에서 민한은 아련의 모든 것을 가만히 눈에 담으면서 그녀의 말을 기다렸다.

"너는, 화훈 오빠가 느닷없이 아이 아빠가 되었다는 것도 받아들이기 힘들었지만…… 오빠의 전처가 나타났다는 게 더 충격이었어. 내가 이기지 못할 상대의 귀환이었으니까…… 그런데 지난

한 달 동안 내가 식음을 전폐하게 만들었던 일은 정작 따로 있어."

아련은 힘이 풀렸던 몸을 일으켜서 테이블 모서리를 꽉 붙잡았다. 그리고 떨림이 사라진 목소리로 민한에게 화살을 날린다.

"그날…… 네가 나한테 뽀뽀했다는 사실이야."

아련의 화살에 무방비로 찔린 민한은 눈 한쪽도 찌푸리지 못한 채 그대로 얼었다. 마치 입안으로 한꺼번에 바람이 쏟아지는 기분이다. 그만큼 놀라고 당황스러웠다. 그런데 여자는 그에게 정신을 차릴 틈도 주지 않은 채 작정했다는 듯 본격적인 취조를 시작한다.

"너 그날 왜 그랬어?"

사고 회로가 '뚝!' 정지되는 지점이었다. 그녀가 '왜?'라고 물었으니까. 쉽게 대답할 수 없는 물음 앞에서 민한은 차마 아련을 똑바로 볼 수 없었다. 시선을 피하는 스스로가 남자답지 못하다는 생각도 들었지만, 딱히 다른 도리도 없었다. 입을 열지도 못할 만큼 온몸이 떨렸으니까. 민한은 어딘가 의지할 곳이 필요했기에 맥주캔을 붙잡은 손에 좀 더 꽈악 힘을 주었다. 그런데도 잔경련이 멈추지 않아서 민한은 이를 꽉 깨물었다. 허공에서 볼썽사납게 흔들리는 캔의 움직임을 흘겨보던 그는 결국 싱거운 웃음을 터뜨렸다.

'송민한. 너 지금 무섭냐?'

떨림의 근원을 직시한 탓인지 손의 흔들림이 잠시 멈췄다. 민한은 아주 천천히 들고 있던 캔을 테이블 위에 올려놨다. 여전히 아련은 흔들림 없는 시선으로 민한의 모든 움직임을 주시하고 있었다. 주위의 다른 테이블에서 오고 가는 욕설과 술병이 깨지는 시끄러운 소리에도 그녀는 특유의 집중력을 발휘해서 오직 한 사람, 눈앞의 남자 송민한을 보고 있었다. 그 오롯한 눈빛을 마주하는 순간 민한은 뭔가 머릿속이 맑아지는 기분이었다. 다 큰 남자를 두려움에 떨게 했던 그녀의 질문은 벌써 지워졌다.

‘나쁘지 않네. 저 눈빛도······.’

정작, 그녀가 자신에게 집중하고 있는 시선의 이유에 대해서는 깔끔히 잊어버렸다. 민한은 아예 턱을 괸 채 물끄러미 눈앞의 여자를 바라봤다. 그리고 찬찬히 그녀의 눈, 코, 입을 눈에 담았다. 아련의 입술에 시선이 닿는 순간 방금 저 여자가 ‘힘들다’라고 내뱉던 목소리가 다시 재생되었다. 그는 제대로 답하지 않은 채 성의 없이 고개만 끄덕였지만, 사실은 그녀의 힘없는 처연함을 위로할 수 없어서 관자놀이가 욱신거리던 참이었다. 눈으로 보이는 아련의 상태는 누가 봐도 수척하다. 지난 한 달 사이 5kg이 빠진 아련은 건강을 걱정하는 도욱에게 도리어 목표 체중을 달성했다면서 좋아했었다. 가만히 그녀의 실루엣을 눈에 담던 민한은 몸에 딱 맞던 후드티가 헐렁해진 모습을 확인한다.

‘목표 체중······ 웃기지 마. 이 말라깽이야······.’

일순간 튀어나오려던 욕지거리를 겨우 삼켰다. 술이 들어간 탓일까, 몸에서 열이 오르는 것처럼 답답하던 참이었다. 마침 불어오는 바닷바람에 겨우 숨통이 트이던 찰나였다. 아련의 짧은 머리칼이 바람을 타고 흩날렸고 그 움직임에 그의 시신이 따라붙었다.

‘머리······ 그래도 조금 길었네. 왜 저렇게 더디게 자라. 꼴 보

기 싫어.'

어깨 아래에서 흩날리던 긴 머리칼을 전부 잘라내던 날 아련은
미용실 언니가 단발머리를 권유했다면서 누구도 묻지 않은 얘기
를 굳이 내뱉었다. 90년대 여고생과 같은 귀밑 3㎝의 짧은 단발
머리가 된 여자 앞에서 민한은 화가 났다. 잘려나간 머리칼만
큼이나 화훈을 잃은 상처가 깊은 것 같다는 화리의 말을 들으면
서 민한은 다시 한 번 홍화훈이라는 적의 존재감을 확인했다. 그
게 몹시도 불쾌해서 민한은 일부러 그녀를 버섯돌이 음란 요정이
라면서 몇날 며칠을 놀렸었다. 아련이 귀 뒤로 겨우 넘어가는 짧
은 머리를 쓸어 넘기는 순간 민한은 씁쓸하게 웃었다.

'나쁜 계집애. 긴 머리가 더 예뻤는데…….'

안 그래도 뜨거운 속에 알코올을 다시 부으면서 쌉싸래함을 빌
려 인상을 찌푸렸다. 술, 딱히 즐기지 않지만 지금은 또 의지할
게 이것밖에 없다. 그래서 마시고 또 마시게 된다. 도무지 맨 정
신으로는 백아련을 상대할 용기가 나지 않아서.

'저 인간, 지금 뭐 하는 거야?'

아련은 묻는 말에 대답하지 않은 채 심드렁한 표정으로 술만
마시는 남자가 참, 어이없다. 조금 더 정확히는 화가 난다. 민한
의 입술 훔침 사건 이후 지난 한 달간 밥도 제대로 못 먹고 잠도
설치면서 그 누구에게도 감히 상담을 청할 수 없었다. 어쩐지 혼
자서만 간직해야 할 아주 은밀한 비밀처럼 느껴졌기 때문이다.
그렇게 혼자 끙끙댄 결과, 겨우 맞닿은 결론이 하나 있었다. 만
약 그 결론이 맞다면……. 아련은 갑자기 속이 울렁거려서 눈앞
에 있는 맥주캔을 집어 들었다. 하지만 빈 캔이었기에 그대로 구

겨서 아주 신경질적으로 쓰레기통으로 내던졌다. 정확히 골인이라도 했으면 잠시 잠깐 속이 시원했을 텐데 야속하게도 바닥에 굴러 떨어졌다.

"이런, 씨……."

아련의 입술이 아주 조용히 욕을 뱉어내는 모습에 민한은 소주잔에 술을 채우면서 큭큭거렸다. 잔 너머로 술이 흐르건 말건 아주 바보처럼, 마치 비웃는 것 같은 그의 웃음이 귓속으로 파고드는 순간 아련은 입안에 모래가 굴러다니는 것처럼 불쾌했다.

'웃어? 지금…… 네가 웃음이 나와?'

그녀는 치밀어 오르는 짜증을 누르면서 눈을 질끈 감았다. 잠시 주변을 지운 어둠 속에서 다시 한 번 이 상황을 정리한다. 모든 것이 마음에 안 드는 지금 이 순간, 그중에서도 가장 마음에 안 드는 송민한이 자신의 입술을 훔쳐갔다. 그래서 아련은 허둥댔고, 흔들렸고, 답답했다. 그리고 겨우 그 이유를 물었는데 민한은 아무것도 모른다는 듯 말을 무시하고 의연한 모습이다. 그게 너무 섭섭하고 조금은 외로운 기분이다.

'왜일까…….'

이유를 찾지 못해서 답답한데 바람 때문에 조금 더 속이 갑갑해진다. 별로 시원하지도 않은 주제에 쓸데없이 계속 불어오는 통에 흩날리는 머리가 몹시 귀찮다. 짧아진 머리는 자꾸만 입안으로 들어가서 거치적거렸고, 볼을 간지럽혀서 신경을 자극했다. 차라리 묶기 위해서 습관적으로 머리 뒤로 손을 가져갔지만 뒷목이 허전했다.

'아, 나 머리…… 괜히 잘랐어. 짜증 나! 다 짜증 나! 에잇, 미

치겠네 정말……'

작정하고 사납게 뜬 눈이 민한에게로 향했지만 애석하게도 또 시선이 부딪지 않는다. 민한은 어느 틈에 밤바다를 보고 있었다. 아련은 흘겨 뜬 눈에 살짝 힘을 풀면서 그의 옆얼굴을 바라봤다.

'그날, 저 자식만 아니었어도……'

사람들은 화훈과 이어지지 못한 실연의 상처로 머리까지 잘랐 느냐고 그녀를 안쓰러워했다. 차라리 정말 그런 이유라면 좋았을 것이다. 하지만 그게 진실이 아니다. 단발의 이유를 묻는 모든 이들에게 제대로 설명할 수 없는, 진짜 이유는 송민한 때문이다. 민한이 소파 아래로 흘러내린 자신의 긴 머리칼을 손 아래 움켜 쥔 채 입술을 스치던 그날 밤, 그 감각이 발작처럼 되살아난다는 것이 아련을 힘들게 하는 단 하나의 이유였다.

그날 이후, 밥을 먹거나, 설거지할 때나, 카페에서 계산할 때 도 그 모든 순간에 송민한의 존재감이 가장 컸다. 지금껏 긴 머 리가 흘러내리는 것은 당연했고 그것을 누군가 쓸어 넘겨주는 것 도 평범한 일이었다. 하지만 민한은 당연하고 평범했던 모든 것 을 낯선 일로 만들어 버렸다. 걱정이 가득 담긴 눈으로, 긴 머리 칼을 정리해 주는 민한의 손길을 마주할 때면 아련은 아주 새로 운 낯선 감정을 마주했다. 그것은 두근거림. 화훈을 사랑하는 동 안 느낄 수 없었던 쿵쾅거림, 말 그대로 격동하는 심장 근육의 움직임은 스스로에게 미쳤냐는 말을 하고 또 하게 만들었다. 그 래서 아련은 차라리 전부 잘라 버렸다. 민한이 그녀의 머리를 만 질 수 없도록 말이다. 아주 심란한 이유로 생전 처음으로 한 짧 은 단발머리였다. 민한은 버섯돌이 음란 요정이라고 놀렸지만,

상관없었다. 심장이 미치도록 계속 방치하는 것보단 차라리 놀림을 당하는 편이 더 낫았으니까.

'숨도 제대로 못 쉬었어. 쟤 때문에…….'

밀려드는 그날의 기억 때문에 아련의 감긴 눈꺼풀이 파르르 떨렸다. 그녀는 불현듯 눈을 떴을 때 민한의 눈을 마주 볼 수 있기를 기대했다. 마주친 시선의 끝에서는 그가 드디어 뭐라고 답할 것이라 생각하면서 천천히 눈을 떴지만…….

'젠장…….'

그녀의 눈이 더욱 사납게 번뜩였다. 민한은 아련의 뜻대로 움직이지 않았다. 그는 여전히 턱을 괸 채 한량처럼 바다를 바라보고, 신경 사납게 콧노래를 흥얼거리고 있었다.

'네가 계속 이런 식이라는 거지?'

그녀는 테이블 아래로 주먹을 꽉 틀어쥐었다. 이제는 돌아갈 길이 없다. 아주 제대로 찔러서 옴짝달싹 못하게 시선을 붙든 뒤 알고 싶던 모든 진실을 캐고 또 캘 것이다. 그 모든 것을 완성해 줄 날카로운 작살은 아련의 입안에 있었다. 그녀는 물 한잔으로 목을 축였다. 차분하게 짙어진 검은 눈동자가 눈앞의 남자를 향했다.

"송민한."

착 가라앉은 목소리로 부르는 목소리에 민한이 슬쩍 아련을 쳐다봤다. 그녀는 그 순간의 틈을 놓치지 않았다. 부디 목소리가 떨리지 않기를 바라면서 입술을 열었다.

"왜 너야?"

한 번, 크게 호흡한 뒤 그대로 내던진 작살은…….

"왜 네가 내 등잔 밑에 있어?"

턱을 괴고 있던 민한의 팔에서 스르륵 힘이 풀렸다. 바다를 향했던 무심한 시선은 짙은 검은빛으로 바뀌어서 눈앞의 여자에게 제대로 붙들렸다. 이제는 피할 수가 없다.

'들켰네.'

멍한 시선이 초점을 다시 찾자 기다렸다는 듯 부릅뜬 여자의 눈을 마주할 수 있었다. 순간 민한은 실없이 웃어버렸다. 그의 웃음 앞에서 아련의 눈이 더욱 사납게 떠졌지만 민한은 자꾸 툭툭 터지는 입술의 경박한 움직임을 멈출 수가 없었다. 물론 그것은 결코 이 순간이 즐겁다는 표현은 아니었다. 그것은 두려움과 떨림에 대한 반동으로 터져 나온 방어기제에 불과했다.

하지만 아련은 그의 아픈 속을 알지 못했다. 그의 웃음을 진지하지 못함으로 해석한 탓에 그저 심통이 난다. 지금 이 순간을 맞이하게 되기까지 그녀가 얼마나 많은 생각을 하면서 강릉까지 내려왔는데, 저 따위로 쉽게 웃는단 말인가. 민한의 가벼움과 자신의 무거움이 묘하게 대조되는 순간 아련은 괜한 서러움을 느끼면서 잔뜩 소리쳤다.

"왜냐고!"

'왜 그렇게 아무렇지 않게 웃는 건데? 나는……. 나는…….'

그녀는 테이블 위를 두 손바닥으로 내려치면서 다시 한 번 궁금했던 모든 것을 쏟아냈다. 민한은 그녀의 거친 동작 앞에서 마침내 지금 이 순간의 의미를 깨달았다. 참을 수 없는 두려움을 동반했지만 그래서 다시 올 수 없는 기회였다. 그러니, 놓치지 말자.

"좋아해."

망설임이 없이 뻗어나온 고백의 말. 군더더기 없는 세 음절에는 백아련에 대한 송민한의 모든 것이 담겨 있었다. 그 생 날것의 감정이 한꺼번에 던져지자 아련은 소름이 돋았다.

"너 지금 뭐라고 했어?"

"네가 왜냐고 물었고, 지금 내가 대답했잖아. 그러기에 그런 멍청한 표정 지을 거면……. 감당하지 못할 거면, 차라리 묻지 말지 그랬어."

멍한 표정을 지은 채 입을 벙긋거리는 여자 앞에서 민한은 조금 속이 후련했고 조금 가슴이 먹먹해졌다. 그리고 역시나 두려워졌다. 드디어 자신의 정체를 알아차린 그녀가 앞으로 어떤 대답을 내놓을지 알 수 없었으니까. 그런데도 민한은 한 번 더 자신의 마음을 분명히 하고 싶었다. 어차피 돌아갈 길은 없었으니까. 부디 간절한 마음이 그녀에게 닿기를 바라면서 힘주어 말한다.

"좋아해."

조금 더 또렷하게 전해진 고백 때문에 아련은 입술을 질끈 깨물었다. 도대체 어떻게 반응을 해야 하는지 막막하다. 소설 속 주인공들의 모든 대사를 전부 소환해도 그 안에 답이 없다. 허구가 아닌 현실의 세계에서, 실재하는 대상이 뜨거운 호흡으로 전한 말은 너무 심장을 힘들게 한다. 맥이 어찌나 빠르게 뛰는지 이러다 죽는 게 아닌가 싶을 만큼 두렵다. 그렇게 아찔한 순간 가장 묻고 싶은 것은 역시…….

"언제…… 부터야?"

"글쎄, 나도 그게 궁금한데…… 도무지 생각이 안 나네. 도대

체 언제부터…… 내가 널 보고 있었는지…… 언제부터 너란 여자
가 스며들었는지, 그걸 나도 모르겠네. 그래서 첫눈에 반했다는
허울 좋은 말도 할 수가 없어서 안타깝다고 생각해."

민한은 담백하게 그녀의 물음에 대한 답을 주었다. 그러곤 아
주 진한 눈동자로 아련을 바라본다. 이제는 네가 답을 줄 차례라
는 듯이……

'왜…… 저렇게 빤히 봐. 못 쳐다보겠잖아.'

계속 불규칙하게 들썩이는 호흡을 진정시키기 위해 아련은 명
치를 두드리면서 천천히 숨을 내쉬었다. 겨우 호흡을 가다듬은
그녀는 언젠가 화훈을 염두에 둔 상황에서 민한이 자신에게 건넸
던 그 질문을 그에게 되돌렸다. 꼭 듣고 싶어서.

"내가 왜 좋은데?"

"나도 몰라."

"너는 이유도 없이 사람을 좋아하니?"

"하아……. 뭔가 익숙한 질문이네."

그 질문이 자신에게 다시 되돌아올 것이라고는 생각할 수 없었
기에 민한은 헛웃음이 나왔다. 그의 답을 기다리면서 아련은 황
망히 흔들리는 초점을 다잡기 위해서 계속 눈을 깜박였다. 불현
듯 눈이 마주치는 순간 아련은 저도 모르게 고개를 숙였다. 송민
한이 고백을 했을 뿐인데 뭔가 많은 게 달라진다. 좀 전까지는 분
명히, 그가 눈을 제대로 보지 않아서 짜증이 났는데 지금은
그가 제대로 바라보면 힘들다. 사실 등잔 밑을 운운하면서 멍석
을 깐 것은 아련이었다. 그런데도 오히려 떨림을 감당하지 못해
서 흔들리는 것은 그녀였고 감정의 동요가 느껴지지 않는 차분함

을 유지하는 것은 그였다. 고백, 그것은 왈가닥 아가씨를 천생 여자로 만들고 까불이 청년을 당당한 남자로 만든다.

'숨, 막혀.'

아련이, 테이블 아래로 시선을 내려서 발끝만 바라보고 있던 그때, 의자가 드르륵거리는 소리가 나더니 그녀의 머리 위로 큰 그림자가 드리워졌다. 그림자의 주인은 민한이었다. 긴장한 그녀는 본능적으로 제 의자를 뒤로 뺐다. 거리를 벌리고 겨우 앞에 선 남자를 멀거니 올려다본 그 순간, 민한은 테이블에 살짝 걸터앉았다. 그러곤 아련의 의자를 바짝 끌어당겼다.

"왜, 왜 이래?"

그녀가 초점이 풀린 눈을 그대로 내보이던 그때 민한의 손이 아련의 머리에 닿았다. 흠칫 놀란 여자가 떨림을 숨기지 못하는 순간, 민한은 그 완벽한 틈을 놓치지 않는다. 그에게 남은 것은 이제 직구.

"너한테…… 주고 싶으니까……."

그의 나직한 목소리가 귓가에 번지자 어깨에 힘이 빠지면서 몸이 나른해진다. 그는 그녀의 머리를 천천히 쓰다듬으면서 지금껏 수도 없이 입안에 가두었던 그 말을 마음껏 터뜨린다.

"내 사랑을……."

아련은 벼락을 맞은 기분이었다. 그가 건넨 사랑이라는 다디단 덩어리를 마른침과 함께 집어삼키는 아련의 입술에 잔 경련이 일었다.

"그러니까, 잘 알아둬. 그리고 절대로 잊지 마. 내 사랑도 꽤나 깨끗하고, 순수하고, 예쁘다는 걸……. 네 사랑만큼이나……."

민한의 차가운 손가락이 귀 끝을 스치는 순간, 아련은 경기를 일으키듯 어깨를 들썩였다. 그녀의 반응이 재밌다는 듯한 그의 작은 웃음소리에도 아련은 아무것도 할 수 없었다. 뒤이어 그의 손이 목덜미를 스치면서 퍼지는 찌릿한 감각은 다스리기 힘을 정도라서 아련은 입술을 꽉 깨물었다.

"그리고 좀 더 아프고, 쓰라리지. 네 사랑은, 네 눈물은 나를 미치게 하니까……."

민한의 목소리가 잦아들면서 머리칼을 쓰다듬던 손길도 거두어졌다. 그는 손안에 남아 있는 부드러운 감촉의 여운을 간직하겠다는 듯 가볍게 주먹을 쥐었다. 그리고 움켜쥔 주먹은 그의 의지와 상관없이 가늘게 떨렸다. 그것은 다시는 저 여자의 머리를 쓰다듬을 수 없을지도 모른다는 불안감이었다.

'마지막…… 인가?'

민한은 자신의 위태로움이 몹시도 꼴 보기 싫어서 흔들리는 손을 등 뒤로 숨겼다. 그리고 그녀가 모르게 계속 주먹을 쥐었다가 다시 펴는 의미 없는 동작을 반복했다.

'어쩌면…… 시작일지도…….'

민한은 앙숙이자 친구라는 껍질 속에서 위태롭게 지켜온 관계의 끝을 준비하고 있었다. 진정한 남자의 모습으로 여자의 눈에 오롯이 들어차겠다는 간절한 소망이 의지가 되어 가슴 속에 심어지는 순간, 민한은 아련을 향한 그의 모든 순수를 내걸 준비를 끝냈다. 이젠, 모 아니면 도다.

"백아련. 나의 고백은 오늘이 처음이자 마지막이야."

아련의 눈이 조금씩 커진다.

"다시 물어도 답하지 않을 거고, 오늘 일을 덮지도 않을 거야."

민한의 목소리가 조금 더 묵직해졌다.

"너랑 친구도 안 할 거야. 셰어메이트? 그딴 것도 이제는 못 해. 여차하면 춘향가를 나가는 것도 생각 중이야. 내 마음을 다 까발려 놓고 너랑 한집에서 아무렇지 않게 지내는 거…… 그딴 거 하고 싶지도, 할 수도 없어. 그러니까 친구처럼, 지금처럼 지내자는 말은 감히 꺼내지도 마."

그가 떠난다는 말은 아련에게 좀 더 깊게 와 닿았고 그것은 그 다지 유쾌한 일이 아니었다. 잡고 싶다는 마음이 들었다. '잡아도 되는 건가?' 생각할 무렵 민한이 웃었다. 조금은 씁쓸하게.

"나는 네가 좋아. 그래서 나는…… 네 등잔 밑에서 한 줄기 빛 을 기다리던 중이었어. 그러니까 이제…… 나 좀 봐."

그녀를 마주 본 채 말을 전하는 것이 마지막일 수도 있다고 생 각하니, 조금 더 절박해졌고 한편으론 좀 더 마음이 가벼워졌다. 그래서 민한은 지금껏 저 혼자만 하던 사랑, 그 풋풋하고 유치한 기록을 펼쳐낸다.

"화훈 형이 밥 사줄 테니까 너랑 둘이 나오라고 할 때면, 너 몰 래 나 혼자 나가서 제일 비싼 거로 얻어먹었어. 형이 사준 무민 후드티, 그거 락스에 담가서 색 바래게 한 것도 나야. 네가 형 준 다고 만들었던 쿠키 전부 먹은 거…… 진호 형이 자기 짓이라고 했지만, 그것도 나였어. 그날 나는 사랑니 발치 때문에 죽 한 숟 살도 넘기기 힘들었시반 싸증 난다는 이유로 선부 넉어지웠던 거 같아."

그의 온갖 만행이 드러나고 있었지만 아련은 화가 나는 게 아니라 얼굴이 붉어지고 식은땀이 난다. 고백, 그냥 듣기만 하는 건데도 왜 이리 정신 소비가 많은 건가.

"나 혼자만 널 보고 있다는 그 미친 피해의식…… 그 치졸한 감정들이 빚어내는 유치함들…… 그런 걸 담백하게 조절할 수 있을 만큼 나는 어른스럽지 못했고, 조급했어. 어쩌면 네 눈에 내가 들지 않았던 건 당연했을지도 모르겠네."

지난날의 치기 어린 만행을 제 입으로 내뱉으면서 민한은 제 옹졸함에 치를 떨었다. 그런데도 그럴 수밖에 없었음을 되새기면서 쓸쓸하게 웃었다.

"문지유 씨가 돌아오고 나서 네가 엉망으로 울고 있을 때 가장 처음 든 생각은 '다행이다'였고, 그래서 그때 내가 느낀 감정은 '기쁘다'였어. 이기적인 새끼라고 욕해도 상관없어. 나는 네 사랑을 망치고 싶었어."

욕설을 내뱉을 법한 상황에서 민한은 그녀의 입술이 열리기를 기다렸다. 시원하게 욕 한 가닥이라도 먹으면 지금의 얹힌 듯한 기분이 가라앉을 것도 같은데 아련은 여전한 고요함을 유지하고 있었다. 화훈과의 저녁 식사를 망치고, 자신의 사랑을 시기하고, 가장 아끼던 후드티를 엉망으로 만든 범인이 직접 고해성사를 하는 순간이었지만 아련은 화내지 않았다. 민한에게는 청순하리만큼 보이는 차분함이었지만 사실 아련은 지금 흔히 말하는 대로 멍 때리는 중이었다. '좋아해'라는 말이 스치고 지나간 귓가에는 여전히 그 한마디가 윙윙 울리고 있었다.

'아, 시끄러워……. 차라리 이명도 이것보단 나을 거야. 인제 그만 좀 해. 어지러워…….'

아련은 좀처럼 마음이 진정되지 않아서 자리에서 벌떡 일어났다. 그때 민한이 다시 그녀를 찍어 눌렀다. 그의 박력 있는 몸짓 때문에 털썩 다시 의자에 앉은 아련은 제멋대로 뛰는 심장 박동을 다스리는 것을 차라리 포기했다.

'이젠 몰라. 몸뚱어리조차 말을 안 듣네……. 왜 이렇게 떨려.'

그를 올려다보는 눈동자가 하염없이 흔들렸다. 민한은 그녀의 어깨를 꽉 붙잡은 손에 힘을 풀지 않은 채 차분히 제 할 말을 다 했다.

"그런데도 나는…… ."

"……."

"네가 밥 못 먹는 게 싫고, 잠 못 자는 게 짜증 나고, 머리 자른 게 화나. 그래서 네 사랑이 차라리 내 눈앞에서 잘됐으면 좋겠다는 미친 생각도 여러 날 하다가…… 네가 아무렇지 않다는 듯이 웃으면서 내 어깨를 툭 치면…… 역시 나는 너를 놓을 수가 없다고, 홍화훈을 이기고 싶다고 기도했고, 이길 거라고 결심했어."

그는 흔들림 없는 시선으로 아련을 마주 봤다. 올곧고 정직한 눈빛을 가진 눈앞의 남자는 더는 생기발랄한 개구쟁이 노란 머리 청년이 아니었다. 가로등 불빛 때문에 파마기가 사라진 검은 빛깔의 머리칼은 마치 흑진주처럼 반짝였다. 어느 날 갑자기 그의 머리카락 색이 달라졌던 그날은 아련이 단발머리로 변신한 그 다음 날이었다. 머리 색을 바꾼 이유에 대해 그는 간단하게 '지겹다'고 말했다. 처음에는 적응할 수 없었던 그 머리카락 색은 생각보다 민한에게 잘 어울렸고, 그 때문에 카페에는 좀 더 많은 여학생이 드나들었다. 그런데도 민한은 그들에게 그 어떤 감정의 여지와 틈을 보여주지 않았다. 아련은 그게 몹시도 이상했지만, 그가 오늘 그 모든 이유를 설명했다.

'좋아해.'

그 한마디를 소리 없이 입안으로 되새기면서 아련은 눈을 질끈 감았다가 떴다.

"널 좋아하는 이유? 아예 없지는 않아. 너라서 좋아. 그렇게 흔해 빠진 이유를 댈 수 있는 유일한 상대가 너야."

담백한 진심이 전하는 울림은 그 파장이 생각보다 훨씬 컸다.

"나는 네 후드티도 좋고, 네가 내 양말 챙겨주는 것도 좋고, 네가 내 정강이 걷어차는 것도…… 싫진 않아. 우리 아버지가 나한테 집구석에 다신 들어올 생각하지 말라고 전화 왔을 때 네가 대신 울어준 것도 고마웠고 설렜어……. 나는 그래서 네가 좋아."

그의 입에서 쉴 새 없이 터져 나오는 '좋다'라는 한마디가 꽃비처럼 흩뿌려졌다. 민한이 자신을 좋아한다는 의심이 확신이 되고, 그것이 진실이 되는 지금 이 순간 아련은 벅차오르는 감정을 주체할 수가 없었다. 그것은 민한과 처음 입술이 닿았던 그날의 감각과도 닮아 있었다. 손끝마저도 저릿해지는 느낌에 아련은 두 손을 마주 잡았다. 쥐가 나는 것도 아니고 묘하게 전기가 오르는 듯한 감각은 익숙지 않았다.

'다들 이래? 내가 처음이라…… 예민한 건가? 아니면…… 나는 정말 음란마귀인가?'

그녀는 맞잡은 두 손에 힘을 준 채 떨리는 몸을 진정시켰다.

"네가 음란마귀인 것도 다 좋아."

마침 그의 입에서도 음란마귀라는 말이 튀어나오는 순간 아련은 눈을 번쩍 떴다.

"네가 나한테 허구한 날 여자 꼬시고 다닌다고 욕했지만, 나 진짜로 만난 여자 한 명도 없었어. 봤지? 나 병문안 온 여자 없었던 거…… 내 옆에는 오직 너뿐이었잖아. 신경 쓰여서 잠도 못 들게 하는…… 그래서 집에 가라고 소리쳤지만, 진짜로 가버릴까 봐 뒤척이는 척…… 몸을 돌려서 확인했던 너란 여자. 너뿐이었다고."

그건 사실이었다. 언제나 가벼운 척했던 것은 자신이 아련을 혼자 좋아한다는 창피함 때문이었다. 그래서 틱틱거렸다. 그렇게라도 해야 저 여자랑 자연스럽게 말을 섞을 수 있으니까. 해바라기처럼 홍화훈만 바라보는 여자가 천하의 송민한 한쪽 구석을, 아니 가슴 전체를 독차지하고 있다는 사실을 인정하기 싫어서 일부러 다른 여자한테 눈도 돌려봤다. 물론 좀 많이 눈을 돌렸지만 그건 다 저 여자 때문에 벌이는 쇼에 불과했다. 저 순수한 아이가 질투라도 해주지 않을까 싶었으니까.

마침내 자신의 모든 것을 쏟아낸 그는 보조개가 쏙 파이는 특유의 웃음을 지었다. 그러곤 천천히 그녀의 입술을 엄지손가락으로 살짝 쓸었다. 차가운 손가락이 뜨거운 입술을 스치는 순간 아련은 정신이 번쩍 들었다.

"백아련."

"응……."

"나도 궁금한 게 있는데……."

나지막한 목소리는 묘한 불안감을 조성했다. 그리고 뒤이어 그 불안감은 현실이 되었다.

"왜 피하지 않았어? 그날……."

그의 기습에 아련은 두 눈을 동그랗게 뜬 채 침을 꿀꺽 삼켰다. 입술을 스치던 손이 거두어졌고 그 대신 민한이 아련의 팔을 꽉 붙잡아서 시선을 붙들었다. 멍하니 홀린 듯한 시선으로 그를 바라보고 있을 때 민한은 아련의 팔을 붙잡은 손에 좀 더 강하게 힘을 주었다. 덕분에 흐려졌던 눈의 초점이 돌아왔던 그 틈을 놓치지 않고 그는 아련을 몰아붙였다.

"피할 수 있었잖아. 때릴 수 있었고, 소리칠 수 있었어. 그런데 너…… 안 했잖아."

확인하고 싶었다. 그녀가 자신을 받아주었던 이유에 대해서 말이다. 혹시 자신이 믿고 싶은 그 이유가 맞다면……. 민한은 들뜨는 마음을 숨긴 채 조목조목 따져 물었다.

"왜 그랬어?"

"그냥……."

"……."

"그러고 싶었나 봐."

"왜, 네가…… 무슨 이유로……."

민한의 목소리가 가늘게 떨리는 순간 아련은 떠오르는 상념에 실없이 웃었다. '왜?'라는 물음은 지난 한 달간 자신에게 수도 없이 던져졌던 물음이었고 답은 없었다. 그래서 혼란스럽고 답답했다. 홍화훈이라는 남자를 잃은 슬픔도 잊은 채 자신의 입술을 훔친 남자가 준 감각으로 붕 떴던 이유……. 하루에 열 번 이상 마주치던 시선을 채 세 번도 마주할 수 없을 만큼 부끄러웠던 이유…….

강릉으로 오는 KTX 안에서, 잠이 든 남자의 입술에 다시 한 번 닿고 싶다고 생각했던 이유……. 아련은 지금, 민한에게 붙잡힌 팔에서 느껴지는 힘이 불쾌하지 않다고 느끼면서, 조금씩 입술이 뜨거워지는 자신을 마주하며 마침내 그 모든 이유를 제 안에서 찾을 수 있었다. 이 남자의 입에서 '좋아해'라는 말이 흘러나오던 그 순간, 허전함뿐이었던 가슴이 따뜻하게 채워지는 것을 분명히 느꼈으니까.

'나도…… 네가 좋았나 봐.'

마침내 어수선했던 모든 감정의 조각들을 주워 담은 아련은 옅은 미소와 함께 민한을 올려다봤다. 눈앞의 여자는 뭔가 결심이라도 한 듯 흔들림이 없었고, 평화롭기까지 했다. 그의 불안과 그녀의 평온함 사이의 간극을 느끼면서 민한은 차라리 눈을 질끈 감았다. 그는 당장에라도 이 자리를 박차고 일어나고 싶은 충동을 겨우 억누르고 있었다. 그래서 그는 아련의 팔을 붙잡은 손에 좀 더 꽉 힘을 주었다. 정말 놓치기 싫다는 간절한 몸짓이었다.

"네 말대로 내 사랑은 깨끗하고, 순수하고 예뻤어. 그리고…… 온전히 하나였지. 내 마음은 화훈 오빠뿐이었어. 살면서 처음으로 '좋다'라고 생각한 사람이었으니까."

그것은 마치 오리가 처음 눈이 마주친 사람을 어미라고 믿고 따르는 맹목적인 순정이었다.

"그런데……."

"……."

"엉망이 됐어. 너 때문에."

민한이 흠칫 놀라면서 눈을 부릅떴다. 그건 아련의 팔을 붙잡았던 민한의 손 위로 그녀의 다른 손이 겹쳐졌기 때문이었다. 여자의 손은 생각보다 따뜻했다. 그녀는 민한의 손을 토닥이면서 말을 이었다. 그녀가 보여주는 행동의 의미를 생각할 여유조차 민한에게는 남아 있지 않았다. 그저 잔잔한 미소를 띠는 여자의 웃음을 흘린 듯이 바라볼 뿐이었다.

"내 사랑을 망치겠다던 네가…… 내 사랑을 갉아먹고 있었는데도, 그게 싫지 않았나 봐, 난. 그래서 내 마음이 반쪽이 되는 것도 나는 몰랐어. 내가 겨우 그 불쾌한 진실을 알아차렸을 때는 이미…… 네가 너무 커져 있었어."

자신의 마음에 당연히 없어야 하는 그의 존재를 인정할 때마다 알 수 없는 죄책감이 들었고, 한편으론 미쳤다고 생각했다. 지조 없는 사랑, 양다리, 갈대 같은 여자라고 채근하는 사이 정신없는 한 달이 지나갔다.

"전부, 송민한 너 때문이야."

아련은 홀가분한 기분으로 숨을 크게 내쉬었다. 한편 '너 때문이야' 그 한마디에 민한은 가슴이 뻐근해졌다. 아련의 팔을 붙잡았던 그의 손에서 스르륵 힘이 풀리는 순간 그녀는 드르륵 소리와 함께 의자에서 일어났다. 덕분에 테이블에 걸터앉아 있는 민한과 같은 눈높이를 갖게 된 그녀는 흔들리는 민한의 눈동자를 마주 볼 수 있었다.

"그날……."

그녀는 그가 자신에게 했던 것처럼 그의 머리칼을 움켜잡았다가 가만히 쓸어내렸다.

"네 입술이 닿았을 때……."

부드러운 머리칼이 손가락 사이사이를 스쳐 지났다. 민한은 뒷목에서부터 허리 아래로 퍼져가는 찌릿한 감각에 이를 꽉 깨물었다. 아련은 여전히 나른한 표정으로 그의 머리를 쓰다듬고 있었다.

"처음은 놀랐고, 두 번째는 설렜어. 왜 그런 이상한 기분이 들었을까 곰곰이 생각해 봤는데…… 이젠 알 것도 같아. 아마, 그 순간에…… 나도 네가 좋았나 봐."

"너 지금 무슨 얘기를 하고 있는지…… 제대로 알고서 하는 말이야?"

"응."

"……."

"고백…… 뭐 그 비슷한 거야."

그 작은 대답이 심장을 뚫고 들어와서 억지로 펌프질을 시킨다. 민한은 '미친다'라는 말을 실감하고 있었다.

"네가 내 안에 있어. 자꾸 보이고, 밟히고, 그래서 나를 불편하게 해. 그러니까…… 내가 나가라고 하면, 거치적거리니까 저리 좀 꺼져 버리라고 하면 너, 나갈래?"

아련은 예쁘게 웃었고 민한의 얼굴은 굳어졌다. 여자의 고백 앞에서 민한은 더는 참을 수 없었다. 온몸에 바짝 힘을 주고 있지만 통제할 수 없는 감각이 밀려들기 직전이었다. 결국, 머리를 매만지는 그녀의 손을 낚아채듯이 붙잡아서 꽉 움켜잡았다. 흔들리던 눈동자에 비추었던 잔물결이 사라진 자리에는 열망이 담긴 검은 눈동자가 빛을 발하고 있었다. 그 눈을 똑바로 바라보면서 아련은 마지막으로 자신의 진심을 전한다.

"지금의 나는…… 온전하지 않아. 너를 생각하면서도 죄스럽고…… 싸르르하게 아파. 그건 아마도 내 안에 여전히 화훈 오빠가 남아 있어서라고 생각해. 이런 나여도 괜찮아?"

민한은 아련의 어깨를 붙잡아 흔들었다. 아련의 마음속에 자신이 들어차 있다는 사실만으로도 감당하기 힘들어서 가슴이 묵직하고 아려서 미칠 지경인데, 저 답답한 여자는 자신에게 오는 걸음을 주저하고 있었다.

"백아련."

"응."

"내가 보이면 봐. 설레고 두근거리면 그냥 웃어. 네 마음이 잘못된 거라고 애써 다잡지 마. 싸르르하게 아픈 건…… 그냥 내 탓이라고 욕해. 그까짓 욕은 다 받아줄 테니까."

민한은 아련의 목덜미로 손을 뻗어서 그대로 자신의 가슴팍으로 끌어당겼다. 그리고 단번에 고개를 내려서 망설임 없이 입술을 부딪쳤다. '어?'라는 외마디 외침과 함께 벌어진 입술 사이를 파고든 혀의 움직임에 아련은 진저리를 치면서 몸을 비틀었지만 민한이 꽉 잡고 놓아주지 않았다. 입안을 훑고 지나는 농밀한 혀 놀림에 아련은 숨을 쉬기 힘들 정도였다.

'이, 이게 뭐야.'

결론부터 말하자면 백아련 인생의 첫 키스는 대단히 황홀했다. 그저 그의 움직임을 따라서 입술을 내맡기던 사이 어디선가 휘파람을 부는 소리에 아련은 정신이 번쩍 들었다. 겨우 그를 밀어내고 헐떡이는 숨을 몰아쉬는 와중에도 민한은 흐트러짐 없는 시선으로 그녀를 옭아맸다. 그는 휘파람을 불면서 박수를 치는 놈팡이들을 사납게 노려본 뒤 아련의 손을 붙잡아서 그대로 그녀를 끌어당겼다. 아무 말도 없이 저벅저벅 걸음을 옮겼다. 아련은 그의 손에 이끌려 가면서도 정신이 바짝 나지 않았다. 고개를 푹 숙인 채 붉어진 얼굴을 매만지던 아련은 그가 갑자기 걸음을 멈추는 바람에 그의 등에 얼굴을 부딪쳤다. 민한은 그녀를 말없이 내려다봤다. 잔뜩 힘이 들어간 눈매와 꾹 다물어진 입술은 어쩐지 화가 난 것 같기도 했다.

"내가 별로 힘들이지 않고, 그다지 애쓰지 않는데도…… 네 사랑의 절반을 갉아먹었다고 했지. 그럼, 내가 작정하고 덤비면, 이제 널 마음껏 좋아하겠다고 선언하면 어떤 일이 벌어질지…… 생각해 봤어?"

"아니."

"생각하지 마. 대신에……."

"……."

"기대해라."

민한이 야릇한 미소를 지었다. 웃음과 달리 묘한 한기를 느끼게 하는 그의 목소리에 몸이 떨렸다. 뜨거운 눈빛을 받아내기 힘들어서 아련은 여기저기 시선을 흩뿌렸다. 마침 그의 등 뒤에서 반짝이는 야자수 간판이 그녀의 눈에 들어왔다. 동공이 단번에 확장된다. 민한의 걸음이 향한 곳은 모텔이다.

'기대하라더니…… 설마? 저길 가자고? 나랑?'

19금 소설가의 빛나는 촉이 되살아났다. 아련은 갈증이 났다. 뭐라고 말도 할 수 없을 정도로 입안이 메말랐다. 긴장을 이기지 못한 아련은 다급하게 붙잡힌 손을 빼내려고 했지만 민한이 잡은 손에 좀 더 꽉 힘을 주었다.

"할 거야."

'그러니까 뭘 한다고! 이 망측한 놈아!'

"수단과 방법을 가리지 않고 너한테만 집중할 거야, 나머지 반쪽…… 그거 한 번에 집어삼키는 거 일도 아니지. 그러니까 너는 죄스럽다는 그 미친 생각만 좀 집어 던져. 화리 누나가 도욱이 형한테 달 토끼를 분양받았다고 하더라. 거기에 걱정을 쏟아 붓는데. 너도 하루 빌려서 전부 쏟아내. 그리고 나한테 와."

보조개가 푹 들어간 남자의 얼굴은 자신감을 담고 있었다. 아련이 그의 천진한 웃음 앞에서 두근거리던 그때 민한은 꽉 잡고 있던 손을 살며시 놓았다. 그러곤 바지 주머니에 자신의 두 손을 쑤셔 넣었다. 아련은 뭔가 허전한 느낌에 멍하니 눈을 깜박이면서 그를 올려다봤다.

"오늘은 여기까지만 할 거야."

"어?"

"지금…… 너는 그대로 돌아서."

"돌아서라니?"

"말해두는데, 나는 지금 좀 급해."

아련은 그 말뜻을 생각하면서 눈을 깜박였다. 그 모습에 간질간질한 감각이 퍼져나가서 민한은 눈에 힘을 주었다.

"지금 하고 싶다고. 너랑……."

'이 자식. 꽤 저돌적이네. 와, 심장 떨려.'

순식간에 가슴이 뻐근해졌다. 아련은 제 손으로 명치를 팡팡 두드리면서 두근거리는 마음을 다스렸다.

"방금도 봐. 네 손 붙잡고 저 야자수 모텔 안으로 들어가기 직전이었어. 지금도 당장에라도 억지로 끌고 가고 싶은데 참는 거야. 지금 계속 내 앞에 알짱거리면 난 참을 수 없을 거고, 넌 나 감당 못 해. 그러니까, 빨리 가. 저쪽 민박집 가는 길까지 이제, 넌 나보다 열 걸음씩 앞서 가."

민한이 파리를 쫓듯이 손을 휘적였다. 농이 아니라 신실함이 느껴지는 목소리였다. 웃음을 머금은 입매와 달리 그의 눈은 차분하게 가라앉아 있었다. 달라진 머리카락 색 때문일까? 민한은 좀 더 시니컬한 느낌을 주고 있었다. 불어오는 바람 때문에 그의 머리칼이 흩날리는 순간 달빛을 받은 그의 얼굴이 좀 더 빛나 보였다.

'나보다 예쁜가?'

남자치고는 무척이나 예쁘장한 남자의 얼굴 앞에서 아련은 지금껏 자신의 소설 속 절륜남이 눈앞에 있는 듯한 착각에 빠져들었다. 그리고 자신은 소설 속에서 그 절륜남을 초절정 섹시남으로 그려내고 있었다. 물론, 소설 속 여자들은 그에게 매달리고 울며 안달한다. 끊임없이 '안 돼! 그만! 싫어!'라고 소리치는 그녀들의 대사를 수도 없이 써내려갔지만 정작 백아련 작가는 그 이유를 모른다. 가장 이해할 수 없는 부분은 '싫어'였다. 도대체! 그녀들은 왜 싫다고 울부짖는가? 소설 속 장면의 아찔함을 정작 자신이 모른다는 것을 새삼 깨닫는 지금, 그것이 몹시도 마음에 들지 않았다. 그 아찔함을 자신의 것으로 만들고 싶다는 음탕한 생각이 후드티를 입은 음란 요정의 등에 날개를 돋아나게 만들고 있었다.

'근질근질한데?'

어깻죽지에서부터 퍼져오는 간지러움이 온몸을 타고 흘러서 아련은 흠칫 몸을 떨었다. 그녀가 몽롱하게, 초점이 흐려진 눈빛으로 그를 멀거니 올려다봤다. 그 시선의 종착역인 민한은 미간을 찌푸렸다.

'얘가 왜 이래? 사람 미치게……. 이러지 마라니까…….'

민한은 주머니 속에 감춘 주먹에 꽉 힘을 주는 것도 부족해서 이를 꽉 깨물었다. 그리고 잇새로 겨우겨우 내뱉었다.

"가."

'가'라는 단호한 한 음절에 아련은 묘하게 기분이 언짢았다. 그녀는 그를 올려다보는 시선을 고정한 채 마법에 걸린 것처럼 입술을 열었다.

"싫어."

"뭐?"

"기대하라며. 기대하고 있잖아."

"장난하지 마."

"너야말로 가볍게 얘기하지 마. 왜? 자신 없어?"

"까분다."

"그렇잖아. 감당할 수 없는 건 내가 아니라 너…… 아니야? 솔직히 말해. 겁나지?"

"너 세게 나온다? 뒷감당은 어쩌려고 이래?"

"왜? 내가 건드리지 말라고 소리치면서 얼굴 붉힐 줄 알았어? 날 너무 모르네. 네 말대로 나는 음란마귀야."

그녀의 도전적인 목소리가 미치도록 섹시하고 자극적이었다. 그것은 예쁜 송민한 안의 상남자를 끄집어내기에 충분했다. 전투력이 상승한 민한은 입술을 말아 비틀어 올렸다.

"순서는 제대로 알고 있으신가?"

"내가 19금 작가야. 이론은 빠삭해! 아마 너보다 나을걸?"

아련은 손가락을 튕기면서 턱을 치켜들었다. 그게 귀여워서 민한은 허리 아래가 아프도록 죄어드는 느낌이었다. 그는 조급한 마음을 숨긴 채 앙큼한 여자를 조금 놀려주고 싶었다. 고개를 내려서 여자와 같은 눈높이를 가졌다. 그러곤 싱긋 웃었다.

"아, 맞다. 그랬지. 넌 엄청난 여자였지."

"그럼!"

"기대할게. 백 작가님."

"응?"

"네 머릿속에 가득한 이론으로 나를 즐겁게 해달라는 뜻이야. 이런저런 야한 장면을 마음껏 해보라고. 네 손으로 직접. 나는 네가 하자는 대로 할 거니까. 먼저 너한테 손끝 하나 안 댈 거야."

"내, 내가 다 하라고?"

"왜? 막상 하려니까 못 하겠지? 그것 봐."

민한은 그녀의 어깨를 끌어안듯이 잡아당겼다. 그리고 일부러 옅은 바람을 내뿜으며 속삭였다. 아련은 간지러운 숨결에 어깨를 움츠렸다. 민한은 그녀의 작은 반응을 즐기면서 아련을 몰아붙였다. 호기롭게 말하는 주제에 옅은 바람조차 감당하지 못하는 모습은 재밌기도 했지만 미치도록 자극적이었다. 이렇게 맑고 순수한 여자가 자신의 여자가 된다는 상상만으로도 참고 있는 모든 욕정을 전부 흘리기 직전이었다.

"길바닥에서 시간 낭비하지 말고 빨리 가지? 밤이 짧아."

아련은 처녀라는 제 타이틀 때문에 지고 싶지 않았다. 부질없는 자존심을 챙기기 위해 센 척하면서 내뱉었다. 그러면서도 사실은 무서웠다. 막상 저 안에 들어가면 벌어질 일을 상상하는 것만으로도 이가 부딪쳤다. 장난이었다고, 취소할까? 하지만 민한의 눈빛이 달라진 것을 눈치챘을 때는 이미 되돌리기 어려웠다.

"술김이었어, 기억 안 나…… 처음이라서 아파. 그딴 핑계는 안 들어준다."

"핑계 댈 생각 없어. 다만…… 아픈 건…… 어떻게 좀 해줘. 그것까지는 나도 몰라."

"와, 너 미치겠다. 진짜……."

그 이상의 말은 불필요했다. 민한은 그대로 아련의 손목을 붙잡아서 이끌었다. 그렇게 한참의 시간이 지난 뒤의 늦은 밤이었다. 민한은 누군가에게 전화를 걸었다.

[누나. 걱정 말고 푹 자요. 저희…… 모레 가요.]

그 전화를 받은 화리는 고개를 갸웃거렸다.

"진호 씨. 얘네 내일 낮에 KTX 타고 오는 거 아니었어요?"

"네. 뭐 문제 있대요?"

"아뇨. 배가 끊겨서 못 온대요. 모레 저녁에나 도착하니까 가게 문 하루만 더 닫는다고 하는데요?"

"픔."

물을 마시던 도욱은 싱크대에 그 물을 다시 뱉어버렸다. 어처구니가 없는 웃음이 새어 나와서. 선을 보고 온 충격이 채 가시지 않은 진호도 피식거리면서 웃었다. 지 남자들이 왜 저래? 멍청해진 표정을 짓는 화리에게 바짝 다가선 도욱이 뭐라고 속삭였다. 화리는 그제야 '아……'라는 짧은 탄성과 함께 고개를 끄덕였다. 어떤 뭔가가 상상이 되면서 괜히 얼굴이 화끈거렸다.

"너도 음란마귀구나."

"뭐야?"

"왜 그럴까? 이 상황에, 뭘 상상하면 얼굴이 빨개질까?"

"아! 뭐래! 저리 비켜!"

화리는 약 올리듯이 웃는 도욱을 쏘아본 뒤 얼른 2층으로 뛰어 올라갔다. 의미심장한 표정과 함께 그녀를 따라 올라간 도욱은 그녀의 방에서 나오지 않았다. 그렇게 한 시간쯤 지났을 때 진호는 2층 자기 방으로 올라가려던 걸음을 돌려서 다시 소파에 벌렁 드러누웠다. 2층에서는 작은 웃음소리와 함께 계속 부스럭거리는 소리가 새어 나왔다. 뭐, 그냥 방에만 같이 있는 거겠지. 꼭 별일이 있으리란 법은 없으니까. 그런데도 차마 2층으로 올라가지 못하는 스스로가 어이없어서 진호는 실없이 웃었다. 사실 2층의 연인은 도욱이 병원에서 치료하는 환우들에게 줄 사탕 포장을 하는 중이었다. 물론 도욱은 어서 빨리 해치우고 싶은 마음에 대충대충 리본을 묶다가 화리에게 등을 한 대 얻어맞았다. 그의 외마디 비명이 새어 나오는 순간 진호는 귀를 틀어막았다.

"아이고…… 이사를 하든지 해야지 원."

1층 소파에 누운 진호가 진심 어린 푸념을 하고 있을 때 띠리

링 문자가 왔다. 오늘 선 본 그녀였다.

〈우리 또 봐요.〉

문자를 보는 진호의 표정이 심란했다.

"후우······. 이걸 답장해, 말아."

핸드폰을 만지작거리던 진호가 한숨을 내쉬면서 천장을 바라봤다. 오늘 낮에 있었던 맞선의 낯간지러움과 오글거림이 온몸에 퍼져나가는 느낌에 그는 진저리를 쳤다. 떠올리고 싶지 않아도 자꾸만 떠오르는 기억에 진호는 쿠션을 끌어안은 채 버둥거렸다.

PAGE : 열하나.
안녕하세요, 차지현 씨

진호의 맞선 상대는 부산에 호텔 다섯 개를 소유한 재력가의 고명딸이었다. 그가 그녀를 처음 본 순간에 떠오른 말은 '여성스럽다'였고, 그다음에 든 생각은 '특이하다'였다. 정말이지 훅 불면 날아갈 것만 같은 여린 외모의 그녀는 뜻밖에 털털했고 거침없는 언변의 소유자였다. 마치 서영을 떠올리게 하는 괄괄함이었다. 여자는 그가 자리에 앉자마자 처음 눈이 마주쳤던 1분 남짓한 시간 이후 본색을 드러냈다. 그녀는 꼿꼿한 자세로, 똑바로 눈을 맞추면서 그를 향해 이렇게 말했으니까.

"커피만 마시고 가실 차림은 아니네요?"

"네?"

"모르셨구나? 이 바닥에서 꽤나 유명하신데?"

"제가요?"

"네. 인물 좋고 키 크고 집안도 뭐…… 나쁘지 않은데, 앉으면 채 5분도 못 버티신다죠? 꼬질꼬질한 야상 차림으로 카메라 가방 들이밀면서, 커피만 마시고 증발하신다고?"

"아……."

"그래서 항상 아이스커피만 시키신다죠?"

'이 여자…… 만만치 않네.'

진호는 여자가 싱글거리면서 던진 직구 앞에서 뭐라 할 말이 없었다. 그녀의 말이 사실이었으니까. 아이스커피의 정체를 알고 있는 여자 앞에서 대놓고 아이스커피를 시킬 수 없었던 진호는 결국 따뜻한 커피를 시켰다. 뜨거운 커피를 홀짝이면서 진땀이 나왔다. 서영과 어머니가 작정하고 내미는 선 자리에서 그는 단 한 번도 애프터를 신청해 본 적도, 제대로 된 저녁 식사도 한 적이 없었다. 이렇게 쫙 빼입은 정장 차림으로 맞선에 나온 것도 이름이 가물가물한 저 여자가 처음이었다.

"참! 저는 사실 A급이었어요."

"알고 있습니다."

"아시는구나……."

"그래서 이상하던 참이었습니다."

사실, 제대로 된 매칭이었다면 진호와 지현은 맞는 짝이 아니었을 터였다. 결혼 정보 업체 매칭 리스트에서 진호는 언제나 탑 클래스였다. 그가 변호사를 그만두고 수입이 일정치 않은 프리랜서 사진작가가 되었을 때 어머니의 최대 불만이 바로 그것이었다. 등급이 떨어졌다는 것.

"혹시 불쾌하셨나요? 제가 원래 필터가 좀 없어요. 죄송해요."

"아뇨. 괜찮습니다."

지현은 은연중에 실수라도 한 것인가 싶어서 그의 눈치를 살폈지만 진호에게 그것은 딱히 기분 나쁜 애기도 아니었다. 오히려 시원시원해서 청량감을 주는 여자의 언변에 오히려 다행이라는 생각이 들었다. 부담 없이 이 자리를 끝내고 돌아서도 깔끔한 마무리가 가능할 것 같은 여자였다.

"제 이름은 아세요?"

"아, 저 그게……."

여자는 진호가 곤란해하는 부분만 툭툭 건드렸다. 머뭇거리는 남자의 입에서 끝내 자신의 이름이 나오지 않자 그녀는 딱히 상처 받지 않은 표정으로 생글거렸다.

"지현이에요. 차지현."

"네. 안녕하세요, 차지현 씨."

진호는 뒤늦은 인사가 멋쩍었다. 할 수 있는 게 없어서 어색하게 웃을 뿐이었다. 하진호 특유의 부드럽고 점잖은 웃음은 도무지 되찾아 올 수가 없었다. 웃는 법을 잊어버린 사람처럼 입과 눈이 따로 놀았다. 그뿐인가? 오고 가는 대화가 없는 잠깐의 침묵은 몹시 갑갑했다.

'숨 막혀. 이래서 맞선 따위 안 보겠다고 한 거였는데…….'

실내의 공기가 답답해서 넥타이를 조금 느슨하게 풀어헤쳤다. 여자는 그 동작의 의미를 알아차렸는지 자리에서 일어나더니 창문을 열어젖혔다. 말하지 않아도 의중을 알아차린 여자의 센스에 고맙다는 인사를 전할 틈도 없이 그녀는 자리에 앉자마자 조잘거리기 시작했다.

"이름이 너무 흔해 빠져서 재미없죠?"

"아뇨. 예쁜 이름인데요."

"길거리 나가면 열에 다섯은 있을 거야. 나는 내 이름 뜻도 싫어요. 지혜롭고 현명하게…… 정작 우리 부모님은 내가 지혜롭고 현명하게 살아갈 기회조차 전부 뺏어갔으면서도…… 이름 뜻은 무지 거창하죠. 짜증 나게……."

지현은 커피를 홀짝이면서 계속 조잘거렸다. 초등학교 때는 큰 지현, 작은 지현으로 불렸다는 얘기를 시작으로 열린 대화의 포문은 좀처럼 닫히지 않았다. 마지막으로 자신은 쌀 뻥튀기를 좋아한다는 식성까지 노출하는 맥락 없는 이야기들이 뚝뚝 끊어지면서도 신기하리만큼 계속 이어졌다. 묻지도 않은 이야기를 술술 내뱉는 모습은 대단한 사교성을 보여주고 있었다. 그녀는 거북하고 불편한 맞선 자리를 오래된 친구와 함께하는 티타임 정도로 생각하는 듯이 보였다. 그렇게 한참을 떠들던 그녀는 순간 멈칫하면서 입을 가렸다.

"말이 너무 많죠?"

"아뇨, 괜찮습니다."

"진호 씨는 인상이 좋아서 그런가? 이것저것 다 들어주는 과일 가게 아저씨 같은 느낌이에요."

"과, 과일 가게 아저씨요?"

"네! 내가 매일 가는 과일 가게 아저씨가 유일한 내 말동무거든요. 그런데 진호 씨랑 느낌이 비슷해요. 하하."

'칭찬이겠지? 저 얼굴로 욕을 하는 것 같지는 않은데? 그보다 저 여자. 진짜, 말 많네……. 맞선을 자주 봐서 습관이 된 건가?

혹시 할 얘기도 연습해 오나?'

진호는 지현의 조잘거림이 몹시 신기했고 그녀의 모습에서 서영을 떠올렸다. 하지만 뭔가 달랐다. 서영은 있는 그대로 밝음이라면, 차지현 저 여자는 묘하게 가면을 쓴 느낌이다. 그녀의 밝음은 꾸며진 모습이라는 생각이 들었다. 그건 그녀에게 조금만 집중하면 쉽게 알아차릴 수 있는 진실이었다. 쉴 새 없이 조잘대면서도 했던 얘기를 반복했고, 이따금 입술을 깨물면서 눈을 굴렸다. 그건 마치 억지로 할 말을 짜내는 듯한 인상을 주고 있었다. 컵을 든 손이 덜덜 떨리고 있음에도 계속 호쾌하게 웃는 여자의 웃음 앞에서 진호는 자신의 직감을 확신했다. 저 여자가 전혀 괜찮지 않음을……. 그녀가 지금 이 자리를 위해서 부단히 애를 쓰고 있다는 생각이 드는 순간 진호는 눈앞의 여자가 조금 딱하다는 생각이 들었다. 그러고 보니 견딜 수 없는 침묵의 틈을 메꾸는 것은 전부 저 여자의 조잘거림 덕분이었다.

"사실 어머니께서는 정·재계 주요 인사의 아들, 재벌가 자제와의 혼인을 목표로 하셨어요. 그런데……."

그녀의 목소리가 잦아들었다. 웃음 바이러스에라도 전염된 듯이 웃고 또 웃었던 여자의 얼굴에서는 어느새 웃음이 걷혀 있었다. 그것을 감지하면서 진호는 괜히 긴장되어 물을 마시고 또 마셨다. 물잔 너머로 눈앞의 여자를 힐끗거리는 시선을 거두지 못한 채 다음 말이 이어질 순간을 초조하게 기다렸다. 그리고 이어진 이야기는 상상 이상이었다.

"제 정신과 진료 기록이…… 발목을 잡았죠."

'아, 역시……. 괜찮은 게 아니었네. 당신, 힘든 거였네…….'

"아! 모르셨죠. 저, 몇 년 전까지 공황장애 치료받았거든요. 집에서는 그 기록을 숨기려고 안간힘을 쓰는데 전 다행이라고 생각해요. 아! 물론, 지금은 괜찮아요. 정말이에요. 괜찮아요⋯⋯."

"다행이네요."

진호는 놀라는 기색 없이 아무렇지 않게, 대수롭지 않은 일처럼 그녀의 아픔을 받아쳤다. 지현은 굳이 씩씩한 표정을 지으면서 팔을 앞뒤로 휘젓는 동작을 곁들였다. 그것이 더 괜찮지 않아 보임을 확인시키고 있다는 것도 모른 채 그녀는 좀 전과 같은 환한 미소를 지었다. 진호는 지금까지 가볍게 흘려들었던 지현의 이야기들은 전부 넘겨 버린 뒤 지금 이 순간의 대화에 집중하기 시작했다. 그녀가 마음의 병을 앓고 있다는 얘기에 그는 좀 더 진중해졌고, 한편으론 눈앞의 여자가 안쓰러웠다.

"보름날 달이 뜨면 계속 기도했거든요. 토끼님, 제발 우리 엄마 소원이 이루어지지 않게 해주세요. 그 바람이 이루어져서 지금 진호 씨 앞에 있는 거예요."

"달 토끼를 믿어요?"

"그럼요!"

지현은 창밖을 보면서 기도하는 시늉을 했다. 덕분에 그녀의 옆얼굴이 좀 더 잘 보였다. 맨얼굴이다 싶을 정도의 은은한 화장과 분홍빛 립스틱의 청초함이 그제야 진호의 눈에도 들어왔다. 돈 많은 집 딸이라고 하기에는 수수하고 편안한 옷차림이었다. 그는 순간 차지현이라는 여자한테는 이가 드러나는 함박웃음보다는 입꼬리가 살짝 올라가는 잔잔한 미소가 더 어울린다고 생각했다. 그런 생각을 하는 스스로가 어이없어서 고개를 돌리던 순간, 그녀가 창틀에 올려둔 가방에 그의 무던한 시선이 꽂혔다. 뒤이어 진호는 옅은 미소를 지으면서 여전히 창밖을 바라보는 여자를 물끄러미 바라봤다. 달 토끼를 믿으며, 시장바구니라고 불리는 에코백을 메고 맞선 자리에 나온 여자가 지금 무슨 생각을 하고 있을까…… 진호는 처음으로 그것이 궁금해졌다. 마침 그녀는 뭔가 생각이 정리된 듯한 표정을 짓더니 옅은 미소와 함께 진호를 바라봤다. 그는 몰래 훔쳐봤던 시선을 들킨 것 같아서 헛기침한 뒤 애써 평온함을 유지했다. 다행히 지현은 아무것도 모르는 것 같았다.

"사실…… 우리 엄마는 오늘 자리 내켜 하지 않으셨어요. 진호 씨가 변호사 그만둔 게 마땅치 않다고. 그런데 내가 보고 싶다고 그랬어요. 꼭 만나고 싶으니까 자리를 마련해 달라고."

"왜요?"

"진호 씨한테 반했거든요."

"그게 무슨?"

"사실 나, 진호 씨 동생 결혼식에 갔었어요."

서영의 결혼식 이야기가 튀어나오는 순간 진호의 눈빛이 짙어졌다. 그에게는 아킬레스건과도 같은 서영의 존재가 혹시라도 흘려졌을까 싶은 생각에 초조해졌다.

"우리 부모님 부조금 장사에 앞장서서 다니는 게 내 몫이거든요. 뿌린 만큼 거두어들이는 게 결혼식이라고 생각하세요. 그래서 그날도 부조금 봉투 두둑하게 채워서 얼굴도 모르는 진호 씨 동생 결혼식에 참석했었죠. 그리고 거기서 진호 씨 어머니랑 어떤 상냥한 아가씨가 나누던 대화를 듣게 되었어요. 본의 아니게 하진호라는 사람의 성장기까지 훔쳐 들었죠. 미안해요."

상냥한 아가씨는 분명히 화리일 터였다. 그리고 그날 나누었던 대화 일부에는 분명히 화리가 말했던 '날라리 엄친아' 시절이 담겨 있을 터였다. 뜻하지 않은 지현의 기습 덕분에 진호는 뒷목을 가격당한 것처럼 정신이 명했다. 지현은 몰래 들은 이야기에 대해서 정말 미안하다고 재차 사과했다. 그녀의 정성 어린 사과를 받으면서 진호는 문득 이 여자가 자신한테 정말 사과할 만한 짓을 한 것인가 생각했다. 딱히 그렇지도 않다는 결론을 내리면서 허탈한 웃음이 터져 나왔다. 지현은 그의 눈치를 살피면서 장난스럽게 웃었다.

"혹시 기분 나쁘시면…… 먼저 일어나셔도 돼요. 제가 불순한 의도로 진호 씨와의 약속을 잡았으니까…… 저는 이 맞선에 대해서 그 어떤 불만도 제기하지 않을 거예요."

"아뇨. 괜찮습니다. 오히려 궁금해졌습니다. 그래서 왜 나를 보고 싶어 했는지……."

진호의 편안한 웃음 앞에 지현은 용기가 난 듯 우물거리던 입술을 다시 열었다.

"나는요, 진호 씨가 변호사 그만두었다는 얘기에 꽂혔거든요. 아, 이 사람…… 강단 있고 소신 있구나. 자기가 하고 싶은 거 하면서 사는 사람은 어떻게 웃을까? 지금 행복할까? 뭐 이런 게 묻고 싶었어요. 나는…… 그렇게 살지 못했으니까."

가볍게 웃던 여자의 표정은 금세 진지해져 있었다. 진호는 묵묵히 그녀의 얘기를 들으면서 문득 벽걸이 시계를 올려다봤다. 언제 시간이 이렇게 흘러간 것일까? 벌써 한 시간 30분 째였다.

하진호 인생에서 최장 시간의 맞선 기록이 경신되고 있었다. 지현은 커피 잔의 얼룩을 매만졌다. 그녀의 눈에 비친 기운이 쓸쓸함의 이유가 궁금하다고 생각할 무렵 여자의 눈가가 조금씩 젖어들었다.

"나도 작가가 하고 싶었어요. 사진작가……. 고3때 사진학과에 지원하고 싶다고 처음으로 내 꿈을 얘기했다가 처음으로 엄마한테 뺨을 맞았어요. 아버지한테도……."

감미롭기만 했던 지현의 목소리가 가늘게 떨렸고 그녀의 아픈 기억을 공유하는 진호의 눈빛도 덩달아 짙어졌다. 툭 치기만 해도 쓰러질 것 같은 가녀린 여자의 입술에서 '맞았다'라는 충격적인 단어가 튀어나오는 순간 진호는 갑자기 눈에서 열이 오르는 기분이었다. 낯선 감정의 동요를 다스리기 위해 그는 주먹을 꽉 쥐었다 폈다 하는 동작을 반복했다.

"사실 나는 미술을 공부하고 있었어요. 그리고 미술은 수단일 뿐이었죠. 여자가 시집 잘 가려면 미대를 가야 한다면서 부득부득 미술을 시키셨거든요. 드라마에 빠져 사는 우리 엄마는…… '아트센터 관장' 뭐, 그런 게 당연한 건 줄 아세요. 진심으로 붓을 잡고 예술을 하는 사람들이 들으면 미칠 노릇인데도 말이죠. 유치원 때부터 기계처럼 미술을 배워서 그림은 어느 정도 그렸어요. 내가 또 좀 손재주가 있거든요. 빌어먹을……."

지현이 붓을 터치하는 시늉을 하더니 실없이 웃었다. 진호도 그녀를 따라서 쓸쓸한 미소를 지었다. 그녀의 입에서 실소와 함께 터져 나온 '빌어먹을'이라는 한마디가 이상하리만큼 아프게 느껴졌다.

"목표로 하던 대학의 실기 시험을 치르던 날이었어요. 종료 시각이 얼마 안 남아서 정신없이 그림을 그리다 보니까, 갑자기 내가 나를 보고 있는 것 같은 이상한 기분이 드는 거예요. 캔버스 위를 움직이는 내 팔이 남의 것인 것만 같고, 뭔가 혼이 빠져나가는 것만 같은 느낌이 들면서 '내가 지금 뭐 하는 거지?'라고 생각하다가 실신을 했어요. 그때부터가 시작이었어요. 내 공황장애가……."

"대학은요?"

"불행인지 다행인지 예비 번호 받고 붙었어요. 난 차라리 떨어졌으면 싶었는데……. 내 앞 번호 수험생이 내 평생의 적이에요. 지금도 그 사람이 눈앞에 있다면 목을 흔들고 싶네."

의미 없는 미소를 짓는 그녀의 눈이 텅 빈 느낌이었다. 그것은 집안의 강요로 의사가 되고 싶지 않았다던 민한의 모습과 겹쳐졌다. 그 때문일까. 원치 않는 삶을 강요받는 정체감 유실의 상태, 차지현이 붙잡고 있는 위태로운 삶의 끈이 진호의 눈에 여실히 담겼다. 그것을 외면할 수 없어서, 그녀를 붙잡아주고 싶다는 생각이 들 무렵 진호는 자신도 당황하고 있었다. 하지만 이 자리를 박차고 일어나기에는 이미 지현의 대화에 너무 깊이 빠져 있었다.

"등록하고 나서 치료받으면서 3년 정도 휴학했고 재작년에야 졸업했어요. 내가 선 시장에 내몰린 것도 그때쯤이고. 우리 엄마는 딱히 내가 직업을 얻어야 한다는 생각도 없어요. 덕분에 나는 백수인데도 좀 떳떳해요. 친구들은 금수저 물었다고 부러움을 가장한 시기를 하는데, 속 모르는 얘기죠, 그 금수저에 독이 묻어 있거든요."

"……."

"그런데 사실 나도 할 말 없어요. 진짜 벗어나고 싶었다면, 우리 집안의 돈, 명예…… 전부 다 내던지고 내 삶을 찾았어야 했는데…… 그러지 못했죠."

"……."

"겁이 났어요. 막상 도와주는 사람 하나 없는 나의 날 몸뚱어리가 혼자 세상에 나왔을 때 과연 살아갈 수 있을까…… 혼자 사는 방법을 모른다는 걸 깨달은 순간부터 나는 이번 생에 많은 것을 기대하지 않기로 했어요. 하아…… 비전도 없고, 재능도 없고, 미워 죽겠다고 생각하는 부모님 밑에서 결국 그 돈으로 살고…… 나 진짜 매력 없다. 엉망진창이죠? 그래도 신부 수업은 착실히 받아서 현모양처는 될 것 같아요. 하하하."

호쾌한 웃음소리였지만 진호는 따라서 웃지 않았다. 그녀가 전한 이야기는 생각보다 훨씬 나쁘고 불쾌했다. 진호는 뭐라 말하고 싶었지만, 도대체 어디부터 위로를 해야 할지 그 감조차 서지 않아서 그저 멍하니 여자를 바라봤다. 그의 침묵 앞에서 지현은 입술을 힘없이 터뜨렸다. 그녀는 많은 것을 빼앗긴 듯이 허탈해 보였다. 여자의 눈에서 또르르 눈물방울이 흘러내리는 순간 진호의 눈이 번뜩였다. 다급하게 휴지를 찾는 그의 손이 덜덜 떨렸다.

"지현 씨……."

"괜찮아요."

그녀는 손등으로 슥슥 눈물을 닦아냈다. 그러곤 뭔가 생각난 듯이 손뼉을 치더니 그에게 명함을 달라고 했다. 진호는 여자의 눈물이 멈춘 것이 그저 다행이라고 생각하면서 엉겁결에 명함을 건넸다.

"진호 씨는 애프터 신청 안 한다면서요? 그러니까…… 내가 할게요. 말했다시피 나는 얼굴도 모르는 남자한테 반했었거든요. 그런데 오늘 진호 씨 보니까 역시 내 감이 맞았네요. 12시까지만 기다릴게요. 진호 씨가 내 문자 무시하면…… 우리는 오늘이 마지막 날이 되겠네요."

"마지막이요?"

"네. 나는 그 이상 어떤 연락도 하지 않을 거예요. 귀찮은 여자는 아니거든요. 뭐, 숨기는 것도 없이 들이댄다고 생각하셔도 어쩔 수 없어요. 그건…… 간절함의 다른 표현이라고 이해해 주세요."

"그 이후에는요?"

"네?"

"나한테 어떤 연락도 하지 않겠다는 말은…… 내일이라도 당장, 다른 선 자리에 나가겠다는 뜻입니까?"

"그렇죠."

"그렇습니까?"

"네."

아주 쉽게 전하는 대답이 몹시 거슬렸다. 불쾌함, 화, 짜증이 잔뜩 뒤섞인…… 뭐라 정의할 수 없는 희한한 감정의 덩어리가 치밀어 오른다.

'마음에 안 들어. 나도, 저 여자도 전부…… 다…….'

"사실 내일부터 다음 주까지 말이 도는 예비 매칭만 열 개예요. 확정된 건 아니지만……."

'히아, 열 개? 엄청난 여자를 만난 거였네……',

사실 진호는 지현에 대해 깔끔한 마무리가 가능할 것 같은 여자로 정의했었다. 차 한 잔 마시고 앉아 있다가 '잘 가요' 한마디면 끝인 만남을 당연하게 생각했다. 그런데 시간이 흐르고 얘기가 깊어갈수록 일이 이상하게 흘러가고 있었다. 그 언젠가 느껴본 적 있는 듯한 이 야릇한 감정은 믿었던 것에 대한 배신감이었다. 서영이 결혼할 남자를 데리고 와서 처음으로 인사를 시켰던 그날의 불쾌함과 감히 비할 수 없었지만, 그것과 닮았다는 것을 진호는 부정할 수 없었다. 이런 감정을 느끼는 스스로가 낯설어서 그는 더운 한숨을 토해냈다.

"후우……."

"뭐가 잘못됐나요? 혹시 제 말에 무슨 실수라도……."

"굉장히 당연한 일이네요. 이 모든 게…… 자기 삶을 타인의 손에 내맡기는 선택이 참 쉽네요. 맞아요. 지현 씨. 매력 없고, 엉망진창이에요."

"진호 씨……."

"반했다, 감이 맞았다…… 간절하다고 했습니까? 그런데 그말…… 진실성이 없잖아요. 어차피 내일이면 지금처럼 다른 남자 앞에서 웃고 떠들 텐데, 나에 대한 그 마음도 결국엔 일회용이네요? 아, 혹시 지금 이 자리, 맞선이 아니라…… 궁금했던 남자와의 팬 미팅이라고 생각한 겁니까?"

"그렇지 않아요."

"그것도 아니면 이것저것 다 들어줄 것 같은 과일 가게 아저씨한테 넘두리라도 하고 싶었어요? 그런 발상으로 지금 내 시간을 뺏은 겁니까!"

'하진호. 제발 멈춰. 네가 뭐라고! 그만하란 말이야…… 저 여자 또 울겠어…….'

무슨 자격으로 그녀에게 채근하고 있느냐면서 자신을 다그치면서도 눈에 힘이 들어가는 것은 어쩔 수가 없었다. 차라리 답답한 삶을 사는 저 여자가 세상을 놓아버리듯이 속 시원히 대성통곡이라도 하면 근원 모를 체증이 싹 사라질 것 같았다. 그런데도 여자는 담담했고 초연했다. 그 모습에 진호는 좀 더 자극을 받았다. 그는 힘없이 고개를 숙인 여자의 모습에 치밀어 오르는 열을 참지 못했다.

"겁이 났다고 했죠? 그게 아니라…… 그냥, 포기한 거겠죠. 겁나지 않는 인생은 없어요. 그런데도 부딪치는 거고, 상처 받아도 다시 일어나는 거예요. 그런데 지현 씨는 한 번 사는 인생에 대한 책임감도 자긍심도 없이 그냥 사는 거죠. 당신 말대로 독이 묻은 금수저라도, 그걸 물어야만 살 수 있다고 믿는 거예요. 당신은 부모님 손에 이끌려서 이 남자 저 남자 만나면서, 여기저기 끌려다니는 삶에 대한 일말의 자책도 못 느끼는 것뿐이죠. 그러니까 지금의 삶은 전부 지현 씨가 자초한 일이에요. 부모님 탓하지 말아요."

하진호답지 않게 지나치게 말이 세게 나갔지만 이미 전부 토해냈다. 다시 주워 담을 마음도 없었다. 그런데도 진호는 뭔가 얹힌 기분에 물 한 잔을 쏟아 붓듯이 마셨다. '너 이 자식! 말 다 했냐!' 이러면서 멱살이라도 잡거나, '미친놈, 네가 뭔데!'라고 쏘아붙이기라도 하면 욕 한 가닥 먹은 거로 지금의 말실수를 덮을 수도 있을 텐데 여자는 말이 없다. 그녀의 어깨가 가늘게 흐느끼는 찰나의 순간 진호는 들고 있던 물 잔을 떨어뜨릴 뻔했다. 뒷목이 뻐근해졌다. 결국, 울려 버렸다.

'너…… 오늘 미쳤나 보다.'

그는 휴지를 들었다 놨다 하다가 이내 잔뜩 구겨 버렸다. 그가 바라는 대로 엉엉 우는 여자의 울음소리가 묘한 청량감을 주고 있었다. 진호는 그 흔한 '울지 마요'라는 달램의 말조차 건네지 않고 가만히 지켜봤다. 한참을 엉엉 울던 지현은 조금 진정이 되는 듯 숨을 몰아쉬었다. 손등에 투두둑 떨어지는 눈물을 치마 위에 쓱쓱 닦아내면서 겨우 말을 이었다.

"진호 씨가 하는 말…… 무슨 뜻인지 알아요. 그래서 나도 몹시 못마땅하고, 자존심 상하고, 내가 싫어지는 선택이지만…… 지금으로선 '결혼'밖에 방법이 없어요. 나는, 어떻게든 우리 부모님을 벗어나야 하거든요."

"……."

"고등학교 때 사귀던 오빠가 있었어요. 그 사람이 바로 과일 가게 아저씨 아들이에요."

"아…… 그래서……."

뒤늦은 깨달음이라고 하기에는 제법 충격적이고 벅찬 진실이었다.

"우리는 내가 고등학교 졸업하고 나서 도망가기로 했었죠. 그런데 부모님이 나한테서 떨어져 나가는 조건으로 그 사람을 아주 멀리 유학을 보내 버렸어요. 리어카에서 과일을 팔던 인상 좋은 아저씨는 번듯한 유리문이 있는 가게를 얻게 되셨죠. 날 볼 때마다 미안하다고 우셨는데, 난 괜찮았어요. 내가 좋아하는 남자가 돈 받고 튀었다…… 라는 사실에 억울하기보다는 그저 그 사람이 잘살길 바랐어요. 사람이 사람한테 가장 큰 상처를 주는 방법은 돈이잖아요. 그래서 부디, 내 사랑이 날 떠나서 상처 받지 않기를 빌었어요. 사랑했어요. 그리고 그거면 충분했으니까…… 그 사람이 아니었으면…… 난 첫사랑이 뭔지도 모른 채 내 안의 여자를 꽃피우지도 못했을 테니까…….'

"함부로 얘기했던 거…… 미안합니다."

"아니요. 사실인데요. 나는 진호 씨 말대로 포기했어요. 꿈을 찾는 것도, 좋아하는 남자를 만나는 것도, 전부 다. 그래……. 당신들이 부모란 이름으로 좋은 옷, 좋은 밥, 좋은 차를 주면서 내가 아끼는 모든 것을 빼앗아 갔으니, 나는 당신들이 주는 물질적인 풍요를 마음껏 흥청망청 누릴 거야……. 그런 못된 생각도 해본 적 많아요. 그런데 그것도 쉽지가 않았어요. 물건 사는 데 취미 없었고, 치장하는 거 귀찮고, 시기하지 않고 나를 이해해 주는 친구 하나 사귀지 못하는 것도 외롭고……. 사는 게 재미없어서 다 놓아버렸던 거 같아요. 될 대로 돼버려라. 그냥……. 엉망진창으로 살다 가는구나. 이번 생은……."

여자가 전하는 진심 앞에서 진호는 숨이 턱턱 막히는 기분이었다. 열린 창문 틈으로 바람이 들어오고 있었음에도, 전신을 휘감는 갑갑함이 좀처럼 사라지지 않고 있었다.

"그러다가 하진호라는 사람을 알게 됐고, 당신 같은 남자 인생에 조금 묻어가다 보면 사는 게 재밌을지도 모르겠다, 어쩌면 그게 가능할 것도 같다는 무모한 생각의 끝에서…… 내가 당신을 찾았어요."

"……."

"맞선 자리 안 나오는 남자가 흔쾌히 승낙했다고 했을 때, 처음으로 차지현이라는 여자가 운이 좋다고 생각했어요. 차 한 잔 마시고 사라지기로 유명한 남자가 지겨운 내 얘기 들어주는 거 보면서 '아, 역시 이 사람이다' 싶었어요."

"……."

"가벼운 척 진호 씨에 대한 내 감정을 표현했지만 그게 내 진심이에요. 쉽게 말한 얘기 아니고, 아무렇지 않게 흘려 버릴 얘기도 아니었어요."

"……."

"그리고…… 나도 알아요. 하진호라는 남자가 사랑을 쉽게 하는 남자가 아니라는 거. 쉬운 남자였다면 매번 맞선 자리를 거절하고, 지금껏 곁에 두는 여자가 단 한 명도 없이…… 혼자는 아니었겠죠. 진호 씨가 하는 사랑은 절대 가볍지 않을 거라는 생각이 들었어요. 그래서 더 끌렸지만 두렵기도 했죠. 억지로 끌려나온 맞선 자리에서 한 시간 남짓 만난, 그것도 매력 없이 돈만 많은 여자한테 손을 내밀지 않을 거라는 거…… 알고 있어요."

"지현 씨, 매력 없다는 말은 사과할게요. 그런 뜻은……."

"아니요. 진호 씨 말이 다 맞아요. 그리고 당신이 나를 제대로 봤다는 게 난 더 후련해요. 사실, 내가 상처 받았던 말은 따로 있어요. 내가 당신을 일회용으로 생각한다는 말…… 그건 좀 심했어요."

"미안해요."

"뭐, 말이 나와서 말인데요! 오늘의 일회용은 진호 씨가 아니라 나, 차지현이잖아요. 진호 씨는 처음부터 나를 다시 볼 생각따위는 하지 않았잖아요. 발칙한 여자가 아이스커피 운운하는바람에 뜨거운 커피를 시켰고, 어쨌든 커피 한 잔 마시고 일어서려고 했지만, 시시껄렁한 얘기가 그치지 않았겠죠. 그렇게 희희낙락하던 여자의 입에서 '공황장애' 그 한마디가 나오는 순간 진호 씨 눈빛이 달라지는 거 나는 봤어요. 아, 저 남자가 내 얘기를들어주려나 보다 싶은 생각에 고마웠어요."

여자는 놀라울 만큼 남자를 간파하고 있었다. 정곡을 찔린 진호는 입안이 깔깔했다.

"그래서 나는 내가 할 수 있는 최선을 다해서 매달린 거예요.내가 진호 씨한테 먼저 애프터 신청을 하는 건 쉽지 않은 일이었어요. 100% 거절할 거라는 거 알면서도, 내 마음을 보인 거예요."

지현은 진호를 똑바로 바라보면서 담담하고 차분한 목소리로말했다. 그 목소리가 들어본 중 최고라고 할 수 있을 정도로 달달했지만 그녀의 말을 받아내는 진호는 속이 쓰렸다. 진솔하게웃는 여자 앞에서 진호는 생각했다. 저 여자 참 쉽지 않다고.

"그리고 정말로 좋아하는 거, 갖고 싶은 거…… 말처럼 원하는대로 가지면서 살았던 인생은 또 아닌지라…… 알다시피 포기가빨라요. 그게 진호 씨한테 한 번 더 매달리지 않는 이유예요. 그러니까, 내가 진호 씨를 마치 내 아픈 이야기들을 쏟아내기 위한 배설의 창구처럼 여겼다는 오해는 하지 마요. 신실한 눈으로 나를 바라보고 고개 끄덕여 준 진호 씨 탓이니까."

쓸쓸한 이야기를 하면서도 지현은 털털하게 웃었다. 그러곤 아주 소중한 것을 받은 듯이 진호의 명함을 구겨지지 않도록 조심스럽게 자신의 지갑 안쪽에 집어넣었다. 그녀는 청초하고 맑은 눈빛으로 마지막 인사를 전했다. '잘 가요'라는 그 한마디의 여운이 생각보다 깊었다. 이상한 맞선이었다. 결코, 가볍거나 깔끔하지 않은 뒷마무리였다. 그리고 돌아서는 여자의 모습을 눈에 담으면서 진호는 여자의 속눈썹에 마르지 않은 눈물방울이 붙어 있다는 것이 못내 신경 쓰였다.

"후우……."

계속 뒤척거리던 진호는 결국 소파에 누웠던 몸을 일으켜서 핸드폰을 집어 들었다. 액정 화면에서는 '맞선 날'이라는 알람이 꺼지지 않은 상태로 계속 반짝이고 있었다. 그 일정을 지운 뒤 핸드폰을 탁자 위에 올려두었던 그는 물끄러미 시계를 바라봤다. 어느덧 속절없이 시간이 흘러 있었다. 12시 5분 전을 알리는 벽시계의 초침이 째깍거리고 있었다. 도욱은 여전히 화리의 방에서 나오지 않았고 저들은 도대체 뭘 하는지 쥐 죽은 듯이 조용했지만, 진호는 딱히 신경 쓰지 않았다. 정작 그의 머리를 지끈거리게 하는 것은 따로 있었으니까.

"마지막이라……."

생각지도 못했던 여자에게 과거를 들켰지만, 딱히 기분이 나쁘지 않아서 이상한 날이었다. 그리고 자신에게 반했다던 여자의 상처를 들쑤셔서 결국 울려 버렸고, 하진호 인생 최장 시간의 맞선 기록이 경신된 날이었다. 아마도 그 기록은 쉽사리 깨지지 않을 것이다. 그리고 진호는 알 수 없었다. 겉으로 보이는 것과 달리 상처가 많은 여자의 힘겨운 삶의 무게가 자신에게 스며들고 있음을. 결국, 한참을 고민하던 그는 〈네〉라고 짧은 단문을 보냈다. 답장을 보내자마자 여자에게서 답장이 왔다.

〈언제 만나요?〉

〈어디서 볼까요?〉

〈나, 진호 씨 스튜디오 놀러가고 싶은데……〉

〈가도 돼요? *^^*〉

〈내가 도시락 싸갈게요〉

답장할 틈을 주지 않는 문자 세례였다. 진호는 어이가 없었지만, 피식 웃고 말았다. 기다렸다는 듯이 보내오는 문자 세례는 그녀가 간절하다고 말했던 그 진심의 표현일지도 몰랐다. 결국, 그는 〈모레 점심때 와요〉라는 문자를 찍어 보냈다. 그리고 그녀는 곧이어 〈네♥〉라는 답장을 보내왔다. 밀고 당기기라고는 모르는 저돌적인 하트 공세에 바보처럼 웃던 그때 그녀에게서 또 한 번의 문자가 왔다. 그는 잠시 흔들리는 시선으로 문자를 보고 또 봤다.

〈잘 자요, 진호 씨〉

평범한 저녁 인사였다. 누구나 할 수 있는 그 흔한 한마디를 소리 없이 되새기면서 진호는 소파 위에 드러누웠다. 아무래도 오늘은 소파 위에서 잠이 드는 편이 이래저래 마음이 편할 것 같았다. 함께 사는 동안 단 한 번도 거르지 않고 잠자기 전 오빠의 방문을 두드리던 여동생이 있었다. 그리고 그녀의 작은 입술에서 '잘 자, 오빠!'라는 그 한마디에 설레서 잠 못 들던 진호였다. 동생을 보내고 난 뒤, 다시는 들을 수 없으리라 생각했던 그 아픈 저녁 인사가 뜻밖에도 지현에게서 나왔다. 이윽고 환영처럼 오늘 본 여자의 다양한 표정이 스쳐 지났다. 그 여자의 달달한 목소리가 재생되는 것 같은 기분에 진호는 옅은 미소와 함께 눈을 감았다. 그의 핸드폰에는 차마 전송하지 못한 〈잘 자요, 지현 씨〉라는 문구가 그대로 저장되어 남아 있었다.

"너무 쉽게 생각한 거지…… 내가, 너무 만만하게…… 차지현 당신 앞에 앉았던 모양이야. 이러다 낚이면, 큰일 나는데."

진호는 떫은 마음과 함께 어떤 기대가 섞인 미묘한 웃음으로 하루의 끝을 정리한다. 잘 자라는 말을 건네줄 여동생의 부재, 그 허전함은 여전하지만 시간은 흐르니까 조금씩 무뎌질 테지. 그렇게 마음이 비워지는 어떤 날에는 사랑도 할 수 있겠지. 진호는 '사랑'을 입에 담으면서 조금 가슴이 욱신거렸다.

"누나!"

진호와 지현의 첫 약속 날, 강릉에서 배를 타고 온 건지 밀항을 한 건지 알 수 없었지만 민한은 아련의 손을 붙잡은 채 당당하게 춘향가로 들어왔다.

"저희 왔어요!"

"음화화화홧!"

민한의 뒤에서 이끌려 온 아련은 어쩐지 좀 더 여성스러워진 몸짓이었다. 말 그대로 19금의 세계를 실사판으로 경험한 아련의 19금 소설은 한층 섬세하고 정교한 문장력을 발휘하여 독자들의 열화와 같은 호응을 얻어내게 되었다. 백아련 작가의 깊은 슬럼프는 모두 해소되었는데 그 8할은 전부 노란 머리 총각에서 검은 진주로 진화한 송민한 덕분이었다.

PAGE : 열둘.
손수건 깔아주는 여자

"김 쌤. 지금 식사하실 때가 아니지 말입니다."

"왜? 병동에 무슨 일 있어?"

"아뇨. 찾는 사람이 있어요. 605호 승리 환우 고모요."

"누구? 누가 왔다고?"

"김도욱 선생님 여, 자, 친, 구가 오셨다고요. 병원 뒤뜰에 있는 코스모스 정원…… 으로……."

도욱은 자신이 숟가락을 들고 있다는 것도 잊은 채 다급하게 뛰쳐나갔다. 그를 정신 나간 사람처럼 헐레벌떡 뛰쳐나가게 한 한마디는 다름 아닌 '여자친구요'였다. 바람처럼 사라진 그의 뒷모습 뒤로 남겨진 그의 동료들이 수군거리기 시작했다.

"몇 분 걸래?"

"20분."

"난 10분."

그것은 도욱에 관한 내기였다. 오늘 내로 '소아과 펠로우 김도욱이 여자친구 만나려고 숟가락 들고 뛰어나갔다'라는 소문이 퍼져 나가는 데 걸리는 시간에 관한 얘기였다. 애석하게도 내기에서 이긴 사람은 없었다. 그 얘기는 단 3분 만에 식당에 있던 모든 의사의 귀에 들어갔다. 김도욱의 여자가 왔다는 소식을 전해 들은 주변의 다른 여의사들은 저마다 한숨 비슷한 탄식을 내뱉었다. 도욱에게 여자친구가 왔다는 소식을 전한 레지던트도 입을 삐죽이 내민 채 뾰로통해졌다.

"예뻐?"

"고전적인 미인은 아닌데…… 사랑스럽게 생겼달까? 되게 상냥하고, 눈웃음이 장난 아니었어."

"뭐야? 너 펠로우 쌤 여친이랑 말도 섞어봤어?"

"정확히는 까였어."

"뭐?"

"그런 게 있다. 아, 김 쌤 부럽다. 으으윽!"

도욱은 바쁘게 뛰어간 걸음의 끝에서 가쁜 숨을 몰아쉬었다. 쿵쿵 뛰는 가슴 언저리에 손을 가져가던 순간 그제야 도욱의 눈에는 반짝이는 은빛 막대가 눈에 들어왔다.

"아! 맞다. 숟가락."

도욱은 들고 있던 숟가락을 얼른 바지 주머니에 쑤셔 넣었다. 애써 티 나지 않게, 들뜨지 않은 표정을 짓기 위해 입술을 꾹 다물었다. 그의 존재를 눈치챈 화리가 손을 흔들었다. 햇살을 등진 채 손을 흔드는 그녀의 머리칼이 반짝였다. 그 몽환적인 실루엣에 도욱은 잠시 숨을 멈추었다.

'오늘 왜 저렇게 예쁘게 하고 왔대?'

그는 괜한 경계태세와 함께 주변을 연신 살피면서 걸음을 옮겼다.

"안녕?"

오래된 연인이라고 보기에는 싱거웠지만 도욱에게는 할 수 있는 최대한의 인사였다. 말이 길어지는 순간 '네가 와서 미치도록 기쁘다'라는 말을 주책없이 내뱉을 게 뻔했으니까.

"응. 안녕."

"연락도 없이 어쩐 일이야?"

"같이 밥 먹으려고."

화리가 싱긋 웃으면서 자신의 옆자리를 툭툭 쳤다. 그녀의 손짓을 따라간 도욱의 눈빛이 잠시 흔들렸다. 그녀의 손 아래에는 연한 하늘빛의 손수건이 펼쳐져 있었다.

"나 여기 앉으라고?"

"응. 바지에 먼지 묻잖아."

그 옛날, 김도욱이 손수건 깔아주는 여자에게 반했던 그 시점, 그 찰나의 순간이 재생되고 있었다. 그녀가 깔아준 손수건 위에 앉은 도욱은 그녀에게서 풍겨오는 옅은 베이비파우더 향수 냄새에 코를 킁킁거렸다. 옅은 향수조차 싫어하는 화리가 알아서 뿌렸을 리는 없고, 누군가가 대신 냄새를 묻혔을 가능성이 컸다. 나쁘지 않은 향기였지만 언제나와 같은 오이 비누 냄새가 아니라서 조금 낯설었다. 그 때문에 도욱은 밥 먹으러 왔다면서 천진하게 웃는 여자의 존재가 신기루처럼 느껴졌다. 화리는 봉지에서 주섬주섬 김밥과 커피를 꺼내서 벤치 위에 펼쳐 놓았다. 그녀는 어쩐지 좀 들뜬 표정이었다.

"편의점 김밥, 이거 별로 영양가도 없긴 한데……. 너 그냥 식당 밥 먹는 게 더 나을 뻔했나?"

"상관없어. 그것보다 뭔데?"

"응?"

홍화리라는 여자를 만나면서 언제나 꿈꿔왔지만, 결코 이루어질 수 없으리라고 생각하던 소원이 느닷없이 수리된 순간이었다. 그리고 한편으론 불안했다. 사람이 안 하던 짓을 하면……. 도욱은 도리질을 하면서 화리가 건네는 젓가락을 받아들었다.

"왜 왔어?"

"밥 먹으러 왔다니까?"

"밥 먹으러 병원까지 오는 사람이 어디 있어. 말해. 너 진짜 왜 왔는데?"

화리의 미간이 찌푸려졌다. 벌써 두 번째, 아니지. '뭔데'와 '어쩐 일이야'를 포함하면 네 번째 물음이었다. 일부러 신경질적으로 젓가락을 좌악 찢어 벌렸다. 너무 힘이 들어간 탓에 젓가락이 곧게 찢어지지 않고 중간에서 부러져 버렸다. 화리는 교양 없이 튀어나오려던 욕설을 꾹 눌러 삼키면서 도욱을 노려봤다. 단란한 피크닉 정도는 아니더라도, 오랜만에 야외에서 함께 밥을 먹겠다는 설렘으로 어렵게 이곳을 찾았다. 그랬는데, 눈앞의 남자는 계속 '왜?'라고 물으면서 전혀 기뻐하는 기색이 없다. 적어도 화리의 눈에는 그렇게 보였다.

"말 안 할 거야?"

"왜? 내가 와서 싫어? 창피해? 나, 그냥 가?"

화리가 젓가락으로 삿대질하면서 눈을 가늘게 흘겨 뜨자 도욱은 쩔쩔맸다.

"아, 아니…… 누가 그렇대. 왜 일어나. 앉아!"

자리에서 벌떡 일어난 화리를 다급하게 끌어 앉혔다. 사실 화리는 오늘 아침 진호의 잔업을 돕기 위해 스튜디오에 나갔던 참이었다. 진호와 함께 점심때 뭘 먹을까 고민하던 화리는 뜻밖의 손님을 맞이했다. 그것은 지난번에 스튜디오에 찾아와서 잠시 인사를 나누었던 지현이었다. 그녀의 손에는 커다란 도시락 통이 들려 있었다. 지현은 화리의 몫까지 싸온 김밥을 펼쳐 보였다. 참치, 누드, 소고기 등 압도적인 위용을 뽐내는 색색의 김밥들에 놀라움을 표현하자 지현은 '진호 씨 취향을 몰라서요'라면서 수줍게 웃었다. 그에 진호는 '뭐하러 이런 고생을 해요'라면서 그답지 않게 무뚝뚝하게 말했고, 지현은 옅은 미소와 함께 그에게 김밥을 건넸다.

"하진호가 김밥을 받아먹었다고?"

"응. 그런데 진호 씨가 우리랑 있을 때는 좀 다르다? 그렇게 상냥한 사람이 지현 씨한테는 뭔가 무뚝뚝해."

"남의 여자와 자기 여자의 차이가 거기서 나는 거야."

"응?"

"그래서, 지금 너한테서 나는 향은 지현 씨 때문이야?"

"아, 이거…… 진호 씨가 좋아하는 향이래. 그래서 지현 씨가 항상 뿌린다더라……. 옆에 있다 보니까 냄새가 뱄나 봐."

도욱은 화리에게 그가 좋아하는 오이 비누 향이 아니라 진호가 좋아하는 베이비파우더 향이 묻어난다는 것이 못마땅했다. 그가 불만 섞인 표정으로 김밥을 우적우적 씹어 삼키는 사이에도 화리는 여전히 진호네 이야기를 전했다. 듣기 싫다고 말을 자르기에는 조잘대는 여자의 얼굴이 보기 좋아서 도욱은 무던히 참았다.

"지난번에는 뭐라고 한 줄 알아? 너한테 분양받은 달 토끼······ 거기에 자기도 걱정 하나 투하해도 되냐고 묻더라. 처음엔 장난인 줄 알았는데 진심으로 묻는 거였어. 진호 씨가 거리를 두는 게 내심 속상한가 봐. 지현 씨 참 귀엽지? 순수해······ 좋아하는 사람 앞에서 하는 행동 하나하나가 참 예뻐."

"너도 예뻐."

"칫!"

화리는 처음 알았다. 좋아하는 남자가 일하는 곳에 손수 도시락을 싸오는 여자가 얼마나 예쁘고 사랑스러운지 말이다. 그리고 지현이 도시락을 싸면서 가졌을 설렘과 두근거림을 자신은 한 번도 느껴보지 못했다는 것이 못내 아쉬웠다. 도욱이 레지던트였던 시절, 바쁘게 근무하는 병원으로 소풍 가듯이 찾아가는 건 실례라고 생각했다. 물론 도욱은 제대로 밥 먹을 틈도 없는 생활을 하고 있었지만 사실 화리에게 그건 허울 좋은 핑계였다. 수험생이었던 그녀는 시간이 없었고, 그나마 있는 시간도 부족했다. 남자친구의 도시락을 싸는 마음의 여유? 그런 게 생길 리 만무했다. 제 점심도 최대한 시간을 쪼개고 아껴서 삼각김밥으로 때웠으니까.

"우리는 그랬잖아."

"그랬었지. 그런데 그게 뭐? 서로 불만 없었잖아."

"그땐 그랬지. 시간이 지나니까 아쉬운 거지."

"됐어! 그게 우리 스타일이야. 새삼스러울 것도 없네."

도욱은 웃으면서 김밥 하나를 집어 먹었다. 그런 이유였다니 뜻밖이었지만, 어쨌든 별다른 큰일이 아닌 것이 다행이라고 생각했다.

"뭐, 지금은 본의 아니게 한가해져서 시간이 넘치지만…… 너도 점심 한 끼 제대로 먹을 수 있게 됐지만…… 원래 하던 짓이 아니니까 몰랐어. 너한테 도시락 싸들고 와야 한다는 생각…… 그런 건 미처 생각 못 했어."

화리도 김밥 한 조각을 입에 넣은 뒤 우물거렸다. 목이 메서 캑캑거리는 그녀를 위해서 도욱은 캔 커피를 따서 화리에게 건넸다. 커피를 바라보는 순간 화리는 뭔가 울컥 치밀어 올라서 캔을 꽉 잡아 쥐었다. 한 모금 삼킨 뒤 다부지게 그를 올려다봤다.

"왜, 왜 그렇게 봐?"

"아무리 생각해도 짜증 나."

"뭐가?"

화리는 '제발 같이 있자'는 진호의 애원에도 불구하고 스튜디오를 빠져나왔다. 조카인 승리 병문안을 가야 한다는 급박한 일정까지 만들어내면서……. 진호와 지현의 단란한 시간을 만들어주기 위해서라는 게 이유였지만 진짜 이유는 따로 있었다. 화리는 도욱이 보고 싶었다.

"그래서 왔다고! 이렇게라도 해야 아쉬움이 사라질 것 같아서.

비록 편의점 김밥하고 캔 커피지만…… 네 생각하면서 고른 김밥이라고. 그뿐이야? 네가 좋아하는 브랜드 커피가 다 떨어져서 편의점 다섯 군데를 돌았어. 네가 아무렇지 않게 들고 있는 커피! 내가 커피 원정대가 되어서 찾고 또 찾은 건데……."

도욱은 뾰로통하게 입을 내민 여자가 사랑스러워서 미칠 것 같았다. 흘러내린 화리의 머리카락을 귀 뒤로 쓸어 넘겼다. 일부러 귀를 스치면서 다시 한 번 머리를 쓰다듬자 화리가 흠칫 놀라 몸을 떨었다. 이른바 약한 부분을 교묘하게 건드리는 손길에 화리는 이를 꽉 깨물었다. 이런 식의 손장난에 마음이 풀리기에는 맺힌 마음이 컸다.

"저리 치워! 왜 왔어, 라니? 말이 돼! 그것도 한 번 물어서 내가 대충 답했으면 됐지. 계속 확인 사살을 했잖아!"

"미안! 미안!"

"됐어. 안 되겠어. 내가 요새 좀 살가웠더니 네가 복에 겨웠던 거지. 나는 다시 무뚝뚝 요정으로 살 거야."

"살갑긴? 지금도 무뚝뚝 요정이야."

도욱은 기뻐서 미칠 것 같으면서도 일부러 투덜거렸다. 요즘 들어 새롭게 알게 된 사실은 도욱이 무덤덤할수록 화리는 좀 더 마음을 내서 다가온다는 것이었다. 그것은 5%의 마법이었다. 물론 부작용도 있었다. 감정 표현에 솔직해진 그녀는 부쩍 과격해졌다.

"이게 진짜!"

화리는 도욱의 입에 김밥을 쑤셔 넣었다. 눈을 부릅뜬 도욱의 입에 화리는 한 번 더 김밥을 쑤셔 넣었다. 환대받지 못해서 삐친 그녀의 소심한 복수였다. 그는 하지 말라고 웅얼거렸지만, 그 소리가 잘 들리지 않았다. 화리는 키득거리면서 그에게 물을 건넸다. 그는 물과 함께 김밥을 우물거리면서 겨우 말을 이었다.

"아니, 너…… 병원으로 나 만나러 오는 거 안 하잖아. 게다가, 우리 진혁이, 아니…… 후배한테 내 여자친구라고 했다며? 네 입으로 내 주변 사람들한테 네 존재 알린 적 없잖아. 그래서 놀라서 그런 거지. 삐쳤어? 응?"

"안 삐쳤어."

"에이, 뭘 또 삐치고 그래."

"안 삐쳤다니까!"

"그냥 계속 삐쳐 있어라. 귀여워 죽겠네."

도욱이 화리의 볼을 잡아당기면서 큭큭거렸다. 화리를 바라보는 남자의 눈에 비치는 기운이 한없이 따스했다. 한편 화리는 '귀엽다'라는 말에 잊고 있었던 기억을 되새겨냈다.

"아, 그 귀엽게 생긴 사람 이름이 진혁이구나. 몇 살이야? 레지던트 3년 차라던데? 나보다 어리지?"

"네가 그걸 어떻게 알아?"

화리의 볼을 붙잡은 도욱의 손에 무의식적으로 힘이 들어갔다. 화리는 그의 손을 치워내면서 볼볼 슥슥 문질렀다. 그리고 천연덕스럽게 웃었다. 일부러 더 한껏 웃었다.

"그 사람이 알려줬으니까. 나랑 같이 산책했거든."

"뭐?"

물을 마시던 도욱이 눈을 부릅떴다. 탁 소리가 나게 생수병을 내려놓는 바람에 그녀의 얼굴로 물이 튀어 올랐다. 도욱은 화장을 한 여자의 얼굴을 무심한 동작으로 슥슥 닦아내면서 대답을 재촉했다.

"둘이 왜 산책을 해? 왜!"

"내가 너 점심시간 될 때까지 기다리는 동안…… 승리랑 산책을 좀 했거든. 지유 언니가 퇴원 준비하는 거 때문에 정신없어서."

"아……."

"그때 맞은편에서 걸어온 남자가 진혁 씨였어. 그런데 성이 뭐야?"

"몰라."

"너무한다. 펠로우라는 게 후배 의사 이름도 모르냐."

"안 가르쳐 주는 거야! 기억하려고 확인하지 마. 머리에서 지워! 지우라고!"

이번에는 화리의 입에 김밥이 쑤셔 넣어졌다. 햄스터처럼 두 볼이 빵빵해진 그녀의 볼을 툭툭 찍어 누르면서 도욱은 눈을 가늘게 찢었다. 화리는 손으로 입을 가린 채 굴하지 않고 제 할 말을 계속했다.

"승리가 그분을 '의사 형아'라고 부르더라고. 승리가 같이 산책하자고 졸라서 한 10분 쯤 같이 걸었어. 그런데 진혁 씨가 말이야. 나한테 반했다고 했거든."

"뭘 해? 반…… 해?"

도욱의 눈이 더욱 사나워졌다. 화리의 대답을 기다리던 그는 뭔가 생각난 듯이 남은 김밥의 수부터 확인했다. 꼭 중요한 순간에 김밥을 쑤셔 넣는 여자의 앙큼한 행동을 저지하기 위함이었다. 다행히 서로 입에 쑤셔 넣어가면서 먹은 덕분에 남은 김밥이 없었다.

"이효리 노래 있잖아? 딱 그 10분의 순간처럼 나한테 반했대. 그러면서 나한테 뭐라고 했더라? 아! 또 볼 수 있냐고 묻더라."

"그래서?"

"볼 수 있을 거라고 했어. 나는 당신 펠로우 김도욱 선생님 여자친구니까…… 아마, 자주 볼 수 있을 거라고 말했지."

"잘했네."

"흥! 10분 안에 반했다던 어린 영계도 뻥 차고 늙다리인 너를 택했다고, 내가! 그런데 뭐? 왜 왔어?"

"아이고, 예뻐라. 오늘 왜 이래? 엄청 예쁘네."

"저리 치워!"

"에이, 왜 그래! 나 지금 엄청 설레…… 네가 와서."

도욱은 아버지 같은 미소와 함께 화리의 엉덩이를 툭툭 쳤다. 그녀는 흠칫 놀라서 주변을 돌아봤다. 그녀가 허둥대는 와중에도 도욱은 의연했다. 그들이 앉아 있는 벤치는 하필이면 병원 식구들이 자주 드나드는 식당 길목이었다. 식당에서 나와서 이를 멀찍이서 지켜보고 있던 진혁은 눈을 질끈 감았다. 후배 여의사들의 눈빛도 무척이나 애처로웠다. 제삼자들의 마음이야 어떻든 간에 세상에 단둘만 있는 것처럼 한 여자만 눈에 담고 있는 도욱의 가슴은 한없이 충만해졌다.

"그런데 진혁이 자식도 참…… 촌스럽네. 여자한테 작업 걸 멘트가 없어서 10분 안에 반했다는 말을 하냐. 쳇. 첫눈에 반하는 게 어디 있어. 말이 그렇지."

"네가 할 소리는 아니잖아."

"어?"

"화훈 오빠가 그러던데? 내가 너 앉으라고…… 손수건 깔아주던 날…… 내가 바보처럼 웃는 게 예뻐서, 나한테 첫눈에 반했다던데?"

'젠장, 들켰네. 저 표정 봐. 저거…… 오만방자한 저 눈빛!'

"그래서 좋아? 내가 너한테 첫눈에 반해서 좋더냐고!"

"아니."

뜻밖의 답변에 도욱의 눈이 커졌다. 화리는 입을 꾹 다문 채 다시 한 번 더 고개를 저어서 '아니'라는 답변을 확인시켰다. 도욱은 뭔가 심상치 않음을 직감했다.

"너 나한테 첫눈에 반한 거 아니야. 그러니까 좋을 이유도 없어."

화리는 바닥에 떨어진 코스모스 꽃가지를 집어 들어서 휘휘 돌렸다. 도욱은 묵묵히 그녀의 답변을 기다렸다. 한참을 의미 없는 손동작을 반복하던 화리가 심드렁한 표정으로 도욱을 바라봤다.

"그날, 손수건 말이야."

화리가 도욱이 깔고 앉아 있는 손수건을 손가락으로 가리켰다. 도욱의 시선도 따라서 옮겨졌다.

"좋아서 깔아준 거야."

"어?"

"좋아서 그랬어. 네가 나를 인지하지 못했던 그 순간부터, 꽤 오랜 시간 내가 이미…… 너를 좋아하고 있었다고."

"그러니까, 무슨 소리야 그게?"

"그날이 처음이 아니니까. 너는 처음이라고 믿고 있지만 아니야."

도욱은 마른침을 삼켰다. 대화가 이어질수록 답답해졌다. 화리는 한숨을 '후─' 하고 내쉬더니 뾰로통한 표정을 지었다.

"나도 고양이를 좋아하잖아. 그래서 홍화훈 동아리 활동에 관심이 많았거든. 그 인간이 핸드폰으로 찍어 온 보호소 동물들 사진 같이 보면서 동아리 친구들 얼굴도 자연히 익히게 됐지. 그중에서도 제일 눈에 띄는 애가 너였어. 의대 공부하는 애가 학과 공부만으로도 벅찰 텐데, 시간 쪼개서 봉사활동 열심히 다니는 게 보기 좋더라. 뭐, 그리고 네가 좀 잘생겼었거든."

화리가 도욱의 팔을 툭 치면서 호쾌하게 웃었다. 웃음을 짓는 입꼬리에 살짝 경련이 일었지만 아무래도 상관없었다. 화리는 쑥스러움을 큰 웃음소리에 담아서 전부 날려 보냈다. 자존심 상하니까 절대로 하지 말아야지…… 라고 다짐했던 얘기들을 스스로 털어놓으면서 화리는 이따금 몸을 떨었다. 그것은 오글거림의 표현이기도 했지만, 그 시절의 풋풋함도 함께 되새겨져서, 그것이 몹시도 소중했기에 다시 마주하는 떨림이었다. 화리는 들고 있던 코스모스 꽃가지를 도욱의 셔츠 앞주머니에 꽂아주면서 싱긋 웃었다.

"네가 모르는 것 같아서…… 분명히 알려주는 건데, 김도욱. 네가 만나는 여자가 아무 남자한테나 손수건 깔아주는 여자는 아니야."

자신을 향한 여자의 환한 웃음 앞에서 도욱의 입이 멍하니 벌어졌다. 병원 식구들이 일부러 왔다 갔다 하면서 자신들을 주시하고 있다는 것도 눈치채지 못할 만큼 도욱은 화리에게 집중하고 있었다. 화리는 그를 똑바로 바라보면서 나지막하게 읊조렸다. 그 목소리가 마치 시를 읽는 것처럼 잔잔했다.

"손수건도, 처음 단둘이 밥 먹는 날 내가 먼저 계산서 들고 일어선 것도, 너한테 이것저것 사달라고 조르지 않았던 것도, 시간 차를 두고 전화하면서 바쁜 네 시간을 뺏지 않았던 것도…… 전부 좋아서 한 일이야. 네가 찬 바닥에 앉는 게 싫었고, 나한테 뭐 사줄 돈이 있다면 네가 맛있는 거 사먹었으면 싶었고, 나한테 전화할 틈 있으면 그 시간에 네가 조금이라도 눈을 붙였으면…… 좋겠다…… 그게……."

"……."

"내가 너를 좋아하는 방식이었어."

"……."

"너는 그걸 몰랐던 거뿐이지."

"……."

"그건, 무뚝뚝한 내가, 최선을 다해서 내보이는 내 마음이었는데도 말이지."

도욱은 지금 이 순간이 분명히 좋은데도 가슴 속이 이따금 콕콕 쑤셨다. 그것은 지금껏 진리라고 믿어왔던 모든 틀이 깨져 버린 것과 같은 충격이었다. 언제나 홍화리라는 여자는 상상 이상이다. 전부 알았다고, 이제는 네 껍질 속에 뭐가 있는지 알았다고 의기양양한 표정을 지을 때면 전혀 생각지도 못한 알맹이를 보여준다. 어쩌면 그래서 질리지 않는, 평생을 들여서라도 알고 싶은 여자다.

"기억나? 아련이가…… 내 이상형은 전구 갈아 끼우는 남자라고 했던 말?"

기억한다. 도욱은 그때 진호를 떠올렸었고 매우 언짢았었다.

"그거 너야."

"나라고?"

"비 오는 밤, 모두가 잠든 틈에 혼자 잠들지 않고, 닭장의 형광등 갈아 끼워주는 남자…… 와, 되게 섹시하더라고."

닭장의 형광등…… 도욱이 뭔가 알았다는 듯한 표정을 지으면서 화리를 돌아다봤다. 그녀가 혀를 쏙 내밀면서 웃었다. 도욱은 입술을 힘없이 터뜨렸다.

"그날…… 네가 있었어?"

"뭐야? 역시, 몰랐던 거였네. 칫!"

화리가 되새겨준 기억 속의 그날은 1박 2일간 유기 동물 보호소에서 봉사활동을 하는 날이었다. 본격적으로 병원 생활이 시작되면서 도욱은 자유롭게 봉사활동을 나갈 수가 없게 되었다. 그래서 그날은 마음이 조급했다. 화훈의 동생이라는 여자가 왔다는 얘기를 어렴풋이 들었지만 별로 대수롭지 않게 생각했다. 그도 그럴 것이 할 일도 너무 많았고, 아프고 다친 동물들한테 온통 신경이 쏠려 있어서 오빠 따라 소풍 나온 여자애와 인사를 나눌 시간도, 그럴 마음도 없었다. 홍화훈의 여동생이라는 존재가 머릿속에서 완전히 지워졌던 그날 밤은 유독 비가 많이 왔다. 때문에 숙소 앞마당에 놓아둔 닭장에 비가 샜고 닭들은 오들오들 떨고 있었다. 그게 안쓰러워서 도욱은 고장 난 전구를 갈아줬고, 그 와중에 마스크를 한 어떤 여자가 '여기서 뭐 해요?'라면서 우산을 씌워주었다. 도욱은 여자에게 고맙다는 말도 전하지 못한 채 '춥잖아요. 닭들도' 그렇게 말했던 것 같다. 그리고 도욱은 그 모든 걸 잊고 있었다. 마스크녀도, 그때 홍화훈의 여동생이 옆에 있었다는 것도.

"춥잖아요. 닭들도…… 네가 그랬어."

"그럼, 너 그때 마스크?"

"그때, 나는 감기 걸린 상태였거든. 그래서 홍화훈이 거치적거리니까 안 데려간다고 했는데, 네가 오는 마지막 날이라기에 온갖 핑계를 다 대서 따라간 날이었어."

"나를 보려고?"

"응. 한 번 보고 싶었어. 항상 사진으로만 봤으니까…… 실제로 보면 어떤 느낌일까 궁금했거든. 덕분에 감기가 더 심해져서 며칠을 앓아누웠지만 그래도 널 보러 가기를 참 잘했다 생각했어. 그날, 닭장 앞에서…… 나는 김도욱을 좋아하게 됐으니까."

마스크녀의 정체가 드러나는 순간 화리는 승리의 브이자를 그리면서 씨익 웃었다. 그것은 쑥스러움의 표현이었다.

한편 도욱은 얼이 빠진 표정이었다. 전혀 생각지도 못했던 타이밍에 상상조차 할 수 없었던 이야기를 전해 들었으니까. 뜻밖의 기습으로 강펀치를 날린 여자 때문에 도욱은 캔에 남아 있는 커피를 단번에 입안으로 쏟아부었지만 쓴 커피의 기운으로도 몽롱한 기운은 가시지 않았다.

"김도욱을 좋아하던 홍화리는 스물두 살이었는데, 김도욱이 좋아하기 시작한 홍화리는 스물세 살이지."

도욱은 조잘거리는 화리의 입술에 시선을 고정했다. 이따금 마른 입술을 혀로 쓸어내리는 그녀의 움직임에 그는 등줄기부터 뒷목까지 잔뜩 힘이 들어가는 걸 느꼈다. 그는 몹시도 아쉬웠다. 이런 얘기는 병원이 아니라 집, 이왕이면 그의 방에서 듣는 편이 훨씬 좋았을 터였다.

　"내가 먼저 너를 봤고, 잠들기 전에 생각했고, 오늘 뭐 하고 있을까…… 궁금했고, 그러다가 마침내 닭장 앞에서 널 좋아했어."

　'그런 거였어? 와…… 젠장. 심장이 엄청 나대. 진짜…… 숨도 못 쉬겠네.'

　"이것 봐요, 김도욱 씨! 아무것도 몰랐던 주제에 뭐? 홍화리는 항상 내가 먼저 좋아하고, 먼저 연락하고, 먼저 청혼하고, 그래서 까이고…… 자존심 상하고 모양 빠진다고 말했다면서? 그런데도 홍화리 저거는 대나무같이 뻣뻣하다고! 지가 사랑받는 걸 알아서 오만방자하기 짝이 없다는 말도 하셨다지!"

　"누가 그런 막말을 전했어?"

　"홍화훈이!"

　"에이, 형 요새 제정신 아니야. 그냥 막 샘이 나서…… 요새 커플 브레이커처럼 살아. 귀담아듣지 말라니까?"

　"어허! 어디에 손을 대! 대나무 같은 여자한테 한번 맞아볼래?"

　화리는 어깨를 끌어안는 도욱의 손을 탁 치워내면서 입을 삐죽였다. 도욱은 그 작은 저항조차 사랑스러워서 몸이 달아오른다. 병원이라는 것도 잊고 꽉 껴안은 채 농밀한 키스를 해버릴 순간이었다. 무언가에 홀린 것처럼 그녀를 향해서 손을 뻗던 도욱은 바지 주머니에서 울리는 알람 소리에 정신을 차렸다. 한편, 제가 한 말의 여운에서 벗어나지 못하는 화리는 씩씩거리면서 손으로 부채질했다.

"아, 자존심 상해! 오늘 이래저래 홍화리 모양 빠지는…… 흐읍."

순식간에 입술이 부딪쳤다. 그리고 '쪽!' 소리와 함께 입술이 떨어졌다. 혀가 섞이지 않는 아주 가벼운 입맞춤이었지만 화리를 놀라게 하기에는 충분했다. 그도 그럴 것이 여기는 병원이었으니까.

"뭐, 뭐 하는……."

"가야 해. 병동에서 호출이 왔어. 집으로 바로 갈 거지?"

"으응."

"집에 가서 말이야."

일터에서 아무렇지 않게 애정 표현을 시전한 도욱은 멍한 표정을 짓는 그녀의 귓가에 뭐라고 속삭였다. 그녀가 흠칫 놀라서 눈을 동그랗게 뜨자 그는 화리의 머리를 가볍게 헝클어뜨렸다. 저 멀리서 누가 '김 쌤!'을 날카롭게 외치는 순간 도욱은 다급하게 병원 안으로 뛰어 들어갔다. 화리는 그의 손이 닿았던 머리를 제 손으로 다시 쓸어내렸다. 저절로 입술 끝을 흔들리게 만드는 그 말은…….

"싹 씻고 기다려. 오이 비누로!"

그의 속삭임을 되새긴 화리의 얼굴이 붉어졌다. 잘 익은 단풍

잎과 비교해도 손색이 없을 정도였다.

"씻는 거 당연하잖아. 그런데 뭐, 뭐가 그렇게 들뜨는 건데. 안 되겠어. 아련이 소설 그만 읽어야지. 후우……."

병동으로 뛰어 들어간 도욱은 벗었던 백의를 다시 입으면서 바쁘게 걸음을 옮겼다. 그를 따라나선 진혁의 눈빛이 반짝였다.

"쌤. 그 코스모스 말입니다. 혹시 버리실 겁니까?"

"코스모스?"

진혁의 손짓을 따라서 시선을 옮긴 도욱은 자신의 셔츠 앞주머니에 꽂힌 꽃을 빼서 집어 들었다. 진혁은 몹시도 그것을 갈망하는 듯한 표정을 짓고 있었다.

"왜? 너 달라고?"

"네. 그 예쁜 고모님께서 꽂아주시는 거 봤습니다."

"시끄러워! 인마!"

"어차피 버리실 거잖아요!"

"안 버려! 이게 어디서 사수의 여자한테 반했다고 꼬리를 쳐. 콱!"

"반한 건 진심입니다. 그때는 그분이 펠로우 쌤 여자인 거 몰랐으니까……. 안 헤어지십니까?"

"결혼할 거야."

"정말이십니까? 그런데 고모님은 뭐 하시는 분? 또 언제 온다고 하십니까?"

"오 선생."

"네."

"여기가 병원이야, 결혼 정보 회사야?"

위압감이 느껴지는 목소리였다. 백의를 입은 도욱의 아우라는 보는 이를 압도한다.

"병원입니다."

"그럼 넌 지금 뭘 해야 해?"

"차트, 차트 챙겨서 병동 회진……."

"가. 빨리!"

도욱은 단호한 한마디와 함께 진혁의 어깨를 꽉 움켜잡았다. 사수의 거친 눈빛 앞에서 햇병아리 진혁은 잔뜩 쫄았다. 좀 전까지 여자친구랑 김밥 나눠 먹으면서 바보처럼 웃던 남자는 온데간데없었다. 스테이션에서 차트를 챙기는 진혁의 손길이 바빠졌다. 저만치 앞서 걷는 도욱의 뒤를 종종거리면서 따라 나서는 진혁의 표정이 풀죽은 강아지 같았다.

"아, 저 남자…… 너무 세. 이길 수가 없어. 으으윽!"

진혁이 발을 구르면서 푸념하는 사이 도욱이 다시 성큼성큼 다가왔다. 흠칫 놀라서 바짝 긴장한 진혁의 셔츠 앞주머니에 뭔가가 꽂아졌다. 혹시 코스모스인가 싶었는데 그것은 은빛 숟가락이었다.

"그걸로 까인 상처를 대신해."

"쌤!"

"그리고 한 번만 더! 반했다, 예쁘다, 그따위 소리 하면 넌 진짜…… 끅! 오케이?"

도욱은 목 언저리에 손을 그으면서 씨익 웃었다. 그 웃음이 몹시도 서늘했다.

"홍 쌤!"

세령이 반갑게 웃으면서 손을 흔들었다. 그녀의 결혼식 이후 처음 만나는 자리였다. 화리는 얼른 그녀에게 줄 임신 축하 선물부터 건넸다. 딸아이를 염두에 둔 작은 아기 신발을 받아 든 세령이 환하게 웃었다.

"이런 거 안 챙겨도 되는데…… 고마워요. 쌤."

사실 진짜 선물은 따로 있었다. 화리는 가방에서 책을 꺼내서 건넸다.

"이거…… 이번에 백아련 작가 신작인데요. 증정 받은 거라서 아직 서점에 깔리지도 않은 거예요."

책을 받아 든 세령은 돌고래 소리를 내면서 웃었다. 아이 신발은 한쪽에 치워둔 채 건네받은 책만 끌어안고 기뻐하는 것을 보아하니 제대로 선물이 된 듯싶었다.

"커피 못 마시죠?"

"네. 안 그래도 그게 제일 힘들어요."

커피 중독자를 자부하는 세령이 아쉬움의 표현으로 눈을 찡긋거렸다. 그때 세령의 남편에게서 전화가 왔다. 수화기 너머로도 들려오는 다정한 목소리가 듣기 좋았다. 세령은 환하게 웃으면서 통화를 이어갔다. 한 남자의 아내, 그리고 예쁜 딸아이의 엄마가 될 세령은 독신주의를 고집하던 삶보다 한결 더 충만해 보였다.

"아, 미안해요…… 빨리 끊는다는 게."

세령은 쑥스러운 듯 혀를 내밀면서 웃었다. 안 그래도 예쁜 여자가 웃으니까 더 예뻤다. 민한이 그녀더러 '감상용'이라고 하는 이유를 알 것도 같았다. 물론 칭찬이었다.

"아뇨. 괜찮아요. 오 쌤이 좋아 보여서 다행이에요. 나도 좀 좋아졌으면 좋겠다……."

화리가 말끝을 흐리면서 쓸쓸하게 웃었다. 화리가 희망하는 '좋음'에는 교사로서 맞이하게 될 학교생활과 관련된 부분이 담겨 있었다. 이를 모를 리 없는 세령은 화리의 손을 잡으면서 다정하게 물었다.

"정말 마음 정한 거예요?"

"네."

"후회…… 안 해요? 쉽지 않은 결정일 텐데."

화리는 원래 다니던 학교로 복직을 하는 대신 대안학교에 자원했다. 부모님은 어렵사리 고시에 붙은 딸이 안정된 공무원 생활을 포기하고 대안학교로 간다는 것에 대해 극심하게 반대했다. 하지만 그녀의 간절한 진심에 결국 화리의 선택을 인정해 줬다. 그리고 도욱은 그녀의 선택을 존중했고 지지했다. 맹목적이다 싶을 만큼 '믿음'을 심어 주고, 불쑥 치밀어 오르는 불안을 다스려 주는 남자의 존재 덕분에 화리는 어려운 결정을 흔들림 없이 매듭지을 수 있었다.

"발령받고 나서는 기계처럼 수업하고, 매일같이 애들하고 싸우는 게 일이었어요. 매달 월급날만 기다리면서 하루하루를 버티고……."

화리가 멋쩍게 웃었다. 사실이 그랬다. 스승으로서 아이들에게 들려주고 싶은 삶의 지침, 마음을 보듬는 이야기 따위는 할 수가 없었다. 혹시라도 수업 도중에 농담이 길어지면 당장 학부모한테 전화 와서 입시 준비하는 애들 데리고 장난질이냐고 컴플레인이 오는데 요새는 그마저도 '카톡'으로 온다. 교감에게 욕먹기 싫고, 웬만하면 학부모 상대하는 건 피하고 싶고, 보내고 또 보내도 줄어들지 않는 공문서와 싸움하면서 수업 준비할 시간도 갖지 못했다. 이래저래 치이면서 교사로서의 입지만을 지키려고 하다 보니 자연스레 아이들과는 멀어졌다. 자신의 말을 들어주지 않는 이른바 '꼰대' 같은 교사를 아이들은 골탕 먹이고 싶어 하고 일부러 상처 주고 싶어 한다. 관심 받고 싶은 욕구의 비뚤어진 표현……. 화리가 그런 아이들의 마음을 미처 알아채기도 전에 너무 많은 일이 벌어져 있었다.

"그래서 이번에는 아이들하고 좀 더 많이 웃고 진솔하게 대화할 수 있는 시간을 갖고 싶어요. 그게 대안학교라면 가능할 수도 있다는 작은 희망으로 저지른 일이에요."

"그래도 나라면 쉽게 결정하지 못했을 텐데…… 홍 쌤! 대단하네요."

"에이, 뭘 또 그렇게 거창하게……. 어떻게 보면 버티지 못하고 도망가는 거예요."

"아냐. 쌤은 진짜 좋은 선생님이 될 거야!"

세령이 주먹을 불끈 쥐어 보였다. 저 멀리서 이들을 지켜보던 아련은 민한의 옆구리를 툭 쳤다. 아까부터 민한은 세령의 존재를 알고 있었지만 별다른 반응이 없었다.

"너의 그녀가 왔는데…… 왜 그렇게 무신경해?"

"백아련."

민한이 한숨을 내쉬면서 그녀의 어깨를 짚었다.

"말했잖아. 넘사벽 그녀는 감상용이고, 나는 네가 좋다고."

"그, 그랬나?"

"그래!"

그의 담백하고 직설적인 고백에 아련은 얼굴의 발그레해졌다. 그 모습이 귀여워서 민한은 아련의 볼을 잡아당겼다. 평소 같았으면 하지 말라고 난리를 쳤을 판인데 아련은 가만히 있었다. 그녀는 생각 중이었다.

'그래 뭐, 내가 좋다는데…… 볼 딱지쯤이야 실컷 잡아 뜯어라.'

"그런데 말이야…… 네 이번 소설 남자 주인공."

"어? 어! 그게 왜? 뭐 문제 있어?"

괜히 찔린 아련이 앞치마에 손을 쓱쓱 문질렀다. 그것은 아련이 불안할 때 하는 손동작이었다. 민한은 의미심장한 표정을 지으면서 웃었다. 소설 도입부에는 부모님의 반대를 피해서 밀월여행을 떠난 두 남녀가 야자수가 그려진 모텔에서 사랑을 나누는 장면이 나온다. 그 섬세한 묘사는 강릉에서의 그날 밤 그들의 첫날을 고스란히 옮겨놓은 것 같았다. 그리고 아련은 이따금 민한이 노골적으로 상기시키는 그날의 기억에 모르쇠로 일관하고 있었다.

"그거 나야?"

"어머나 세상에, 웬일이니! 어딜 봐서!"

"아니면 됐어."

"어, 아…… 아냐."

민한이 순순히 물러났다. 아련은 손사래를 치면서 웃었다. 돌아서서 원두를 갈아내던 민한은 뭔가 생각난 듯 다시 아련에게 다가섰다. 그는 일부러 손님들 눈에 띄지 않는 사각지대로 그녀를 잡아끌었다. 그러곤 뜨거운 숨결과 함께 속삭였다. 일부러 쇄골 근처에 바람을 불어넣는 것도 잊지 않았다.

"그날 룸서비스로 뭐 시켜 먹었더라?"

"스, 스파게티."

"기억하는구나."

"으응."

민한의 야릇한 목소리에 취한 아련은 저도 모르게 진실을 토해냈다. 뒤늦은 깨달음으로 민한에게서 벗어났지만, 그가 다시 팔을 잡아 당겼다. 그가 야릇한 미소와 함께 아련의 이마를 쿡쿡 찍어 눌렀다.

"한 번만 더 기억 안 난다고 뻥쳐라! 평생 못 잊는 기억을 만들어줄 테니까!"

아련은 내심 궁금했다. 평생 못 잊는 기억이라? 과연 어떻게 하면 평생 안 잊을 수 있을까? 어쩐지 날갯죽지가 근질근질해서 아련은 손님들 모르게 등 뒤로 손을 돌려서 가려운 곳을 긁었다. 그 시원함에 심취해 있던 찰나였다.

"어라?"

"왜?"

민한의 물음에도 아련은 곤란한 표정을 지으면서 입맛 벙긋거렸다.

"왜 그러냐니까?"

"뒤에…… 끄, 끈이 풀렸어."

"다시 하면 되잖아. 화장실 갔다 와."

"원피스란 말이야."

"아…….'

그리고 보니 오늘 아침에도 화리가 아련의 원피스 지퍼를 올려 주었던 기억이 났다. 단번에 곤란함의 이유를 알아차린 민한이 잠시 머뭇거렸다. 그러곤 그녀를 스태프룸으로 잡아끌어서 문을 닫았다. 원피스 지퍼를 내리는 그의 손이 가늘게 떨렸다. 앞치마를 한 채 등을 노출한 그녀의 모습은 미치도록 색정적이었다. 아련은 자신의 등 뒤에 닿는 민한의 손길에 흠칫 몸을 떨었다. 사실 민한도 긴장되긴 마찬가지였다. 브래지어의 후크를 푸는 것에만 익숙했지 다시 채운 적은 또 처음이었다. 민한은 스멀스멀 피어오르는 음란한 기운을 찍어누른 채 그녀의 원피스 지퍼를 끝까지 채워 올렸다.

"다 됐어."

아련은 자신의 등을 툭툭 치는 민한의 손길에 가늘게 몸을 떨었다. 겨우 참았던 숨을 내쉬면서 고맙다는 말을 하려던 찰나였다. 순식간에 그가 아련을 벽에 몰아붙인 뒤 입술을 부딪쳐 오는 바람에 아련은 벽에 머리를 살짝 박았지만, 딱히 아프지 않았다. 그의 팔을 붙잡고 매달리는 것밖에 할 수 없었던 얄궂은 시간이 흐른 뒤, 손님이 왔음을 알리는 풍경 소리가 울려 퍼졌다. 민한은 살며시 그녀를 다시 놓아준 뒤 씨익 웃으면서 엄지손가락으로 자신의 입술을 쓰윽 닦아냈다. 아련은 멍한 시선으로 그 야한 손가락 움직임을 따라갔다.

"너 오늘 립밤만 발랐지?"

"으응."

"그럼 됐어."

"응?"

"넌 거울 보고 나와."

민한이 아련의 부푼 입술을 손가락으로 툭툭 쳤다. 제법 쌀쌀한 바람이 불어오는 날씨였다. 그런데도 실내 공기가 몹시도 후덥지근했다. 마치 열대야를 맞이한 더운 여름날처럼 아련의 마음이 보글보글 끓어올랐다.

"후우…… 더워. 어떡해. 갈수록 쟤가 좋아져."

"승리야, 인사해. 아빠야."

"아빠?"

"응. 아빠야."

지유의 긴 속눈썹을 그대로 닮은 예쁜 남자아이를 내려다보면서, 화훈은 심장이 멎는다는 게 어떤 고통인지 실감했다.

"아빠!"

화훈은 아이의 맑고 고운 음성에 계속 눈을 깜빡였다. 지유의 손을 꼭 붙잡고 있던 아이는 조심스럽게 화훈에게 다가섰다. 마침내 떨리는 팔로 아이를 품에 안을 때 화훈은 이를 악물었다. 작은 아이의 체온이 무척이나 따뜻했다. 자신의 아이라는 그 아이가 '아빠' 하면서 자신의 목에 매달리자 화훈은 눈시울이 붉어진다. 사람들이 부성애라고 부르는 그 낯선 감정이 전신을 강타하면서 훑고 지나, 온몸을 아프게 했다. 화훈은, 아이를 품에 안은 그 순간 '사랑'이라는 감정을 망설이지 않고 뱉어낼 수 있었다. 그게 참, 너무 쉬워서 죄스러운 기분이다. 이 아이를 거부했었으니까……. 그런데도, 꿈처럼 존재해서 화훈은 세상의 기적을 실감한다. 그리고 지유에게 말로 다하지 못할 속죄의 감정을 느낀다.

"내일모레 출국이야."

"가야 하니?"

"응."

"대답이 참 쉽네."

"어려운 말을 쉽게 하는 거야."

"장모님께서는…… 알고 계셔?"

"네 새끼 아닌 거로 알아."

"말이 돼?"

"말이 돼. 내가 말이 되게 했으니까……."

"어째서 그래!"

화훈의 격양된 목소리에도 지유는 희미하게 웃었다. 마치 예상한 반응이라는 듯이, 그래서 놀랍지 않다는 것처럼 그녀는 초연했다. 그것이 화훈의 눈에 더욱 아프게 담기고 있었고, 자상을 입히는 것처럼 가슴을 욱신거리게 했다.

"파리에서 나 혼자 출산했어."

"하아……."

"엄마한테는 아이 개월 수도 속였지. 아주 감쪽같이 앙큼하게. 그래서 엄마는…… 이혼의 상처로 헤매던 내가 이름 모를 누군가와 눈이 맞아서 아이를 낳은 것쯤으로 알아. 덕분에 우리 집에서 내놓은 자식 취급 받는 나는 보시다시피 자유로워. 하지만 난 정말 나쁜 딸이 됐지. 꼭 너 같은 딸…… 낳으라는 말은 나한테 있어서 더할 나위 없는 저주야. 어쩌면 나는 그 저주에서 영원히 벗어날 수 없을 거야."

스스로를 힐난하는 자조 섞인 웃음소리에 화훈은 눈앞이 핑글 돌았다. 그녀의 아픔을 만들어낸 저주를 받는 것은 자기 혼자면 충분했으니까.

"문지유! 그만 못 해!"

그의 날카로운 외침에도 지유는 눈 하나 깜짝하지 않았다. 그 단단함을 마주하면서 화훈은 숨이 턱턱 막혔다. 가슴이 답답했다. 손만 뻗으면 잡을 수 있을 거리였지만 그녀는 절대 잡히지 않는다.

"소리치지 마. 당신은 그러면 안 돼."

'안 돼'라는 그 한마디를 내뱉는 목소리가 단호했다. 그녀의 단호함을 만들어낸 것이 자신이라는 것을 알기에 화훈은 가슴이 욱신거렸다.

"만약, 승리가 홍화훈, 네 아이라는 거 양쪽 부모님이 알았다면 우리 이혼 못 했어. 그랬다면, 당신 힘들었을 거야. 난 미쳐갔을 거고."

'미쳐가다'. 그것은 지유가 화훈과의 결혼 생활의 끝에서 얻은 하나의 결론이었다. 그리고 그 결론을 인정하고 받아들이는 순간 그들은 이별을 맞이했다.

"아내 모르게 정관수술한 보람도 없이 아이가 생겼으니…… 말 다했지."

"……."

"당신은 나와 아이를 끊임없이 원망했을 거야. 뜻하지 않게 짐이 늘어서 무거웠을 거고, 갖다 버리지도 못해서 버거웠겠지. 그래서 피하면서 빙빙 돌다가 끝내는 곁을 주지 않았겠지. 우리 사이의 불화는 결국 아이의 탓으로 돌아갔을 거야. 난 그걸 인정할 수 없었을 테고, 도리어 끊임없이 아빠로서의 책임을 요구했겠지. 그런 나한테서 당신은 결국 도망갔을 거야."

"……."

"어차피…… 끝을 봐야 하는 사이였어. 우리 사이에 아이가 있어도, 없어도…… 그건 큰 이유가 아니었지. 우린…… 그냥 사랑만 해야 했어. 결혼…… 그건 우리 사이에 놓일 다리가 아니었던 거야. 너랑 나는 끝을 함께할 수 있을 만큼의 축복을 받지 못했으니까. 당신이나 나나 그걸 알면서도 우린 그 다리를 건넜고, 결국엔 무너졌어."

화훈은 벌게진 눈을 깜박이면서 이를 꽉 깨물었다. 조목조목 따져 묻는 말 한마디 한마디가 가슴에 콱 쑤셔 박혔다. 그리고 반박할 수 없었다. 여자는 잔인하리만큼 자신을 너무 잘 알았다. 만에 하나 그가 처음부터 아이의 존재를 알았다고 해도, 그때 당시의 그는 분명히 인정하기 힘들었을 터였다. 그래서 화훈은 그녀에게 다시 돌아오라는 흔해빠진 이야기조차 건넬 수 없다. 유약한 자신에게 끊임없이 욕설을 내뱉어도 달라지는 게 없다는 사실은 화훈을 깊은 절망 속으로 밀어 넣는다.

"아이…… 당신 부모님한테도 알리지 말아줘. 이제 와서 홍가네 씨니까 내놓아라. 우리가 키운다. 주말극처럼 양육권 분쟁 같은 거 하고 싶지 않아. 그렇게 소모적인 시간 허비할 만큼 정신적으로 여유롭지도 않고, 해야 할 이유도 없어. 당신, 나한테 아이 요구할 자격 없잖아. 원하지도 않겠지만."

"지유야……."

화훈의 입에서 자신의 이름이 다정하게 흘러나왔을 때 지유는 잠시 시간이 멈춘 듯한 기분이었다. 저 목소리를 영원히 기억하겠다는 다짐과 함께 그녀는 옅은 미소를 지었다. 지유는 나지막한 중저음으로 자신을 부르던 남자를 참 좋아했었다. 처음 만나 사랑했을 때만 해도 이런 식으로 엇나갈 것이라고는 생각지 못했었다. 그래도 지유는 그 시절이 덧없다고 생각지는 않았다.

"아이가 좀 더 크면 아빠를 만나고 싶다고 할 때, 서울로 보낼 생각도 있어. 당신이 여기저기 떠돌다가 문득 변덕이 나서, 아이가 보고 싶다고 할 때도 만나게 해줄 거야. 그거면 충분해. 양육비, 그딴 거 없이도 잘 살았어. 물질적인 보상으로 죄책감 덜고 싶은 생각이라면 그만둬. 당신은 좀 아파해도 돼."

차갑게 말을 맺은 여자가 단호한 표정으로 먼저 자리에서 일어났다. 떠나기 전, 지유는 마지막으로 화훈을 돌아본다. 그녀에게서 옅은 장미향이 피어났다. 그녀가 좋아하는, 그리고 화훈이 기억하는 그 향기였다. 그녀에게 변하지 않은 단 한 가지는 오직 그 하나뿐이라는 사실에 화훈은 지나간 시간을 실감했고, 씁쓸해졌다. 조금, 외로운 기분도 든다.

"나 당신 사랑했어. 그건 후회하지 않아. 그리고 홍화훈. 당신은 변하지 않아. 절대로."

그렇지 않다고 부정할 수 없었다. 그리고 모든 것을 인정하는 듯한 그의 침묵에 지유는 '역시나'라면서 실없이 웃었다. 물기 어린 그녀의 눈가가 반짝였지만, 고개 숙인 화훈은 그녀의 눈을 바로 볼 수 없었다. 깍지 낀 그의 손이 가늘게 떨렸다. 여자는 마지막으로 그에게 손을 내밀었다. 화훈은 눈앞에 내밀어진 그녀의 하얀 손이 마치 환영처럼 느껴졌다. 그녀가 내민 손을 흔들리는 시선으로 바라볼 뿐 차마 그 손을 잡을 수 없었다.

"이혼하고 나서, 사람들이 묻더라. 그 좋은 시절에 왜 하필 너 같은 남자를 만났느냐고…… 어째서, 그렇게 사람 보는 눈이 없이 멍청했냐고…… 왜 아까운 시간을 낭비했냐고…… 자기네들은 마치 영원한 사랑이라도 가진 것처럼 쉽게도 떠들어."

"……."

"그런데 그거 아니야. 웃기지 말라고 해. 홍화훈, 나는…… 시간을 낭비하지도, 멍청하지도 않았어. 내가 가장 예뻤던 시절에 너를 만났고 나는 가장 멋졌던 너를 원했어. 그래서 너란 남자를 영원히 갖고 싶었지만 가질 수 없었던 거뿐이야. 그래도 잠시나마 한 번 가져봤으니까 그걸로 됐어."

"……."

"그래서 나는, 너를 만났던 그 시절의 나한테…… 문지유…… 넌 참…… 후회 없는 사랑을 했어. 그래서 대견해. 그렇게 다독여줄 거야. 그러니까 당신도, 가장 빛나던 그 시절의 나만 기억해 줘. 너한테 매달리고, 울고, 소리치면서 결국 도망쳤던 아픈 소녀는…… 여기에 없어."

반달처럼 휘어지는 눈, 동그란 콧방울, 밤새 누가 눈썹을 훔쳐 갔느냐면서 놀리던 옅은 눈썹…… 을 가진 첫사랑, 문지유가 그를 떠났다. 화훈은 자신의 앞으로 내밀어진 흰 손을 바라보면서 그가, 먼저…… 사랑을 놓쳤음을 인정한다. 화훈은 그녀를 끌어안고 싶은 마음을 대신해서 지유의 손을 힘주어 붙잡았다. 그녀는 손아귀에 느껴지는 강한 힘에도 아무렇지 않은 척 옅은 미소를 지을 뿐이었다. 미소를 드리운 입매를 유지하기 위해 꽉 깨문 턱에서는 아릿한 통증이 느껴졌다. 그것은 마치 억지로 우아함을 유지하는 백조의 발악처럼 느껴졌지만 지유는 결코 홍화훈 앞에서 눈물을 보이고 싶지 않았다. 그에게 기대서 엉엉 울게 되면, 지금껏 애써 지켜온 삶이 또다시 흔들릴 테니까. 겨우 눈물을 삼켜낸 지유는 마지막 인사를 전했다.

"가끔 신문에 당신 기사 나오면 그래도 이 인간이 건축 하나는 기가 막히게 하지…… 그러면서 혼자 웃는데 기분이 나쁘진 않더라. 인정해! 네 자유로운 예술혼, 천재 홍화훈. 그러니까 너는 너대로 살아. 이왕이면, 아주 잘 살아. 샘날 정도로 말이야. 그래서 나도 너 보란듯이 더 잘 살 거니까."

"……"

"안녕."

그녀의 입에서 나지막하게 새어나온 '안녕'이라는 마지막 인사를 끝으로 화훈의 손에서 스르륵 힘이 풀렸다. 그의 팔이 힘없이 툭 떨어지는 것을 일부러 쳐다보지 않은 채 지유는 고개를 돌렸다. 미련 없이 모든 것을 떨쳐내는 여자를 잡지 못한 화훈의 눈에서 굵은 눈물이 투두둑 떨어져 내렸다. 그는 그녀와 맞닿았던 체온의 잔상이 남은 손을 꽉 움켜잡았다. 다리에 힘이 풀려서 주저앉을 것만 같았다. 휘청거리는 몸을 벽에 기대어 서던 그때 '오늘은 아빠랑 자는 거야'라는 엄마의 귓속말에 쪼르르 달려온 아이가 화훈의 팔을 붙잡았다.

"아빠, 나 오늘 아빠 집에 가?"

"……"

"아빠 울어? 어디 아파?"

화훈은 얼른 눈물을 닦아낸 뒤 승리를 안아 들었다. 목에 팔을 감으면서 얼굴을 비비는 아이는 자그마한 손으로 화훈의 눈물을 닦아냈다.

"아니야. 하나도 안 아파. 좋아서 그래. 승리가 너무 예쁘고 좋아서 그래."

"에이, 엄마랑 아빠는 이상해. 승리가 예쁘다면서 맨날 날 안고 울어."

"미안하다. 승리야, 아빠가…… 미안하다."

스스로 아빠라는 단어를 내뱉으면서 화훈은 자신이 놓쳐 버린 모든 것을 실감했다. 하지만 이미 되돌리기에는 너무 늦어버렸다. 순간의 선택, 타이밍…… 그 모든 것을 비켜간 연인 앞에 놓인 것은 담담한 이별이었다. 돌아서는 지유의 눈에서도 눈물이 핑 돌았다. 그녀는 주르륵 흘러내린 눈물을 슥 닦아낸 뒤 클러치를 쥔 손에 힘을 주면서 걸어 나갔다.

"홍화훈."

그녀는 한 남자를 사랑했다. 그리고 남은 생애를 다 바쳐서 미워하리라 다짐했다. 그런데도 지나간 시간은 증오했던 시간조차도 추억으로 바꾸어 버렸고 그것은 그리움이란 이름으로 지워지지 않았다. 언젠가 다시 한 번 만나게 될 그날을 상상하면서 잠 못 들었던 나날도 많았다. 그리고 그날을 마주했을 때 생각보다 아팠고, 흔들렸고, 기대했다. 하지만 흔들리는 감정의 조각들을 다시 주워 담았을 때 지유는 '낭만'이 아닌 '현실'을 볼 수 있었다. 그것은 그녀가 더는 철부지 아가씨가 아닌 엄마라는 이름으로 볼 수 있는 세상이었다. 여리기만 했던 여대생은 이제 당당하고 강한 엄마가 되어 있었다. 눈이 부신 햇살을 가득 짊어진 채 걸음을 옮기면서 지유는 나지막하게 읊조렸다.

"끝났네. 내…… 첫사랑……."

그날 밤. 화훈은 승리의 손을 붙잡고 춘향가를 찾았다. 화훈이 '내 아들'이라고 소개한 꼬마를 맞이한 그들은 평소보다 좀 더 시끄럽게 소란을 피웠다.

"안녕!"

"네가 승리구나. 잘생겼다!"

"형보다 훨씬 낫네요. 어디서 이런 인물이 나왔을까!"

민한이 승리를 번쩍 안아 들었다. 아련과 민한이 승리와 함께 놀이터로 나가고 난 뒤 화리는 화훈을 착잡한 표정으로 지켜봤다.

"언니는, 그냥…… 간대?"

"응."

"그러기에 인간아! 아휴……. 이제 어떡할 거야!"

"독일, 스위스 쪽으로 한 바퀴 돌 거야."

"뭐야? 또 나가? 이 와중에!"

"그리고……."

"……"

"당분간 좀 아플 예정이야."

화훈은 소파에 깊숙이 몸을 묻고, 가만히 눈을 감았다. 그 나른한 몸짓에 화리는 답답해서 가슴을 두드렸다. 어깨를 잔뜩 흔들어대는 여동생의 거친 동작에도 불구하고 화훈은 힘없이 웃을 뿐이었다. 사랑을 놓치고 떠도는 남자 홍화훈이 추구하던 '자유'는 좀 더 날카로운 화살이 되어 그의 심장을 파고들었다.

'자유를 잃고, 자유를 얻었는데…… 어쩐지 기쁘지가 않네. 하나도…….'

그리고 앞으로 그 후유증이 얼마나 더 지속될지 감히 짐작조차 할 수 없었고, 화훈은 딱히 그 아픔에서 도망치고 싶다는 생각조차 하지 않았다. 그것은 젊은 날을 바친 그녀와의 사랑에 대한 마지막 예의였다.

"그건 사랑이 아니었어."

놀이터에서 승리의 머리를 쓰다듬던 아련이 중얼거렸다. 마치 시 한 구절을 읽듯이 감상적인 목소리였다. 자신을 '누나'라고 부르면서 환하게 웃는 화훈의 아들을 바라보면서 아련은 생각했다. 홍화훈에 대한 마음은 난생처음 마음으로만 그리던 이상형을 눈앞에 마주했을 때의 환상, 그에 대한 동경을 사랑으로 착각한 것이라고 그렇게 결론지었다. 아마도 화훈에 대한 마음이 진짜 사랑이었다면 화훈에게 다가서지 못하게 걸림돌이 된 눈앞의 아이가 몹시도 미웠을 텐데……. 그저 가여웠다. 아이가 놓인 상

공유하실래요?

황이. 그리고 아무것도 모르는 천진한 웃음이 안타까울 뿐이었다. 지금 아련의 마음은 아이를 어르면서 환하게 웃고 있는 한 남자 송민한을 향해 두근두근 뛰고 있다는 것, 그것이 그녀의 현재였다.

"저게 내 사랑인가?"

"너 자꾸 뭐라고 혼자 중얼거려?"

아련은 민한의 품에서 내려온 승리의 손을 붙잡았다. 아이에게 눈을 맞추면서 툭 던지듯이 말했다.

"사랑하는 거 같아."

"뭐?"

"못 들었으면 됐어."

잔뜩 상기된 표정의 민한은 다급하게 아련의 후드티 모자를 잡아당겼다.

"다시 말해보라니까!"

난데없는 사랑 고백이 쑥스러운 것은 아련도 마찬가지였다. 그녀는 괜히 툴툴거리면서 그에게 잡힌 모자를 끄집어 당겼다. 그러곤 선심 쓰듯이 내뱉었다.

"사랑!"

민한은 두근두근했다. 들뜬 표정으로 이어질 말을 기다렸지만 아련은 끝내 입을 열지 않았다. 딱 두 음절이 끝이었다.

"왜 하다 말아?"

"미리 듣기야."

"야!"

"요즘 세상에 리플레이하는 데 공짜가 어디 있어! 제대로 다시 듣기 하고 싶으면 과자라도 사주든가. 승리야, 누나랑 까까 먹으러 갈까?"

"알았어. 어, 저기 편의점 있다. 아련아! 가지 마. 기다리라니까!"

아련과 민한이 산책을 끝나고 돌아오자마자 춘향가에는 뜬금없는 방 배정 논란이 일어났다. 그 원인은 느닷없는 방문객 때문이었다. 승리와 화훈은 1층 민한의 방에서 잠들었다. 방을 빼앗긴 민한은 합법적인 기회라면서 아련의 방에서 자기를 원했고 그녀도 내심 기대했지만 점잖은 하진호가 이를 묵인할 리 만무했다. 안 그래도 2층 남녀가 허구한 날 밤마다 시시덕거리는 꼴에이가 갈린다면서 그는 눈을 부릅떴다.

"여기가 셰어하우스지, 너희 애정촌이야! 안 돼! 송민한 너는김도욱 방으로 올라가! 빨리!"

"왜 내 방이야! 형 방에서 자라고 해."

"우린 솔직히 억울해요. 야, 백아련. 말 좀 해봐."

"맞아요! 우린 집에선 안 해요!"

"그렇다니까. 화리 누나, 왜 그러고 서 있어요! 말해봐요. 요새는 누가 발정 난 개처럼 돌아다니는지."

"뭐, 인마!"

"그래, 민한이 발언은 인정해! 하지만……."

"인정하긴 뭘 인정해! 이 노친네야!"

"너, 자꾸 형한테 까분다!"

"싸워라. 싸워라!"

똥 묻은 개와 겨 묻은 개들이 서로 잡아 뜯는 사이 화리는 붉어진 얼굴로 헛기침만 할 뿐이었다. 그녀는 차라리 이 미친 대화를 벗어나, 조용히 마당에서 텐트를 치고 사고 싶은 마음이었다. 그때 방문을 벌컥 열어젖힌 화훈의 날이 선 목소리가 화리의 바람대로 춘향가 식구들의 미친 대화를 중단시켰다.

"너희 조용히 안 해! 다 나가! 우리 승리 깬다고!"

자기 집에서 자면 될 것을…… 느닷없이 남의 집에 와서 부성애를 발휘하고 계신 아버님 홍화훈의 깔끔한 정리와 함께 춘향가의 밤이 깊어가고 있었다. 아이를 꼭 끌어안은 화훈은 밤새 잠들지 못했지만.

"형, 이제 일어나요?"

"어, 어제 논문 보다가 밤새웠어."

오후 1시가 다 되어서 일어난 도욱이 기지개를 켜면서 연신 하품을 했다. 그가 졸린 눈을 비비면서 진호를 찾았다. 그는 오늘 촬영이 없는 날이었지만 정리할 작업이 있다면서 아침 일찍 스튜디오에 나간 참이었다.

"너 짤린 것 같다."

"그런가 봐."

원래 스튜디오 잔업은 화리와 함께하곤 했었는데 요즘 들어 화리는 진호의 스튜디오에 나갈 필요가 없어졌다. 그 시점은 진호의 스튜디오로 지현이 찾아왔던 그날과 묘하게 일치했다.

"한가할 때 신부수업이라도 받지 그래?"

"누구 좋으라고?"

"나 좋으라고."

화리는 입안의 시리얼을 와그작 씹어 삼키면서 대답을 피했다. 도욱은 요즘 들어서 '결혼하자'는 말을 저렇게 돌려 한다. 대놓고 청혼을 하는 것도 아니고, 그렇다고 아예 말을 안 꺼내는 것도 아닌 애매모호한 상태는 묘한 긴장감을 주고 있었다. 도욱은 나름 그 긴장감을 즐기고 있었고 화리는 두근거렸다. 얼굴이 붉어진 화리가 눈을 마주치지 못한 채 숟가락질을 삽질하듯이 하는 모습을 보면서 도욱이 빙긋이 웃었다. 그가 아슬아슬한 긴장감을 유지하고 있는 이유는 화리 때문이었다. 대안학교 교사로서 새로운 삶을 살게 될 그녀의 일상이 좀 더 안정을 찾을 수 있게 되기를 바라는 마음에서 도욱은 잠시 쉬어가는 중이었다. 결혼하고 싶은 여자를 눈앞에 두고 있다. 단둘이 살고 싶은 마음은 이따금 조절하지 못할 정도로 울컥거리면서 치밀어 오른다. 그것이 몹시도 감질나고, 애가 타기도 했지만, 지금과 같은 아슬아슬한 생활도 나름의 재미가 있었다.

"밥 안 먹어?"

"먹을 거야. 어?"

냉장고를 열어서 우유를 찾았지만 애석하게도 우유가 없었다. 식탁 위에 놓인 우유팩을 흔들었지만 역시 빈 통이었다. 잠시 곤란한 표정을 짓던 순간, 시리얼만 담긴 밥그릇을 내려다보던 그의 시선이 열심히 숟가락질을 하는 화리에게로 향했다. 묘한 웃음을 짓던 그가 그녀의 시리얼 그릇을 뺏어 들었다.

"줘. 새로 타 먹어!"

"우유가 없잖아."

"그냥 시리얼만 먹어!"

"말이 된다고 생각해? 아, 진짜 배고파서 그래. 밤새 뇌를 풀 가동해서 손이 떨릴 지경이라니까?"

"어휴. 그래, 많이 드세요!"

도욱은 식탁에서 일어서는 화리의 팔을 붙잡아 당겨서 자신의 옆에 다시 앉혔다.

"심심하잖아."

"남의 밥 뺏어 먹는 주제에 뻔뻔하긴."

화리는 투덜거렸지만 그가 시리얼 한 그릇과 사과 하나를 다 먹을 때까지 그의 옆에 앉아 있었다. 그에게 비타민 한 알을 챙겨 주는 것도 잊지 않았다.

한편, 민한은 오랜만에 햇빛이 좋다면서 마당에 빨래를 너는 중이었고 아련은 방에서 집필 중이었다. 춘향가의 휴일이 그렇게 평화롭게 시작되는 듯싶었다.

"아련이 건가? 흐음. 나 이런 거 본 적 없는 것 같은데……."

민한이 아리송한 표정을 지으면서 고개를 갸웃거렸다. 그림 하나 없이 지극히 속옷의 기능에 충실해 보이는 흰색 팬티 하나를 내려다보던 그는 결국 그것을 집어 들었다.

"백아련! 네 속옷 마당에 떨어져 있는데…… 다시 빨아야겠어. 흙투성이야."

"나 빨래 안 했는데?"

민한의 외침에 아련이 방에서 나왔다. 속옷을 집어 들고 살피던 그녀가 눈을 가늘게 뜨면서 장난스럽게 웃었다.

"에이, 넌 나를 모르냐? 이런 할머니 팬티 입을 여자로 보여?"

"그렇지? 그럴 것 같았어."

민한과 아련은 화리를 쳐다보면서 씨익 웃었다. 정작 화리는 도욱과 얘기 중이었기에 미처 그들의 야릇한 시선을 눈치채지 못했다. 아련은 세탁실에 있는 여성용 세탁기에 화리의 것으로 추정되는 속옷을 조용히 집어넣은 뒤 민한에게 속닥거렸다.

"내 이번 소설은……. 할머니 팬티 입은 여자를 사랑하는 남자의 독특한 성적 취향에 관해서 써볼까 해."

"도욱이 형이 알면?"

"에이, 오빠는 내 책 안 보잖아."

"하긴……. 대박! 너는 막 일상이 다 소설이구나. 으이그. 우리 글쟁이!"

민한은 아련의 양 볼을 마구 잡아당겼다. 음란마귀에서 글쟁이로 승격한 아련은 새로운 소설에 대한 창작 욕구를 불태우면서 온종일 방에서 나오지 않았다. 그로부터 일주일이 지난 어느 날이었다. 노트북이 망가져서 아련의 방 컴퓨터를 빌려 쓰던 도욱은 무심코 클릭한 '까마귀' 폴더에서 신세계를 보고 말았다. 〈순백의 그녀〉를 읽어 나가던 그는 특정 부분에 이르러서야 소설의 심각성을 깨달았다. 소설에 따르면 셰어하우스에 살아가는 두 남녀가 자정이 지나면 남들의 눈을 피해 2층 발코니에서 사랑을 나눈다. 의사인 남자는 백의를 입은 채로 여자를 안는 것을 좋아한다. 선생님인 여자는 언제나 남자를 가르치려고 들지만, 침대 위에서만큼은 순한 양이 되어버린다. 남자가 넥타이로 두 손을 묶고 여자의 흰색 팬티를 찢어발기는 그 순간! 도욱은 더는 참지 못하고 날카롭게 소리쳤다.

"백아련! 너 이리 못 와!"

결국, 도욱에게 다 까발려진 아련은 눈물을 머금고 10회 분량의 원고를 전부 처분해야 했다.

"아, 기막힌 설정이었는데. 내 차기작을 기다리는 독자들한테 미안해서 어쩌나. 에휴……."

"그만 쫑알거려라. 뭘 잘했다고!"

"흥! 자기 얘기인 거는 어떻게 귀신같이 알아서…… 가만! 오빠. 혹시 정말 발코니에서……."

"입 닫아."

"네."

잔뜩 날이 선 표정으로 아련의 손동작을 주시하고 있는 도욱 때문에 아련은 애가 바짝바짝 탔다. 민한에게 지원을 요청하고 싶었으나 도욱이 긴 다리를 뻗어서 방문을 쾅 닫아버렸다. 지옥의 신에 빙의된 분과 단둘이 남아 있는 상황. 아련은 긴장감으로 마른 침을 삼켰다. 빠져나갈 구멍을 찾기 위해서 바쁘게 구르던 아련의 눈동자 움직임이 일순간 멈췄다. 그녀의 시선이 닿은 곳은 본체에 꽂혀 있는 황금색 USB였다. 그 작은 막대는 바로, 작가 인생 최대의 위기에 빠진 그녀를 구원해줄 황금 마스터키.

'맞아, 저거다!'

글 쓰는 중간 중간 백업하는 습관이 있는 아련은 항상 컴퓨터 본체에 황금색 USB를 꽂아두곤 했다. 분명히 〈슈백의 그녀〉 복사 파일도 아주 얌전히 잘 담겨 있을 터였다. 다행히, 도욱은

USB의 정체에 대해서 눈치채지 못한 듯했다. 그가 노려보고 있는 것은 오직 바탕화면을 떡하니 차지하고 있는 까마귀 폴더. 아련은 숨을 크게 삼키면서 마우스를 꽉 부여잡았다. 그가 USB를 눈치채기 전에 이 상황을 종료시켜야 한다.

'제발……'

아련은 자신의 깜찍한 쇼에 도욱이 속아주길 바라면서 일부러 매우 뚱한 표정을 만들어냈다.

"꼭 지워야 해요?"

"말이라고! 자꾸 시간 끌지 마. 잔꾀 부리지 말고 내 앞에서 지워. 얼른!"

"지, 지울 거예요. 지금 하잖아. 봐요! 이렇게 끌어서……."

그녀는 입가에 스미는 웃음을 꾹 눌러 참으면서 빠른 손짓으로 마우스를 움직였다.

"휴지통에 제대로 넣었죠? 아이고, 이제 됐네."

아련은 아주 큰일을 했다는 듯 밝게 웃었지만 도욱의 험한 표정은 조금도 달라지지 않았다. 그는 모니터를 향해 손가락질을 하면서 눈에 힘을 실었다.

"비워. 휴지통 비우라고!"

"아, 네, 네! 물론이죠. 깨끗이 비울게요."

"아, 됐어! 나와. 내가 하게."

간교한 음란마귀를 더는 신뢰하지 못하는 도욱은 아예 마우스를 뺏어 들었다. 그는 직접 휴지통을 깨끗이 비운 뒤 PC 최적화까지 마친 후에야 떫은 표정으로 아련의 방을 나섰다. 문이 '쾅!' 닫힌 뒤 혼자 남겨진 아련은 얼른 USB를 빼서 손바닥 위에 올려놓았다. 그러곤 아주 소중하게 쓰다듬었다.

"얘들아, 걱정 마. 이 엄마가 꼭 세상의 빛을 보게 해줄게. 하아, 겨우 살렸네."

방심하고 안도하던 찰나였는데, 벌컥! 다시 방문이 열렸다. 무슨 이유인지, 방금 전보다 더욱 불퉁해진 표정의 도욱이 성큼성큼 걸어 들어왔다.

"오, 오빠…… 왜, 왜요."

"비켜봐."

도욱은 컴퓨터 앞을 가로막는 아련을 밀쳐낸 뒤 다시 마우스를 잡는 것 같았으나, 그의 시선이 향한 곳은 뜻밖에도 USB 포트였다.

"여기 꽂혀 있던 거 어디 갔어?"

"그, 글쎄요? 뭐가 있었던가? 아, 아무 것도 없었는데."

"아까 다 봤어. 여기, 누리끼리한 게 분명히 꽂혀 있었다고! 영 꺼림칙해서 아무래도 이상하다 싶었는데, 화장실 뛰어가던 송민한이 답을 주더군. 넌 네 작업하는 원고를 항상 거기에 저장한다며."

'이런, 젠장! 요망한 까만 머리, 왜 또 입을 놀려선……'

뜻밖에도 아련의 적은 그녀와 가장 가까운 내부고발자 송민한이었다. 또다시 위기에 봉착한 그녀는 입술을 잘근잘근 깨물면서 발을 동동 굴렀다.

"내놔."

"어, 없어요……"

"백 작가. 너, 정말 이런 식으로 할래?"

소리치는 대신 꽉 눌린 목소리에는 모든 분노가 담겨 있었다. 정말이지 도욱의 주변으로 불길이 치솟는 듯한 착각이 들 정도였다.

"USB 내놓으라고! 당장!"

"하, 하하……."

아련은 겁에 질려서 입을 크게 벌리고 웃었다. 사람이 너무 무서우면 눈물이 아니라 웃음이 나온다는 헛웃음의 실체를 몸소 체감하는 순간이었다. 하지만 그 웃음은 도욱의 신경을 더욱 자극했다. 결국, 그의 심술보를 제대로 건드린 아련은 벽에 몰아세워진 자세, 이른바 벽치기로 그 어떤 설렘도 없이 잔인하게 전부 빼앗겼다. 작업 중인 원고 전체가 담긴 황금색 USB를 말이다.

"오빠! 진짜 너무하잖아요."

"시끄러워. 너 이거 압수야."

"아, 왜!"

"이 요망한 것아. 네가 여기에 또 나랑……. 아휴! 됐어. 어쨌든…… 너, 이거 내가 노트북 고쳐서 싹 다 뒤질 동안 얌전히 있어!"

"으이, 씨잉!"

아련이 폴짝폴짝 뛰면서 USB를 낚아채려고 했지만 잡을 수 있을 리가 없었다. 성난 다람쥐처럼 통통 뛰어오르는 아련을 내려다보면서 도욱은 휘파람을 불었다. USB에 달려 있는 고리를 손가락에 끼운 채 붕붕 흔들어대는 그의 손동작이 몹시도 얄미웠다. 그는 아련의 애원을 무시한 채 흥얼거리면서 2층 제 방으로 올라가 버렸다.

"언니. 오빠 좀! 나 작업해야 해요!"

"흐응. 어쩐다니……."

아련은 징징거리면서 화리의 팔을 잡아 흔들었다. 정작 할머니 속옷의 주인인 화리는 도욱이 신경질을 내는 이유를 알지 못했다. 뭔가 도욱이 어린애를 데리고 유치한 장난을 하고 있다는 생각에 화리는 하는 수 없이 2층으로 올라갔다. 방에 들어서니 도욱은 팔베개를 한 채 침대 위에 드러누운 상태였다. 침대 밑으로 빠져나온 발이 까닥거리는 움직임조차도 몹시 얄미웠다. 화리는 팔짱을 낀 채 그를 불만스럽게 바라봤다.

"뭔데? 그 표정은?"

"줘. 아련이 거."

"와, 지금 적군의 개가 되어서 아군의 심장을 노리겠다는 건가?"

도욱은 나른한 표정으로 기지개를 켜면서 몸을 일으켰다. 뜻 모르는 소리 앞에서 화리는 고개를 갸웃거렸다.

"무슨 뜻이야?"

"됐어. 넌 몰라도 돼. 나 잘 거니까…… 내려가. 뭐, 같이 자려면 옆에 눕든가."

도욱이 야릇하게 웃으면서 화리의 팔을 잡아끌었다. 그녀는 잡힌 팔을 빼내면서 슬쩍 도욱의 어깨를 밀어서 그를 침대 위로 넘어뜨렸다. 그의 위에 올라타서 재빠르게 도욱의 바지 주머니 속으로 손을 집어넣었다. 그녀의 저돌적인 행동에 당황한 도욱이 화리를 밀어내려고 했지만 이미 그녀의 작은 손이 주머니 속의 USB를 움켜쥔 뒤였다.

'됐다!'

그녀가 USB를 손에 쥐고 달아나려고 하던 그때 도욱이 화리의 종아리를 확 잡아당겼다. 스르륵 그의 손길에 이끌려서 침대 위를 미끄러지던 화리가 그의 팔을 다급하게 붙잡았다. 어느새 그는 장난기 없는 짙은 눈동자로 화리를 내려다보고 있었다. 도욱은 화리를 향해 고정된 시선을 풀지 않은 채 그녀의 작은 주먹을 움켜잡았다.

"왜, 왜 이래!"

"USB. 내놔."

화리는 주먹에 더욱 꽉 힘을 주면서 손을 펴지 않으려고 안간힘을 썼다.

"안 된다니까! 아련이 거잖아. 유치하게 이런 짓 하지 마! 어른스럽지 못한 행동이잖아."

선생님이 아이를 다그치는 듯한 엄한 목소리였다. 도욱은 순간 조금 전 읽었던 〈순백의 그녀〉의 한 부분이 떠올랐다. 그는 인상을 찌푸리면서 고개를 저었다.

"시끄럽고, 빨리 내놔. 너 내가 힘으로 못 해서 못 뺏는 거 같아? 어른스럽게 참고 있는 거야. 얼른 손 펴! 빨리!"

"싫어."

"싫어?"

"응. 아련이 갖다줄 거야."

"뭐, 좋아. 적군의 개가 되어서 아군의 심장을 노리는 변절자한테는 방법이 없네. 그에 합당한 대가를 치르고 가져가."

"대가라니?"

"백아련 소설에 나오는 이런 짓 저런 짓…… 고수위 소설의 탑 클래스를 전부 다, 모조리 너한테…… 엉망진창으로 해버린다는 뜻이지. 그 정도는 돼야 나도 밑지는 장사가 아니잖아. 안 그래?"

검은 눈동자를 반짝이는 도욱의 목소리가 잠겨들었다. 화리는 그 나른한 목소리의 의미를 알고 있기에 몸에 바짝 힘이 들어갔다. 이런 짓, 저런 짓의 의미를 되새기면서 아련의 소설 속 장면을 떠올리는 화리의 얼굴이 점점 붉어졌다. 겨우 정신을 차린 뒤에는 이미 도욱의 팔 안에 갇힌 뒤였다. 화리가 잔물결이 사라진 맑은 눈동자로 그를 바라보는 순간, 도욱의 손이 셔츠 속으로 거침없이 밀려들었다. 살결을 스치는 움직임에 화리는 저도 모르게 눈을 질끈 감았다. 그가 고개를 내려서 목 언저리에 숨결을 불어넣는 순간 화리는 번쩍 눈을 떴다. 그를 밀어내던 손에서 힘이 풀리고, 마침내 도욱의 혀가 자신의 입술을 핥듯이 스치는 순간 저절로 꽉 움켜쥔 주먹에서 힘이 풀렸다.

'아, 졌어.'

그 찰나를 놓치지 않고 도욱이 USB를 낚아챘다. 목표 달성에 성공한 도욱은 싱글거리면서 침대를 벗어났다. 바지 주머니 안쪽 고리에 USB 열쇠고리를 잘 채운 뒤에야 안심되는 듯 뻐근한 목을 휘휘 돌렸다. 경쾌한 몸짓으로 스트레칭을 하면서 문득 시계를 바라보니 벌써 6시였다.

"배신자."

"나 부른 거야?"

"응. 너 오늘 저녁 당번이잖아. 빨리 내려가서 밥해."

"할…… 거야."

"그리고 너! 밥물 조절 좀 잘 해. 꼭 네가 밥하면 쌀알이 전부 날아가더라. 너 혹시 하진호가 된밥 좋아한다고 맨날 고두밥 수준으로 하는 거야? 난 그거 싫…… 다…… 고……."

잔뜩 투덜거리던 도욱의 목소리가 잦아들었다. USB에 정신이 팔렸던 도욱은 그제야 흐려진 눈빛으로 숨을 헐떡이고 있는 여자가 눈에 들어왔다. 자신이 밀어 올려놓았던 셔츠가 제자리를 찾지 못한 채 그대로 말려 올라가 있던 덕분에 화리의 허리가 전부 드러났다. 그뿐인가? 그녀가 고개를 돌려서 자신을 바라보는 순간 목 언저리의 붉은 자국이 여실히 눈에 담겼다. 별로 작정하고 만든 자국이 아닌데도 여자의 여린 살결에는 금세 그가 스쳐 지났던 자리가 남아 있었다. 도욱은 마른침을 삼키면서 침대 가까이 걸음을 옮겼다.

"왜 그러고 있어?"

"너 때문이잖아."

"나 때문이야?"

"그래."

화리는 겨우 대답하면서 천천히 숨을 골랐다. 알 수 없는 눈빛으로 자신을 내려다보는 남자를 향해 멍한 눈을 한두 번 깜빡이면서 '이게 무슨 꼴이람'이라고 생각했지만, 몸에 힘이 없었다. 침대 밖으로 빠져나온 손가락이 가늘게 떨리는 것이 창피해서 실없이 웃었다. 그 나른한 몸짓에 도욱은 저녁 생각이 전부 사라졌다. 몸을 일으키는 그녀의 어깨를 붙잡아서 다시 찍어 누른 뒤 그대로 입술을 부딪치던 찰나 그의 방문이 벌컥 열렸다.

"언니! 꼭, 오빠한테 USB를 뺏어……."

공유하실래요?

"……."

"야…… 하는…… 데…… 꺄아아아악!"

늦어도 한참 늦은 비명과 함께 도욱은 인상을 찌푸렸다. 한 손으로는 버둥거리는 화리를 누르면서, 다른 한 손으로는 아련에게 자신의 지갑을 집어 던졌다. 아련은 본능적으로 그것을 받아 챙기면서도 침대 위의 남녀를 향한 시선을 거두지 못하고 있었다.

화리는 이대로 도욱을 뿌리치고 아련을 따라나서는 것도 창피하고, 그대로 도욱의 아래 깔려 있는 것도 민망했다. 그리고 도욱의 손은 너무도 뻔뻔하게 화리의 가슴을 움켜쥐고 있었다. 다행히 멍한 표정을 짓고 있는 아련은 도욱의 손이 어디에 있는지 눈치채지 못한 듯했다. 결국 아무것도 할 수 없어서 미칠 지경인 화리는 손에 잡히는 베개를 끌어다가 제 얼굴을 가렸다.

"백아련."

"네, 네?"

여전히 문 앞을 서성이는 아련을 향해 도욱은 나른한 미소를 지었다. 뭔가 화가 전부 풀린 듯한 희한한 표정의 원인은 뭘까? 생각하면서 그 자리에 얼어붙어 있던 아련은 괜히 문고리를 꽉 붙잡았다.

"저녁 나가서 먹어."

"나가요?"

"그래. 얼마를 써도 상관없으니까…… 민한이랑 나가서 먹어. 그리고 되도록 늦게 들어와! 아주, 늦게!"

"……."

"나가."

그의 단호한 명령에 응답하여 쾅 닫힌 문 너머로 계단을 뛰어 내려가는 아련의 비명이 청아하게 울려 퍼졌다. 현관문이 닫히는 기계음까지 들은 후에야 화리는 제 가슴을 주물럭거리는 도욱을 밀어냈다.

"저리 비켜. 애 앞에서 이게 무슨 짓이야!"

씩씩거리면서 옷을 끌어내린 뒤 그를 쏘아보는 눈동자가 크게 흔들렸다. 잔뜩 놀란 그녀와 달리 도욱은 태연한 표정으로 말한다.

"그래서 애가 나갔잖아. 그럼 됐지. 너 때문에 내가 지갑까지 던지는 거 못 봤어?"

"그게 왜 나 때문이야!"

"네가 그랬잖아. 나 때문이라고. 그래서 책임지는 거야. 지금 이대로 그만둬도 괜찮아? 아마 아닐 텐데?"

도욱은 야릇하게 웃으면서 화리의 종아리를 쓸었다. 그의 손이 종아리를 지나쳐서 허벅지 안쪽에 닿는 순간 소름이 돋고 동공이 확장되는 감각은 본능이었다.

"손 한 번 닿았다고 벌써 이러면 어떡해? 진작 말을 하지 그랬어. 이렇게 될 때까지 어떻게 참았대? 너 지난번에 말이야. 밤마다 잠 못 들었던 이유가 혹시?"

"아니야!"

"뭐가 아닌데?"

"네가 생각하는 게 뭐, 뭐든…… 전부 아니라고."

"에이, 말했잖아. 수컷들의 세계에서 통용되는 진리가 있어. 여자는 침대 위에서 피노키오가 된다고. 그래서 나는 침대 위에서 네가 하는 말은 전부 반대로 듣는다고. 그러니까 거짓말은 그만하시죠, 아가씨."

나른한 미소와 함께 셔츠 속으로 밀어 넣는 도욱의 손을 화리가 꽉 붙들었지만 남자의 힘을 이길 수 있을 리가 없다. 맥없이 다시 그의 손에 가슴이 붙잡히는 순간 화리는 저도 모르게 신음을 흘렸다. 겨드랑이 아래부터 시작해서 가슴을 쓸어내리는 손길은 정확하다. 도욱은 틈을 주지 않겠다는 듯 완벽한 공략법으로 그녀를 녹진녹진하게 만든다.

"싫……."

"싫다고 할 거지? 그러면 좋은 거잖아? 맞지?"

도욱이 낮게 웃는 순간 화리는 정신이 번쩍 들었다. 제 마음을 너무 쉽게 들킨 것이 창피하고 심통이 났다. 화리는 눈을 부릅뜬 채 그를 노려봤다.

"왜 그래?"

"그만할래. 난 참을 수 있을 것 같아. 너 아까 잔다고 했지? 그럼 혼자 잘 자."

화리는 그를 밀어내고는 미련 없이 침대에서 몸을 일으켰다. 도욱은 다급하게 그녀를 붙잡아 당겼다. 그에게 끌려가지 않으려고 화리는 발에 꽉 힘을 주었다.

"어쭈? 지금 버티는 거야?"

"그래."

"이제 와서 난 어쩌라고!"

"네가 알아서 해. 이런저런 방법으로."

"홍화리!"

"그럼 사과해."

"내가 뭘 잘못했다고!"

"놀리지 마."

"뭐?"

"뭐든지 다 안다는 눈으로 놀리지 마. 여기저기 건드리면서 확인하는 것도 하지 마! 내가 창피해하고 부끄러워하는 반응 즐기지 말라고."

따박따박 따지고 드는 여자의 입술이 조잘대는 모습이 귀여워서 미칠 것 같았다. 툭 불거진 볼을 손가락으로 쿡 찍어 누르고 단번에 그녀의 몸을 가리고 있는 천 조각을 벗겨 버리고 싶은 충동을 겨우 누른다.

"그래서 사과하면 돼?"

"진심으로 해."

도욱은 한 풀 꺾인 화리를 확 잡아당겨서 버둥거리지 못하도록 제 다리로 찍어 눌렀다. 눈에는 여전히 힘이 실려 있는 여자의 머리를 쓰다듬으면서 도욱은 그녀를 살살 구슬렸다.

"알았어. 미안. 진짜 미안! 예뻐서 그랬어. 예뻐서!"

"쳇."

"넌 모르잖아. 내 아래에서 얼굴 붉히는 네가, 입술 꽉 깨물고 있다가 참지 못해서 한 번씩 숨을 토해내는 그 모습이…… 얼마나…… 예쁜지 모르잖아."

말이 이어질수록 도욱의 눈빛이 야릇하게 번쩍였다. 화리는 번뜩이는 남자의 열망을 마주하면서 흔들리는 시선으로 그를 올려다봤다. 이윽고 입술이 맞닿는 순간 자연히 몸이 겹쳐졌다. 도욱의 뜨거운 숨결이 화리의 맨 살에 번져간다. 정신을 아찔하게 하는 뜨거움 사이로 그가 나직하게 속삭인다.

"모르면서…… 하지 말라고 하는 건 반칙이지. 그 말도 자극적이거든. 말해두는데, 널 만지는 동안 너만 이상해지는 게 아니야…… 네 숨소리 하나하나에 내 몸도 깨어난다고. 깨웠으면…… 그만 쫑알거리고 책임을 져야지. 안 그래?"

그날 밤 도욱의 핸드폰에는 아련과 민한이 신나게 긁고 다님을 알려주는 문자 알림 소리가 시간 차를 두고 울려댔지만 도욱은 딱히 신경 쓰지 않았다. 정확히는 신경 쓸 여유가 없었다. 작당을 한 두 남녀가 근처에 있던 진호까지도 소환하는 바람에 그들은 고급 레스토랑에서 오랜만에 칼질했다. 그리고 아주 늦은 밤, 진호와 도욱은 양치를 하면서 거울 너머의 대화를 이어갔다.

"너, 오늘 돈 많이 썼어. 덕분에 잘 먹었다."

"그래, 다행이네."

"뜬금없이 카드는 왜 준 거야?"

"잘 먹었으면 됐어."

"아련이한테 물어도 딱히 말이 없고…… 뭐 있지?"

"잔망스러운 게 입은 무겁네."

도욱은 싱글거리면서 입안의 거품을 헹궜다. 뭔가 쌓였던 모든 것을 해소한 듯한 상쾌함이 진호에게도 전해졌다. 그래서 몹시도 궁금했다.

"뭔데?"

"노친네. 알면…… 다쳐!"

도욱이 사악한 미소와 함께 속삭였다. 마침 제 방에서 나오던 화리는 2층 화장실 문이 열려 있음에 멈칫했다. 마른 목을 물 한 잔으로 축이면서 옮기는 걸음은 사각거리는 소리조차 내지 않았다. 도욱이 팔 안쪽에 만든 키스마크 때문에 신경이 쓰였다. 최대한 팔을 가리는 긴 티를 입었음에도 조심스러웠다. 그래서 진호를 마주치지 않으려고 했는데 헛수고였다.

"화리 씨?"

화장실에서 나온 진호와 시선이 마주치는 순간 화리는 입안에 고여 있던 물을 한꺼번에 삼켰고 그대로 사레가 들렸다.

"콜록콜록."

그 기침 소리가 그녀의 존재감을 여실히 드러냈다. 진호가 그녀의 등을 두드리면서 괜찮냐고 물었지만 대답할 틈도 없이 기침이 멈추지 않았다. 화장실에서 뒤늦게 나온 도욱은 진호의 손을 홱 치워내면서 그녀의 등을 팡팡 두드렸다. 어찌나 세게 두드리는지 등이 욱신거릴 지경이었다. 그의 거친 손길을 뿌리친 뒤 진호 쪽으로 걸음을 옮기는 순간이었다. 어차피 1층으로 내려가기 위해서는 진호를 지나쳐야 했다. 그런데도 도욱은 그녀의 팔을 붙잡아 자신의 옆으로 잡아당겼다. 어쩐지 소유욕이 느껴지는 움직임이었다. 그 모습을 흥미롭다는 듯이 바라보면서 진호는 피식 웃었다.

'저 자식은 왜 저렇게 나를 경계하지? 알 거 다 알면서?'

'저 인간이 홍화리 첫사랑을 닮았다 이거지……. 기분 나빠. 좀처럼 잊히지 않아.'

화리는 1층으로 내려가고 싶어서 발을 동동 굴렀다. 이상하게 자신을 붙잡고 놓아주지 않는 남자를 흘겨보던 그때였다.

"화리 씨 저녁에 뭐 했어요?"

"네? 아, 아무것도! 아무 짓도 안 했어요!"

"왜 그렇게 놀려요. 아련이가 언니는 무척 바쁘다고 하던데. 별일 아니었으면 애들하고 같이 나오지 그랬어요? 저녁은?"

"아, 머, 먹었어요. 하하하."

"왜 거짓말을 해. 안 먹었잖아. 뭘 숨기려고 그래?"

"입 다물어! 조용히 해!"

"왜? 형. 얘는 나랑 둘이……."

"김도욱!"

"고양이 목욕시켰어. 홍화리 방 욕실에서 깨끗하게 잘 닦아줬지."

얼굴이 벌게진 화리는 도욱을 잔뜩 쏘아봤다. 진호가 옆에 없었다면 온갖 욕이 튀어나올 뻔한 순간이었다. 화리는 여전히 빙긋이 웃는 남자를 향해 입 모양으로 마음의 소리를 전했다.

'죽을래?'

도욱은 대번에 알아듣고는 고개를 가로저었다. 그 웃음이 미치도록 얄미워서 한 대 치고 싶을 정도였지만 참아야 했다. 그녀는 여전히 황당한 표정을 짓는 진호와 눈이 마주칠세라 얼른 1층으로 뛰어 내려갔다. 그 뒤를 따라나서는 도욱은 여전히 싱글벙글이었다.

"아, 그러고 보니 배고프네. 홍화리, 라면 먹을래?"

"안 먹어!"

"왜, 너 라면 좋아하잖아. 튀김 우동 사다 줄까?"

"됐어! 따라오지 마!"

"부끄러워하긴……."

콧노래를 흥얼거리면서 계단을 내려가는 도욱의 발걸음이 무척이나 경쾌했다. 그의 뒷모습을 물끄러미 바라보면서 진호는 고개를 갸웃거렸다.

"마당 고양이 엄청 새까맣던데…… 목욕시켰다고?"

고개를 갸웃거리면서 제 방에 들어온 진호의 시선이 불현듯 침대로 향했다. 순간 머릿속에서 '번쩍' 하고 빛이 나는 것 같았다. 카드, 아련의 침묵, 언니는 바빠요, 나랑 둘이…… 목욕, 배가 고프네…… 사이의 연결고리를 찾아낸 진호는 뭔가 알았다는 표정으로 손가락을 튕겼다. 그는 마침내 야릇한 의미를 알아차렸다. 고양이의 은유적 의미를 알아차린 진호는 허탈한 듯이 웃었다.

"아하…… 하하. 저 자식, 요새 진심으로 내쫓고 싶네. 저 앙큼한 놈!"

PAGE : 열셋.
꽃이 폈어요

"왜요? 잘 안 끼워져요?"

"네. 필름 카메라는 처음이라서요."

지현에게는 진호가 가장 아끼는 FM2가 들려 있었다. 그는 쭈
뼛거리는 지현에게서 카메라를 넘겨받은 뒤 능숙하게 필름을 끼
웠다. 그 모습을 물끄러미 바라보는 지현에게는 작은 미소가 걸
렸다.

"자요. 처음에는 초점 맞추기 어려울 거예요. 가운데 동그라미
가 하나로 겹쳐지는 느낌이 든다 싶을 때 셔터를 눌러요. 이해돼
요? 아니다. 그냥 마음대로 찍어봐요. 그냥 처음에는 필름 한 통
버린다고 생각하는 게 마음이 편하니까."

진호에게서 카메라를 건네받는 지현의 손이 그의 손등을 살짝
스쳤다. 일부러 그랬다. 저 숙맥 같은 남자의 눈빛이 잠시 흔들리

는가 싶더니 이내 그가 홱 돌아섰다. 지현은 또 그 모습이 좋았다. 양복을 입은 모습보다 야상 잠바에 운동화를 신은 모습이 그의 '자유'를 대변하는 것만 같았다. 카메라를 손에 쥔 그는 환하게 웃었다가도 금방 진지해진다. 피사체에 고정된 그의 눈빛은 한없이 짙어지고, 완전히 몰입하게 되면 그는 말이 없어진다. 이따금 입술을 질끈 깨물면서 고개를 갸웃거리면 그게 또 그렇게 섹시할 수가 없다.

"진호 씨한테 사진작가는 어떤 의미예요?"

진호는 잠시 생각하는 표정을 짓더니 피식 웃었다. 그 편안한 미소가 지현에게 닿자 그녀의 얼굴이 조금 붉어졌다.

"나를 위한 삶이죠. 남한테 보여주기 위해 시작한 일은 아니니까."

점잖고 정돈된 목소리 속에서 느껴지는 오롯한 신념이었다. 지현은 이 남자의 세계에 자신도 함께 옮아가고 싶다는 생각이 들었다. 그러다 보면 쇼윈도에 걸린 마네킹처럼 죽은 영혼을 지닌 자신도 생의 감각을 되찾을 수 있을 것만 같았다.

"그럼 왜 찍어요?"

"네?"

"이유가 있을 것 아니에요. 사진…… 왜 찍는데요?"

"그야, 좋으니까……."

진호가 머리를 긁적였다. 이런 질문은 처음이었다. 언제나 '사진 찍으면 얼마나 버나?', '밥은 먹고 사느냐?', '변호사는 왜 그만뒀느냐?' 등등 답답하고 시시껄렁한 질문이 전부였는데 이 여자가 처음으로 '왜?'라고 물었다. 그리고 그 물음이 지현에게서 나왔다는 것이 나쁘지 않았고 답을 줄 수 있는 상대가 그녀라서, 조금은 다행이라는 생각이 든다. 왜? 이유는 모르겠고 그냥, 지금…… 머리가 맑아지는 기분이다.

한편, 가만히 진호의 답을 되새기던 지현은 뭔가 알겠다는 듯 고개를 끄덕였다.

"그러네. 좋으면 하는 거지. 내가 너무 싱거운 질문을 했죠?"

그녀는 진호에게 환한 웃음을 던져둔 뒤 저만치 앞서 걸었다. 겨울에 피는 야생화가 만개한 언덕 위였다. 불어오는 바람을 두 팔 벌려 맞으면서 천진하게 웃는 여자의 모습에 진호는 작게 가슴이 뛰었다. 그녀가 자신을 향해 손을 흔드는 순간 잠시 숨이 멈춰졌다. 때마침 밀려오는 강풍에 지현의 나풀거리는 원피스 자락이 휘리릭 말려 올라갔다. 당황한 그녀가 마릴린 먼로 같은 포즈를 지으면서 허둥댈 때 진호는 놓치지 않고 그 모습을 찍었다. 셔터 소리에 지현이 바쁘게 뛰어와서 진호의 카메라에 손을 뻗었지만, 키가 큰 그에게서 뺏을 수 있을 리가 없었다.

"그거 지워요!"

"필카인데 어떻게 지웁니까."

"아, 그럼 필름 다 빼요! 초상권 침해야!"

"안 됩니다."

"왜요! 내가 필름 값 줄게요!"

"이거 한 컷에 십만 원짜리 필름입니다."

"줄게요! 다 줄 테니까 제발 지워요!"

"돈 많은 집 딸이라고 세상 물정 모르는 소리를 하는 겁니까? 대답해요. 정말 나한테서 필름 뺏고 돈 뿌릴 생각이에요?"

"아뇨! 그런 건 아니고…… 사진이 안 예쁘니까. 이상하게 찍혔 잖아요. 그런데 정말 십만 원이에요?"

"네!"

한 컷에 십만 원짜리 하는 필름이 있을 리가 없는데도 그녀는 잘도 속았다. 지현은 정말 속상하다는 듯이 발을 굴렀다. 진호는 피식 터져 나오는 웃음을 꾹 찍어 눌렀다. 그는 그녀가 보여주는 생 날것의 순수함을 조금씩 마음에 담고 있었다. 부모님의 경제 적 지원을 받지 않기로 선언한 지현은 미술 학원에서 아이들을 가르치기 시작했고, 소아과 병동의 아이들에게 재능기부 차원의 그림 선물을 하는 등 조금씩 세상으로 나올 준비를 하고 있었다. 그렇게 싫었던 미술로 돈을 벌고 산다는 게 죄스럽다고 하면서도 지현은 처음으로 그림을 그리는 게 즐겁다고 말했다.

그녀를 괘씸하게 여긴 부모님에게 통장과 카드를 뺏긴 지현이 서울에서 살 집을 얻지 못하던 그때, 도움의 손길을 내민 한 여 자가 있었다. 그것은 놀랍게도 도욱의 결혼 상대자였던 최선아였 다. 선아는 지현의 대학 선배였고, 이른바 돈 많은 집안의 사교 모임에서 익히 알고 지내던 사이였다. 홀로서기를 준비한다던 그 녀의 얘기에 선아는 뜻밖에도 지현의 선택을 응원했다. 선아는 흔쾌히 미술 학원에 자리를 내줬고, 자신의 집에서 거처하도록 도왔다. 물론 셈이 빠른 최선아가 공짜로 기거하게 할 리는 없었 고, 지현은 따박따박 월세를 내야 했다.

"말이 나와서 말인데, 지현 씨 한 달에 얼마 버는데요? 필름 값 나한테 뿌리고 나면 당장 버스비는 있어요? 이번 달 월세도 간당간당하다면서요? 길바닥에 나앉게 생겼으면서 허세 부리는 겁니까?"

"칫."

지현이 풀 죽은 얼굴로 입을 내밀었다. 뽀로통해진 여자의 볼이 빵빵하게 부풀어 오르는 순간 저 볼을 콕콕 찍어보고 싶다는 미친 망상이 피어올랐다.

'미쳤네. 하진호.'

진호는 자신을 향한 불만으로 한숨을 내쉬었다. 그러곤 옆자리에서 조잘거리는 여자를 일부러 쳐다보지 않으면서 오로지 앞만 보고 걸었다. 벌써 겨울이다. 계절의 흐름에 따라 달라진 세상의 풍경을 가만히 눈에 담으면서 진호는 생각했다.

'내가 이 여자를 몇 번째 보는 거더라?'

지현을 알게 된 이후 다섯 달 남짓한 시간이 지났다. 여름의 끝 무렵이었나? 단풍이 막 물들기 직전의 9월이었던 것 같다. 그 첫날 이후 소리 없이 시간이 지나간 자리에는 어느새 찬 서리가 내리는 겨울이 찾아와 있었다. 촬영을 위해서 화리와 함께하던 시간은 조금씩 지현의 몫이 되었고, 언제부터인가 단둘이 나서는 일정은 더는 버겁지 않았다. 함께 출사하러 다니고 사진 기술을 가르쳐 주는 일상은 썩 나쁘지 않았다. 좀 더 마음을 낸다면 차지현이라는 여자와 함께 공유하는 시간은 꽤 괜찮았다. 진호는 그것까지 부정할 마음은 없었다. 지현의 집으로 향하는 버스를 기다리는 동안 그녀는 손이 시린 듯 계속 손을 비볐다. 차가운 공기 속에서도 옆에 있는 남자가 마냥 좋은 여자는 연신 입술을 움직여서 하얀 입김을 지치지도 않고 내뿜는다.

"진호 씨. 나 있죠! 이제 버스 타는 데 익숙해요. 환승하는 시간도 안 놓쳐요."

"다행이네요."

진호는 무의식적인 지현의 손동작에 시선을 고정한 채 심드렁하게 답했다.

"버스 요금이 얼마인지도 모르고 살았는데, 지금은 길바닥에 깔리는 돈이 새삼 너무 크게 느껴지는 거 있죠. 하하."

그녀가 아이처럼 웃었다. 진호는 여자의 얇은 옷차림을 눈에 담았다. 예쁘게 보이고 싶다는 일념이 담긴 하늘거리는 원피스와 얇디얇은 코트 위로 새하얀 목덜미가 그대로 드러났다. 그녀가 콜록거리면서 기침을 하는 순간 진호의 미간이 좁혀졌다.

'왜 맨날 옷을 저렇게 입는 거야? 신경 쓰이게…… 일부러 저래?'

덜덜 떨면서도 지현은 떨어지는 나뭇잎마저도 재밌다는 듯이 함박웃음을 지었고 언제나처럼 리액션이 크다. 그러면서도 이따금 진호와 시선이 마주치면 갑자기 가늘게 떨리는 입꼬리를 감추지 못했다. 그게 진호는 조금, 귀엽다고 생각한다.

"저기 버스 오네요! 저, 이제 갈게…… 어?"

지현이 버스에 올라타려던 순간이었다. 진호가 그녀의 팔목을 잡아서 그대로 끌어당겼다. '뭐 하는 짓이냐?'는 듯한 표정을 짓는 여자 앞에서 뚱한 표정을 짓던 진호는 말없이 자신의 목에 감겨 있던 목도리를 풀었다. 그러곤 그녀의 목에 칭칭 감았다. 멋스러움이 아니라 철저하게 보온을 위한 매듭이었다. 얼굴의 절반을 가릴 정도로 꽉 묶은 덕분에 지현의 발그레한 볼도 전부 가려졌다.

"버스, 갔어요."

"다음 거 타요."

진호는 퉁명스럽게 내뱉었다. 이상한 일이었지만 부드러운 젠틀맨 하진호는 차지현 앞에서만 유독 무뚝뚝해지고 살가운 맛이 없다. 언젠가 이에 대한 화리의 물음에 대신 답한 것은 도욱이었다. 그것은 아마도 자기 여자가 될지도 모른다는 생각이 앞선 탓에 이른바 경계, 탐색 모드가 가동된 것이라고 말이다. 그때는 미친 소리 한다고 도욱을 쥐어박았지만 지금 이 순간 진호는 눈앞의 여자를 보면서 생각했다.

'정말 내가 그런가? 탐색 모드?'

자신을 빤히 바라보는 시선을 거두지 않는 진호 때문에 지현은 떨리는 손으로 목도리가 감긴 목 언저리에 손을 가져다 댔다.

"고마워요."

조금 더 들뜬 듯한 여자의 감미로운 목소리에 정신이 든 진호는 다시 발아래로 시선을 내리깔았다. 괜히 발끝으로 나뒹구는 나뭇잎을 한곳으로 쓸었다.

"그냥 목도리잖아요. 그 정도는 누구나……."

"어! 진호 씨! 나 좀 봐요!"

여자의 외침에 불현듯 고개를 든 진호는 순간 멈칫했다. 찰칵! 셔터가 눌러지는 소리와 함께 차르륵 필름이 넘어가는 소리가 들렸다. 지현은 카메라를 등 뒤로 숨기면서 혀를 쏘옥 내밀었다.

"마지막 남은 한 장은…… 진호 씨 사진을 찍고 싶었거든요. 그래서 남겨두고 있었어요. 필름 카메라니까, 사진 못 지우는 거 맞죠?"

학습력이 좋은 지현이 진호의 말을 그대로 되돌렸다. 진호는 처음으로 마음을 내려놓고, 편안하게 웃었다. 자신이 얼빠진 사람처럼 웃고 있다는 것을 깨닫는 순간 그는 다시 입을 꾹 닫았다. 어찌된 일인지 총명한 하진호가 차지현하고 있으면 이따금 정신을 놓친다.

'덥네……'

느닷없이 목이 후끈거려서 진호는 슬쩍 손부채질을 했다. 볼 언저리를 스치듯 지나치는 찬바람은 물론 차가웠지만 춥지 않았다. 오히려 여자와 눈이 맞닿을 때마다 이유 없이 뜨거워지는 체온을 식히기에, 이 겨울의 차가움은 딱 좋았다.

'화병인가? 자꾸 열이 올라.'

제 안의 열기가 '굳은 화' 때문이라고 단정 짓고 있는 진호는 정작 알 수 없었다. 말 못 할 사랑으로 인해서 딱딱하게 굳어서 뭉쳤던 화기는 이미 부서지고 흩어져서 제대로 사라지고 있다는 것을 말이다. 그 대신 조금씩 말랑해지기 시작한 심장이 뜨끈한 피를 흘려보내면서 다시 사랑할 준비를 하고 있다는 것을 눈치채지 못했다. 지금 이 순간, 분명히 '두근!' 심장이 뛰는데도.

"제대로 찍힌 게…… 없네."

그날 밤, 지현과 찍은 사진을 암실에서 현상하던 진호는 지현이 엉망으로 찍어 놓은 사진을 심란하게 바라봤다. 초점이 나간 것도 문제였지만 구도, 색감, 뭐 하나 맞는 게 없었다. 물론 시작이 반이라고, 그녀는 다시 카메라를 만질 수 있다는 것에 충분히 만족했지만 말이다. 약품 처리를 한 사진들이 숨겨두었던 형상을 하나씩 드러낼 때마다 그가 웃었다. 초점이 나가서 심령사진처럼 찍힌 사진 속 주인공은 진호 자신이었다.

"작가…… 됐으면 밥 굶을 뻔했네요. 차지현 씨."

작업을 끝내고 암실 문을 닫고 나오던 그때였다. 바지 주머니에서 핸드폰 메신저가 연달아 울렸다. 발신인은 민한과 아련이었다.

〈커피쟁이: 형. 백아련이 사이다 한 병만 사오래요. 체한 것 같다는데?〉

〈음란 요정: 오빠. 송민한이 야구 보는데 입 심심하다고 치킨 두 마리만 사다 달래요〉

"그냥 사다 달라고 하면 될 것을 뭐하러…… 귀여운 것들. 징글징글하게!"

집으로 돌아가는 진호의 양손에는 사이다 한 병과 치킨 두 마리가 들려 있었다. 현관문 앞에 다다르니 시끌시끌하게 떠들어대는 소리가 들려왔다. 이곳에 살면서 집 열쇠로 직접 대문을 따고 들어간 기억은 한 손에 꼽았다. 누구 한 사람은 꼭 집에서 문을 열어줬으니까. 진호는 인터폰을 눌렀다.

[누구세요?]

민한의 목소리에 진호는 사이다와 치킨을 흔들어 보였다.

[어! 형이다. 백아련 나가서 사이다 받아와. 너 때문에 사왔잖아.]

[뭐래! 왜 나 때문이야!]

"시끄럽다! 둘 다 수작 부리지 말고 문 열어. 빨리!"

인터폰 너머로 도욱의 날이 선 목소리가 들려옴과 동시에 철컥 대문이 열렸다. 마당으로 들어서자 이제 집에 왔다는 묘한 안정 감이 들었다. 현관문을 열고 나온 민한이 얼른 진호의 짐을 받아 들었다.

"어! 웬 치킨?"

"네가 먹고 싶다고 했다며?"

"내가 언제? 백아련……. 이게 또!"

두 연인의 다정한 애정 싸움을 지켜보는 진호의 얼굴에는 어느새 보기 드문 편안한 미소가 걸려 있었다. 중계되는 야구는 어느덧 9회 초였다. 함께 야구를 보자는 이들을 뒤로한 채 샤워를 마치고 침대에 누운 진호는 무의식적으로 시간을 확인했다. 10시 5분 전이었다. 지금으로부터 딱 5분 뒤 '차지현 씨'로 저장된 여자에게서 문자가 올 것이다. 째깍째깍 초침이 가는 소리에 신경을 집중하던 사이 10시 3분이 되었다. 시간을 어긴 적이 없는 그녀였다. 이상하다 싶은 생각에 핸드폰을 집어 들던 그때 띠링! 문자가 도착했다.

〈잘 자요, 진호 씨〉

진호는 소리 없이 빙긋이 웃었다. 묘한 안도감이 드는 스스로가 우스웠다. 지금 당장 그녀를 좋아한다고 말할 수는 없었다. 아직 서영에 대한 잔상이 남아 있었기에, 어떤 관계를 시작할 준비가 된 것은 아니었다. 그런데도 진호는 지현과의 관계에 있어서

'여기까지만 하자'라는 어떤 선을 정해놓은 것도 아니었다. 마치 가랑비에 옷 젖듯이 그녀와의 관계를 시작한다면 그도 조금씩 앞으로 나아갈 수 있을 것이라 생각하면서 진호는 지현과의 첫 약속 날을 되새겼다. 그날 진호는 처음으로 자신의 이야기를 전하면서 좀 더 무거웠고, 지현은 담담하게 그의 얘기에 집중했다.

“여자가 있었어요. 사랑하는⋯⋯ 사랑했던⋯⋯.”

“⋯⋯.”

“지금까지 살면서 내 마음을 준 첫 상대였어요. 그리고 그 이후에 다른 여자도 없었죠. 미치도록 갖고 싶었지만 가질 수 없었고, 원했지만 원하면 안 되는 상대였어요.”

“⋯⋯.”

“그래서 접었고, 보냈고, 끝났어요. 그리고 지금은⋯⋯.”

“⋯⋯.”

“잊는 중이에요.”

서러운 마음을 모두 이해한다는 듯한 그녀의 끄덕거림에 진호는 내심 미안해졌다. 자신을 마음에 품었다고 당당하게 말하는 여자를 앞에 놓고서 잊지 못한 옛사랑의 찌꺼기를 내보이는 상황에 마음이 편할 리가 없었다. 하지만 여자는 전혀 기분 나쁜 기색이 없이 오히려 걱정스러운 표정으로 남자의 소매를 잡아당겼다.

“인사는 했어요?”

"네?"

"진호 씨도 알다시피, 나는 내 사랑이 야반도주했잖아요. 그래서 인사도 못 했어요. 지금도, 마지막 모습을 볼 수 없었다는 것이 아쉬워요. 제대로 눈 맞추면서 고마웠어. 미안해. 그러니까 잘 가…… 그렇게 시시껄렁한 인사라도 했다면 좀 더 빨리 가슴에 묻었을 텐데…… 그랬다면 나는 좀 더 빨리 텅 빈 마음을 다시 채울 수 있었을 텐데…… 그런 생각 하면서 온종일 울었던 거 같아요. 그렇게 펑펑 울고 나면 조금 속이 후련해져서 배가 고파졌어요. 실컷 좋아하는 카스텔라를 잔뜩 먹으면서 배를 두드리고 나면…… 그 사람의 잔상이 조금 흐려졌던 거 같아요. 그렇게 나도 내 사랑을 지우기가 힘들었어요."

"……."

"그러니까…… 진호 씨."

"네……."

"나는 진호 씨한테 어서 빨리 그 여자를 지우라고 말할 자격도, 이유도 없어요. 그냥…… 진호 씨는요, 그 여자한테 '잘 가!'라고 손 흔들어요. 울고 싶으면 울고, 기억하고 싶으면 기억해도 돼요. 당신은 쉬운 사랑을 하는 사람이 아니라서 내가 빠진 건데 너무 쉽게 지운다는 것도 실망스러워요."

"……."

"천천히 와요."

"……."

"기다릴게요. 그땐 날 좀 제대로 봐줘요. 우와, 나 심장 뛰는 거 봐. 엄청 자신만만하게 떠들었는데 솔직히 걱정은 돼요. 과연 진호 씨가 그럴 수 있을까 모르겠네? 하하."

그날 여자가 보여준 진심 어린 위로와 싱그러운 웃음, 다디단 목소리를 되새기면서 진호는 가만히 눈을 감았다. 그리고 그날, 지현에게 대답하지 못했던, 차마 하지 못한 이야기를 저 혼자 나지막하게 읊조린다.

"아마, 당신일 겁니다. 내게. 다음…… 사랑이 있다면……."

"도욱아. 다 씻었어? 군고구마 먹…… 어? 아직 안 씻고 뭐해."

"귀찮아."

그가 베개 위에 머리를 박은 채 웅얼거렸다. 도욱은 한 시간 전에 집에 돌아왔지만, 여전히 출근했던 그대로의 셔츠 차림이었다. 정확히는 일주일 전에 화리가 한꺼번에 병원에 챙겨다 준 그 셔츠 중의 하나였을 터였다. 따지고 보면 화리가 도욱을 집에서 본 것은 10일 만이었다. 애당초 도욱은 개업의가 아니라 대학에 남아서 교수가 되고자 했기에 펠로우가 되었다. 펠로우가 된 이후 도욱은 좀 더 바빠졌다. 외래 진료 이외에도 조교수의 논문 보조뿐만 아니라 자신의 연구 실직도 쌓아야 했다. 틈틈이 후배 레지던트들도 교육해야 했고 때에 따라서는 당직도 대신 섰다. 병원에 틀어박혀서 겨우 논문 세 개를 마무리한 도욱은 3일의 휴가를 얻을 수 있었다. 베개에 코를 박은 채 도무지 일어날 생각을 하지 못하는 남자가 안쓰러워서 화리는 눈물이 핑 돌았다. 그의 곁에 다가서서 도욱의 팔을 잡아끌었다.

"잘 거야?"

"으응."

"그래도 셔츠는 좀 벗어."

"손가락 까딱할 힘도 없어. 네가 좀 벗겨주든가."

"알았어. 똑바로 누워봐."

"뭐?"

도욱이 그제야 고개를 들었다. 화리는 침대 맡에 앉아서 도욱을 물끄러미 내려다봤다.

"혼자 못 벗겠다며. 벗겨준다고."

화리는 정말 진심을 담아서 건전하게 표현했지만 도욱은 아니었다. 야릇한 미소와 함께 그녀의 팔을 잡아끌었다. 잠이 부족했고, 피곤해서 죽을 것 같았지만, 무려 10일 만에 보는 여자가 눈앞에 있었다. 게다가 셔츠까지 벗겨준다니? 스위치가 켜진 도욱의 상태를 눈치채지 못한 그녀는 도욱의 셔츠 단추에 손을 가져다 댔다. 세 번째 단추까지 풀던 찰나였다. 화리는 뭔가 생각난 듯이 멈칫하더니 도욱을 올려다봤다. 그제야 일렁이는 그의 눈동자를 마주한 그녀는 아차! 싶은 생각에 셔츠에서 손을 떼었다.

"왜 하다 말아?"

"내가 너무 둔했어. 너 지금 이상하잖아. 그러니까 안 할래."

"아, 왜!"

칭얼거리는 도욱의 외침에 화리는 엄마 같은 미소를 지었다.

그를 억지로 침대 위에 눕힌 뒤 이불까지 푹 덮어주었다. 도욱은
거칠게 저항하면서 벌떡 일어났지만 화리는 아랑곳하지 않고 그
를 다시 눕혔다.

"피곤해 보여. 좀 자라고. 씻기 싫으면 그냥 자. 제발……."

화리의 목소리가 잦아들었다. 진심 어린 걱정이 담긴 여자의
눈빛 앞에서 도욱은 한숨을 내쉬었다. 금방이라도 울 것 같은 표
정을 짓고 있는 여자 때문에 그는 하는 수 없이 욕정의 불씨를 꺼
뜨렸다.

"알았어……. 그래도 지금은 안 졸려."

"그럼 그냥 누워만 있어. 불 꺼줄까?"

"쓸데없이 배려심이 많아. 그냥 옆에 있어! 좀!"

도욱은 괜히 눈을 부릅뜨면서 엄한 표정을 지었다. 팔베개를
하면서 누운 도욱은 화리를 향해서 눈짓을 하며 옆자리를 툭툭
쳤다. 그대로 나간다고 하면 오랜만에 삐친 오리를 볼 수 있을 기
회였지만 화리는 별로 그럴 마음이 들지 않았다. 같이 있고 싶으
니까.

"옆에만 있을 거야."

"알았다고!"

화리는 의심스러운 눈빛과 함께 주춤주춤 침대 위로 올라왔
다. 옆에 누우라는 남자의 요구를 무시한 채 기어코 가부좌를 틀
고 앉는 여자 때문에 도욱은 미간을 좁혔다. 하지만 툴툴거림은
오래가지 못했다. 다디단 고구마 냄새가 코끝으로 파고드는 순간
도욱은 알아서 몸을 일으켜 앉았다.

"웬 군고구마야?"

"아련이가 만들었어."

"만들었다고?"

"응. 민한이가 계속 군고구마 먹고 싶다고 했는데, 군고구마 아저씨한테 갈 때마다 똑 떨어져 있는 거야. 그래서 아련이가 인터넷 찾아보더니 직접 만들었어. 프라이팬에 약한 불로 뚜껑 덮어 놓고 틈틈이 뒤적거리니까 정말로 되는 거 있지! 민한이가 엄청 좋아했어."

"음란마귀가 은근히 지극정성이네."

"응. 둘이 성말 잘 지내. 뭐 가끔 싸우기는 하는데…… 애정 싸움이지 뭐. 처음에 이 집에 왔을 때 걔네 둘이 싸우는 거 보고 엄청 놀랐는데, 지금은 그냥 관람하는 기분으로 보고 있어. 하하."

화리는 천진하게 웃으면서 고구마 껍질을 벗겨냈다. 고구마 껍질이 쟁반 위에 수북이 쌓여가는 것을 바라보면서 도욱은 옅은 미소를 지었다. 이윽고 화리의 손에서 노란 빛깔을 드러낸 고구마가 도욱에게 건네졌다.

"나 주는 거야?"

"알고 있었으면서 왜 물어?"

"확인하고 먹으려고. 애정도 테스트랄까?"

"으이그!"

화리는 그의 팔을 툭 치면서 환하게 웃었다. 뜨거우니까 불어서 먹어라, 손은 씻었느냐, 물부터 마시고 먹으라는 등 어린아이 다루듯이 이것저것 챙기는 여자의 잔소리가 듣기 좋았다. 그리고 생각했다.

'아아, 김도욱. 너 진짜 집에 왔구나.'

집으로 오는 내내 졸음과 싸우면서 운전을 했다. 잠을 자지 못해서 벌게진 두 눈을 끔벅이면서 드링크제를 마시고 멈추지 않고 차를 몰았다. 보고 싶은 여자가 집에 가면 분명히 있으리라는 막연한 기대가 화리의 얼굴을 보는 순간 전부 충족된다. 그래서 도욱은 안도했고 편안해졌다. 어쩌면 사람들은 그런 이유에서 결혼하는 것일지도 몰랐다. 함께 있는 시간을 지속하고 싶다는 갈망, 보고 싶을 때 마음껏 보고, 안고 싶을 때 마음껏 손을 뻗고 싶다는 욕심의 끝에서 사람들은 법적인 제도의 힘을 빌리는 것이리라 도욱은 생각했다. 그 역시도 그런 생각의 끝에서 화리를 원했고 그 희망이 지금은 진행 중이었다. 그리고 셰어하우스라는 공간은 그런 그의 갈망을 충족시키고 있었다. 물론, 방해꾼들만 없었다면 더할 나위 없이 좋았겠지만…… 바쁜 그를 대신해서 화리를 지켜주는 존재들도 그들이었다. 그리고 그들의 존재는 도욱 자신에게도 큰 선물이었다.

"그래서 애들은?"

"고구마랑 김밥 싸서 놀러 갔어. 아, 참! 주방에 김밥도 있는데 가져다줄까?"

"됐어. 그냥 앉아 있어. 그런데 오늘 평일이잖아?"

"정기휴일이잖아. 걔들도 요새 바빴거든. 카페가 입소문을 타더니 요새 사람이 더 많아졌잖아. 커피 맛도 맛이지만, 민한이가 머리카락 색 바꾸고 나서 근처 여대생들이 엄청 드나들거든. 안 그래도 많았는데, 요새는 정말! 발 디딜 틈도 없이 몰려들어."

"음란마귀 눈에서 불이 나겠네."

"아니. 딱히 그렇지도 않아. 아련이도 인기가 많거든. 사실 아련이가 요새 여성미가 장난 아니야. 뭐랄까? 이제 막 무르익은 느낌?"

"백아련이?"

"역시 여자는 사랑하면 예뻐진다더니 그걸 부정할 수 있는 여자는 없나 봐."

"그래도 너만 하겠냐."

"칫!"

직설적인 애정 표현에 화리는 내심 기분이 좋았다. 애써 티 내지 않으려고 했지만, 목소리가 좀 더 커졌고 눈에서 빛이 났다. 오랜만에 아빠를 만난 아이처럼 조잘거리는 입술을 눈에 담으면서 도욱은 타오르는 욕망의 불씨에 계속 모래를 끼얹었다. 그의 사투를 모르는 화리는 계속 고구마 껍질을 까면서 춘향가 식구들의 근황 보고를 이어갔다.

"게다가 아련이 요새 머리가 많이 길었잖아. 참! 그저께 파마도 했어. 동글동글하게 말린 머리가 딱 봐도 예뻐. 그래서 민한이가 다시 짧게 치라고 난리였어. 하하."

"다행이네. 둘이 잘 지내서."

"응. 그래서 부러워."

"누가?"

"아련이가."

"어째서 그래? 너 나한테 무슨 불만 있어?"

"아니."

"그럼 왜! 네가 왜! 백아련이 부러운 건데?"

도욱의 목소리가 조금씩 격양되었다. 요즘 들어 만나는 시간이 좀 줄어들었지만, 그래도 집에 오면 항상 볼 수 있었고, 별다른 싸움 없이 잘 지내고 있었다. 그런데 다른 연인을 보면서 부러움을 논하는 여자의 말은 뜻밖이었다. 그는 믿었던 무언가에게 배신당하는 묘한 느낌에 불안해졌다. 홍화리는 언제나 상상 이상을 보여주니까. 그녀가 껍질을 벗고 내놓을 또 다른 알맹이의 실체가 두려워질 무렵 그녀가 마침내 입을 열었다.

　"아련이는 민한이가 첫 남자래."

　"당연하잖아. 모태솔로였는데!"

　"응. 그래서 그게…… 부럽다고…… 나는……."

　화리는 고구마를 우물거리면서 잠시 말을 멈추었다. 도욱은 잠시 멍해졌다. 역시나 생각지도 못했던 얘기를 꺼내놓은 여자 때문에 도욱은 속이 갑갑해졌다.

　"무슨 뜻이야?"

　대답을 갈구하는 도욱의 눈빛이 초조했다. 그런데도 화리는 계속 고구마를 먹고 또 먹었다. 목이 멜 법도 한데 물 한 모금 마시지 않고 커다란 고구마를 계속 입안으로 욱여넣는 모습에 도욱은 뭔가 심상치 않음을 직감했다. 입안에 가득 찬 고구마를 채 씹어 삼키기도 전에 화리가 다른 고구마를 집어 들었다. 참다못한 도욱이 아예 그녀의 무릎 위에 있던 고구마 그릇을 뺏어서 멀리 치웠다. 그제야 도욱은 화리의 시선을 똑바로 붙잡을 수 있었다. 화리는 물을 마시는 척하면서 다시 도욱의 시선을 피했다. 그를 바로 본 상태로는 숨겨왔던 마음을 꺼내 보이기 힘드니까. 그녀는 목막힌 소리로 조심스레 말을 잇는다.

"나는 네가 처음이 아니었잖아."

"나도 아니었잖아."

"응. 그랬지."

화리는 괜히 자신의 손바닥을 들여다보면서 희미하게 웃었다. 그녀의 처음은 스물한 살의 성년의 날이었고, 도욱의 처음은 그보다 앞선…… 기억나지 않는 어느 날이었다. 화리가 처음으로 도욱의 여자가 되던 날, 그녀는 분명히 자신의 상태를 전했고 도욱은 그 어떤 표정의 변화도 없이 고개를 끄덕였다. 그리고 이렇게 말하면서 웃었다.

"그래서 그게 뭐?"

역시나 그때와 같은 대답이었다. 하지만 지금 도욱은 웃지 않았다. 오히려 좀 더 화가 난 듯한 표정으로 화리의 손목을 붙들었다. 그의 강한 힘이 느껴지는 순간 화리는 괜히 울컥거리면서 눈물이 나올 것 같아서 이를 꽉 깨물었다.

"그냥……."

고개를 푹 숙인 채 웅얼거리는 여자 때문에 도욱은 정말 미칠 노릇이었다. 정말 왜 이러냐고 목을 잡고 흔들고 싶은 마음을 겨우 찍어 누르던 순간 그녀가 피식 웃었다. 바람 빠진 풍선과도 같은 그 웃음에 도욱은 꽉 잡았던 손목에서 힘을 풀었다. 그녀의 흰 손목에 새빨갛게 남은 자국을 보는 순간 도욱은 짜증이 치밀어서 침대를 벗어났다. 무언가를 생각하는 듯한 표정으로 한참을 서성이던 그는 여전히 미칠 것 같은 침묵을 유지하는 여자의 앞에 다시 섰다.

"홍화리."

"응."

"지금 내가 떠오르는 생각이 있는데, 그게 네 머릿속 생각과 일치하지 않기를 바라……. 그게 맞으면 넌 진짜 혼나. 지금도 나는 진짜 화딱지가 나서 미칠 것 같은데, 참는 거야. 내 입 밖으로 내뱉기도 싫은 말인데, 너 이러고 있는 거 보니까…… 말을 해야 겠어."

"……."

"내가…… 네 처음을 갖지 못해서 화가 났을 거 같아? 싫었을 거 같아? 헤픈 여자…… 라고 생각하면서 너를 좀 더 쉽게 안았을 거라는…… 미친 생각 중이야? 이미 한 번 열린 몸이니까 조심성 없이 막무가내로 널 품었을 거라고 믿는 거냐고? 그래?"

따다닥 쏘아붙이는 도욱의 말에 화리는 가슴이 욱신거렸다. 딱히 그런 생각까지 하면서 도욱을 의심했던 적은 없다. 그가 결코 그런 모습을 보이지 않았다는 것은 누구보다도 잘 아니까. 얼마나 소중하게 자신을 아끼는지 그건 그녀 스스로가 알고 있는 진실이었다. 그런데도 화리는 첫 남자와 결혼을 한 세령, 첫 남자와 풋풋하게 연애 중인 아련을 보면서 이따금 가슴이 먹먹해졌다.

"대답해. 내 생각이 맞아?"

"아니야."

"그럼 뭔데? 뭐가 문제야. 도대체. 응?"

도욱의 거듭되는 채근에 화리는 마침내 담아두었던 이야기를 전부 쏟아냈다.

"아련이는 민한이가 자기 처음이라서 그게 너무 소중하대. 이

다음에 결혼해도 꼭 민한이랑 하고 싶다고 했어. 처음과 끝을 한 남자와 할 수 있다면 너무 행복할 것 같대……. 나도 그랬어. 그랬는데…… 나는 네가 처음이 아니야."

담담하게 떨리지 않는 목소리를 내고 싶었는데 말이 길어질수록, 머릿속 생각을 토해낼수록 화리는 주체할 수 없는 감정의 동요에 힘들었다.

"그래서 그게 큰 문제야? 새삼스럽게? 나를 이렇게 당황스럽게 할 정도로?"

"내 처음도 너였으면 좋았을 텐데…… 홍화리, 뭐가 그렇게 급해서…… 그렇게 쉽게 다른 남자한테 먼저 나를 줘버렸나…… 그런 생각하다 보니까 억울해졌어. 아깝기도 하고, 내 처음을 다시 찾아오고 싶다는 엉뚱한 생각도 하다 보니까 속상해서 미칠 것 같았어."

그녀의 목소리가 잠겨들었다. 도욱은 한숨을 내쉬면서 그녀의 옆에 앉았다. 도욱은 어렵게 마음을 전한 여자가 어쩐지 안쓰럽기도 하고, 바보 같은 생각을 하는 여자의 머리를 쥐어박고 싶기도 했다. 쓸데없는 고민할 시간에 같이 잠이나 자자고 말하고 싶지만 그랬다가는 정말이지 저 여자한테 단단히 찍힐 것 같아서 도욱은 그저 잠자코 그녀의 말에 귀를 기울였다. 그리고 그녀를 위로하고 싶었다.

"솔직히 화나."

"그것 봐."

"그건 네가 단순히 처음이고 두 번째고…… 그런 차원에서 생기는 문제가 아니야. 나한테 그런 건 아무 의미가 없어. 네가 안 믿어도 어쩔 수 없고. 어쨌든 난 결백해!"

도욱이 가슴 언저리에 손을 가져다 대면서 선서를 했다. 일부러 장난스럽게 웃으면서 화리의 어깨를 툭 쳤지만, 그녀는 여전히 물기 어린 두 눈을 깜박이고 있었다.

'에휴…… 이 바보 같은 여자야…….'

도욱은 화리의 어깨를 감싸 안았다. 그녀는 힘없이 딸려와서 그의 가슴팍에 머리를 기댔다.

"화리야."

남자의 다정한 목소리가 귓가를 파고들었다. 그녀가 좋아하는 그의 향기가 코끝을 스치는 순간 화리는 울컥 치밀어 오르는 눈물을 겨우 삼켜냈다.

"너 아무한테나 마음 주는 여자 아니잖아. 그 시절의 네가, 그 남자한테 너를 줬다는 거는 그만큼 좋아했다는 뜻이겠지. 처음을 주고 싶은 만큼 끝이라고 믿었을 거고, 오래 함께하고 싶다는 생각의 끝에서 아주 신중했을 거야. 너는 분명히 그랬을 거야. 그런 너를 누가 욕하고 탓해? 그럴 수 있는 사람 아무도 없어."

"……."

"나는, 그 시절의 너를 좀 더 빨리 만나지 못했다는 게 아쉬운 것뿐이야. 그리고 너의 소중한 것을 가져간 그 자식이…… 그게 얼마나 값진 건지도 모르는 새끼가, 네 후배랑 바람나서 너를 떠났다는 그 사실에 열 받고, 한 대 쳐서 쌍코피를 터뜨리고 싶다는 마음으로 화가 나는 거라고. 네가 아니라 그 미친 새끼 때문이야! 알아들어? 다른 이유는 없어. 그리고 너!"

"……."

"너야말로! 네가 내 처음이 아니라는 게 불쾌하고 싫었던 아니야? 다른 여자 잔상이 남아 있는 거 같아서 찝찝했던 거 아니냐고!"

"아니야!"

"그럼 왜! 왜! 그런 생각을 해. 도무지 이해할 수가 없다. 남자는 처음이 아니어도 상관없고, 여자는 반드시 처음이어야 한다는 발상은 아련이 소설 속에서만 하자. 응? 하긴, 요새 백아련 소설도 진일보해서 그렇지도 않다만…… 어쨌든! 너! 오늘 이후로 한 번만 더 쓸데없는 소리 해라. 진짜 궁뎅이를 흠씬 때려줄 테니까!"

진중한 도욱의 얼굴 앞에서 화리는 결국 참지 못한 눈물을 쏟아냈다. 그것은 무서움도 야속함도 아닌 어떤 안도감 때문이었다. 스르륵 미끄러져서 그의 허벅지 위에 엎드린 화리는 엉엉 울기 시작했다. 여자의 울음소리에 도욱은 관자놀이가 지끈거렸다. 그녀의 등을 토닥거리는 대신 세차게 팡팡 두드려대면서 도욱은 실없이 웃었다. 도대체 이 짓을 왜 해야 하는지 알 수가 없었다. 도욱에게는 그녀의 고민과 눈물을 쏟아내는 이 시간이 쓸데없는 소모전에 불과했다. 정작 그에게 가장 중요한 것은 '끝'을 지키는 일이었다. 다른 여자도 아닌 홍화리의 끝을 지킬 수 있는 힘과 자격, 그것을 위한 다짐만이 김도욱이라는 남자가 집중하고 있는 하나였다.

"어이, 아가씨! 그만 울지?"

"안 울어."

"코맹맹이 소리를 내면서 안 울긴! 그만 고개 들어. 너 네가 얼굴 박고 있는 데가 어딘지 모르나 본데…… 네가 그러고 있으면 안 되는 곳이야. 내가 힘들다고…….”

화리가 발딱 고개를 들었다. 붉어진 눈가에 마음이 쓰렸다. 도욱은 그녀의 눈물을 닦아내다 말고 또다시 짜증이 치밀어서 그녀의 볼을 확 잡아당겼다. 그녀의 외마디 비명에도 아랑곳하지 않고 다시 한 번 더 그녀의 볼을 잡아당기던 그때 그녀에게서 뜻밖의 얘기가 튀어나왔다.

“스롱흔닷.”

볼 딱지를 잡힌 바람에 웅얼거리는 소리였지만 어렴풋하게 들려온 그 소리가 도욱의 시선을 흩뜨렸다.

“뭐라고?”

도욱은 꽉 붙잡았던 볼을 놓아주는 대신 그녀의 양 볼을 두 손으로 감싸 쥐었다. 화리의 반짝반짝 빛나는 눈동자에는 오직 한 남자, 김도욱이 가득 들어차 있었다.

“사랑한다.”

“좀 더 애교 섞인 목소리로 몸을 비비 꼬면서 다시 말해줄래?”

“애교는 타고나는 거라며? 노력으로 못 한다며!”

“아니, 그래도…… 지금은, 아주 살짝! 노력 좀 해봐. 응?”

“사. 랑. 한. 다.”

애교는 찾고 또 찾아도 없었다. 그녀는 또박또박 끊어지는 음절로 다부지게 내뱉었다. 그것은 사귀면서 처음으로 제 입으로 사랑한다고 말한 여자의 쑥스러움 때문이었다. 문자, 편지로는 여러 번 표현했지만 눈앞에서 대놓고 말한 적은 처음이었다. 그도 그럴 것이 그녀는 무뚝뚝 요정이었으니까. 도욱은 그런 그녀가 보여준 진심에 가슴이 벅차올랐다. 도욱은 화리를 끌어안은 채 침대 위를 뒹굴었다.

"셔츠 구겨지잖아!"

"어차피 벗을 건데 뭐."

"그, 그래……."

"홍화리. 나는 너의 끝이 될 거야. 그리고 그건 너도, 나도…… 엄청 노력해야만 얻을 수 있는 값진 자격이고. 그러니까…… 너는 아무 생각도 하지 말고 나의 신부가 되는 상상만 해. 그 생각은 하루에도 몇 번씩 해도 돼."

"청혼하는 거야?"

"아니. 안 해."

단호한 거절에 묘하게 기분이 상했다. 화리가 버둥대면서 그의 품을 벗어나려고 하자 도욱은 그녀를 좀 더 꽉 끌어안았다.

"하고 싶은데 안 할 거야. 지금은 아니야. 좀 더 나중에……."

화리는 어쩐지 그가 말하는 의미가 무엇인지 알 것도 같았다. 그녀는 그의 등을 쓰다듬으면서 그의 품 안으로 좀 더 파고들었다.

"조교수 되기 전까지 지금과 같은 생활이 반복될 거야. 그때마다 너는 집에 혼자 앉아서 내 전화를 기다리거나, 텔레비전을 친구 삼아서 떠들 거야. 너도 다시 학교에서 아이들 가르치다 보면 피곤한 거 당연하잖아. 그런데도 집안일…… 내가 도와주는 데 한계가 있으니까, 결국엔 네가 지치겠지. 주부 우울증. 그거 무섭더라고. 그래서 지금은 안 해."

"……"

"조교수 될 때까지 기다리라는 건 아니야. 어느 정도, 너랑 내가 하는 일이 제대로 자리를 잡아서, 일에만 시간을 뺏기지 않고 서로한테 집중할 수 있을 때…… 결혼은 그때 할 거야. 그러니까 기다려. 다른 남자한테 눈 돌리지 말고, 나한테 불안해하지도 말고 믿어. 그렇게 내 옆에 있으면 돼."

그의 신실한 목소리와 확신을 마주하면서 화리는 머리 위로 꽃 한 송이가 피어나는 기분이었다. 실제로 청혼을 받은 것보다도 더한 설렘과 감사함이 그녀를 휘감았다.

"너랑 내가 같이 사는 이곳은 셰어하우스잖아. 밥하기 귀찮을 때 대신 밥해주고, 청소, 빨래…… 말동무…… 친구, 이래저래 믿을 구석이 많은 별종이 모여 있잖아. 그래서 널 집에 두고 가도 안심이 돼. 그리고 굳이 밤늦게 너희 집 앞으로 찾아갈 필요도 없이, 새벽에 들어와도…… 네 방문 열면 네가 잠든 모습 볼 수 있어서 좋고."

"그건 그러네."

"무엇보다, 이 집 식구들 눈을 피해서 아슬아슬하게 네 몸에 올라타는 게 가장 스릴 만점! 흐읍."

화리가 그의 입술에 먼저 입술을 부딪쳤다. 멍한 표정을 짓는 그의 이마를 손가락으로 쿡 찍어 누르면서 화리가 키득거렸다. 하지만 그녀의 키득거림은 오래가지 못했다. 이윽고 열망이 가득한 눈동자를 마주하는 순간 화리는 눈을 감았다. 도욱과 맞닿은 입술 사이로 그녀의 설렘과 떨림이 전부 써져나갔다.

'홍화리. 넌 정말…… 운이 좋은 여자야. 어디 가서 이런 남자를 만나. 진짜 운이 좋았네……'

"셔츠 말이야."

"응?"

"안 벗어도 될 것 같아."

"왜?"

"아련이 소설 보니까 그냥 입고 하는 게 더 흥분된다고…… 그냥 너만 홀딱……."

그의 야릇한 장난에 화리는 눈을 부릅떴다. 예뻐서 놀리고 싶다는 남자한테 뭐 더 할 말이 있을까? 그 대신 화리는 그가 자신의 말을 전부 반대로 듣는다는 말이 떠올랐다. 새침한 표정으로 눈을 휘면서 화리는 그의 셔츠 속으로 손을 밀어 넣었다.

"하고 싶어. 지금 당장."

셔츠 단추를 풀던 도욱이 순간 멈칫하는 것이 느껴졌다. 나머지 두 개의 단추를 풀지 못한 채 가만히 제 아래에서 싱긋 웃고 있는 여자를 바라봤다. 상황을 파악하려는 듯 눈을 굴리는 모습에 화리는 터지는 웃음을 삼키면서 기세 좋게 밀어 붙였다.

"셔츠도 벗지 마."

"알았어."

뭔가 예상과 다르다. 그녀가 입안으로 침을 삼키면서 그의 야릇한 표정의 의미를 생각한다. 그리고 잠깐 벌어졌던 틈을 도욱은 단번에 파고든다.

"지금 당장이라고? 그럼 그냥 바로 해도 돼? 나도 시간 끌기 좀 힘든 참이었어."

도욱이 그녀의 다리 사이에 손을 내리는 순간 화리는 다급하게 몸을 일으킨 뒤 이불을 끌어안았다. 꽤 오래전부터 반응했던 제 몸의 상태를 들켰다가는 또 도욱에게 휘둘릴 것이 뻔했다. 그녀는 좀 더 오만하고 관능적으로 이 시간을 주도하고 싶었다. 그가 제 감각을 이기지 못해서 애태우고 매달리는 모습도 보고 싶다. 언제나 먼저 허물어지는 것은 자신이었으니까. 도욱이 그녀가 끌어안고 있는 이불을 잡아당기자 화리는 손에 꽉 힘을 주었다.

"반대로 듣는다며."

"하고 싶다는 말은 예외. 그건 액면가 그대로 듣는 게 예의지."

"뭐야!"

"애가 오늘 왜 이렇게 말이 많아. 그만 좀 쫑알거려. 나 지금 너무 참아서 아플 지경이라고."

잠긴 목소리와 거친 호흡이 그의 상태를 보여준다. 일렁이는 남자의 눈동자 안에 가득 들어찬 수줍은 여자는 그것이 제가 만들어낸 모든 것임을 알기에 가슴이 뛴다. 이불을 붙잡았던 손에서는 힘이 풀리고 제 몸을 맡기는 동작에는 주저함이 없었다. 그의 셔츠 자락에 매달려서 얕은 신음을 흘리는 동안 화리는 사랑받는 여자의 행복이 어디에서 비롯되는지 여실히 느낄 수 있었다.

"도욱…… 아."

"못 하겠어? 그만 해?"

"그게…… 아니…… 흐윽."

마침내 참지 못할 감각이 밀려오는 순간 화리는 미간을 좁히면서 이를 꽉 깨물었다. 끊어질 듯 끊어지지 않는 긴 호흡이 토해졌다. 언젠가 도욱이 말했던 그 야한 숨소리였다. 화리는 그 숨소리에 도욱이 얼마나 자극을 받는지 알지 못한 채 그의 어깨를 꽉 붙잡고 매달린 채 뜨거운 숨을 내뱉었다.

"다행이야."

"뭐…… 가?"

"내가…… 마지막으로 품는 남자가…… 너라서."

"은근히 고단수네. 힘들어 보여서 그만하려고 했더니…… 더 할 수 있다는 말을 이런 식으로 하는구나?"

"역시 김도욱이네. 야한 소리도 금방 알아듣고."

"너 요새 백아련 책 많이 보지? 엄청 잔망스러워졌다."

"응. 백 작가 덕분이야."

화리는 장난스럽게 받아쳤지만 도욱은 웃지 않았다. 조금 더 짙어진 눈동자가 검게 빛을 내는 순간 화리는 제 안에서 뿌듯하게 가득 찬 남자의 존재를 깨달았다. 멍하니 벌어진 입술 사이를 파고든 혀의 감각에 또다시 몽롱해졌다. 숨이 가쁘게 차오를 무렵 떨어진 입술 사이로 도욱이 나지막하게 속삭였다.

"그게 아니지."

"어?"

"내가…… 가르친 거지. 골반 위, 왼쪽 가슴 아래, 아킬레스건, 종아리 뒤…… 입술, 그리고 너."

도욱이 그녀의 부푼 입술을 살짝 핥아 내렸다. 그러곤 제가 묻힌 타액을 손가락으로 쓸어내리면서 웃었다. 그 미소가 미치도록 관능적이어서 화리는 저절로 몸에 힘이 들어갔고 그녀의 변화가 고스란히 도욱에게 전해졌다. 그는 미간을 좁히면서 침대를 짚은 손에 꽉 힘을 주었다.

"네가 느끼는 모든 감각은……."

그녀의 가슴을 핥아 내리는 동작은 순식간이었고 감각이 밀려오는 것도 삽시간이었다. 화리는 멍하게 뜬 시선을 천장 위로 향한 채 떨리는 손으로 도욱의 어깨를 밀어냈다.

"그래서 멈출 수 없는 건…… 전부 다…… 내가 한 거지."

그의 가라앉은 목소리가 온몸으로 뿌려지는 것만 같았다. 그어떤 꽃비보다도 향긋하고 부드러운 도욱의 숨결이 전부 그녀에게 퍼져갔다. 그가 주는 모든 것에 물들어 한없이 행복한 여자는 온몸이 젖어들었다. 도욱은 붉어진 화리의 볼을 쓰다듬으면서 다시 몸을 일으켰다.

"그러니까 네 처음은 지워. 기억…… 하지 마."

대답하고 싶었는데 손끝이 저릿하더니 입술이 벌어진다. 그것이 창피하다고 느낄 여유도 없었다. 화리는 예민해진 몸의 감각 때문에 작은 손길조차 버거웠다. 그는 땀에 젖은 셔츠를 벗어 던지면서 그녀의 가슴을 쓸어내렸다. 도욱의 눈에서 순간 빛이 스쳐 지났다. 그것은 제 것을 지키겠다는 수컷의 소유욕처럼 거친 울림을 전하고 있었다. 몽롱하게 흐려진 시선으로 가쁜 숨을 내뱉는 여자를 눈에 담으면서 도욱은 이를 사리물었다. 그녀를 뒤집어서 엎드리게 한 뒤 허벅지를 쓸어내리는 순간 화리는 퍼드득 몸을 떨면서 몸을 웅크렸다. 도욱은 손을 내려서 그녀를 다시 일으켰다. 그러곤 그녀의 목덜미에 입술을 묻은 채 속삭였다.

"병원에서 말이야. 논문에, 외래 진료에…… 탈진할 것처럼 지쳤는데도…… 이상하리만큼 밤에 잠이 오지 않았어. 낮에는 졸린 눈을 겨우 뜨고 있었으면서도…… 밤만 되면 정신이 말짱해졌어. 환장하게. 다 집어던지고 집에 오고 싶었다고."

"뭐…… 때문에……."

베게 위에 얼굴을 파묻은 그녀가 웅얼거렸다. 그조차도 겨우 답한 참이었다. 도욱의 팔이 허리를 감는 순간 침대 헤드를 붙잡았던 손이 힘없이 미끄러졌다.

"네가 밤 열 시에 전화를 하니까."

잔뜩 쉰 목소리와 함께 도욱이 몸을 겹쳐왔다. 등 뒤에서 느껴지는 무게감에 눌리면서 화리는 주먹을 움켜쥐었다.

"하필 그 시간에 전화를 하냐. 난 어쩌라고……."

"전화…… 한 게…… 그렇게 잘못…… 허억."

도욱이 그녀의 벗은 등을 쓸어내렸다. 아래에서 위로 곧은 척추의 뼈를 스치고 올라오는 그의 손이 어디로 향할지 몰라서 불안해진다. 슬쩍 가슴을 스치는가 싶었는데 그의 손은 힘없이 숙여진 화리의 고개를 다시 들어올린다. 그리고 일부러 눈을 맞추면서 속삭인다.

"보고 싶다고 했잖아……. 네 목소리만으로도 사고가 끊어져서 처음 동정을 잃는 기분이 된다고. 네 손끝 하나 닿지 않았는데도…… 자존심 상하게……."

도욱은 그녀의 주먹 쥔 손을 제 손 아래 가둔 뒤 손가락 사이를 벌렸다. 제 손가락 사이사이에 도욱의 손가락이 자리하는 그 작은 움직임조차도 색정적으로 느껴졌다. 화리는 제 스스로의 음란함을 탓하면서 더욱 습해졌고 뜨거워졌다.

"이러고 싶어서. 밤마다 눈을 반짝였다고. 내가…… 바로 너 때문에……."

느릿하게 다시 파고드는 순간 그녀의 몸이 꽉 죄어들었다. 도욱은 안간힘을 다해서 마지막을 참아냈다. 깍지 낀 손에도 잔뜩 힘이 들어갔다.

"그러니까 힘 빼. 빨리, 안 끝낼…… 거니까."

"꽃이 폈어요."

"그러네요."

차가운 바람은 여전했지만, 겨울과 다른 한 가지가 있다면 그것은 봄이라는 사실이었다. 꽃샘추위가 기승을 부리는 어느 날 진호는 지현의 뜻에 따라 남산의 한 도서관을 찾았다. 미술학원 강사로 일하면서 틈틈이 액세서리 만들기를 즐기던 지현은 핸드메이드 액세서리 가게 개점을 준비 중이었다. 그녀의 창업 파트너는 최선아의 결혼상대자였다. 초기 창업을 지원하는 스타트업 사업체를 운영 중인 남자는 그녀의 사업 아이디어에 호감을 표했고 흔쾌히 투자를 결정했다. 그동안 지현은 제 나름대로 정보와 조언을 구하고 창업 관련 책들을 보고 또 보고 있었다. 기사 딸린 차를 타던 부잣집 고명딸은 책 사는 돈도 궁해졌다면서 하루가 멀다 하고 도서관을 찾았다. 대출하기 위한 책을 한 아름 안고 나오던 지현은 뭔가 잊은 것이 생각난 듯 걸음을 멈췄다.

"진호 씨. 나 서가에 한 번만 더 나녀올게요."

"그래요. 마음껏 보고 와요."

"고마워요."

"책 주고 가요. 무겁잖아."

"그래도 돼요?"

"왜 그런 걸 물어봐요? 당연한 건데."

"아…… 그런가? 하하."

지현은 뭔가 쑥스럽다는 듯이 머리를 긁적이더니 얼른 서가 쪽으로 뛰어갔다. 지현이 맡긴 책을 받아든 진호는 한적한 창가 쪽에 자리를 잡았다. 창밖에는 지현의 말대로 봄꽃의 꽃망울이 올라오고 있었고, 푸릇푸릇한 잔디가 돋아나 있었다.

"봄이구나."

문득 차지현이라는 여자를 만나는 동안 세 계절이 지났다는 사실을 떠올렸다.

"너무 천천히 왔나……."

진호는 실없이 웃으면서 턱을 괸 채 다이어리를 펼쳤다. 그 안에는 지난겨울 찍었던 지현의 마릴린 먼로 사진이 들어 있었다. 지현의 걱정과는 달리 꽤 괜찮게, 그의 눈에는 제법 예쁘게 찍힌 사진이었다. 그녀에게 전해주겠다는 생각으로 가지고 다녔지만 어째서인지 진호는 그녀에게 건네지 못하고 있었다. 어쩐지 하나밖에 없는 사진을 주는 것이 아깝다는 우스운 생각 때문이었다. 사실 진호는 이따금 지현의 사진을 볼 때마다 피식 웃곤 했는데 그것은 그녀가 모르는 비밀이었다. 저 멀리서 바쁘게 종종걸음을 옮기던 지현이 진호의 시야에 들어왔다. 그의 시선이 닿는 곳에서 책을 찾고 있는 여자를 물끄러미 바라보는 진호의 눈빛이 따뜻했다.

흰색 원피스가 잘 어울리는 여자는 상처가 많다. 그런데도 지독하리만큼 환하게 웃고 시끄럽게 조잘거린다. 그럼에도 이따금 눈물을 흘리고 또 괜찮다고 웃는다. 진호는 그런 그녀의 옆을 떠나지 않았다. 딱히 그녀가 붙잡지도 옆에 있어달라고 애원한 것도 아니지만 진호는 자진해서 그녀의 옆을 지키고 있었다. 사실 그들의 관계는 여전히 애매모호하다. 그가 그녀에게 사귀자는 말을 한 것도 아니고, 그녀는 그에게 우리가 무슨 관계냐고 묻지 않는다. 그들은 그저 혼자 밥 먹기 싫다는 핑계로 점심을 먹고, 햇살 좋은 날에는 집에 있기에는 아깝다면서 차 한 잔을 마시고, 이따금 함께 사진을 찍으러 다닌다. '형! 썸 타요?'라는 민한의 장난 섞인 물음에 진호는 딱히 부정하지 못했다.

"썸이라고? 내가? 이 나이에?"

그는 입에 담기에도 부끄러운 단어를 거부하듯 세차게 고개를 저었다. 그리고 다시 지현이 있었던 곳으로 시선을 던지던 그 순간 그의 눈빛이 조금 짙어졌다. 그녀의 곁을 맴도는 한 남자가 있었다. 까치발을 든 채 원하는 책을 뽑지 못하던 그녀를 주시하던 남자는 지현의 등 뒤로 다가섰다. 남자는 그녀가 원하던 책을 대신 빼서 건넸다. 환하게 웃으면서 책을 받아든 지현은 거듭 감사 인사를 전하더니 이윽고 남자에게 팔을 붙들렸다. 그 순간 진호는 눈에 '빡!' 힘이 들어갔다.

"저런!"

통제할 수 없는 무언가에 이끌려서 자리에서 벌떡 일어나던 그때 지현은 남자에게 뭐라고뭐라고 말하면서 고개를 숙였다. 남자는 그녀의 팔을 놓아준 뒤 머리를 긁적였다. 진호는 뭔가 안심한 듯 숨을 내쉬었다. 진호를 발견한 지현이 가까이 다가서는 모습에 그는 평정심을 찾기 위해 괜히 목을 가다듬었다.

"다 됐어요. 오래 기다렸죠?"

"아뇨. 그만 가죠."

"네."

진호는 지현에게서 책을 뺏어 들었다. 두꺼운 책을 팔에 가득 안아든 남자의 팔이 단단했다. 지현은 진호가 새삼 남자임을 되새기면서 얼굴이 붉어졌다. 지현은 앞서 걷는 남자를 눈에 담으면서 천천히 걸음을 옮겼다. 대출한 책을 들고 나온 그들은 야외 정원 자판기 앞 계단에 자리를 잡았다. 진호가 음료수를 빼서 돌아서던 그때였다. 아까 지현에게 말을 걸었던 그 남자가 다시 진호의 눈에 띄었다. 남자는 진호와 지현을 힐끗 쳐다보더니 담뱃불을 껐다. 진호는 경계심 가득한 시선으로 남자의 위아래를 훑었다. 딱 봐도 어려 보이는 '영계'임을 확인시키는 것은 남자가 입고 있는 모란 대학 점퍼였다. 진호는 괜한 열등감을 찍어 누르면서 전매특허인 부드러운 미소를 지었다. 하지만 그것도 오래가지 못했다. 지현이 사라지는 그 남자를 계속 바라보고 있었다.

"자요, 커피!"

속으로는 아까 그 남자랑 무슨 얘기를 했냐고 따져 묻고 싶었지만 겨우 참고 인자한 미소를 만들어냈다.

"아, 고맙습니다. 매번 진호 씨가 사네요. 500원 드릴까요?"

"됐어요! 언제부터 그런 거 따졌다고."

"가까운 사이일수록 셈은 분명해야 한대요."

"가까운 사이요?"

"네. 진호 씨랑 나는 친한 사이잖아요."

지현은 아주 깔끔하게 그들의 관계를 정리했다. 아주 생각지도 못한 참신한 발상이라고 칭찬이라도 해주고 싶은데 진호는 뭔가 깔깔한 기분이었다.

'친한 사이? 아…… 친한 사이…… 그런 거였나?'

그가 친한 사이의 의미를 곱씹던 그때였다. 지현에게서 계속 문자 알림이 울렸다. 지현은 그게 신경 쓰이는 듯 계속 핸드폰을 확인했다. 진호는 혹시 부모님인가 싶어서 내심 걱정이 되었다. 차마 대놓고 물어볼 수도 없어서 진호는 입술만 달싹이다가 커피만 홀짝였다. 그때 지현은 묻지도 않은 얘기를 술술 내뱉었다.

"결혼 정보 회사요."

"네?"

"전화를 안 받으니까 문자를 보내는 거예요. 여기저기 가입해 놓은 데가 많으니까 오늘 온종일 오네요."

진호는 들었던 캔을 바닥에 내려놓았다. 조금 화가 난 듯한 얼굴로 여자를 바라봤다.

"나 만나는 동안에는…… 선 안 보는 거 아니었습니까? 혹시, 남자 있어요?"

"아니요! 그런 거 없어요!"

"그럼, 왜 아직도 그런 곳에서 연락이 오는 겁니까? 그것도 하루에도 몇 번씩?"

"그게……."

곤란하다는 듯이 얼버무리는 지현 때문에 진호의 눈빛이 점점 더 짙어졌다. 지현은 뭔가 말을 할 듯 말 듯 머뭇거리더니 자리에서 일어났다. 계단에 앉아 있던 진호도 따라 일어서려 했지만,

그는 들썩이는 엉덩이를 꾹 찍어 누른 채 여자를 주시했다. 지현은 원피스에 묻은 먼지를 살살 털어내면서 빙그르르 돌더니 툭 던지듯이 말했다.

"생일이에요."

"네?"

"생일…… 이라서 문자 오는 거예요. 축하한다고……. 이 나이에, 애인이 주는 축하 꽃다발도…… 엄마가 끓여주는 미역국도, 절친한 친구의 생일 문자도 없는데…… 오늘이 내가 태어난 날임을 기억하게 해주는 건, 애석하게도 저 문자뿐이에요."

"……."

"감정도 없는 기계가 보내는 문자지만…… 그래도 축하해 주는 건 저들밖에 없으니까, 스팸으로 돌리지도 못하고…… 오는 문자를 다 받았어요. 나 바보 같죠? 하하."

진호는 슬슬 눈에 열이 오르는 기분이었다. 그것은 분명히 짜증이었다. 그는 근원을 모를 불쾌감과 딱히 뭐라고 정의할 수 없는 희한한 감정의 덩어리들을 추스르기 위해 눈을 감았다. 그런데도 헝클어진 마음이 좀처럼 가라앉지 않았다. 게다가 알짱알짱 계속 눈앞을 배회하는 여자 때문에 진호는 뒷목이 뻐근해졌다.

"왜 말 안 했어요?"

"……."

"지현 씨 말대로 우리 친한 사이잖아요. 생일, 그 정도는 말할수 있었을 텐데요."

원피스 자락을 휘날리면서 의미 없는 발걸음으로 왔다 갔다 하던 지현이 우뚝 멈춰 섰다. 그녀가 일순간 돌아섰다. 예상치 못한 타이밍에 그녀의 쓸쓸한 눈빛과 희미한 미소가 진호의 눈에 담겼다. 그리고 불어오는 바람에 여자의 긴 머리칼이 흩날리는 순간 진호는 잠시 숨을 멈추었다. 두근거리는 떨림에 귀 기울일 사이도 없이 여자는 그를 잔뜩 흔들기 시작했다.

"선을 긋는 거예요."

"그게 무슨?"

"그건 흘러넘치는 내 마음을 주워 담기 위해서예요. 진호 씨 인생에 부담되긴 싫어요. 내가 진호 씨한테 기댈 수 있는 선은 여기까지니까."

"전 부담이라고 말한 적 없습니다! 그건 지현 씨 혼자만의 생각……."

"아니요. 진호 씨는 절대로 그런 말 못 해요. 착한 사람이니까."

여자의 흔들림 없는 목소리는 분명히 진심이었다. 진호는 뜻밖의 이야기에 가슴이 뛰었고 불안했고 까닭 없이 두려웠다. 여자의 입을 막고 싶었는데 손이 떨려서 주먹을 틀어쥐는 것밖에 할 수 있는 게 없었다.

"평범하지 못하고 특이한, 게다가 모르는 게 너무 많아서 손이 많이 가는 여자를 어쩌다 만난 것만으로도 진호 씨는 운이 없어요. 그런 내 뒤치다꺼리 다 해주고, 여기저기 끌고 다니면서 세상 구경시키는 거 쉽지 않은 일이잖아요. 그런데도 귀찮다고 욕 한 번 하지 않았죠. 충분히 버릴 수 있었을 텐데도 계속 나를 지켜봐 주는 당신이라는 남자가 탐이 나요. 그리고 갖고 싶어요."

"······."

"천천히 오라고 했지만, 조바심이 나요. 아예 안 올까 봐······ 내가 완전히 홀로 서게 되면 언젠가 떠나 버릴지도 모른다는 생각의 끝에서 조금은 두려웠어요."

"······."

"어떻게 하면 가질 수 있을까 고민도 했어요. 어차피 나는 불쌍한 애로 찍혔으니까, 징징거리고 힘들다고 투정부리면서······ 동정표라도 얻어볼까? 저 사람은 분명히 울먹이는 나를 먼저 버릴 사람은 아닌데······ 옆에 있어달라고 꽉 붙잡으면, 싫어도 같이 있어줄 텐데······ 그런 생각도 많이 했어요. 그런데 다 싫더라고요."

지현은 터져 나오는 눈물을 참으면서 겨우 말을 이었다. 드문드문 말이 끊길 때마다 그녀가 울음 섞인 목소리를 삼켜낼 때마다 진호는 가슴 언저리가 싸르르하게 아프다.

"내가 당신을 좋아하니까, 진호 씨도 나를 좋아할 수 있도록 노력해 달라는 말······ 하고 싶었는데 안 했어요. 당신은 정말로 노력할 것 같아서. 그렇게 되면 내가 너무 아프니까. 불쌍함으로 나를 치장해서 진호 씨 시선 끌기에 성공했던 거 인정해요. 그런데 더는 동정 받고 싶지 않아요. 불쌍해서 도움 주고 싶은 여자도 싫어요. 아프니까 한 번 더 눈길이 가는 여자도 그만하고 싶어요."

진호는 결국 자리를 박차고 일어났다. 저벅저벅 자신을 향해서 걸음을 옮기는 남자가 지현은 두려웠다. '그래, 너 말 잘했다! 이제 다 그만두자!'라고 소리칠 것만 같아서 겁이 났다. 천천히 뒷걸음질을 쳤지만 진호는 단 세 걸음 만에 지현의 앞에 섰고 그녀의 팔을 꽉 붙잡았다.

"그래서요?"

"……."

"그만 볼까요?"

"진호 씨…… 는요?"

"먼저 선을 그은 주제에, 이제 와서 내 뜻을 묻는 겁니까? 난 상관없어요. 지현 씨 마음대로 해요. 정말 그만 봐요? 그럴래요?"

저 혼자 앙큼한 생각을 하는 여자가 얄미웠다. 그래서 일부러 다그쳤고 퉁명스럽게 내뱉었다. 그러면서도 내심 저 여자 입에서 '네'라는 말이 담담하게 튀어나올까 봐 속이 시끄러웠다.

"아…… 니…… 요."

순간 안도했다. 그러나 기뻐할 사이도 없이 지현의 눈에서 참지 못한 눈물이 툭 떨어졌다. 맑고 투명한 피부 위로 눈물이 흘러내리는 순간 진호는 눈앞이 핑글 돌았다. 주머니에 있는 손수건을 꺼낼 여유도 없이 지현의 눈물을 닦아냈다. 그녀는 그 다정한 손길에 더욱 크게 흐느꼈고 진호는 그녀를 제 품 안으로 끌어당겼다.

"콧물 나와요. 으흐흑."

"나중에 한꺼번에 닦아요. 그리고 내 셔츠 꼭 빨아서 갖고 와요. 내일!"

자연스레 내일의 약속이 잡힌다.

"그럴게요. 내일 꼭 봐요. 흐으응."

그의 가슴팍에 머리를 기댄 지현은 끅끅거리면서도 제 할 말을 다했다. 그것이 어쩐지 웃기기도 하면서 가여워서 진호는 가슴이 콕콕 쑤셨다.

"나는요, 진호 씨한테 그냥 여자가 되고 싶어요."

그리고 뒤이은 한마디가 진호의 가슴에 콱 쑤셔 박혔다. 진호는 마침내 자신이 끌어안고 있는 감정의 실체를 여실히 확인했다. 하진호가 바라보고 있는 것은 가여운 맞선녀도, 썸녀도, 친한 여자도 아니었다. '그냥 여자'. 차지현은 하진호에게 그런 존재였다.

"지현 씨. 나를 도대체 어떻게 본 거예요?"

"네?"

지현이 멍한 표정으로 고개를 들었다. 진호는 짙어진 눈동자로 그녀를 마주 보면서 지현의 양어깨를 꽉 붙잡았다.

"나는 그런 남자가 아닌데."

"……."

"누군가가 나를 좋아한다고 해서, 그 마음에 보답이라도 하듯이…… 좋아하려고 노력해 본다는 거…… 불쌍하니까 옆에 있어 준다는 거, 게다가 싫은데도 참는다는 거…… 그런 거 못 한단 말입니다. 나는."

"미안해요."

울음 섞인 목소리에 진호는 그야말로 미칠 노릇이었다. 물기 어린 눈동자를 깜박이는 순진무구한 표정을 눈에 담으면서 진호는 가슴을 두드렸다. 애써 전한 마음이 하나도 전해지지 않았다. 그는 바보 같은 표정으로 울먹이는 여자의 어깨를 세차게 흔들었다. 덕분에 풀렸던 눈에서 다시 초점을 찾은 여자의 시선을 제대로 붙잡는다.

"당신이랑 함께 세 계절을 지나면서…… 나는 아주 천천히 걸어왔어요. 그 길의 끝에서 내 이별이 끝나는 날…… 당신이라는 여자가 기다리고 있을 거라고 생각했기 때문이에요."

"……."

"다른 여자였다면…… 글쎄요. 생각해 본 적도 없어서 모르겠는데…… 차지현 당신이니까 내가 왔다고. 그래서 열심히 걸어왔는데…… 그만하고 싶다고 울면 어쩌자는 건데?"

"진호 씨? 그게 무슨 말이에요?"

"우와, 엄청 둔하구나! 이것 봐요, 차지현 씨!"

"네."

지현이 떨리는 목소리로 대답하는 순간 진호는 그녀의 얼굴을 감싸 쥐었다. 그리고 오직 한 여자를 바라보면서 환하게 웃었다.

"내가 당신을 좋아한다고 말하는 겁니다."

놀라움으로 벌어진 지현의 입술 사이를 가르고 들어가면서 진호는 척추가 뻐근해지는 것을 느꼈다. 여자의 따스한 체온과 떨림이 고스란히 전해지는 순간 그는 좀 더 지현을 꽉 끌어안았다. 그녀는 방황하는 작은 손을 어쩌지 못해서 버둥거렸다. 그녀의 작은 움직임이 오히려 진호를 더욱 자극했다.

'젠장, 너무 오랜만이야…….'

그는 참지 못할 감각을 갖은 힘을 다해서 참아냈다. 겨우 떨어진 입술 사이로 '후—' 하고 숨을 내쉬었다. 지현은 멍한 표정으로 진호를 바라보면서 색색거리는 숨소리를 내뿜었다.

"그만 가죠."

"네?"

"여기 더 있다가는 내가 큰일을 낼 것 같으니까."

그의 거친 생각을 눈치채지 못한 지현은 고개를 갸웃거렸다. 진호는 다급하게 지현의 손을 꽉 붙잡은 채 아침에 걸어왔던 길을 다시 내려갔다. 이따금 잡힌 손을 빼내려고 하는 그녀를 힐끗 노려보자 그녀는 '쑥스러워서 그래요'라면서 기어 들어가는 목소리를 냈다. 손바닥 아래로 느껴지는 맞닿은 살의 감각은 몹시도 건전했지만, 그마저도 열이 오르게 했다. 진호는 이를 꽉 깨물면서 달아오르는 몸을 달랬다. 불이 붙지 않은 잘 마른 심지를 오랜 시간 유지하는 것은 참 쉬운 일이었는데 한번 불씨가 튀어 오르니 걷잡을 수가 없이 타올랐다. 진호는 뻐근한 목을 휘휘 돌리면서 잡은 손에 꽉 힘을 주었다.

"진호 씨."

"왜요? 또 손 놓아달라고?"

"아, 아뇨. 저기……. 오빠라고 해도 돼요?"

"네?"

정말 못 들을 소리를 들은 사람처럼 진호는 경기를 일으켰다. 자신도 이렇게까지 놀랄 필요는 없다고 생각했지만 이미 잔뜩 소리를 지른 뒤였다. 지현은 죄지은 사람처럼 고개를 숙인 채 웅얼거렸다.

"아련 씨는…… 오빠라고 하던데……. 되게 친밀해 보이는 게 부러웠어요. 나는 안 돼요?"

"안 돼요."

"왜요?"

"걔는 진짜 동생 같은 꼬마고, 당신은 아니니까."

진호는 지현을 확 잡아당겨서 그녀의 어깨를 끌어안듯이 감싸 안았다. 그러곤 사악한 미소와 함께 그녀의 귓가에 속삭였다.

"나는요. 같이 자고 싶은 여자한테 '오빠' 소리 들으면 할 마음 이 안 들어요."

"어째서요? 저는 그래도 오빠라고 부르고 싶어요."

"묘하게 죄책감을 들게 하거든요. 뭐랄까? 아킬레스건? 어쨌 든 나한테 여자가 되고 싶지 않다면 오빠라고 불러요. 안 말릴 테니까."

"아, 안 부를게요!"

지현의 입술이 파르르 떨리는 모습을 바라보면서 진호는 환하 게 웃었다. 발갛게 물든 볼을 손가락으로 툭 치자 지현이 눈을 동그랗게 떴다. 이래저래 갑자기 많은 스킨십을 하는 남자 때문 에 그녀는 이제 숨쉬기가 힘들 정도였다. 그 언젠가 하진호가 마 음을 내면 순식간이라는 도욱의 말을 지현은 실감하고 있었다. 순식간의 정도가 아니라 쓰나미에 휩쓸린 듯 마음이 들썩였다. 불현듯 자신을 좋아한다던 진호의 말을 되새기면서 바들바들 몸 이 떨렸다.

"그만 좀 떨지."

"네?"

"누가 보면 잡아가는 줄 알겠어. 지현아."

"아…… 네? 지금 뭐라고! 뭐? 뭐라는!"

"지현아."

그의 입에서 아무렇지 않게 자신의 이름이 흘러나오는 순간 지현은 널뛰는 가슴을 진정시키는 것을 포기했다. 휘청거리는 몸을 그에게 기댄 채 가뿐 호흡을 몰아쉬었다.

"와…… 진호 씨…… 정말…… 이보다 더한 생일 선물은 없는 것 같아요. 너무 행복해서 미칠 것 같아요."

'진짜 미치겠는 건 나라고. 선을 긋는다는 말에 너무 자극을 받았어. 이런 데서 얘기하는 게 아니었는데…… 하필이면 길바닥이야. 후우…… 하진호. 천천히 가자. 둔탱이 놀라니까…….'

진호는 자신의 앙큼한 생각을 숨긴 채 한껏 웃어 보였다. 마침내 그에게도 차지현이라는, 그리고 별칭은 둔탱이라는 봄꽃이 피어났다. 봄의 향기가 가득 스며든 진호는 그 언젠가 화리의 바람대로 그만의 꽃밭을 걷고 있었다. 그리고 다짐했다. 어렵사리 피워낸 그 꽃을 아주 소중하게 지켜내리라고 말이다.

〈끝〉

에필로그
봄아, 어서 와

"누나는 뭐 잡았어요?"

"나는 붓."

"아, 언니는 그래서 공부를 잘했구나."

"아련이는 뭐 잡았니?"

"나는 돌잔치 안 했어요. 호주는 그런 거 안 하거든요. 전문 업체 구하기도 힘들 뿐더러, 엄마 아빠가 공부하느라 시간도 없었고……. 우리 부모님이 석사 과정 할 때 내가 태어났거든요."

민한이 아련을 딱하다는 듯이 바라봤다. 그는 생각했다. 이다음에 아이를 낳으면 백아련의 돌잡이도 함께하기로. 그녀가 선뜻 고마워할지는 미지수였지만 그런 생각을 하는 스스로가 대견해서 제 손으로 머리를 쓰다듬었다.

올해 민한은 최연소로 바리스타 대회 심사위원 자격을 얻었다. 그런데도 그의 부모님은 여전히 그를 인정하지 않고 있다. 아무래도 상관없었다. 민한은 나름 경제적인 입지를 갖추어가고 있었기에 요즘 들어 진지하게 아련과의 결혼을 고민 중이었다. 어려서부터 빨리 결혼하고 싶다는 생각이 있었는데 하필이면 연애는 되도록 오래 하고 싶다는 여자를 만났다. 그녀가 마음을 잡아준다면 가능할 듯도 싶었는데 민한은 둔한 여자 때문에 결혼의 '결'자도 꺼내지 못했다. 물론 그는 모자가 달린 웨딩드레스 정도는 쿨하게 인정해 줄 용의도 있었다.

"아가들은 뭘 잡을까?"

"나라면…… 실리 있는 선택을 하겠어. 돈."

"그래도 실을 잡아야 하지 않을까? 돈 많아도 단명하면 끝이잖아."

"하긴, 그것도 그래."

민한과 아련은 마치 자기들의 돌잡이인 양 진지했다. 오늘은 진호의 조카 돌잡이 날이었다. 서영은 결혼 후 2년 만에 이란성 쌍둥이를 얻었는데 아들과 딸이었다. 진호는 아들인 미르보다도 딸아이인 가온이를 더 예뻐했다. 그들의 이름은 진호가 지었는데 도욱은 애들을 '마법 전사'로 키울 거냐며 비웃던 참이었다. 모두의 비웃음을 뒤로하고 애들 엄마인 서영이 그 이름을 마음에 들어 했기 때문에 저 아이들은 '미르-가온'이 되었다.

"근데 저 병아리 인형은 누가 올려놓은 거래요?"

그건 서영이 올려놓은 것이었다. 진호는 서영의 출산 기념으로 병아리 인형 50마리를 건넸다. 인형의 실체를 알게 된 그녀는 오빠가 자신과의 약속을 지키려고 했다는 것에 대해 무척이나 고마

위했다고 한다. 인형 박스가 마침내 제 주인을 찾아가던 날 진호는 깨끗이 모든 것을 털어냈다고 한다. 인형에 깊이 감동한 서영은 모두의 만류에도 불구하고 특이한 돌상을 마련했다. 50마리 가운데 제일 표정이 예쁜 병아리 한 마리가 간택되어서 오늘의 돌상에 오르는 영광을 얻게 되었다. 하필이면 가온이가 그 병아리 인형을 고르자 진호 어머니 입에서 자동으로 진한 한숨이 토해졌다. 할머니의 아쉬움을 아는지 모르는지 아이는 인형을 손에 꼭 쥔 채 까르륵 웃었다.

"저거 잡으면 닭 되는 건가? 푸후후."

"애기한테 그 무슨 막말이야. 작가적 발상치고는 저급하기 짝이 없구나, 아련아."

민한의 핀잔에 아련은 민망한 웃음을 지었다. 그동안 여러 차례 슬럼프를 겪으면서 글을 쓰고 중단하는 것을 반복했던 아련은 마침내 업계에서 19금 분야의 일인자로 우뚝 섰다. 그녀가 받는 인세의 8할은 모두 자기 덕이라면서 민한은 어깨를 으쓱했고 아련도 딱히 부인하진 않았다. 민한은 아련이 쓰는 소설의 단골 모델이 되고 있었다. 사실 아련은 지난번에 도욱에게 들킨 〈순백의 그녀〉의 설정도 약간 바꾸어 다시 연재를 시작하고 있었는데 그건 비밀이었다. 그리고 김도욱이 아무도 몰래 〈순백의 그녀〉를 애독하고 있다는 것은 초특급 비밀이었다.

"오! 판사봉 잡았어."

저 멀리서 할머니의 환호성이 들려왔다. 미르가 할머니의 바람대로 판사봉을 잡았다. 아이의 작은 손짓 하나에 모두가 숨죽이고 들썩이는 것은 돌잔치의 잔잔한 재미였다. 이를 지켜보던 아련이 민한의 귀에 속닥거렸다.

"꼭 판사가 되란 법은 없지?"

"그렇지. 날 봐. 난 청진기 잡았어. 소문에 의하면 그걸 우리 아빠가 억지로 쥐어줬다는 소리가 있어."

"안에서나 밖에서나 그렇게 속닥거리는데도 입이 남아 있냐? 힘들어서 못 해먹겠다고 도망 안 가?"

딱 붙어 참새처럼 재잘거리는 그들 사이로 도욱이 파고들었다.

"형. 못 온다더니?"

"진료가 일찍 끝났어. 오늘의 사진사는?"

"저기 돌상 옆에 누워 있잖아요."

진호는 아크로바틱한 자세로 쌍둥이 사진을 찍느라고 정신이 없었다.

"와, 자세 봐라. 오늘 하 작가님 작품 하나 나오겠다."

"그러게요. 든든한 미녀 서포터가 옆에 있으니 말 다했지."

진호의 옆에서 그를 보조하고 있는 한 여인이 있었으니 지현이었다. 겨우 사진 촬영을 마친 진호는 땀범벅이 되어 있었다. 지현은 그마저도 멋있다는 듯 그의 옆에서 수줍게 웃었다. 그녀가 손수건으로 진호의 땀을 닦아줬다. 고개를 내려서 그 여자를 바라보는 진호의 웃음이 따뜻했다. 풋풋한 연애를 이어가고 있는 그들은 잘 어울리는 한 쌍이었다. 진호의 어머니는 이제 아예 화리는 뒷전이었다. 공개적으로 지현을 친지들에게 소개했고 진호도 은근히 그녀를 치켜세웠다. 사실 서영의 아이들을 위한 앨범, 꽃장식을 비롯한 돌잔치의 전반을 기획한 것은 감각 있는 지현의 솜씨였다. 진호가 뭐라고 귓속말을 하자 지현이 키득거리면서 웃었다. 그들을 바라보면서 화리도 환하게 웃었다.

"결혼할까?"

민한이 아련에게 속삭였다. 대답을 기다리는 그의 눈이 기대감으로 반짝였다.

"응."

"진짜?"

"어. 딱 봐도 결혼할 것 같잖아. 어떻게 보면 너무 늦었어! 진호 오빠 나이가 있는데…… 연애를 너무 오래 하는 거 같지?"

아련은 뾰로통한 입을 쭈욱 내밀었다. 그 옆에서 민한은 입술을 꾹 다물었다. 불만이 가득한 표정으로 아련의 어깨를 잡아서 돌려세웠다.

"너 말이야! 너!"

"나?"

은근슬쩍 결혼 얘기를 꺼낼 때마다 뚱딴지같은 소리를 하는 것이 벌써 한두 번이 아니었다. 어쩌면 일부러 못 알아들은 척수를 쓰고 있는 것 같다는 생각에 민한은 짜증이 치밀었다.

"나, 뭐?"

"아, 진짜 답답해서…… 됐어!"

애석하게도 아련은 정말 못 알아들은 참이었다. 민한이 가슴을 두드리는 사이 도욱은 대번에 알아들고는 피식거렸다.

"민한이 왜 저래?"

화리의 속삭임에도 도욱은 계속 웃을 뿐이었다. 그는 대답 대신 화리의 손목을 잡아끌고 연회장을 빠져나왔다. 화리는 걸음을 옮기면서 계속 뒤를 힐긋거렸다. 아련과 민한은 계속 도돌이

표와 같은 실랑이 중이었다.

"짜식. 결혼하자고 한마디만 하면 될 것을. 빙빙 돌리긴."

"아! 그게 그 소리였어?"

그제야 민한의 답답한 아우성을 이해한 화리가 웃었다. 화리
와 도욱은 햇살이 좋은 벤치 위에 앉았다. 벤치에 등을 기댄 도
욱이 화리의 어깨에 팔을 둘렀다. 화리는 그 무게감이 좋았다.

"너 말이야. 변했어."

"내가?"

"응. 이제는 손수건도 안 깔아주고, 막 흙바닥에 앉히고……
잡은 고기 취급이 심해."

"그래서 나한테 정떨어졌어?"

"그럴 리가. 아직도 미개척지가 넘쳐나는 여자한테 누가 질려."

도욱이 장난스럽게 웃었다. 그가 화리의 손을 조몰락거렸다.
그녀의 손에는 주인을 잃었던 도욱의 청혼 반지가 끼워져 있었
다. 그들은 내년 5월 도욱의 생일에 결혼을 앞두고 있었다. 화리
는 대안학교 교사 2년 차가 되었고 교사로서의 새로운 생활에 만
족하고 있었다. 도욱은 바라던 조교수 임용을 앞두고 있었다.

"미르가온 귀엽지 않아? 처음엔 좀 웃겼는데 입에 착착 붙는
게 애들 이름으로 나쁘지 않은 것 같아."

"난 아이 필요 없어."

뜬금없는 얘기였지만 단호한 목소리였다. 화리가 조금 굳어진
얼굴로 그를 홱 돌아봤다.

"안 낳을 거야."

그가 한 번 더 자신의 의사를 분명히 했다. 빈정이 상한 그녀

가 잡힌 손을 빼내려고 했지만 도욱이 꽉 붙잡고 놓지 않았다.

"누구 닮았어?"

화리가 그를 잔뜩 쏘아봤지만 도욱은 여유 있게 받아쳤다.

"아니지. 나는 화훈 형은 못 당하지."

딩크족 홍화훈은 여전히 세계 곳곳을 돌아다니고 있었는데 유독 파리에 머무는 날이 많았다. 그건 아마도 승리와 지유를 보러 가는 것이리라고 화리는 생각했다. 지유와 화훈은 여전히 남남이었지만 화훈은 자기 자식의 존재를 지우지 못하고 있었다. 올해 초등학생이 된 승리는 아빠가 만든 건축물을 무척이나 자랑스러워한다고 언젠가 화훈이 자랑하듯이 말했었다. 아주 오랜 시간이 흐르면 언젠가는 그들의 평행선에도 교차점이 생기지 않을까 하는 생각은 화리의 소망이었다.

"못 당할 거면 어설프게 따라 할 생각도 하지 마!"

"어쨌든 싫어."

"난 낳을 거야."

"그럼 너 혼자 낳아. 가능할지 모르겠지만."

"김도욱!"

화리는 정말 제대로 뿔이 나서 냅다 소리쳤다. 그런 그녀를 달래기 위해 도욱이 차분한 시선으로 화리와 눈을 맞추었다. 장난이 아님을 보여주는 그의 단단함에 화리는 초조했다. 아이를 거부하는 그의 눈빛은 진심이었다.

"너 힘들어. 학교 그만둘 생각이 있는 것도 아니잖아? 일하면서 애 키우는 거 쉽지 않아. 너 그랬잖아. 맞벌이하면서 여행 한 번 제대로 못 가고 정신없이 두 남매를 키워낸 장모님 보면 저절로 눈물 난다고. 난 네가 좀 편하게 살길 바란다고! 너는 엄마가 될 생각은 치우고 그냥 내 여자로만 살아."

"도욱아."

나지막한 목소리와 함께 화리의 손이 그의 손등 위에 겹쳐졌다. 그녀의 손길이 가늘게 떨리는 것을 느끼면서 도욱은 이를 꽉 깨물었다.

"너도 아기 좋아하잖아. 미르가온 예쁘다며…… 응?"

"남의 애니까 예쁜 거야…… 한두 시간 잠깐 봐서 안 예쁜 애기는 없어."

"그게 아니지. 너랑 나를 반반씩 닮은 주니어가 생기면 한두 시간으로 부족하지. 너 아마 까무러칠 거야. 아니야? 응? 좋지? 그렇지?"

화리가 어깨를 흔들면서 앙탈 아닌 앙탈을 부렸다. 도욱은 조금, 아니 많이 흔들렸다. 지금 승낙하면 이 모습을 평생 못 볼지도 모른다는 생각에 그는 좀 더 확고하게 튕겼다.

"아, 몰라! 나중에 얘기해."

"사실……."

화리가 뭔가 말하려고 입을 열었지만 바쁘게 뛰어 나온 민한과 아련에 의해 대화를 이어갈 수 없었다.

"언니! 도욱 오빠!"

"진호 형이 우리끼리 사진 한 방 찍자고 하는데요!"

"어, 가!"

화리는 뾰로통한 표정으로 도욱에게 이끌려서 걸음을 옮겼다. 홀에 들어서니 모두가 빠져나간 자리에 지현과 진호만이 기다리고 있었다.

"지, 다이머 맞춘다. 지현이도 빨리 아련이 옆으로 가."

"네! 언니 이쪽으로 오세요."

지현이 쑥스럽게 웃으면서 아련의 옆에 섰다.

"자, 다들 준비해! 10초 뒤에 찍힌다."

진호가 후다닥 뛰어서 정가운데에 쪼그려 앉았다. 10, 9, 8, 7…… 타이머가 흘러갔다. 아련은 지현의 팔짱을 꼈고 민한은 아련의 후드티 모자를 뒤집어 씌웠다. 그녀가 머리 망가진다고 신경질을 내면서 모자를 벗겨내던 그때 지현은 예쁘게 나오고 싶어서 계속 눈을 깜박였고, 화리는 까치발을 한 채 조심스럽게 도욱의 귓가에 속삭였다. 잔뜩 눈이 커진 그가 '뭐! 아기가 생겼다고!' 버럭질을 하는 순간 화리는 놀라서 눈을 질끈 감았다. 그 모든 순간의 찰나를 담아내는 '찰칵!' 소리에도 도욱은 정신이 멍했다. 모두가 엉망으로 찍힌 사진에서 유일하게 웃고 있는 한 사람이 있었으니 하진호였다.

"오빠. 사진 지워요!"

"형. 다시 찍어!"

"난 이게 마음에 들어. 원래 이 세계에서는 작가가 갑이야."

"누구 맘대로! 이거 봐. 저 혼자 웃었네. 다들 심령사진 같은데! 사진 지우라고…… 아니, 그것보다 홍화리! 홍화리 어디 갔어?"

어느 틈에 시끄러운 무리를 빠져나간 화리는 복도에 나가 있었다. 그녀를 향해 다급하게 뛰어가던 도욱의 걸음이 느려졌다. 화리는 미르가온 앞에 쭈그리고 앉아서 눈을 맞추고 있었다. 아이의 작은 손에 입을 맞추면서 환하게 웃는 그 모습에 도욱은 저도 모르게 웃어버렸다. 그녀와 자신을 닮은 아이가 태어나면 물론 행복하겠지. 분명 그럴 것이다. 도욱을 발견한 화리는 쪼르르 달려와서 그의 팔에 매달렸다.

"낳아도 되지?"

"안 된다고 하면 어쩔 건데?"

"너랑 못 살지."

"말이 지나치신데?"

"에이, 그러니까 맘에도 없는 소리 그만해. 응? 도리 아빠야."

"도리 아빠라니?"

"우리 아기 태명이야. 네 이름, 내 이름 한 글자씩 따서 붙였어. 싫어? 별로야?"

"아니, 뭐…… 그냥저냥…… 괜찮네."

"다행이다. 흐흐흐."

"바보 같아. 웃지 마."

"좋아서 그래."

"칫."

도욱이 가늘게 눈을 흘겼다. 하지만 꽉 다물어졌던 도욱의 입에서도 배실배실 웃음이 새어 나왔다. 화리가 눈치채지 못하게 슬쩍 그녀의 납작한 배를 훑었다. 아직 아무것도 느껴지지 않는데, 지금 분명히 단둘이 있는 이 순간 그들은 둘이 아닌 셋이었다.

'아이, 아이라…… 생각만 해도 가슴이 짜르르하네.'

자신의 아이를 가졌다는 여자를 바라보면서 도욱은 한없이 기뺐지만, 한편으론 걱정도 됐다. 꼬리 흔드는 강아지처럼 팔에 매달린 여자의 머리를 부드럽게 쓰다듬었다.

"빨리 내놔."

"뭘?"

"초음파 사진! 보여줘. 빨리! 이 앙큼한 것아. 어디에 숨겼기에 여태 몰랐어."

"아…… 집에 가서 보여줄게. 쥴스 모자 아래 넣어 놨거든."

"쥴스 모자?"

"응. 등잔 밑이 어둡다고 하잖아. 혹시나 했는데 역시 너는 모르더라."

그러고 보니 느닷없이 작은 모자를 만들어서 쥴스에게 씌어주던 화리의 모습이 생각났다. 어쩌면 그것은 태어날 아기를 위한 연습이었는지도 몰랐다. 그는 피식 웃으면서 화리의 코끝을 손가락으로 튕겼다. 그의 장난에 그녀도 아이처럼 웃었다. 눈꼬리가 크게 휘어지는 여자의 웃음은 여전히 한 남자를 설레게 한다.

"가만, 예정일이 언제야?"

도욱은 설렘을 내려놓은 뒤 현실감을 일깨웠다.

"내년 5월. 봄이야."

"그럼 우리 결혼식은? 내 꿈같은 신혼 생활은…… 전부 어떻게 되는 건데! 내가…… 내가…… 얼마나! 너랑 단둘이 사는 꿈을 꿨는데…… 이게 뭔데!"

뒤늦은 깨달음에 도욱은 처질하게 울부짖었다. 화리는 그의 등을 두드리는 것으로 심심한 위로를 대신했다.

"힘내."

"힘내긴 뭘 힘내!"

남자의 칭얼거림에 웃음이 나왔다. '사실 셰어하우스에서 지내는 동안 신혼 아닌 신혼처럼 지냈으니까…… 충분하지 않아?'라고 말하고 싶었지만 그랬다가는 저 남자가 정말 평생 삐친 오리가 될 것 같아서 화리는 입을 꾹 닫았다. 꽉 다물어진 입가로 자꾸 웃음이 새어 나와서 손으로 입을 틀어막았다. 마침 복도에 나온 민한은 머리를 쥐어뜯는 도욱을 딱하다는 듯이 바라봤다.

"형 왜 저래요?"

"좋아서 그래."

"좋아서요?"

"응. 너무 좋아서 미치겠나 봐. 하하하."

화리는 환하게 웃으면서 눈이 부신 햇살을 두 팔 벌려 맞이했다. 그리고 간절히 기도했다. 모두에게 따스한 봄날이 가득하기를 염원하면서 그녀는 가만히 배에 손을 가져다 댔다.

'봄아. 어서 와.'

〈에필로그 ─ 끝〉

외전1
안녕 춘향가

"뭘 그렇게 넋을 놓고 봐?"

"응?"

"너 아까부터 계속 쳐다보고 있잖아. 무지 신경 쓰인다는 눈빛으로."

아련이 뾰로통한 표정으로 컵을 닦았다. 그녀는 창가 쪽 테이블과 민한을 번갈아 쳐다봤다. 민한은 아련의 불붙은 시선을 눈치채지 못하는 듯 여전히 진호와 함께 앉아 있는 이들 가운데 유독 한 여자에게 시선을 고정하고 있었다. 민한의 시선 끝에 앉아 있는 여자는 이십대 초반의 풋풋함이 느껴지는 앳된 웃음을 짓고 있었다. 그 옆에 앉아 있는 젊은 청년은 안경 너머로 장난기가 가득한 웃음을 지으면서도 이따금 심각한 표정으로 계속 무언가를 받아 적었다.

지금 진호는 대학 학보사에서 찾아왔다는 친구들과 인터뷰를 진행하는 중이었다. 언뜻 보기에도 꽤 즐거운 분위기의 대화가 오고 가고 있었다. 진호와 마주한 젊은 남녀는 그야말로 청춘이었다. 한눈에 보기에도 이제 막 피어나는 봉우리, 파릇파릇한 싱그러움이 아련의 눈에 담겼다. 그녀는 새삼 흘러간 시간을 실감했다.

"부럽다."

"저 사람들?"

"응. 대학생이라며. 젊잖아. 딱 봐도 싱싱해."

"너도 젊거든."

민한은 피식 웃었지만 아련은 입을 뾰족하게 내밀었다. 젊긴 젊은데 앞자리가 바뀐 젊음이었다. 아련은 올해 서른이 되었지만 그게 썩 유쾌하진 않았다. 그래서 아직 만 나이로 스물아홉 살, 그것도 생일이 지나지 않았다는 허울 좋은 핑계로 스물여덟 살의 나이를 유지하고 있었다. 민한은 그에 대해 아주 가까스로 기를 쓰고 있다면서 놀렸지만 아련은 진심으로 지나간 이십대가 그리웠다.

'내가 이십대에 뭘 했더라?'

그녀는 호주에서 대학을 졸업했고, 혼자 서울에 왔고, 좋아하는 글을 썼다. 잠깐 짝사랑을 했지만 몰래 접었고, 한 남자와 연애를 좀 오래 했을 뿐인데 그게 전부인데…… 그 세월이 전부 어디로 흘러갔는지 그 흔적조차 찾을 수가 없었다. 지나가 버린 시간이 못내 아쉬웠다. 가지 않은 길을 그리워하고, 포기했던 모든 일에 대한 기회비용을 생각하다 보면 아련은 이따금 묘한 쓸쓸함을 마주하고 있었다. 그런데도 그녀의 서른 증후군을 견디게 하는 힘은 분명히 존재했다. 그것은 송민한이라는 남자가 주는 존재감이었다.

아련은 잘 닦인 컵을 내려놓은 뒤 옆자리에 서 있는 남자를 바라봤다. 지난 시간 동안 그는 조금 변했다. 소년 같던 얼굴도, 아련보다도 가늘었던 여린 팔뚝도, 모공조차 보이지 않았던 뽀얀 피부도 시간에 묻혀 사라졌다. 그 대신 잔 근육이 붙은 팔은 아련을 지탱하는 힘이었고, 봄 햇살에 살짝 그을린 얼굴은 묘하게 섹시하다. 그야말로 남자 송민한의 그늘 아래서 살아갈 남은 생을 생각하다 보면 그녀는 자신이 눈 깜짝할 사이에 서른 고지에 접어들었다는 아쉬움도 전부 지워냈다.

"낯이 익어. 저 여기자."

"반한 건 아니고?"

그럴 리 없다는 것을 잘 안다. 그런데도 아련은 일부러 눈을 흘겼다. 결혼을 앞둔 남자가 자꾸 젊은 여자를 향한 시선을 거두지 못하는 것은 그 이유가 무엇이든 딱히 유쾌하진 않으니까. 그런데 이 남자, 보조개가 파이는 웃음을 지을 뿐 대답이 없다. 아련은 그의 옆구리를 쿡 찔렀다.

"왜 웃어? 대답 안 해?"

"할 말이 없어서 그래."

"뭐?"

"질문이 질문 같아야 대꾸를 하지. 조르고 졸라서 결혼하는 나의 신부가 옆에 있는데 너 같으면 그럴 수 있겠어?"

민한은 아련의 허리를 슬쩍 감아 안으면서 씨익 웃었다. 그 손이 순식간에 등줄기를 쓸어내리는 순간 허리에 잔뜩 힘이 들어갔다. 민한은 아련의 변화를 즐기면서 허리 아래로 좀 더 손을 내렸다. 그녀가 화들짝 놀라서 그를 밀어내기도 전에 풀렸다. 그리고 주르륵 발아래로 흘러내렸다. 앞치마가.

"아, 진짜!"

아련이 바닥에 떨어진 앞치마를 줍기 위해 허리를 굽히던 그때 민한도 따라서 주저앉았다. 그 움직임이 몹시도 수상해서 아련은 얼른 앞치마를 집어 들었다. 자리에서 일어나려던 그때 민한이 다시 그녀의 팔을 잡아당겼다.

"왜! 또 뭐 하려…… 흐읍."

쪼옥! 입술이 닿았다가 떨어지는 그 소리가 들킬세라 아련은 깜짝 놀라서 그를 밀어냈다. 붉어진 얼굴로 씩씩거리는 여자가 올해 서른이란다. 저 여자는 나이 먹은 게 징글징글하다고 했지만, 그의 눈에는 여전히 귀엽다. 그리고 사랑스러워서 미칠 노릇이다.

"너 내가 일할 때 장난치지 말라고 했지. 밖에 손님들 있잖아! 들키면 어쩌려고!"

"그래서 더 스릴 있잖아. 이제 좀 알 것 같아. 도욱이 형이 셰어하우스에 있으면서 아슬아슬하고 조마조마해서…… 더 미칠 것 같았다는 말. 중독된 것처럼 끊기가 힘들었다는 말도."

민한은 조금 가라앉은 목소리와 짙어진 눈동자로 아련을 바라봤다. 이상하다. 이상해서는 안 될 공간에서 그가 야릇한 웃음을 짓고 있었기에 아련은 바짝 긴장했다. 그의 손이 그녀의 입술을 스치는 순간 그녀는 역시 그를 멈춰야 한다는 것을 깨달았다.

공유하실래요?

"하지 마!"

"아무것도 안 했잖아. 한 게 없는데?"

"그러니까! 이, 이상…… 절대로 하지 마. 진짜 싫어!"

"싫긴. 좋으면서. 도욱이 형이 그러는데 전부 반대로 들으래. 싫다는 말을 곧이곧대로 들으면 하수라고. 수컷들 사이에서 내려오는 불문율이야. 나는 그걸 너무 늦게 알았던 거지. 그래서 그 말에 지극히 충실하려고. 그러니까 지금 너는……."

"아니야!"

"거짓말……. 확인해 볼까?"

그가 야릇한 웃음과 함께 아련의 허리를 바짝 끌어안았다. 그의 손이 엉덩이를 스치자 아련은 '헉!' 하고 들이쉬는 숨소리를 숨기지 못했다. 그의 손이 좀 더 아래로 내려가려는 순간 아련은 아예 바닥에 털썩 앉아서 앞치마로 제 무릎을 가렸다. 그녀의 철벽 방어에 민한은 키득거리면서 그녀의 볼을 다시 감싸 쥐었다. 거침없이 입술 사이를 가르고 들어가는 순간 아련의 눈이 동그랗게 커졌다.

작은 웃음은 거친 호흡으로 바뀌고 여자가 휘청거리면서 자신의 셔츠 깃에 매달리는 순간 민한은 뒷목이 뻐근해졌다. 19금의 대모는 순수하다. 작은 스킨십에도 금방 놀라고 허둥대면서 얼굴이 붉어진다. 글로는 온갖 야한 말들을 잔뜩 내뱉는 주제에 현실에서는 막상 소녀 같은 새침함으로 무장한 여자는 이제 곧 그의 신부가 된다. 민한에게 백아련이라는 여자는 동전의 양면과 같다. 침대 위 순결함과 침대 밖의 앙칼짐…… 그리고 전자의 경우는 오직 자신만이 알고 있는 세계이기에 수컷의 소유욕과 가진

자의 여유를 부리고 싶게 만든다.

민한은 느닷없는 키스에 힘이 빠져서 휘청거리는 아련을 일으켜 세웠다. 여전히 진호의 인터뷰는 진행 중이었다. 민한이 주시하고 있던 여자는 열심히 카메라 셔터를 터뜨리면서 사진을 찍고 또 찍고 있었다. 언뜻 봐도 꽤 열심히 하는 모양새였다.

"저 여자. 모란 춘추에서 왔다고 했지?"

"으응."

아련은 붉어진 볼을 손등으로 쓸어내리면서 심드렁하게 답했다. 민한은 이제야 알았다는 듯 손가락을 튕기면서 웃었다.

"그럼 맞겠네. 우리 지난번에 모란 대학 주점 갔었잖아."

"주점?"

"그래, 그날 우리 축제 지원하면서 커피 시음회 하던 날이었잖아. 도욱이 형이 의과대 주점에서 한잔한다고 거기로 오라고 했던 날……."

"아, 그날! 그게 뭐?"

"아무래도 그때 한 번 본 것 같아. 나 그때 핸드폰 없어서 여기저기 기웃거리고 있었거든. 어떤 조그마한 여학생이 앞치마에 손을 푹 찔러넣고 계속 한숨을 내쉬는 거야. 멍하니 하늘 보면서 걷고 있는데 좀 쓸쓸해 보였어. 어쨌든 한눈에 봐도 착할 것 같더라고. 그래서 말을 걸었었지."

"아, 그럼 그때 빌려서 전화했다던…… 그게 저 여학생이야?"

"응. 아마 맞을 거야. 웃는 얼굴 보니까 닮았어. 그 학생도 여기 눈 아래…… 인디언 보조개가 들어갔거든."

민한은 아련의 오른쪽 눈 아래를 콕콕 찍어 누르면서 씨익 웃었다. 그의 손이 점점 움직여서 귀 뒤로 향하는 순간이었다. 그가 그녀의 머리칼을 귀 뒤로 쓸어넘기면서 일부러 귓불을 툭 건드렸다. 그 의미 없는 장난에 아련은 또 얼굴이 화악 붉어졌다. 서른한 살 남자 송민한은 좀 더 야릇해지고 농염해졌다. 아련은 그게 싫지 않았지만, 지금은 때가 아니었다. 그녀는 또 민한의 스위치가 느닷없이 켜질까 봐 얼른 고개를 돌리고 화제를 틀었다.

"그, 그랬구나. 그런데 왜 쓸쓸했을까? 저렇게 잘 웃는데."

"모르지. 뭐, 남자…… 문제 아닐까?"

민한과 아련이 이름 모를 여자의 쓸쓸함을 추측하는 사이 진호의 인터뷰가 끝이 났다. 무려 세 시간에 걸친 긴 인터뷰가 끝이 난 뒤 모란 춘추의 기자들도 정중한 인사와 함께 카페를 나섰다. 인사를 나누는 동안 여자는 민한과 여러 차례 시선이 마주쳤지만, 그녀는 딱히 민한을 알아보는 것 같지는 않았다. 카페 통유리 너머로 두 학생이 걸어가는 모습이 보였다. 남학생은 여학생에게서 카메라 가방을 뺏어 들었고 여자는 익숙하다는 듯이 웃으면서 따라 걸었다. 나란히 걷지 않는 걸음이었지만 그들은 꽤 친밀해 보였다.

"저 남자가 아닌 거 같은데?"

"응?"

"아니, 그때…… 내가 고마워서 마카롱을 줬거든. 그리고 몇 마디 더 했는데…… 어떤 남학생이 잔뜩 뿔이 나서 나를 막 째려보는 거야. 성큼성큼 걸어오면서 한 대 칠 기세였어. 어린놈이 꽤 아우라가 세더라?"

"그래서?"

"그래서는 뭐…… 그냥 어영부영 인사하고 돌아섰지."

"쫄았구나."

아련이 장난스럽게 웃으면서 그의 팔을 툭 쳤다. 빈정 상한 민한은 눈을 부릅뜨면서 괜히 주먹을 쥐어 보였다.

"삶의 지혜야! 요새 젊은것들 건드리면 안 돼. 나도 몸 사릴 나이라고."

"아아, 서글프네."

"그 대신 농밀함과 끈적거림…… 여유와 관록이 생겼지."

민한이 커피를 홀짝이면서 아련을 훑어 내렸다. 그녀는 슬쩍 민한과 거리를 벌리면서 컵을 정리했다. 그는 키득거리면서 데스크를 정리했다. 어느덧 카페 문을 닫을 시간이 다가오고 있었다. 오늘은 저녁 장사를 하지 않는 날이었다. 오랜만에 춘향가의 옛 식구들과 바비큐 파티를 하는 날이었으니까. 출산 이후에도 셰어하우스 신세를 졌던 도욱과 화리는 작년에, 진호는 올해 초에 결혼하면서 춘향가를 떠났다. 도욱은 화리와 보내는 신혼의 단꿈을 포기한 채 두 살 난 남자아이와 육아 전쟁을 벌이고 있었다. 그들의 고초를 지켜보면서 진호는 아이는 아주 늦게, 되도록 늦게 낳겠다는 거룩한 일념으로 신혼 생활을 이어가고 있었다. 그리고 그의 계획에 도욱은 적극 동감을 표하면서 울부짖었다. 자기 신혼을 돌려달라고 말이다.

"어쨌든…… 그 어린놈이 저 남학생은 아니야."

"그래? 그런데 사귀는 거 같지 않아?"

"전혀. 친구…… 딱 그거야."

"그래도 가방 들어주잖아? 저 남학생 되게 젠틀해. 웃는 것도 귀엽고. 아, 나도 인터뷰 요청 들어왔을 때 그냥 할 걸 그랬나? 괜히 튕겼나 봐."

"가방 들어주는 게 뭐라고…… 홍조를 만드시나? 너야말로 반했어?"

"조금."

"뭐야!"

"하하. 농담이야. 나야말로 너같이 섹시한 구릿빛의 새신랑을 두고 어디 한눈을 팔겠니."

"알면 됐어."

민한과 아련이 정답게 노닥거리는 사이 지현과의 전화 통화를 마친 진호가 데스크 앞으로 다가왔다.

"형수 전화? 이쪽으로 안 온대요?"

"어. 화리 씨 있는 데로 바로 간대. 얘기가 좀 길어지나 봐."

"어? 형. 그렇게 편하게 있을 때가 아니지 않나? 마누라가 첫사랑 만나러 갔다는데 뭐가 그렇게 태평해요."

"맞아. 그 사람, 되게 유명하다던데? 뉴스에도 나온다면서요?"

"뉴스는 화훈 형도 자주 나오잖아."

"그러니까! 우리 화훈 오빠가 대단하다고 하잖아. 내가 달리 좋아했……."

순간 찌릿해진 민한의 눈빛을 달래듯 그의 손등을 토닥이면서 아련은 말을 이었다.

"아무튼, 요새 제일 잘나가는 게임 개발자가 그 사람 맞죠? 스마트폰 덕분에 완전 떴다던데."

"아! 이제 생각났다. 그 게임…… 카야콩! 형도 그거 심심할 때 딱이라고 많이 했잖아요?"

민한의 장난스러운 눈짓에도 진호는 제법 편한 얼굴이었다.

"아, 그거…… 안 한 지 오래 됐어. 좀 질리더라고."

그는 여전히 신경 쓰이지 않는다는 듯 평온한 미소로 커피 잔을 집어 들었다. 그 손에 은근히 힘이 서리는 것은 오직 아련에게만 들켰다. 세월이 흐른 만큼 조용한 미소를 지을 수 있게 된 아련은 진호에게 말없이 초콜릿 한 알을 건넬 뿐이었다.

"어때요?"

"뭐가 이렇게 써. 이래서 팔리겠어?"

"도욱이 형은 달다고 난리던데, 아무래도 형 속이 떫은가 보다."

'흐음. 역시, 그런가?'

일부러 속으로 삼킨 생각이다. 진호는 쓴웃음의 핑계를 댈 수 있는 초콜릿을 입안으로 굴렸다. 그의 부인, 지현은 지금 그 옛날의 첫사랑, 야반도주남을 만나고 있었다.

"그러기에, 무슨 생각으로 허락을 했어요. 아무리 축의금으로 5억을 가져왔다 해도…… 그냥 입 닦고 말지. 뭐하러 얼굴을 보게 해……."

"인사."

그 평범한 단어에 민한은 눈을 찌푸렸다.

"지현이가…… 그걸 하고 싶어 했거든."

"아, 맞다. 그 사람…… 야반도주?"

아련의 말에 진호는 가마히 고개를 끄덕였다. 물 한 잔으로 달래지지 않는 입안의 쓴 기운과 함께 창밖을 바라봤다. 오후에 나간 여자가 오후의 햇살이 사라지는 시간이 되어서도 돌아오지 않고 있었다. 물론 상대방 그 남자의 급한 회의 때문에 약속 시간이 늦춰졌다고 해도 제법 긴 얘기를 주고받을 시간이었다. 첫사랑, 그 애끓는 마음이 돌아오자고 마음먹으면 충분히 가능할 만큼. 물론 지현을 못 믿는 건 아니다. 정말로 걱정이 되는 건 눈이 마주치는 순간 고스란히 재생될 그 아픔의 시간 속으로 지현이 다시 들어가는 것이다. 그건 결코 원하지 않았던 일. 그런데 그 남자가 느닷없이 존재감을 드러냈다. 그가 결혼식 축의금으로 자그마치 5억을 보내왔음을 알았을 때 진호 역시도 당황스러웠다. 돈을 다시 보내야 하나 말아야 하나 망설이던 그때 지현은 그 남자를 직접 보고 싶다는 얘기를 조심스레 전했다. 물론 진호에게 있어서 그건 쉽지 않은 결정이었지만 그는 딱 5분 뒤에 고개를 끄덕였다.

"정말 괜찮아요?"

민한의 물음에 진호는 빙긋이 웃으면서 턱을 괴었다.

"나쁘지 않아. 오랜만에…… 스릴 있고. 애가…… 바싹바싹 타서 숨 넘어가기 직전이야."

제법 솔직한 감상에 키득거리던 아련은 슬쩍 테이블 아래로 손을 움직였다. 그의 입을 거친 말이 문자로 바뀌어 지현에게 건네지는 순간은 고작 10초였다. 아무것도 모르는 진호는 당 떨어지는 기분이라면서 그저 초콜릿을 먹고 또 먹을 뿐이었다.

〈언니. 오빠가 지금 애가 바싹바싹 타서 숨 넘어가기 직전이래요.〉

문자를 확인한 지현의 볼이 발그스레해졌다. 딱 5분 전 전화에서도 진호는 신경 쓰지 말고 편하게 다녀오라는 말만 했었다. 그의 배려가 고맙기는 해도 내심 너무 아무렇지 않다는 듯 단조로운 목소리에 조금 서운했던 지현이다. 어쩐지 작은 질투조차 없는 듯한 무심함에 조금 울적한 마음도 있었는데 그가 실은 툴툴거리고 있다는 사실에 금세 기분이 좋아졌다. 지금 당장 그의 목에 매달리고 싶을 만큼. 그런 여자의 붉어진 볼을 말없이 바라보고 있는 그 남자가 그녀의 첫사랑이다. 시선을 의식한 지현은 얼른 핸드폰을 테이블 위로 올려놓았다.

"아, 미안해요. 문자가 와서……."

"아니야. 보기 좋아. 다행이라는 생각도 들고…… 네가 이렇게 웃는 모습…… 여전해서."

잠시 마주친 시선 너머로 말이 없었다. 사실 오늘 지현은 그에게 축의금을 돌려주려고 했다. 많아도 너무 많은 그 축의금은 사실, 그 남자가 지현의 부모에게서 받은 그 액수와 같다. 가방 속에 손을 밀어 넣어서 봉투를 만지작거리는 손이 가늘게 떨렸다. 돈을 건네는 장면, 그것을 다시 재현하는 것이 어쩌면 그에게 또 한 번의 상처가 될 수도 있다는 진호의 말을 되새긴다. 그녀의 작은 움직임, 그 정체를 알아차린 듯 그 남자는 작게 웃으면서 고개를 가로젓는다.

"지현아."

부르는 목소리가 잠겨들어서 그를 바라보는 지현의 눈빛도 흐려졌다.

"항상 생각하고 있었던 일이야. 네가 다른 남자의 손을 잡는 날, 꼭…… 선해주겠다고. 그러니까 그냥 받아. 축하의 뜻. 딱 그만큼의 마음이니까."

"어떻게 그래."

옛 기억이 떠오르는 탓에 답하는 목소리가 전부 갈라진다.

"우리 엄마 아빠가, 오빠한테 어떻게 했는데…… 얼마나 못되게 굴었는데, 그걸 내가 다 아는데…… 어떻게 내가, 당신 축하를 받아."

"내가 약속을 어겼으니까."

꽉 틀어쥔 주먹이 부르르 떨리고 눈시울이 뜨끈해졌다. 지현은 목구멍으로 치미는 울음을 겨우 삼킨다.

"그게 충분한 이유야. 지금 너는, 나한테 뺨을 때리면서 개자식이라고 소리쳐도 하나 이상할 것 없는 상황이고."

"오빠…… 난 그래도……."

"차지현. 분명히 들어."

"……"

"5억…… 우리 아버지 과일 가게. 그 몫으로 너를 떠나는 날, 난 망설이지 않았어. 내가, 그걸 택했으니까. 그 순간에는 이제 됐다, 빨리 도망치자…… 그런 생각만 했어. 열다섯, 풋내 섞인 마음으로 약속했던 그 마음도 전부 잊은 듯이 배반했지. 스물의 나는…… 가진 게 너무 없었으니까. 대학은 붙었는데 등록금이 해결되지 않는 궁핍함, 공사판에서 벽돌을 지어 날라도 해결되지 않는 의식주, 아파도 병원에 가지 못하고 과일을 파시는 아버지의 꺾인 무릎…… 너희 아버지가 보낸 사람들이 아버지의 낡은 리어카를 부술 때, 그나마 있는 쌀독의 쌀이 전부 하수구로 쏟아질 때…… 그 속에서 무기력하게 떠는, 꼴사나운 나를 보면서 생각했어."

"……."

"돈…… 그게 없으면 사랑도 귀찮다는 거."

"……."

"그 순간에 어른이 되어버린 나한테 너는 버거운 짐이었어. 너는 여전히, 사랑만 먹고 사는 열여덟 소녀였으니까. 그런 너를 양심도 없이 품고, 여자로 만들었으면서도 죄책감도 없이 너를 버렸으니, 정말로 개자식이지. 내가……."

지현의 눈에서 눈물이 방울방울 떨어졌다. 그는 담담한 목소리로 자신을 힐난하고 지현을 위로했다.

"그래서 제대로 미안하다고, 잘 있으라는 말도 할 수 없었어. 감히, 그 말을 내입으로 먼저 한다 해도…… 너는 분명히 웃으면서 '그래, 잘 가. 오빠' 그렇게 손 흔들었을 테니까. 너는 그렇게 착하고 순수한 애니까……. 지금 이 순간에도 너는, 야반도주한 개자식이 아니라 그 시절의 무력한 남자를 위로하니까…… 그런데 어떻게 말할 수 있었겠어. 안녕이라고. 나는, 그렇게 홀가분하게 떠나면 안 되는 거였어."

그의 차분한 목소리로 전해지는 서러운 날들이 아릿한 추억 너머로 사라진다. 그는 물기 어린 두 눈을 가득 휘면서 웃었다. 첫사랑을 보내기 위한 마지막 의식을 위해서.

"지현아."

"……."

"이 돈은…… 그냥, 핑계일 뿐이야. 네 앞에서 제대로, 미안하다는 말…… 잘 살라는 말…… 그 마지막 인사를 하고서 홀가분해지고 싶다는 내 이기심이고. 그러니까 끝까지 저밖에 모르는 나쁜 새끼…… 그렇게 욕하면서 받아. 그래야…… 내가……."

"……."

"네 머릿속에서 사라지지. 영원히."

영원히 함께하고 싶던 사람이 영원한 이별을 논한다. 지현은 입술을 깨물면서 고개를 끄덕였다. 마지막 순간, 지현은 크게 눈을 깜박이면서 자리에서 일어났다. 나쁜 새끼라고 소리치는 대신 그녀는 작은 구급상자를 내밀었다. 최근의 것이 아닌 그것은 누렇게 때가 타고 조금 깨져 있었다. 그리고 지현은 처음으로 자신의 숨겨진 마음을 전부 고백한다.

"우리 아빠의 화난 저녁에는 언제나 오빠가 있었다는 거…… 알고 있었어. 그 다음 날이면 어김없이 오빠 얼굴에는 겨우 피가 멎은 상처가 있었으니까. 그때마다, 몇 번이나 이걸 주고 도대체 무슨 일이냐고 묻고 싶었는데…… 끝내 못했어. 그 순간이 오빠한테는, 나를 버릴 기회가 될지도 모른다…… 생각했으니까."

그녀는 잠겨드는 목소리 때문에 말을 잇기 힘들었지만 주먹을 꽉 쥔 힘에 의지해서 겨우 입술을 움직였다. 한때 세상의 전부였던 남자도 뿌옇게 흐려진 눈시울 너머로 서서히 흐려진다.

"오빠, 나는…… 그렇게 순수하고 착한 소녀가 아니었어. 정말로 그랬다면, 지금 당장 나한테서 떨어져서…… 이제 그만, 다치라고…… 말했을 거야. 그런데 나, 그런 말 안 했잖아. 전부 모른

척했어. 열아홉 살의 그날, 우리 집에서 나를 구해줄 유일한 사람이 오빠였으니까. 끊임없이 사랑한다는 이유로 매달리면서 한계로 몰아붙인 건…… 결국, 나야. 그러니까…… 너는 나한테 개자식이 아니지. 그 시절의 사악한 소녀를 사랑해 준 건 오직 너하나, 네가 전부였으니까."

지현은 붉어진 눈시울을 손등으로 문질러 닦으면서 흐릿하게 미소 지었다. 이제는 정말 모든 것을 끝낼 순간.

"다시 보면 하고 싶은 말 정말 많았는데 시간이 흐를수록 조금씩 까먹었어. 이제 겨우 하나가 남았는데, 그조차 잊기 전에 이말…… 할 수 있어서 다행이야."

마지막으로 그를 본다.

"성도현."

지현은 미소 지으면서 마지막을 위한 고개를 숙인다.

"고마웠어."

울음 섞인 목소리로 겨우 맺어진 끝인사를 남겨둔 채 지현은 돌아섰다. 멀어지는 여자의 뒷모습을 바라보면서 툭 떨어져 나온 남자의 눈물은 그들의 마지막을 장식하는 모든 마음의 응결체였다.

"다 왔다!"

진호의 차를 타고 춘향가에 도착하니 벌써 고기 굽는 냄새가 바깥으로 진동했다. 오랜만에 느껴보는 북적거림이었다.

"와, 남의 살 타는 냄새."

아련은 코를 킁킁거리면서 살벌한 말을 잘도 했다.

"우리, 요조숙녀. 고기 먹을 생각에 신났네."

진호는 웃었지만 민한은 질색하면서 그녀의 이마를 찍어 눌렀다.

"야! 넌 무슨 말을 그렇게 험하게 해! 형, 이 아이가 아직도 이렇다니까. 뭐가 요조숙녀야."

"아, 알았어. 취소! 오빠. 못 들은 거로 해요."

아련은 아이처럼 즐거운 표정이었다. 그녀는 사실 무척 들떠 있었다. 그동안 춘향가에는 아련과 민한 단둘이 지내고 있었고 이따금 도욱이 육아 전쟁을 피해서 피신을 왔었다. 물론 반나절을 버티지 못하고 제집으로 돌아갔지만 말이다. 민한과 아련은 결혼 이후 작은 오피스텔에 신접살림을 차리기로 했다. 집을 구하지 못하는 전세 대란 속에서 화훈은 그들에게 춘향가에서 계속 살아도 된다고 했지만, 그들은 떠남을 결정했다. 오랜 시간 모두가 함께 북적이고 살았던 큰 집이 주었던 추억과 여운을 단둘만이 감당하는 것은 생각보다 서글펐으니까. 그래서 오늘은 춘향가에서 모든 식구들이 함께할 수 있는 마지막 날이기도 했다. 셰어하우스 처분을 결정한 화훈은 요즘 들어 일을 조금씩 줄이고 있었고 그는 지금 프랑스에 있었다.

"어! 봄이 어머니!"

"아련아!"

대문을 열고 들어가자마자 아련의 얼굴에 웃음꽃이 폈다. 그녀가 한달음에 달려간 그 여자, 봄이 어머니는 화리였다. 화리와 아련이 그동안 밀린 수다를 떠는 사이 도욱은 그의 아들 김봄을 품에 안은 채 연신 하품을 하고 있었다. 아이를 어르는 폼이 제법 능숙했지만 한눈에 봐도 푹 절어 보였다.

"형. 요새 늙었네요."

"늙다마다. 요새 도를 통하고 있어. 조만간 승천할지도 몰라."

과장을 포함한 너스레였지만 그는 진심이었다. 한동안 아들 녀석에게 화리를 빼앗긴 이후 도욱은 사춘기 비슷한 짜증이 늘었다. 아이가 좀 자라고 화리도 안정을 찾아가면서 그녀가 도욱에게 좀 더 신경을 썼기에 그는 요즘 들어 사람답게 살고 있다는 자평을 하고 있었지만, 여전히 갈 길이 멀었다. 민한은 새근거리는 숨소리를 내뿜는 봄의 코끝에 손을 가져다 댔다. 아이의 숨결이 간지러웠다.

"와, 자는 게 천사 같아."

"우리 천사는 밤에 잠을 안 자. 그래서 난 흑마법사가 될 것 같아."

"크크큭."

"아무래도 일부러 그러는 거 같다니까. 이 녀석 계획적이야."

"에이! 형. 설마!"

"아니, 진짜야! 내가 홍화리한테 뭐만 하려고 하면…… 갑자기 악을 쓰면서 운다니까. 분명히 조용히 자고 있었다고! 그런데 어쩌면 그때, 그 기가 막힌 타이밍에 빽빽거린다니까!"

도욱은 눈을 부릅떴다. 소중하게 품에 안고 있는 아이는 분명히 자기 아들이고 미치도록 사랑스럽다. 그런데도 아들 녀석은 분명히 그의 라이벌이었다. 위대한 김봄은 소아과 의사의 의학적 지식이 무색하리만큼 최강의 실전 경험을 쌓게 해주었다. 육아는 전쟁이었다. 도욱은 계속 하품을 하면서 잠이 든 아이의 등을 쓸었다. 진호는 이를 안타깝게 바라보면서 도욱의 등을 두드렸다.

"아, 형. 하지 마. 나 진짜 울 것 같아."

"와, 이 자식. 불쌍해서 어떡해. 하하하."

"도욱 씨. 봄이 이리 주세요."

도욱의 지원군은 뜻밖의 여자였다. 그녀는 진호의 부인 지현이었다. 아이를 향해 팔을 뻗는 모양새에 진호는 새삼 긴장이 되었다. 사실 지현은 진호의 나이를 운운하면서 빨리 아이를 갖기를 원하고 있었으니까.

"괜찮겠어요? 힘들 텐데?"

"봄이 순하잖아요."

"아······."

도욱은 차마 그렇다고 말할 수 없었다. 그런데도 지현은 수줍은 미소와 함께 괜찮다고 고개를 끄덕였다. 봄이를 조심스럽게 안은 지현은 잔뜩 상기된 표정으로 아이를 토닥였다. 그녀는 아이를 안고 조심스럽게 걸음을 옮겨서 화리가 앉아 있는 벤치로 다가섰다. 화리는 자신의 아이와 눈을 맞추면서 지현이 아이를 좀 더 편하게 안을 수 있도록 자세를 고쳐주었다. 지현은 모든 것이 새롭고 신기한 듯이 눈을 반짝였다. 서툰 몸짓이었지만 어딘지 모르게 사랑스러운 실루엣이었다. 이를 물끄러미 바라보면서 물을 마시던 진호는 저도 모르게 웃었다. 지현이 아이를 어르는 모습을 바라보던 도욱은 뭔가를 감지했다. 어딘지 모르게 익숙한 예감이 드는 순간 손가락을 튕기면서 진호의 귀에 속삭였다.

"형, 이제 큰일 났다."

"뭐가?"

"감이 말이야. 무섭거든."

"감?"

"형수. 요새 술 안 마시지?"

"응. 좀 됐어. 그게 뭐?"

"우리 노친네. 좋은 시절 다 갔네. 다 갔어."

도욱은 씁쓸한 표정으로 한숨을 내쉬었다. 진호는 영문을 모르겠다는 표정을 지었지만 도욱은 여전히 한숨을 푹푹 내쉬고 있었다. 진호가 물 한 모금을 더 마시는 순간 도욱이 크게 외쳤다.

"지현 씨. 예정일이 언제예요?"

"내년 여름이요."

"풉!"

그녀의 낭랑한 목소리와 함께 진호는 입안에 고였던 물을 뱉어 냈다. 진호의 놀란 시선 끝에는 도욱이 '그것 봐'라는 표정으로 싱글거리고 있었다. 지현은 아차 싶었던지 입을 가린 채 웃었다. 놀라서 멍한 표정을 짓고 있는 남편 진호를 향해 그녀는 생글거리면서 웃었다. 그녀의 맑은 웃음 앞에서 진호는 실없이 웃으면서 입가에 묻은 물을 닦아냈다.

'아, 내 신혼…… 끝났네.'

"건투를 빌어."

도욱이 동병상련의 심정으로 진호의 등을 두드렸다.

"하지 마. 울 것 같으니까."

"뭐, 그냥 살 만해."

"정말?"

"응. 그냥 잠을 좀 못 자고, 애가 우는데 왜 우는지 모르겠고, 기저귀를 방금 갈았는데 또 응아를 해서 환장하게 하고…… 밤에 제 엄마를 뺏어가서 돌려줄 생각을 안 해. 내 여자의 아름다운 가슴이 내 아이의 밥줄이 되어버리는 것만 빼면, 그래서 그 풍만한 아름다움을 그저 눈으로만 지켜보고, 밤에 독수공방하는 것만 빼면…… 그럭저럭 살 만해."

"하, 하하…… 하하하. 엄청 즐겁겠네."

"즐거워. 그래서 미칠 것 같아."

도욱과 진호는 마주친 시선 너머로 흐느낌과 같은 웃음을 주고받았다. 어느새 다가온 화리도 진호에게 축하 인사를 건넸다.

"진호 씨. 축하해요."

"고맙긴 한데……. 봄이 엄마. 혹시 알고 있었어요?"

"네. 지난주에 병원 같이 갔었거든요."

"아…… 그런데 왜 여태 말을?"

"진호 씨가 아이는 빨리 갖고 싶지 않다고 했다면서요. 그래서 지현 씨가 걱정이 많았어요. 혹시 싫어하면 어쩌나……."

"그랬구나."

진호는 지현에게 조금 미안해졌다. 봄이에게 눈을 맞추면서 웃고 있는 지현을 향해 걸음을 옮겼다. 눈앞에 선 남자의 존재에 지현은 잠시 긴장한 듯한 표정을 짓더니 이내 환하게 웃었다. 봄이는 그녀의 품이 편안한 듯 잠에서 깨지 않은 채 곤하게 자고 있었다. 진호는 지현의 머리를 쓰다듬으면서 축하한다고, 고맙다고 말했다. 지현은 수줍게 웃으면서 봄이를 토닥였다. 아이에게서 해방된 도욱과 화리는 저 멀리서 서로의 입에 삼겹살을 쑤셔 넣고 있었다. 요즘 들어 그들은 특이한 식탐이 생겼다. 이른바 '먹을 수 있을 때 마음껏 먹어두자'가 그것이었다. 봄이 부모가 꾸역꾸역 배를 채우는 사이 진호는 봄이의 볼을 살짝 쓸었다. 아이의 따스한 볼이 손끝에 닿는 순간 묘하게 찌릿했다.

"지현아. 우리 아이는 딸이면 좋겠다."

"이름은 여름이?"

"그것도 괜찮네. 봄이, 여름이……."

"이다음에 커서 둘이 만나도 재밌을 것 같아. 봄이는 잘생겼으니까 우리 여름이 짝으로 괜찮을 것 같아."

"김도욱이 내 딸의 시아버지라고? 와, 갑자기 소름이 돋네."

자기들끼리 태어날 아이를 딸이라고 단정 지은 진호와 지현은 마주친 시선 너머로 환하게 웃었다. 진호는 봄이의 작은 손을 조심스럽게 잡았다. 그 작은 손이 주는 부드러움에 너무 심취해서 조몰락거리는 손길을 멈추지 못하던 그때였다. 마침내 잠에서 깬 봄이가 울기 시작했다. 그야말로 기차 화통을 삶아 드신 것처럼 우렁차게! 당황한 진호가 진땀을 빼는 사이 도욱이 다급하게 뛰어왔다. 입안의 삼겹살을 우물거리면서도 연신 봄이를 토닥였다.

"아우, 형! 그러게 애를 왜 그렇게 주물럭거려. 지현 씨. 아무래도 형은 애를 울리는 유전자가 있는 것 같아. 조심해요."

도욱의 품에서 신기하게도 울음이 잦아든 봄이는 금방 방긋방긋 웃기 시작했다. 그야말로 여우비처럼 사람을 홀리는 웃음에 진호는 정신이 멍해졌다. 그러더니 봄이는 갑자기 뭔가 힘을 주는 표정을 지었다. 이윽고 퍼져나가는 냄새를 본능적으로 깨달은 도욱은 다급하게 민한을 호출했다.

"빈한아! 기저귀 가방. 거실 소파에 있어. 빨리!"

"형. 밖에서 기저귀를 갈게?"

"아, 맞다. 아니야. 내가 들어갈게! 너 현관문 좀 열어."

도욱이 봄이를 안고 집안으로 뛰어가는 모습을 바라보면서 진호는 멍하니 입을 벌렸다. 그의 옆에서 지현은 조금, 아니 사실 많이 놀랐지만 애써 아무렇지 않다는 듯이 웃었다. 그에게 '우린 잘할 수 있어요'라면서 웃었지만 진호는 실없이 웃을 뿐이었다. 혼이 나간 표정이었다.

"언니. 안 가봐도 돼요?"

"오빠가 알아서 할 거야."

봄이를 맡아서 다독이는 도욱 덕분에 화리는 이 모든 소란에도 느긋했다. 그녀는 아련과 함께 편안하게 삼겹살을 먹었다. 오랜만에 느껴보는 만족할 만한 포만감이 기분 좋았다.

"아, 배부르다."

"그런데 언니, 왜 오빠라고 불러요? 사귀는 동안에도 오빠라고 해본 적 없잖아요. 그러고 보니 나이 차이도 나는데 왜 이름 불렀어요?"

"내 뜻은 아니었어. 오빠보다는 내 입에서 자기 이름 불리는 게 더 좋다고 하더라. 처음엔 그게 입에 안 붙어서 김도욱 씨. 저기요. 오라비…… 별별 호칭을 다 해서 불렀었지. 그래도 다 싫다고, 부득부득 '도욱아'라고 부르라고 하잖아. 그러다 보니까 나도 익숙해진 거지."

"그럼 왜 결혼하고 나서 갑자기?"

"봄이 아빠라고 불렀더니, 그건 또 싫대. 자기 정체성이 누구의 아빠로만 귀결되는 것은 너무 늙는 것 같다고…… 우리 사이에 싱그러움이 부족하다고 짜증을 내더라. 그렇다고 어른들 앞에서까지 '김도욱!' 이럴 수도 없고, 도대체 뭐라 불러야 하냐니까…… 오빠라고 하래. 차라리 그게 낫다고."

"아, 그랬구나. 도욱 오빠도 참……."

"유치해. 그래서 더 미치게 사랑스럽지만. 우리 오빠는. 하하하."

"어우, 언니!"

"닭살이었니? 하하하."

화리는 마침 아이를 안고 나온 도욱에게서 봄이를 받아 안았다. 그에게 고개를 숙이라고 손짓한 뒤 그의 뺨에 살짝 입을 맞추었다. 도욱은 언제나처럼 그녀의 머리를 쓰다듬었다. 그들의 모습을 눈에 담으면서 아련은 옆에 앉은 민한의 팔을 꼭 붙들었다.

"우리도 저렇게 살자."

"더 잘 살 거야."

"가능할까? 우리, 엄청 싸우는데."

"겁은 나는데…… 그래도 잘할 거야. 너랑 나니까."

"그래, 너랑 나니까."

수줍은 표정의 아련은 민한의 어깨에 살짝 기댔다. 때마침 불어온 바람에 〈춘향가에 어서 오세요〉라는 팻말이 바람에 흔들렸다. 그 움직임과 함께 흔들리는 풍경 소리가 듣기 좋은 소리를 내면서 울려 퍼졌다. 모두의 따스한 행복과 아름다운 추억이 함께 머무는 이 순간의 기억은 오랜 시간이 지나도 절대 잊히지 않을 것이다.

　"즐거웠어."

　"안녕. 춘향가."

〈외전 1 - 끝〉

외전2
우리는…….

"봉쥬르!"

화훈은 쾅 닫히는 문틈으로 겨우 팔을 밀어 넣었다. 때문에
손톱이 찧이는 불상사는 없었지만 제법 강한 통증이 전해진 탓
에 그의 얼굴에는 고통이 서렸다. 지유는 하는 수 없이 문고리를
잡아당겼다.

"뭔데. 너!"

"승리 보러."

"승리 없어. 방학이라…… 외가 보냈다고 했잖아. 지금 서울에
있는 애를 왜 여기서 찾는데!"

"아, 맞다. 네가 지금처럼 앙칼지게 전화 끊던 날이…… 이제
야 생각이 나네."

"하여간에…… 건축 말고 그 머리에 아무것도 없는 건 여전하

시지."

지유는 긴 한숨과 함께 화훈을 흘겨봤다. 승리가 지난주에 한국으로 들어간 탓에 모처럼 혼자 맞이하는 휴일이었다. 향이 진한 커피 한 잔을 하면서 바게트에 생크림을 바르면서 파리지앵다운 감성으로 한창 즐거운 참이었다. 적어도 느닷없이 불시에 집을 찾아온 홍화훈의 실루엣을 맞이하기 전까지는. 불청객은 빙긋이 웃으면서 슬쩍 문 안으로 몸을 밀어 넣었지만 단호한 여자에 의해서 금세 저지되었다.

"아, 좀! 밖에 춥다고."

화훈은 툭 불거진 입으로 조잘거리면서도 슬쩍 가방을 문틈에 끼웠다. 눈치 빠른 여자는 이를 드러내면서 완강히 거부했다.

"홍화훈 씨. 작년 크리마스에 분명히 말씀드렸는데요. 자꾸 이런 식으로 애매하게 가족 놀이 하시면 곤란하다고!"

작년에도 화훈은 지금처럼 불시에 들이닥쳤다. 그날은 승리의 크리스마스를 위한다는 명목으로 선물을 끌어안고 온 화훈이었기에 차마 쫓아낼 수 없었다. 애가 보는 앞이었으니까. 그런데 지금은 상황이 다르다. 아무도 없는 집에 단둘이 있는 상황을 지유는 어떤 식으로든 용납할 수가 없었다.

"가."

"커피 한 잔."

"안 돼."

"너무한다고 생각 안 해?"

"그 말 그대로 되돌려 주면…… 홍화훈 씨. 뭐라고 답하실래요?"

역시 말문 막기로는 문지유를 못 당한다. 화훈은 한 발 물러서야 할 때임을 직감했다. 사실 화훈은 승리가 외가에 있는 걸 알고 있었고 3일 전, 함께 영화도 봤다. 제법 영악한 꼬마 아들은 엄마와 아빠의 사이가 그리 달갑지 않음을 잘 알고 있었고 그들 사이에서 나름의 균형을 유지할 줄 알았다. 그리고 은근히 재결합을 바란 탓에 아빠의 말을 제법 잘 듣는다. 그러니, 문지유가 모를 수밖에. 아빠와 아들의 은밀한 비밀회동을 말이다. 승리와 저녁을 먹고 집에 가던 길 장모의 눈을 피해서 아이를 무사히 데려다준 그는 발작처럼 인천 공항으로 향했다. 그리고 오늘 아침 프랑스에 도착했다. 물론 그의 기이한 행보에 대해서 놀라는 이는 아무도 없다. 물론 그 발작의 이유가 문지유라면 다들 미쳤다고 욕을 할 테지만.

 "보러 온 대상이 없으니까, 그만 가. 호텔 잡았을 거 아니야."

 "문지유."

 "왜?"

 "내가, 단란한 가족 놀이가 아니라…… 그냥, 너 때문에 왔다고 하면…… 그래도 안 돼?"

 지유는 순간적으로 크게 흔들리는 눈빛을 햇빛의 뜨거운 기운으로 참아낸다. 눈이 부시다는 듯 인상을 찌푸리면서 그를 향해 손을 휘저었다.

 "된다고 생각해서 묻니? 가벼운 소리 상대할 시간…… 없어. 그러니까, 가."

 안으로 들어서는 여자의 팔을 다급하게 붙잡았다. 잡았으니 뭐라도 해야 하는데, 머릿속이 하얗다. 아무것도 생각이 나지 않아서 더욱 갈증이 인다. 그녀와 눈이 마주치는 순간, 바보처럼 말을 잃은 화훈이다. 실은, 다시 반하는 기분이었다.

"알아서 손…… 놓지. 나름 품위 있는 파리지앵이라…… 악 쓰면서 발광하긴 싫거든."

"물."

"뭐?"

"커피는 안 된다며. 물이라도 한 잔 달라고."

"너는…… 진짜…….."

지유는 한숨과 함께 그의 손을 뿌리쳤다. 그 반동으로 스르륵 열린 문은 그대로 닫히지 않았다. 질끈 눈을 감았던 화훈은 천천히 눈을 깜박였다. 바라던 장면이지만 조금은 뜻밖이라 얼떨떨한 표정으로 지유를 올려다봤다. 그녀는 여전히 날이 선 표정이었지만 손짓으로는 들어오라는 뜻을 전했다. 화훈은 크게 가슴을 쓸어내리면서 그제야 지유의 집 현관 안으로 발을 디뎠다. 깔끔하게 잘 정돈된 실내는 잡지사 일을 하는 여자의 감각을 고스란히 보여주고 있었다. 갑작스러운 비행으로 피곤을 달래지 못한 탓에 화훈은 크게 기지개를 켜면서 걸음을 옮겼다. 익숙하게 옮겨진 걸음의 끝은 거실의 커다란 통유리 앞에 자리한 티 테이블이었다. 지유가 앉아 있던 흔적이 남아 있는 테이블 위에는 그녀의 잇자국이 남은 바게트가 보였다. 그 빵 조각을 집어 들어서 그대로 입안으로 넣고 우물거리는 화훈의 표정이 제법 평온했다.

"자…….."

뚱한 표정의 여자가 건넨 것은 그녀가 마시는 것과 같은 향의 커피였다.

"예가체프?"

"금방도 아네."

"내가 커피 가게 사장이잖아. 원두 구별하는 것쯤은 일도 아니지."

"그거, 너희 가게에서 받은 거야. 한국 갔을 때 그 바리스타 친구가 챙겨줬어. 내가 커피 좋아한다고 했더니…… 금방 샷 내려주는데 맛있더라. 제법이었어."

"아, 민한이. 그 자식 우리 가게 살림 밑천이지."

"사장이 방치하고 떠도는 탓에 실질적인 주인도 그 친구 같던데 뭐. 왜, 아예 그냥 넘기지?"

"안 그래도 그럴까 해. 그런데 녀석이 너무 어려서 벅차 하니까, 조금 기다리는 거야. 싹이 보이는 인재에게 자금줄을 대주는 거지. 내가 그렇게 대단하시다니까?"

지유는 어이없다는 표정과 함께 작게 웃었다. 화훈은 그녀의 웃음에 안심한 듯 그제야 마음 놓고 커피 향을 크게 들이마셨다. 조금 더 몸을 틀어서 주변의 풍경을 눈에 담는 모습이 제법 자연스럽다. 마치 원래 이곳에 있었던 사람인 듯이. 지유는 찻잔 너머로 조심스레 그를 바라봤다. 햇빛에 반사된 화훈의 검은 머리칼은 딱 좋은 빛깔로 반짝였다.

'머리 색…… 바뀌었네.'

지유는 잠시 그를 훑어 내렸던 짧은 시간만으로도 화훈에게서 지난겨울과 달라진 부분들을 쉽게 찾아냈다. 진한 갈색이던 머리색은 검게 물들었고 살은 조금 더 빠진 듯 턱 선이 날카로웠다. 그리고 지난겨울에는 없었던 어떤 목걸이가 그의 목에 자리하고 있었다. 조금 더 눈길이 머무는 펜던트는 작은 반지였다.

'여자…… 생겼나?'

물끄러미 그의 목 언저리를 주시하던 눈길을 재빨리 거둔 이유는 하나, 그 반지가 낯설지 않았기 때문이다. 그것은 분명히 그들의 소박했던 결혼 예물, 그녀도 버리지 못한 그 커플링이었다. 지유는 순간적으로 빠르게 쿵쾅거리는 숨소리를 커피 한 모금으로 달랜다. 화훈은 그녀의 심란한 눈빛을 눈치채지 못한 듯 여전히 창밖의 풍경을 주시하고 있었다.

"와, 여기…… 눈 가는 데마다 정말 그림이네."

화훈이 일순간 몸을 돌리는 순간 지유는 재빨리 빵 한 조각을 집어 삼켰다. 그리고 좀 전에 제가 먹던 작은 조각이 사라졌음을 깨닫는다. 혹시나 싶어서 그를 찌릿 쏘아봤더니 화훈은 답을 주듯 장난스레 웃었다. 지유의 얼굴이 조금씩 굳어졌다. 그녀는 손에 들었던 커피 잔을 내려놓은 뒤 뭔가 결심한 듯한 표정으로 그를 대한다.

"너 진짜 왜 이래?"

"뭐가, 또?"

"남 먹던 거…… 아무렇지 않게 먹는 사람이었어? 하다못해 내가 마시던 물, 손으로 까준 귤도 질색하던 너였잖아. 나는 분명히…… 그렇게 기억하는데, 홍화훈을?"

"네 기억 속의 나는, 뭐든…… 좋지 않잖아. 전부 미친놈이지."

화훈은 제법 차분한 기운으로 그녀를 마주했다.

"그래서 바꾸려고. 조금씩…… 안 하던 짓을 하면서. 놀라지 않게. 천천히."

장난기가 사라진 두 눈의 기운이 심상치 않았다. 지유의 머릿속에서 경고등이 울린다. 아무래도 홍화훈이 끼를 부리는 것 같다. 처음 만났던 그날처럼 앙큼하게. 그날의 바보 여자처럼 말려들지 않기 위해서 지유는 마음을 단단히 조인다.

"하지 마. 그냥, 하던 대로 살아. 사람…… 변하면 일찍 죽어."

"왜? 죽을까 봐 걱정은 되나 봐?"

화훈은 피식거리면서 의자를 끌더니 그대로 그녀의 앞에 마주 앉았다. 순간적으로 눈높이가 같아지는 순간 지유는 한 아이의 엄마가 아니라 여자가 되어 숨이 급해진다. 결코, 그래선 안 될 위험한 상대에게.

"아, 아빠잖아. 우리 승리……."

지유는 얼른 눈을 내리깔면서 심드렁한 목소리를 꾸며냈다.

"그렇지. 그게 다지. 네가 허락한 내 역할은……."

"……."

"다신, 네 남자로 돌아갈 순 없겠지."

절묘한 타이밍에 그의 목에서 그 심란한 목걸이가 빛에 반사된다.

"그걸 바라면…… 내가 정말, 너무하는 놈이니까."

지유는 작은 용기를 내어 그를 마주 봤다. 지금껏 말을 섞고 대수롭지 않다는 듯 그를 대했어도 서로의 눈을 보면서 목소리를 섞은 적은 없었다. 그녀가 언제나 시선을 비틀었고 주위의 다른 사물을 보면서 말을 이었으니까. 그리고 화훈은 언제나 그녀를 보고 있었다. 그러니 마음을 다친 여자가 겨우 마음을 내어 고개를 움직이면 쉽게 눈길이 섞이는 게 당연하다. 그와 마주친 시선

속에서 순간 흔들리는 자신을 탓하면서 지유는 주먹을 틀어줘었다.

"나 너한테 안 속아."

"알아."

"알면서 왜 이러는데."

"속아달라고…… 떼쓰고 있는 거야."

마치 청혼을 하듯이 가슴이 울렁였다. 화훈은 조금 더 진심을 다해서 그녀를 흔든다.

"네 말대로…… 난 여전히 방랑자고 일 중독자야. 즉흥적인 성미는 어디로 튈지 방향을 모르지. 사실, 3일 전에도 발작처럼 프랑스행 티켓을 끊었고 그 결과가 지금 네 앞이야. 내가 그런 놈이야. 가진 인연의 소중함보다는 나 자신의 안위가 더 우선인 이기적인 새끼고. 그래서 벌 받았잖아. 핏덩이 자식 한번 제대로 안아보지 못했고 장모님한테 들킬까 봐 닌자처럼 내 애를 데려다준다고. 그뿐인가? 집에서는 이미 대를 끊은 미친놈이야…… 그건 다 참을 수 있는데 하나가, 제일 힘들어."

"……."

"사랑을 못 하잖아. 네가 없어서."

사랑을 입에 담는 화훈의 표정이 외롭고 쓸쓸했다. 그의 눈시울이 붉어지는 순간 지유의 눈에서도 물기가 서렸다. 그의 말에 마음이 동하지 않으면 여자가 아니다. 그래서 농담처럼 웃어넘긴다.

"와, 그 말. 여자 후리기 딱 좋은 드라마 대사 같네. 가만, 어디서 들었던가?"

"문지유! 제발, 나 지금 돌 것 같아. 그러니까…… 말 좀 들어."

화훈은 자꾸만 상황을 외면하는 지유 때문에 험한 표정으로 간절함을 표한다.

"지금 네 옆자리를 당장 달라는 게 아니잖아. 사실, 준다고 해도 못 가져. 벌여놓은 일이 많아서 너한테 할애할 수 있는 시간도 이제 한 시간이야. 두 시간 뒤 비행기로 서울 가면 한동안 연락도 안 될 거야. 그게 정리되는 시간, 앞으로 몇 년! 그렇게 장담 못 해. 하는 일이 워낙 지랄 맞게 여기저기 튀니까. 하지만 약속할게."

장난기 섞인 가벼운 목소리가 전부 사라졌다. 화훈은 한 번 더 사랑하고 싶은 여자에게 신실한 목소리로 제 다짐을 전한다.

"너한테 올게. 이제 네가 반할 수 있는 모습으로 살 거야. 그러니까…… 지금 나를 밀어내는 마음이, 다른 남자를 사랑하고 있다는 그런 심란한 이유 때문이 아니라면…… 기다려 줘. 너한테는 이미 인질도 있잖아. 사랑하는, 내 아들……."

'사랑하는 내 아들'이라는 다정한 목소리가 그의 입을 통해서 전해지는 순간 지유는 입술을 깨물었다. 자식을 인정하는 눈동자를 얼마나 보고 싶었던가. 한때는 그 하나를 위해서 화훈에게 매달려 사랑을 구걸하던 가녀린 여자가 있었다. 그리고 그 여자가 도망치듯 떠나 지킨 소중한 아이, 승리……. 어떤 적개심도 없이 쪼르르 아빠를 따른다. 그런 아이에게 화훈이 애정을 주는 모습을 바라보면서 지유는 완전한 가정의 모습을 꿈꾸기도 했다. 하지만 그녀는 안다. 꿈은, 꿈으로 끝나는 것이 가장 예쁘다는 것을 말이다. 지유는 다시 한 번 그 차가운 진실을 상기하며 스스로를 지키는 주문을 외운다.

'쎄 프르와.'

그것은 불어로 '차가워요'를 뜻하는 말. 이곳에 정착한 이후 지유가 같이 일하는 사람들에게 가장 많이 들은 말이기도 했다. 그것은 그만큼 지유가 약한 감정을 드러내지 않은 채 강하게 살아왔다는 증거. 겨우 호흡을 가라앉힌 지유는 들뜨지 않은 눈으로 그를 본다. 화훈은 그녀의 눈에서 쉽게 달라진 기운을 읽어냈다. 그녀의 입꼬리에서 작은 웃음이 걸렸을 때의 불안감은 여지없이 현실이 되어 뒷목을 때린다.

"홍화훈 씨. 제법이네. 하마터면 그대로 홀릴 뻔했는데…… 겨우 정신 차렸어."

흔들리지 않겠다는 듯 그녀는 고개를 내저었다.

"나…… 너랑, 아무 것도 안 해."

"나……."

화훈은 치솟는 간절함으로 목소리에 힘을 실었다.

"분명히, 달라질 거야. 네가 싫어했던 모습으로는 안 살아."

"내가 싫어했던 모습? 글쎄. 나는 이제 기억도 없는데? 내가 뭘 싫어했더라?"

"맥 끊지 마. 좀 진지하게 대할 수 없어?"

"내가 진지해지면…… 당신, 여기 못 있어. 아예 발도 못 들였지. 아마 유치장에 있을 거야. 내가 가택 침입죄로 신고해서."

여자의 눈이 찬 기운으로 덮이는 순간 화훈은 딜딜 부딪치는 이를 차라리 빠드득 갈아버린다. 정말이지 씹어버리고 싶을 만큼 싫다. 저 여자의 단호함이 말이다.

"그래, 뭐. 말 나왔으니, 제대로 진지하게 말할게. 너는 멀티가 안 되는 남자야. 머릿속에 오로지 일! 그거 하나로도 하루가 부족하던 너야. 그런 네가 나한테 뭘 해줄 수 있는데? 나는 단순히 나랑 몸 섞을 남자가 필요한 게 아니야. 아이 아빠가 필요해. 승리가 학교에서 아이들하고 싸웠을 때 덜덜 떨리는 손 잡아줄 수 있는 남자, 머리에 가득한 고민으로 정신 못 차리는 나를 대신해서 아이를 안아줄 남자가 필요하다고. 그런데 너는, 분명히 못 해! 언제나 그놈의 시간이 없을 테니까. 건축! 너는 평생을 다 쏟아도 네 머릿속에서 반짝이는 것들 전부 못 꺼내. 그런 너한테 내가 뭘 기대해?"

"그러니까! 시간을 달라잖아. 나한테도 변할 수 있는 시간…… 너랑, 아이한테 제대로 갈 수 있게 기회를 달라고 하잖아. 왜 너는, 해보지도 않고 내 싹을 잘라."

"한 번 해봤으니까 아는 거야. 안 된다는 걸."

"제발 좀! 날 똑바로 봐. 내가, 지금…… 정말 철새처럼 날아와서 신경 사납게 장난질 하는 거, 아니잖아."

그의 절박한 목소리에 지유는 찻잔을 든 손이 떨려서 더는 붙잡고 있을 수 없었다. 소리 나지 않게 잔을 내려놓은 뒤 겨우 눈빛을 굳힌 여자는 틈이 벌어지는 마음을 아주 꽉 틀어막는다.

"세상이 널 천재라고 해. 그런 네가 일을 접고 나한테 온다? 발상 자체가 미친 거야. 허튼 생각으로 잘난 네 머리 욕보일 시간에, 하던 대로 도면이나 그려. 네가 가진 기회와 시간, 나한테 오는 데 쓰겠다는 말 별로야. 멋없어."

"장난 아니라고 분명히 말했어."

"장난으로 해. 그 이상은 내가, 웃으면서 못 들어줘."

지유의 단정한 목소리가 화훈에게는 가시가 되어 박힌다. 쉽게 되돌릴 수 있을 거로 생각지 않았다. 그럼에도 저 여자가 너무 간절해져서 화훈은 떼쓰듯 칭얼거리는 모습으로라도 그녀를 붙잡고 싶다.

"네 아이 혼자 키운 나한테, 뭔가 보상이라도 하고 싶은 모양인데…… 하지 말라고 했잖아. 그런 거…… 필요 없으니까. 내 자식 내가 키우는데 왜 뭘 바라? 그냥 존재하는 자체가 선물 같은 내 새끼야. 그래도 뭔가 꼭 해야겠다면, 그냥 우리 문지유! 진짜 기특하다…… 어깨 두드리는 걸로 끝내."

"그게 안 되잖아!"

남자의 절실함이 서려 있는 목소리가 잔뜩 흔들렸다.

"네가 불쑥불쑥 눈에 밟혀서…… 일도 손에 안 잡힌다고."

"거짓말한다. 방금 그랬잖아. 나한테 할애할 수 있는 시간, 한 시간밖에 없다고. 서울 돌아가면, 당분간 연락도 안 된다고…… 나랑 말하고 있는 지금도, 머릿속으로 스케줄러 넘기고 있는 네가, 나 때문에 일이 손에 안 잡혀? 웃기네!"

힐난이 아니라 장난처럼 받아치는 말이었다. 속이, 너무 아파서. 울 것 같아서.

"지금 가. 비행기 타야 한다며."

"서울 안 가."

"미친 소리도 수준급이네. 왜 이러실까 정말……."

"그 소리는 우리 직원들한테 실컷 들을 거니까. 너까지 보태지

마. 말했지. 네가 원하는 모습으로 달라질 거라고…… 그래서 내가 변하는 순간, 제일 많이 먹는 게 사무실 사람들 욕이야. 그러니까 앞으로 너는, 나한테…… '힘내, 홍화훈' 그 말만 해. 그거하나로, 욕 처먹는 일…… 다 버티고, 너한테 올 테니까."

"마음대로 해. 난 문 안 열면 돼."

"문지유! 너 진짜 이럴래?"

화훈은 목을 긁고 나오는 소리를 뱉어내면서 목을 죄는 단추를 풀어냈다. 잔인할 만큼 영특한 여자는 모른다. 그녀와 커피한 잔을 두고 마주했던 시간, 화훈은 온전히 눈앞에 있는 저 간절한 여자만을 생각했다. 물론 드문드문 시간을 확인하긴 했어도 그것은 돌아갈 시간을 쟀던 것이 아니라, 불안해서였다. 조금도 틈을 보이지 않는 여자가, '당장, 나가!'라면서 소리칠까 봐.

"이혼하고 나서, 너란 인간이 세상에 없는 듯이 살려고 모든 인연 다 끊었는데 헛수고였어. 세상의 온갖 매체가 네 소식을 알려주더라. 그 이름 제대로 부르기에도 가슴 떨리는 건축상, 프리츠커…… 그거 홍화훈이 받았다고 르몽드지에 기사가 턱! 실렸는데, 정말 숨 막혔어. 새삼, 이 인간! 이렇게 대단한가? 내가, 이런 남자하고 살았는데…… 왜 나는 몰랐을까. 조금은 아쉽더라. 네가 만든 모든 건축의 처음을 나는 볼 수 있었을 텐데도, 그 기회를 놓쳤더라고."

입술 사이로 흐르는 모든 말들에 서러움이 묻는다. 그래서 무척이나 속을 아릿하게 했다. 그럼에도 지유는 내뱉은 말을 거두지 않았다.

"사람이 그래. 너무 가까우면 안 보여. 나도 그랬어. 너랑, 떨어지고 나니까…… 보이는 거야. 함께였으면 끝내 보지 못했겠지. 늙어서 죽는 날까지, 홍화훈 개자식! 이 호랑말코! 너 같은 걸 만나서 인생이 뭣 같다는 말을 하고 또 했을 거야. 그런데, 지금 내가…… 널, 욕 없이 그래도 웃으면서 보잖아.”

흔들림 없는 목소리의 묵직함이 여린 마음으로 파고든다. 순간적으로 목 안에 가득 치미는 울음을 누르면서 지유는 가볍게 웃었다.

“순간의 기분에 취해서 손 뻗는 거 쉽지. 눈 감고 고개 끄덕이면서 속는 것도 간단해. 카페인 때문에 심장 뛴다는 핑계로…… 지금 당신하고 몸을 섞는 것도 이상하진 않을 거야.”

계속 속을 쥐어뜯는 말을 하면서도 여자는 상냥한 웃음을 지었다.

“그런데 싫어. 안 할 거야. 지금, 너랑은 아무것도 안 해.”

“지유야…….”

“홍화훈. 너는, 외로움이 뭔 줄 모르지? 그런 너를 사랑한 덕분에 나는, 그걸…… 외로움을 너무 잘 알아. 그 심란한 녀석은 우리 오빠들보다 잘생긴 너한테 반한 죄로…… 홀라당 꿰어서, 엉겁결에 받은 부록이었어. 그래서 너를 사랑하는 순간순간 질릴 만큼 따라붙는 녀석이었어.”

화훈은 그녀와 맞닿았던 과거의 기억으로 들어간다. 지유는 딸이 귀한 집에서 오냐오냐 곱게 자란 막내딸이었다. 식구가 많은 지유의 어린 시절은 단란했다. 혼자 있는 시간이 고작 30분이나 됐으려나? 그녀가 ‘오빠’ 이름만 불러도 달려오는 남자가 다섯이었으니 지유는 외로움이라는 단어를 느껴볼 겨를이 없었다.

스무 살까지 참치캔 하나 제 손으로 따본 적 없다는 그녀의 고백에 화훈은 찡찡이라는 애칭을 붙여줬었다.

"그러니까…… 충분해. 내가 너를 떠나서 이젠 외롭지 않아. 그러니까 철새처럼 와서 뒤흔들고 정신 놓게 해놓고서, 치고 빠지지 마. 나는 안 당해."

그녀는 너스레를 떨면서 커피 한 모금을 홀짝였다. 사실은 온몸의 힘이 빠져나가는 듯 녹진하다. 감정을 누른다고 해도 역시, 힘이 서린 남자의 시선은 무덤덤하게 받아치기 힘드니까. 그래서 천천히 고개를 옆으로 트는 그 별거 아닌 동작이 왜 이리 어려운지 모르겠다. 하긴, 홍화훈과 같은 시공간에서 함께하는 일이 쉬웠던 적은 단 한 번도 없었다.

"당신이, 어떤 식으로든 승리한테 아빠의 존재감을 주고 있다는 거, 승리가 제 아빠를 제법 좋아한다는 거 그거면 돼. 물론, 느닷없이 찾아오는 게 굉장히 당황스러운 건 사실이야. 나랑 승리, 우리 둘의 일상에 당신이 끼어드는 그림, 익숙하지 않은 게 당연하잖아. 그래도 지금, 나쁘지 않아…… 커피 한 잔. 못 할 줄 알았더니 할 수 있네. 싸우지 않고 이렇게 오래 마주 앉았던 날, 우리한테 없었어. 그런데 지금은 되네. 쉽고 평범한 대화, 맥 빠질 정도로 쉽잖아."

지유는 피식거리는 웃음으로 화훈의 텅 빈 눈을 외면한다. 처음으로 전하는 그녀만의 이야기를 꺼내기 위해서 붉어지는 눈시울도 잠시 내리감았다.

"내 하루 일과, 24시간이 전부 사랑이었던 때가 있었어. 그때는 할 수 있는 게 그거뿐이었으니까. 그런데 너를 떠나고 나서,

내 일, 그리고 아이가 생기는 순간 할 게 너무 많아서 사랑, 그게 생각도 안 나더라. 잡지사 일, 내가 할 수 있는 불어를 내세워서 소일거리로 시작한 일이었어. 그런데 지금 고맙게도 제법 높은 위치까지 올랐지. 구두 신은 발이 부르터도 좋고 하루에 세 시간을 못 자도 정신이 또랑또랑했거든. 그래서 제법 열심히도 했나봐. 커피를 마시고 또 마시면서 쏟아지는 졸음을 쫓고 인쇄소에서 눈 반짝이고 서 있다 보면 뜨끈뜨끈한 초판이 떡하니 번쩍거리면서 나오는데 그땐 정말, 오름가즘? 그딴 거 비할 게 못 돼. 전신이 찌릿한 게 그렇게 좋을 수가 없어. '이런 게 사는 거구나!' 싶을 만큼. 그리고 조금 들뜬 마음이 가라앉으면 문득 네가 생각나더라. 아, 홍화훈도…… 이렇게 좋아서 도면을 그리는가 보다. 그래서 옆에서 뭐라고 조잘거려도 아무것도 안 들리는 게 당연했을 거라고……."

"……."

"느닷없이, 너무 늦게……."

"……."

"너를…… 이해했어. 내가."

"……."

"그리고 또 생각했지. 언젠가 네가 물었던 말……. 문지유 너는, 사랑이 물건이냐고."

희미하게 흐려지는 표정이 지유의 멍울지는 마음을 보여준다.

"그때는 답하지 못했어. 정곡을 찔려서. 조금 놀랐거든."

이미 지난 일, 그것도 너무 아파서 외면하듯 보지 않았던 그 기억을 다시 펼치는 것은 결코 쉬운 일이 아니다.

"맞아. 나란 여자가 그래. 문지유는 사랑을 물건처럼……."

"……."

"가져."

"……."

"애정을 쏟고 있다는 이유로 눈을 흘겨 뜨면서 감시하고 지독하게 소유하지. 잠시 침묵하는 거, 가만히 두고 보는 거, 틈을 벌려서 떨어져 앉는 거…… 못 해. 옆에 있는 나무한테도 기대고 의지하는 게 당연한 문지유니까. 네가 혼자 있고 싶다면서 방문 닫아도 끝내 그 문을 열어젖히고, 3일 밤새워서 피곤하다는데도 끝내 흔들어서 종일 길거리를 활보해야 직성이 풀렸어. 나는 하루 종일 집에서 심심했으니까. 그래서 너랑 있고 싶으니까. 그때는 구속? 사람들이 혀를 차면서 하는 말에 납득할 수가 없었어. 내가 좋아서 계속 옆에 끼고 있겠다는데 그게 왜 잘못이냐고 따져 물었지. 그런데 참 웃기지? 그래서 나는 끝내 사랑을 빼앗겼잖아. 네가 질려서. 내 사랑에……."

화훈을 사랑했던 시간, 지유는 언제나 확인받는 사랑에 목말라 있었다. 그의 세상에서 언제나 첫 번째가 되고 싶었지만 결코 그리될 수 없다는 피해 의식에 휩싸여 있었다. 그래서 소리치는 게 일상이었다. 왜 너의 부등호는 언제나 내가 아닌 너의 일이냐고 말이다. 지유는 건축가 홍화훈과 어린 남편 홍화훈을 구분하지 못했다. 그도 그녀만큼 어려서 남편, 그 역할의 정의가 무엇인지 제대로 모르는 게 당연한 터인데도 자신은 완벽한 현모양처라도 되는 듯 그의 머리 위에서 비난했다. 정작 그렇게 어린 남편이 나이가 무색할 만큼의 놀라운 일들로 세상의 주목을 받고 있다는 건 관심조차 없었다. 그렇게 서로를 이해하는 게 서툴렀던 그들은 끝내 타고난 기질과의 싸움에서 패배했다. 집중할 곳이 필요한 화훈은 그녀를 피해서 집에 들어오지 않는 시간이 길어졌고, 지유는 그 공허함을 채우기 위한 차선책으로 아이를 원했다. 하지만 화훈은 그녀가 그의 곁에 머물 수 있는 유일한 열쇠마저 부러뜨렸다. 그 파멸의 끝에서 어린 부부는 항복을 선언했고 그들은 결별했다.

"아이……."

"……."

"네가 먼저, 포기한 이유…… 알아."

애써 웃으며 말을 잇는 순간에도 서러움은 계속 짙어진다. 이래서 화훈을 사랑했던 기억을 떠올리는 게 싫었다. 그 시절의 못난 나를 끝내 욕하면서 어리석다 탓하고 싶어지니까. 그럼에도 다시 기억을 펼치는 그 손끝에 힘을 주는 이유는 오직 하나, 과거를 극복하고 싶기 때문이다. 이제 다시는 그와 같은 사랑을 하지 않겠다는 다짐을 위해서.

"우는 애가 싫다는 말로 둘러댔지만 거짓말이지. 그 정도의 단순함으로 제 몸의 생산성을 잃을 만큼 단순한 남자가 아니야. 예민하고 섬세한 홍화훈 씨는……."

먹먹한 마음을 이기려고 지유는 눈을 내려서 그의 손을 바라봤다. 마주 앉았던 처음 순간부터 신경 쓰였던 그것은 천재의 손. 지금 보니, 그 금손이 실상은 상처투성이다. 빛나는 영감이 실재하는 건물로 나타나기까지의 무수히 많은 고충이 그의 손에 전부 서려 있었다. 클라이언트의 요구를 만족시키더라도 스스로가 납득할 수 없다면 설계는 완성되지 않는다. 애써서 만든 모형을 부수고 또 부수고 다시 제작하는 것은 딱히 이상한 일도 아니다. 천재는 완벽주의자니까. 덕분에 그의 손에는 작업으로 인해서 긁히고 패인 잔 상처가 가득했다. 조금만 눈여겨봤다면 분명히 눈에 띄었을 텐데도 예전엔 미처 몰랐다. 그래서 그 흔한 밴드 하나 건네지 못했던 그 옛날의 여자가 조금은 미워진 탓에 지유는, 더욱 다정하게 웃었다. 그가, 조금 더 마음껏, 자유롭게 세상을 누비기를, 그래서 아쉬움 없이 빛나는 삶을 마음껏 살아가기를 축복하는 마음이었다.

"너는 살려고 한 짓일 거야. 같이 사는 여자가 사랑한다면서 억지로 채운 족쇄 하나는 겨우 뿌리치기 못하고 참겠는데, 그래서 한쪽 발 쭉 뻗어서, 틈나는 대로 눈 돌리면서 그 좋은 거…… 건축을 겨우 하는데, 아이란 놈이 나타나서 나머지 한쪽 발마저 턱 채워 묶으면…… 너는 죽는 거야. 내가 분명히 가족, 그 엄청난 사슬을 네 몸에 채우고 다정한 척 웃으면서 조금씩 내 욕심을 채워갔을 테니까. 그리고 끝내 너한테서 도면을 빼앗았을 거야. 그때의 나라면, 분명히 그러고도 남아."

그녀의 두 눈에 가득 담긴 포플러 나무의 잎사귀가 잔뜩 흔들렸다. 바람 한 점 불지 않는 고요한 공기 중인데도 물결처럼 흔들리는 것을 보면, 아무래도 눈에 눈물이 들어차는 모양이다. 그래도 참아야지. 지금, 울면…… 그래서 저 남자의 다정한 손이 등을 토닥이면 어쩔 수 없이 또…… 사랑에 열심인 그 여자가 튀어나올 테니까. 나오지 못하게 꼭꼭 숨겨야지. 지유는 천천히 잔을 내려놓은 뒤 희미하게 웃으면서 턱을 괴었다. 가벼운 몸짓은 이

상황의 묵직함을 이겨내기 위해 할 수 있는 유일한 것.

"헤어지던 순간에 나는 그걸 인정한 거야. 내가 너를 아주 못 살게 하고 있다는 거. 그래서 내 사랑이 너무 미워졌다는 거. 그러니 계속할 이유가 없지. 할수록 추한 사랑이면 해서 뭐해. 그렇게 계속 못나지면 끝내 버려질 텐데. 그래서 내가 먼저 떠났어. 나한테 질린 네가, 어느 날 말도 없이 나를 버리고 도망칠까 봐. 사랑, 역시 너랑 괜히 했다고 소리칠까 봐."

지유는 가볍게 웃으면서 제 말이 전하는 무거움을 상쇄시켰다.

"홍화훈 씨. 시간이 꽤 흘렀다고 방심한 것 같은데. 그래서 잠시 잊었던 거…… 전부 다시 기억해. 너, 내가 주는 사랑에 질려서 눈 감던 남자야. 그러니까 감당 못 할 거면서 객기 부리지 마."

아이를 달래는 듯 다정한 목소리가 화훈을 더 미치게 한다. 그녀의 진심이 그 말의 깊이가 너무 깊숙해서 속을 찌르고 들어온다. 볼썽사납게 눈물을 쏟고 싶은 만큼 아주 아프게.

"내가, 너를 너무 잘 알아."

"……"

"너는 여자 없이 살아도, 건축 못 하면 죽어."

언제나 일이 우선인 남자가 야속했지만, 지금 이 순간 지유는 화훈이 하는 일과 그의 명성을 진심으로 걱정했다. 그렇게 신기한 마음이 생기는 스스로가 참 낯설면서도 기특해서 작은 웃음이 지어졌다. 문지유, 이제 좀 제대로 사랑할 기운이 생긴 모양이다.

"바라는 것도, 줄 것도 없는 지금, 딱 이만큼의 거리가 선물이라고 생각하고…… 가. 네가 오늘 한 심란한 말은 전부…… 못 들은 거야. 비행기 너무 오래 탄 탓에 잠시 속이 울렁거려서 헛소리를 했다. 그렇게 쉬운 말로 덮어."

단호한 끝인사와 함께 지유는 몸을 일으켰다. 그대로 그를 스쳐 지나는 순간이었지만 더는 걸음을 옮길 수 없다.

"놔."

"싫어."

"더 할 말 있어?"

"없어."

"그럼, 놔."

"없어도 잡을 거야."

투정 섞인 목소리는 절박함을 표했다. 가란다고 어떻게 갈 수 있을까. 그녀의 말을 고스란히 전부 다 받아칠 수 없었던 것은 그게 사실이기 때문이다. 지독하리만큼 영민한 여자가 그의 모든 것을 꿰뚫고 있었다. 그것이 불쾌한 것이 아니라 미안하다. 언제나 화훈이 택한 가치, 그 밖에서 외롭게 지쳐갔을 여자가, 그 모든 것을 다 알면서도 끝까지 자신을 사랑하고자 했고 곁에서 버티려고 했는데 그는 끝내 여자가 원하는 작은 행복을 지켜주지 못했다. 그래서, 지금 그녀의 온기를 느끼는 순간이 무척이나 간절하고 절박했다.

"가, 좀 제발……."

지유는 속 타는 마음을 실어서 한숨을 쏟았다. 피곤한 눈을 깜박이면서, 무심결에 스치듯 본 바게트 빵, 그 작은 조각으로 다시 시선이 닿는 순간 그녀의 눈에서도 물기가 어렸다. 난생처음

으로 남이 먹던 빵을 먹은 남자가 눈앞에 있는 게 실감 나서. 이
게 정말 현실인가? 정말 홍화훈이 내 옆에 있으려나? 이 남자,
날개 꺾어서 주저앉히면 정말 내 건가? 영혼 없는 껍질이라도,
텅 빈 눈이라도 그저 내 품에 끼고 살면, 충분한가? 끝을 모르고
덤벼드는 그릇된 생각을 탓하듯 지유는 크게 고개를 가로저었
다. 아니다. 그건, 역시 예쁜 사랑이 아니다.

"나중에……."

끝을 준비하는 여자의 목소리가 가늘게 떨려서 흩어졌다. 거
칠게 부서지는 그의 숨결이 손등에 닿는 순간 지유는 눈을 질끈
감았다. 화훈과 맞닿은 손이 참 따뜻하다. 그래서 손가락 사이
로 빠져나가는 공기의 흐름조차도 전부 아까워서 붙잡고 싶다.
그럼에도 여자는 그를 보낸다. 그리고 지금, 아주 특별한 사랑을
시작하려 한다. 그것은 소유하지 않는 사랑. 그래서 조금 더 애
달프고 아름답게 기억될 마음.

"앞으로 한 십 몇 년? 승리가, 제 아빠처럼 어린 여대생과 떡하
니 사랑에 빠진 탓에…… 엄마랑 같이 놀자는 말도 무시하고 방
한 칸 얻어서 숨어 지내면, 그래서 우리 다정한 모자 사이에 금
이 가면…… 열 받은 문지유가, 화를 식힌 뒤에 문득 발작처럼 외
로워져서…… 같이 사랑할 남자가 필요하다는 우스운 생각을 하
는 날, 어딘가에서 쉬고 있을 너를 생각할게."

"……."

"네가, 환청처럼 내 목소리를 듣고서……."

"……."

"나한테 오는 날……."

"……."

"다시 커피 한잔하자. 우리는……."

'커피' 그것은 사랑을 돌려 하는 말. 하는 말이 너무 예뻐서 미치도록 사랑스러운 여자가 끝내 그를 밀어낸다. 그 끝에서 '악' 소리 한 번 낼 수 없는 화훈은 이를 꽉 사리물었다.

"문전박대, 안 할게. 그날엔……."

푹 숙인 화훈의 고개 아래로 끝내 참아내지 못한 그것이, 남자의 눈물이 떨어졌다. 차마 그 눈물을 제 손으로 거둘 수 없는 여자는 주먹을 움켜쥔 채 눈을 치떴다. 엉엉, 주저앉아 울어도 해소되지 않을 슬픔이 가슴에 가득하다. 그런데도 그녀는 담백한 모습으로 그를 보내기 위해서 농담처럼 이 상황의 서러움을 덮는다.

"뭐야! 왜 돌아오는 말이 없는데? 문지유, 예쁘게 잘 늙어라. 나한테도 이 정도 축복의 말은 해줘라. 좀!"

"말을 지지리도 안 듣는데, 뭐 예쁘다고……."

지유는 화훈의 푸념 섞인 목소리에 안도하며 살짝 그의 손등을 때렸다. 하필이면, 그의 눈물이 떨어져 있는 그곳에 닿은 손가락, 손끝으로 스미는 물기가 너무 안타까워서 지유는 고개를 떨어뜨렸다. 바닥으로 툭툭 이기지 못하는 눈물이 쏟아지는 순간이었다. 그의 손이 그녀의 머리를 드문드문 쓸어내렸다. 아마도, 손이 떨리는 탓이리라. 지유는 입술을 깨물고 또 깨물어서 거칠게 흩어지는 울음소리를 다스렸다.

"기특하네……."

힘을 잃은 화훈의 목소리는 마치 살아갈 이유를 잃은 듯이 처

공유하실래요?

량하고 쓸쓸했다. 그럼에도 다정하게 불러주는 그것은……

"우리…… 지유."

듣는 순간에 숨이 멎을 것 같은 고통을 주는 것은 여자의 이름. 아주 평범한 그 이름이 그의 입술 사이에서 다시 만들어지는 순간을 얼마나 그리워했던가. 지유는 울음을 그치고 겨우 미소 지었다. 끝이 아닌, 시작을 위한 이별…… 그 완전한 기적을 염원하며 지유는 또 한 번의 이별을 맞이한다.

"잘 가. 홍화훈."

지유는 남자의 눈에 가득한 자신의 눈부처를 위로하듯 아주 환하게 웃었다. 울지 말라고. 너는, 한 남자를 아주 열심히 사랑했노라고. 그래서 초라해졌고, 외로워서 울었다 해도 너는, 사랑 그 녀석을 포기한 적 없으니 정말 대견하다고. 그래서 다시 사랑할 수 있으니, 정말 다행이지 않느냐고 말이다. 물론 그를 보낸 이후의 삶은, 한동안 눈물이 날 일이다. 그러나 마냥 슬프지는 않을 터였다. 사는 동안, 꿈꾸듯 기다려 볼 남자 하나쯤 있다는 게 제법 설레는 일이니까. 사랑을 잊어갈 나이에 보험 들 듯이 시작할 사랑이 있으니 다행이지 않은가. 그러니, 웃자. 지유야. 네 사랑이 참, 예쁘다.

〈외전 2 - 끝〉

작가 후기

"나는 아직도 우리말을 첫걸음마부터 배우는 혀 짧은 아기다. 시 한 편을 쓸 때마다 줄잡아서 국어사전을 서른 번을 펼친다. 이처럼 나는 아직도 습작을 하는 병아리 시인이다."

(다산책방, 『작가수업 오탁번』, 117쪽)

읽는 순간 포스트잇에 옮겨 적었던 이 글귀는, 오탁번 교수님께서 책을 통해 전하신 말입니다. 등단 48년이라는 그 세월 동안 무수히 많은 글귀들을 다루셨음에도 혀 짧은 아기의 마음으로 시 한 편을 완성하신다는 교수님의 열정에 무한한 감동의 마음을 표합니다. 덕분에, 풋내기 글쟁이인 저의 마음에도 혀 짧은 아기의 마음이 스몄으니 교수님께 참 감사할 일입니다.

사실, 어려서부터 '작문'을 사랑했지만 제대로 펼쳐낼 수 없는 재능의 부족함은 그 길로 가는 걸음을 붙잡았습니다. 학부에서 제대로 된 문학을 배울수록 자신감이 꺾이더군요. 좋은 글을 제대로 읽는 것조차 벅차면서 나의 글을 쓴다는 것은 역시, 분수에 넘치고 숨이 차는 일이었습니다. 가지 않은 길의 아쉬움을 달래는 방법은 최대한 멀리 떨어져서 보지 않는 것. 마치, 아주 더럽게 헤어진 연인을 대하듯 살짝 눈을 흘기지도 않은 채 아주 멀리 외따로이 살았던 때가 있었습니다.

그런 제가 다시 '글'을 대할 수 있게 된 것은 뜻밖에도 선택한 삶이 힘겨워서였습니다. 글을 뒤로한 채 택했던 어떤 삶의 길이 생각과 달리 울퉁불퉁한 탓이었습니다. 가도 가도 끝이 없는 듯 어둡고, 이래도 버틸 수 있겠냐는 듯 매몰찬 바람만이 가득한 그 길에서 돌부리에 툭 걸려 넘어진 것이 그리 오래된 과거가 아닙니다. 아예 일어나지 못할 만큼의 상처가 무릎에 패인 날 저는 항복을 선언했습니다. 노력해도 안 되는 일이 있다는 것. 그 잔인한 문장이 하필이면 내 것이 되었던 그 어두운 순간에, 정말이지 살기 싫다는 말을 실감했습니다. 그나마 실낱같이 붙어 있던 자존감도 전부 사라졌으니까요. 하던 일을 멈춘 탓에, 할 일이 없어진 공허함, 그 뒹굴거리는 시간을 소비하는 방법은 집중할 수 있는 활자를 찾는 것. 그 하나 중에 유독 깊은 감흥을 준 것이 이청준 작가님의 〈병신과 머저리〉입니다. 감히 제 입으로 논하는 것조차 조심스러운 대단한 글이죠. 본문 속에서 '형'은 전란의 상처로 인한 트라우마를 지우고 싶은 간절함을

'글'을 통해서 표현합니다. 그것이 허구의 세계 속 진실이 아닐지라도 쓰는 것을 통해서 뭉친 응어리를 헤쳐내고 싶다는, 그 간절한 생각이 느닷없이 저에게도 스몄던 어느 날이 있었습니다. 그때부터 무언가 홀린 듯이 키보드를 두드렸습니다. 그냥, 쓰고 싶어서. 하고 싶은 말이 너무 많아서, 누군가 들어주지 않아도 좋으니 전부 토하듯 뱉어내고 싶었습니다. 그 순간에, 이미 저는 병신의 마음을 닮아 있었던 모양입니다.

그렇게 '글'을 마주했던 지난 1년은 뒤집어진 모래시계에 쫓기는 듯 숨을 다급하게 하는 시간이었습니다. 그 절박함 속에서 글을 쓰는 모든 순간이 마냥 신이 났다고 하면 분명히 거짓입니다. 역시, 무척이나 힘이 들었습니다. 노력한 만큼의 성과가 없다면 역시, 무의미한 시간으로 끝이 날 테니까요. 생각이 꼬리를 물고 늘어져서 불을 끈 뒤에도 뒤척이다가 느닷없이 일어나서 컴퓨터 앞에 앉았습니다. 그렇게 쓴 원고가 출판사에 통과되지 않을까 봐 전전긍긍. 독자의 반응이 시원치 않으면 어쩌나 노심초사. 부엉이처럼 날밤을 새우면서 불면증에 시달리는 것은 애교입니다. 태생적으로 온화하지 못한 심사 탓에 불안증이 돋으면 여지없는 존재감을 보여주는 신경성 위장병, 그럼에도 포기할 수 없는 카페인으로 속이 쓰려도 버텨야 하는 일. 종일 키보드를 두드리는 소음 사이로 그만큼 저릿한 손가락의 통증은…… 하고 싶은 일을, 할 수 있는…… 시간을 얻은 자의 사치스러운 고생이지요.

지나고 보니, 역시 '쓴다'는 것은 참 즐거운 일입니다. 사실, 제가 좋아하는 이 일에 대하여 어떤 반감을 표하던 A가 있었습니다. 문학을 배운 자가 신춘문예가 아닌 장르에 손을 댄다는 것이 마땅치 않다던 그 녀석의 눈초리가 제법 사나웠던 걸로 기억합니다. 제대로 된 등단을 통해 시인을 꿈꾸는 A였습니다. 그 녀석의 오만한 눈빛에 적잖이 기분이 상했으면서도, 곧장 눈을 흘기면서 반박하지 않았던 이유는 생각의 다름과 가는 길의 차이를 인정한 탓입니다. '나와 너의 다름을 인정하라'. 그 위대한 말씀은 싸움이 끊이지 않는 어른의 세계에서 그나마 조용히 웃을 수 있는 생각의 힘이네요.

그래도! 제 말을 마음껏 펼칠 수 있는 이 공간에 기대어서 A에게 못다 한 말을 전하고 싶네요. 네가 논하는 문학의 가치, 그 위대한 3가지 힘 가운데 독자에게 가장 큰 위력을 발휘하는 것은 '쾌락적 기능'이지 않더냐고. 글을 통한 카타르시스의 발현, 연소되지 못한 감정의 해소, 대리만족의 쾌감, 그 시작점은 공감하고 싶은 글을 택하는 독자의 손이 정하는 게 맞지 않느냐고. 그러니, 내가 쓰는 글이 어떤 철학을 담아서 진중하고 무겁지 않을지라도…… 그게 너의 눈에, 아주 저열하더라도…… 누군가, 내 글을 통해 울고 웃는다면, 그래서 위로된 마음으로 일상의 고단함을 이겨낸다면, 나는 '쓸' 이유가 충분하다고. 그러니, A 너의 힐난조차 웃으며 받을 거라고 말입니다.

그런 의미에서 〈공유하실래요?〉는 이십대를 살아가는 순간에 제가 느꼈던 모든 감정을 풀어내고자 노력한 글입니다. 덕분에 춘향가의 '외로운' 인물들은 모두 조금씩 저를 닮아 있습니다. 교사, 의사,

사진작가, 바리스타 그리고 작가. 겉으로 보기엔 사회적인 위치, 직업적 타이틀이 모두 흠 없이 준수한 그들입니다. 하지만 모두 '말 못할' 어떤 결핍과 슬픔을 간직하고 있습니다. 그들은 서로의 생각을 '공유'할 수 있는 공간에 기대어서 마음껏 자기 이야기를 하고 제대로 듣습니다. 그리고 공감하죠. 서로 다른 삶의 이력을 가진 사람들이 어떤 적개심도 없이 섞여 드는 공간의 힘은 분명 작가적 환상이 투영된 탓입니다. 그러니 극적인 해피엔딩이 가능했을 테지요. 제가 바라는 삶의 형태와 이상적인 관계의 모습, 그리고 하고 싶었던 모든 '말'이 봄의 향기가 난다는 그곳, 춘향가에 전부 서려 있습니다.

　제가 들려드리는 이야기에는 네 커플의 이야기가 오밀조밀 얽혀 있습니다. 물론 주인공 남녀는 도욱과 화리입니다. 인간적 차원의 싫음이 아닌, 현실적 한계로 인한 헤어짐이 그들의 시작점이었습니다. 그렇게 서러운 이별을 맞이한 그들이 다시 맺어진 이유는 여전히, 사랑이라는…… 단순한 이유가 아닙니다. 함께 공유할 수 있는 공간에 기대어 무수히 많은 말싸움을 합니다. 그래서 지난날의 상처를 꺼내고 덮었다가 또 꺼내서 할퀴었다가 끝내 다독이며, 제대로 아물게 합니다. 여러 장에 걸쳐서 꽤 긴 호흡으로 표현한 이들의 '말싸움'은 사실 연인의 대화입니다. 화리에게 이입해서 문장을 만드는 동안 저도 굉장히 많은 감정을 뽑아낸 탓에 마치, 저를 들킨 듯한 기분도 드네요.^^ 아무튼, 부족한 필력에도 전하고 싶었던 이야기는 하나입니다. 결국, 성공하는 관계의 열쇠는 '대화'라는 것. 무수히 많은 연애 칼럼들 속에서 제가 일부러 기억하는 문장이기도 합니다. 그렇게 작은 생각이 반영된 다양한 에피소드가 제 의도대로 부디 잘 정돈되어 전해졌길 바랍니다.

그리고 화리를 보내며, 독자님들께! 지금, 사랑하고 계세요? 그래서 힘드세요? 그래도 사랑하세요. 무슨 광고 문구 같나요? 사실 저는, 이런저런 한계로 인해서 연애하는 마음을 제 손으로 멈춘 기억이 여러 번 있습니다. 물론, 그 공허함과 어떤 결락감이 글 쓰는 감정으로 도움이 되긴 하지만, 인간적인 차원으로 결코 좋은 잔상은 또 아닙니다. 그래서 여러분의 사랑만큼은 한 번 더 보고 싶은 소설을 닮아서, 아주 애틋하고 아름다운 해피엔딩이길 바라는 마음입니다.

끝으로, 책이 무사히 세상에 나올 수 있도록 기회의 포문을 열어주시고 정성껏 애써주신 청어람의 편집부 여러분들, 언제나 참 좋은 파트너가 되어주시는 이은주 담당자님께 말로 다하지 못할 감사와 신의를 보냅니다. 여러분은 병아리가 제대로 날 수 있는 하늘을 주셨습니다. 그리고 어머니, 제가 부족한 재주에도 글 쓰는 노력을 이어갈 수 있는 것은 소설가를 꿈꾸셨다는 당신의 잠재된 유전자 덕분입니다. 글을 좋아하시는 분이니 익숙하실 테지만, 아무래도 딸아이가 쓴 글은 조금 더 와 닿는 느낌이 다를 테지요. 제가 표현하는 야릇한 문장들에 거부감을 느끼지 않으셨으면 좋겠습니다. 실감나는 '연애'를 다루고자 고군분투한 덕분에 제법 노골적인 문장이 많이도 생겨났네요. *^^* 그저, 어머나! 까르륵 웃으시며 어깨 한 번 툭! 쳐주시길 바랍니다. 지난 시간, 애끓는 마음으로 제 행보를 지켜봐 주신 나의 근원, 부모님. 당신들께…… 부디 작은 답례가 될 수 있기를 소원하며, 이 책을 고개 숙여 바칩니다. 막내의 이름이 아닌 '병아리 작가'의 낯선 필명으로…… 이현이 드림♥

독자님들. 모두, 감사합니다.

내 나비는
날아가
버렸다

손신희 장편소설
Chungeoram romance novel

뛰어난 전공을 세우고도 번번이 내쳐지기만 하던 남자, 이산.
그에게 갑자기 타국으로 출정을 떠나라는 명령이 떨어진다.
명이 내려지자마자 나비 같던 혼약자는 그를 떠났고,
그는 외로움에 지쳐가던 낯선 땅에서 나비의 그림자를 만나는데…….

"……몹시 닮았구나."
"제가 목련이옵니까, 아니면 나비이옵니까?"
"해를 받으면 목련이요, 달을 받으면 나비지."

대용품이라도 좋다던 마음은 그저 속았고 철없는 어린 계집의 착각!
마음에 품은 불은 시간이 갈수록 커지며 시시각각 목련을 집어삼킨다.
까맣게 탄 속이 겉으로 드러나기 직전, 그녀는 중대한 결심을 했다.

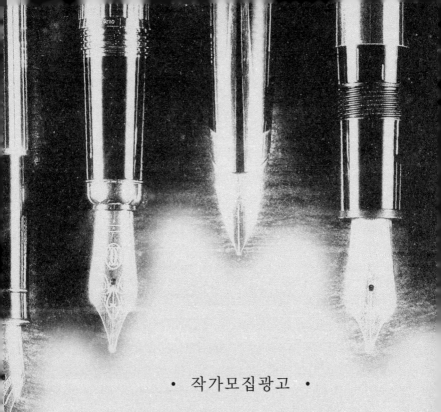